L'AVOCAT INDIEN

James Welch

L'AVOCAT INDIEN

Roman

Traduit de l'américain
par Michel Lederer

TERRE INDIENNE

Albin Michel

« Terre indienne »
Collection dirigée par Francis Geffard

Édition originale américaine :
THE INDIAN LAWYER

22, rue Huyghens, 75014 Paris

ISBN 2-226-08469-X
ISSN 1159-7100

Aux membres et au personnel anciens et actuels de la Commission des libérations conditionnelles du Montana, avec mon admiration.

1

C'était arrivé un peu moins d'un an auparavant dans la bibliothèque de la prison. Il avait senti la lame de fortune pénétrer et compris en une fraction de seconde ce qui se passait. Après un bref instant de surprise, il s'était fichu en rogne. Bien que du genre prudent, il venait de se faire suriner comme un bleu. Deux ou trois types s'étaient carrément foutus de sa gueule. Harwood, le vieux taulard, se faire piquer au buffet comme un novice ! Il aurait dû savoir que les Indiens essayeraient un jour ou l'autre. Et dans la bibliothèque ! Ça faisait à peine trois semaines qu'il y bossait. En tout cas, il s'était payé neuf jours à l'infirmerie, c'était toujours ça. Il avait même réussi au passage à faucher quelques comprimés de Tylenol pour les revendre au détenu qui apportait le courrier.

Seulement, après, on l'avait flanqué en Q.H.S. Au bon vieux temps, il aurait eu droit au quartier de détention préventive, ce qui avait ses bons côtés, mais il serait sans doute passé pour une balance, lui qui pourtant n'avait jamais mouchardé personne. Une fois qu'on vous avait collé cette étiquette, vous aviez toutes les chances d'y faire le reste de votre temps, parce que sinon tout le monde n'aurait pensé qu'à avoir votre peau. Mais ça, c'était avant. Aujourd'hui, pour vous protéger, on vous collait en Q.H.S., et là, il y avait les durs de durs. La nouvelle politique consistait à décourager les détenus de végéter en préventive. Là, pas de programmes de réhabilitation, pas d'études ni de travail possibles, juste peigner la girafe à longueur de journée. C'était peut-être tentant, car ça permettait d'éviter les bagarres dans la cour, le réfectoire, tout ça, mais maintenant il préférait être avec les autres, du moment qu'il se tenait à l'écart de ces putains d'Indiens.

Harwood ferma les yeux et émit un ricanement qui ressemblait presque à un rire. Il était en train de se dire qu'il devait éviter les Indiens, et qui était assis à côté de lui : Little Dog. Mais celui-là, ça allait, il ne faisait pas vraiment partie de la bande. Il bouffait avec eux, regardait parfois la télé dans la salle commune, mais la plupart du temps, quand il ne travaillait pas, il restait à bouquiner dans sa piaule. Il s'était fait choper il y a six mois dans le dortoir de la ferme avec tout son attirail, mais on n'avait pas découvert la camelote.

La piaule, la cellule de Larry Little Dog ne se trouvait qu'à quelques portes de la sienne. Un matin, il s'était pointé pour lui emprunter du dentifrice, et Harwood, craignant un piège, avait d'abord examiné le couloir. Ne constatant rien d'anormal, juste le défilé habituel en direction des douches, il avait mis un peu de dentifrice sur la brosse à dents de Little Dog qui s'était contenté de le remercier avec un sourire. Néanmoins, ce matin-là, Harwood s'était passé de douche. Depuis lors, il avait décrété que Little Dog était un type réglo qui ne s'intéressait pas aux petits jeux des Indiens.

— T'es quoi, Harwood, un fourgue ?

Harwood, ramenant ses longues jambes sous lui, se redressa dans sa chaise métallique. Il ne leva pas les yeux.

— Alors, Harwood ?

— Ouais, ouais, c'est un fourgue, Beasley.

— Hé ! Harwood ! faut qu'on débarrasse le coin des saloperies qui traînent au cas où on aurait besoin d'une issue de secours. Tes jambes, elles traînent, non ?

Harwood croisa les bras sur sa poitrine et sourit. Il connaissait Beasley qui, la plupart du temps, était affecté à la bibliothèque ; de fait, il y travaillait quand il avait reçu le coup de couteau. Il avait voulu accuser Harwood de s'être bagarré, mais un autre gardien l'en avait dissuadé. Tout le monde connaissait Beasley.

— Hé ! Little Dog ! tu te souviens la fois au réfectoire où j'ai fait un rapport sur un de tes frères ? Tu te souviens de ce qu'il avait fait ?

— Pété.

— Exactement. Il avait pété en faisant la queue avec sa gamelle. Tu sais comment on appelle ça, Larry ? Insolence. C'est ce que j'ai mis dans mon rapport. Insolence. Catégorie deux. Voyons. (Beasley se gratta la tête.) Qu'est-ce qui lui est arrivé, déjà ? Je me rappelle pas.

— Le mitard. Quinze jours.

Little Dog étudiait les papiers étalés sur ses genoux, les certificats attestant qu'il avait suivi avec succès les programmes de désintoxication, d'éducation, de contrôle antiagression ainsi que les douze étapes du programme antialcoolique. En revanche, il n'avait pas suivi le traitement intensif contre la dépendance aux produits chimiques — ce qui pourrait jouer contre lui — mais il s'était bien conduit pendant toute la durée de son emprisonnement. Donc, pas question qu'on lui refuse la conditionnelle.

— Larry, tu sais ce qu'il est, Harwood ? Un classe deux sur pattes. Un classe deux qui marche, qui parle et qui pète. Y croit qu'il va s'en tirer et se dégoter tout le temps des petits boulots peinards. Avant la bibliothèque, c'était quoi, Harwood ? Ah ouais, c'est vrai, t'étais comptable pour la boîte qui fait bosser les détenus. T'entends ça, Larry ? Vous, les Peaux-Rouges, on vous expédie dans les fermes vous crever le cul dans le froid pendant que Harwood se la coule douce à la bibliothèque. Et maintenant, il va avoir droit à la conditionnelle. Je sais pas mais, comme qui dirait, y a pas de justice...

La porte de la salle d'audience s'ouvrit. Harwood et Little Dog levèrent la tête.

— Attends ici, Bill. On te rapporte ton formulaire dans deux minutes.

Le gardien en charge des dossiers referma la porte derrière lui.

— Comment ça s'est passé ? demanda Harwood.

Bill Shanley se jeta dans un fauteuil et s'y adossa en soupirant.

— Alors, Shanley ? fit Beasley qui, les pieds sur une chaise, curait sa pipe à l'aide d'une des clés qui pendaient de la chaîne accrochée à sa ceinture. Tu vas fêter le 4 Juillet avec tes gosses ? Ça serait chouette de les emmener au bord du lac, de manger des hot dogs, de boire quelques bières et peut-être même de dire deux mots à ta femme.

— Je sais pas, dit Shanley en regardant Harwood avec des yeux écarquillés. Je veux bien être pendu si je comprends ce qu'ils fabriquent là-dedans. Je crois avoir tout fait comme il faut. Putain ! j'ai répondu à toutes leurs foutues questions !

— Tu peux rien faire d'autre, dit Harwood. T'inquiète pas, t'es pas un récidiviste, tout ira bien.

Shanley n'aurait jamais dû se trouver dans le quartier de haute sécurité. Sa place était parmi les détenus en sécurité minimum. Seulement, la prison étant comme d'habitude surpeuplée, on l'avait casé où on pouvait. Harwood avait bien tenté de le protéger, de lui apprendre toutes les ficelles, mais Shanley était trop naïf. Résultat, il avait été régulièrement passé à tabac, violé deux fois, et Harwood soupçonnait qu'il se faisait envoyer de l'argent par sa femme pour payer les caïds, probablement les Indiens puisque c'étaient eux qui contrôlaient la section. Tout ça parce qu'il était là comme par erreur. Harwood avait au moins veillé à ce qu'il ne devienne pas le giton de l'un d'entre eux.

— Alors, Shanley, ça sera oui ou non ? Tu sais, tu risques de nous manquer aux cuisines. T'as vraiment le truc pour les petits pains. Je souhaiterais presque qu'on te garde. T'as tiré combien de temps en tout ?

— Treize mois et douze jours, sans compter les soixante jours à la prison du comté.

— Eh ben, fit Beasley avec un petit sifflement. Ça fait lourd pour des chèques en bois. T'as dû en signer de salement gros. Ils t'ont filé quoi — cinq ans ? Tu sais, la plupart des types, ils obtiennent le sursis, on leur tape un peu sur les doigts... mais toi, tu dois vraiment être un pauvre mec. Comme notre ami Harwood. Ça fait combien de temps ce coup-ci, Harwood, cinq, six ans ?

— Presque sept, Beasley. Sur une condamnation à quarante ans ramenée à trente par la Commission des peines. Cinq crimes, deux vols à main armée, récidiviste, déclaré dangereux, une évasion, deux ans de plus pour ça. Y a encore autre chose que tu veux savoir, Beasley ?

— Du calme, t'énerve pas, Harwood. Je fais juste la conversation, pour essayer de détendre l'atmosphère. Je sais que vous êtes tous un peu nerveux en arrivant ici. Toi aussi, Larry, t'es un peu nerveux, pas vrai ?

Little Dog se garda bien de tomber dans le piège. Cette fois, il avait mis le maximum d'atouts de son côté et il n'allait pas tout gâcher en envoyant Beasley se faire foutre. Il voulait rentrer chez lui. Ça faisait près de quatre ans, et le coup d'avant, trois. De fait, sur les onze dernières années, il n'en avait passé que deux dehors. Il en avait marre de la taule, des maisons de correction et des familles adoptives. Il était prêt à retourner sur la réserve pour y vivre avec sa grand-mère. Il brandit son dossier :

— Vous voyez ça, Mr. Beasley ? C'est mon billet. Un programme de réinsertion m'attend sur la réserve, et là, je vais m'en sortir.

Beasley éclata de rire.

— C'est bien, ça, Larry. Nom de Dieu ! cette fois, rien ne t'arrêtera. Laisse tomber la bouteille et, je suis sûr, tout ira bien. Hein, Harwood ?

La porte s'ouvrit, et le gardien s'avança dans la petite pièce où ils attendaient. Il agita une feuille de papier et sourit :

— C'est bon, Bill, tu t'es débrouillé comme un chef.

Shanley laissa échapper un profond soupir et se tassa sur son fauteuil. Il en avait connu de dures. Les yeux brillants, il accepta la poignée de main de Harwood.

— Je pourrai partir quand ? demanda-t-il d'une petite voix tremblante.

— Eh bien, il va falloir que je sorte ton dossier et que je vérifie une dernière fois ton programme d'emploi. Ce sera peut-être un peu juste, mais je ne vois pas pourquoi on n'arriverait pas à te tirer d'ici à la fin de la semaine prochaine. Je passerai te voir demain dans ton bloc, et on mettra la machine en route.

Shanley se leva, et il ne put retenir ses larmes. Il s'efforça en vain de lire le formulaire de libération conditionnelle, puis il détourna la tête.

— Tu veux rester un peu ici, Bill, le temps de reprendre tes esprits ?

— Non, non, ça va, répondit Shanley en s'essuyant les yeux d'un revers de manche avant de serrer la main du gardien. Merci.

— Tu l'as bien mérité. Bonne chance.

Il se tourna vers Little Dog :

— Larry ?

L'Indien ramassa ses papiers et le suivit dans la salle d'audience. La porte se referma derrière eux avec un bruit sourd.

Shanley se pencha vers Harwood :

— Merci... merci de m'avoir aidé. Je ne sais pas si...

Sa voix s'étrangla, et son « Bonne chance » fut à peine plus qu'un murmure.

Harwood écouta les bruits de pas de Shanley décroître dans le couloir. On était en fin d'après-midi et le calme régnait dans le bâtiment. Dans la salle qui leur était réservée, deux ou trois gardiens s'entretenaient à voix basse derrière la porte. Beasley, quant à lui, les pieds sur le bureau, lisait le journal. Harwood éprouva soudain un grand vide intérieur. Il se rendait compte qu'il caressait un rêve sans espoir. Ce matin, pourtant, il s'était senti bien. Il venait de récupérer son boulot à la bibliothèque, et pendant la matinée il avait vidé quelques caisses de livres envoyées par une organisation religieuse de Billings. Ce n'était certes pas le genre de bouquins qu'il lirait, des trucs psychologiques, des ouvrages de « vie pratique », et il les avait déballés avant de coller dessus les petites enveloppes dans lesquelles on glissait les cartes de lecture. Ensuite, il avait consacré le reste de l'après-midi à taper les noms des auteurs et les titres sur les cartes, un boulot machinal qui lui avait permis de penser à Patti Ann et à la possibilité de la retrouver bientôt. Eh oui, ses illusions allaient jusque-là ! Ils étaient mariés depuis neuf ans, et il avait passé en tout sept ans et demi derrière les barreaux. Au moins, ça pourrait jouer en sa faveur. Peut-être estimeraient-ils qu'il en avait fait assez ; et peut-être lui accorderaient-ils une petite remise de peine parce qu'il avait reçu un coup de lame. Son dossier était plutôt bon — pas le moindre rapport au cours de ces deux ou trois dernières années ; il avait suivi le programme antidrogue alors qu'il n'avait ni problème de drogue ni problème d'alcool, et aussi le programme anti-violence ; il avait même eu droit à plusieurs séances avec le psy de service, un type du nom de Larson, pour essayer de comprendre pourquoi il aimait braquer un flingue sur les gens. Il savait qu'il intéressait Larson parce qu'on le jugeait différent des autres détenus — il était intelligent, précis, titulaire en outre d'un diplôme en économie et en comptabilité. Des étudiants en psychologie étaient venus l'interroger pour tâcher de savoir pourquoi il faisait toutes ces conneries. Harwood aimait bien Larson, un vieux pro comme lui, et il avait beau s'efforcer d'être franc avec lui, il ne parvenait tout simplement pas à expliquer ses motivations. Ils en concluaient juste qu'il recherchait les sensations, ou quelque foutaise du même genre. D'après Larson, ça avait un rapport avec la soif de pouvoir, mais il ne voyait pas vraiment ce qui se cachait derrière. La plupart des autres détenus étaient assez faciles à cerner, car ils correspondaient aux schémas habituels : la pauvreté, le viol, un lourd passé de criminalité dans la famille, l'impulsivité. Harwood, lui, ne collait pas dans le tableau. Il venait d'une bonne famille, avait eu une enfance normale et n'avait commis son premier délit qu'à vingt-quatre ans. Avant cela, il avait travaillé deux ans au sein du département comptabilité d'une petite chaîne d'épiceries du Montana et de l'Idaho. C'était un employé bien noté, et il pouvait envisager son avenir en rose. Alors pourquoi, à trente-sept ans, se retrouvait-il à purger sa deuxième peine pour vol à main armée ? Devant la frustration de Larson, il se contentait de rire en levant les bras au ciel. Mieux valait en rire qu'en pleurer, et on riait beaucoup dans la prison.

Harwood chassa ces pensées de son esprit et se concentra sur Patti Ann. A quand remontait sa dernière visite ? A un peu plus d'un mois. Bon Dieu ! Il consulta sa montre : 4 heures 35. Elle était au parloir, attendant de savoir s'il obtiendrait ou non sa conditionnelle. Il jeta un coup d'œil en direction de Beasley. Merde ! A un autre, il aurait pu demander d'aller prévenir Patti Ann qu'il serait un peu en retard. Et puis, quelle importance ! De toute façon, il ne fallait pas compter sur une bonne nouvelle. Il secoua la tête, regrettant de ne pouvoir regarder par la fenêtre. Il n'y avait jamais assez de fenêtres.

Comment serait-elle habillée aujourd'hui ? Peut-être avec sa robe blanche à fines bretelles. Ouais, sûrement, c'était celle qu'il préférait. L'air à la fois sexy et innocent. Et puis les chaussures à hauts talons, les bordeaux. Il aimait bien ses jambes quand elle portait ça. Elle serait jolie, mince et bronzée. Bon Dieu ! elle devait devenir à moitié cinglée à poireauter comme ça ! Elle savait que c'était aujourd'hui, mais elle ignorait qu'il serait le dernier à comparaître. Elle avait fait tout ce trajet depuis Helena et, avec un peu de chance, il leur resterait encore une demi-heure à passer ensemble. Après tout, c'était peut-être mieux comme ça, car l'affaire s'annonçait mal. Elle pourrait revenir le mois prochain, se dit-il, lorsque les choses seraient de retour à la normale.

Il entendit un rire étouffé en provenance de la salle d'audience, et la porte s'ouvrit pour laisser sortir un Little Dog rayonnant.

— On fera tes papiers de levée d'écrou demain, Larry. On devrait pouvoir te mettre dans le bus vers la fin de la semaine prochaine, peut-être même avant. Tout est réglé avec ton officier de probation. Okay ?

— Le plus tôt sera le mieux. Cette fois, je vais m'en tirer. J'en ai marre de toutes ces conneries.

— Simplement, ne vise pas trop haut, Larry, du moins pas au début. Un jour après l'autre, comme dans la vieille chanson. Réhabitue-toi doucement au monde extérieur. Je te souhaite bonne chance.

Le gardien responsable de la Commission serra la main de Little Dog, puis il se tourna vers Harwood :

— A toi, Jack.

La première chose que Harwood remarqua en entrant, ce fut la moquette. Ça faisait sept ans qu'il n'avait pas marché sur de la moquette. Et ensuite, la rangée de fenêtres donnant sur le mur de béton haut de six mètres qui entourait la cour. Quelle belle vue !

— Tu veux t'asseoir là, Jack ? demanda le gardien en désignant une chaise placée assez loin de la table, face aux trois membres de la Commission. Jack, voici ceux qui vont t'interroger : Mr. Berglund, Mr. Higgins et Mr. Yellow Calf. Messieurs, je vous présente Jack Harwood.

— Enchanté, Jack, fit l'homme installé au milieu en se penchant avec un sourire. Comment allez-vous ?

Harwood baissa les yeux sur la plaque posée devant celui qui venait de parler. Peter Higgins. C'était le président, celui qu'il fallait surveiller, à en croire les bruits qui circulaient parmi les détenus. Il n'épargnait pas les baratineurs, alors autant y aller carrément.

— Pas mal, Mr. Higgins.

— Bon, voyons... (Le président de la Commission s'empara d'un carnet à feuillets mobiles.) Cinq délits, deux attaques à main armée, une évasion. Deux violations de liberté surveillée, une violation de liberté conditionnelle. C'est bien ça, Jack ?

— Malheureusement, oui.

— Malheureusement ? Qu'est-ce que vous voulez dire par là ? Le malheur n'a rien à y voir. Vous avez mené une vie de criminel, Jack. Vous êtes un malfaiteur endurci.

Harwood haussa les épaules.

— Reprenons. Dernier délit : attaque à main armée d'une banque d'Helena, deux complices. Où sont-ils à présent, Jack ?

— Hartpence est encore ici et Williams est sorti il y a deux ou trois ans. Il s'en est bien tiré.

— Il ne vous a pas un peu chargés au passage ? Je crois me rappeler avoir lu quelque part qu'il avait conclu un marché avec le procureur du comté. Vous vous souvenez de cette affaire, Bob ?

Berglund s'occupait à enrouler sa cravate autour d'un crayon. La question le prit par surprise.

— Williams ? Ouais, on l'a libéré sur parole il y a deux ans. Il a dénoncé les deux autres, et le juge Howard lui a accordé une remise de peine. C'est lui qui conduisait la voiture.

Higgins consulta son épais carnet, lequel contenait l'ensemble des demandes de libérations conditionnelles à examiner dans le courant du mois. Les autres membres de la Commission avaient le même devant eux. Pendant qu'ils se penchaient dessus, Harwood en profita pour jeter un coup d'œil derrière lui. Le gardien et le responsable administratif parlaient à voix basse. Walt Flaherty, il s'appelait. C'était un brave type qui traitait les détenus correctement, répondait à leurs questions et ne jouait pas les petits chefs. Harwood regarda par les fenêtres. Une équipe de sept prisonniers nettoyait l'étroite pelouse qui bordait la cour.

— On vous a déjà pointé un revolver en pleine figure, Jack ?

La brutalité de la question fit tressaillir Harwood. Il se remémora sa première audition. Il savait qu'ils aimaient soumettre les postulants à une libération conditionnelle à un feu roulant de questions afin d'essayer de les prendre en défaut.

— Une seule fois, Mr. Higgins. L'un des policiers qui ont opéré ma première arrestation a braqué son arme sur moi. Je suppose que l'autre aussi, mais il était dans mon dos.

— Vous vous imaginez ce que cette pauvre employée de banque a pu ressentir en voyant un abruti lui fourrer le canon d'un revolver sous le nez ? Elle a dû être terrifiée. Elle en a sans doute encore des cauchemars ! (Higgins commença à hausser le ton.) Tout ça parce qu'un voyou de votre espèce est trop paresseux pour aller gagner sa vie comme tout être humain digne de ce nom, comme cette femme !

Le remords. Tout était là.

— J'y pense tout le temps, Mr. Higgins, vous pouvez me croire. Si je pouvais faire quelque chose... en tout cas, je remercie le Seigneur...

— C'était votre deuxième hold-up, Jack. Et si vous nous parliez du premier ?

Berglund s'exprimait d'une voix calme et unie. C'était un propriétaire de ranch de Miles City, un homme grand et chauve qui avait siégé plusieurs années dans les instances législatives de l'Etat et qui, partisan de l'amélioration des conditions pénitentiaires, avait joué un rôle clé dans l'obtention des fonds nécessaires à la construction de la nouvelle prison. Et maintenant, aimait-il à plaisanter, sa nomination à la Commission des libérations conditionnelles constituait sa punition pour ses péchés politiques passés.

— Il n'y a pas grand-chose à en dire, Mr. Berglund, répondit Harwood. Je n'avais pas besoin d'argent, j'étais un être humain digne de ce nom, qui travaillait dur... (Il lança un regard vers Higgins.) Je suppose que j'ai agi sur une impulsion...

— Une impulsion ? (Higgins ne dissimula pas son étonnement.) Vous appelez entrer dans un bar, acheter un fusil à canon scié, passer prendre un complice chez lui à l'extérieur de Rimini, revenir à Helena, faire le plein, puis attaquer le Colonial Inn... une impulsion ?

Harwood examina Sylvester Yellow Calf. Calé dans son fauteuil pivotant, celui-ci étudiait le carnet posé sur ses genoux. C'était un bel homme à la forte carrure, l'air en pleine forme. Harwood n'avait encore jamais vu un Indien en costume-cravate. Il savait que Yellow Calf était un avocat d'Helena et un ancien joueur de basket. Il faisait partie de l'équipe de l'Université du Montana pendant que Harwood y suivait des cours. Il ne s'intéressait guère aux sports, mais le fait que Yellow Calf soit avocat à Helena l'intriguait beaucoup. C'était en effet son territoire, et Patti Ann y habitait.

— Je pense que le mot « impulsion » était mal choisi, Mr. Higgins. Je ne sais pas, peut-être que « fascination » conviendrait mieux. Le crime a commencé à me fasciner, et ça ne se limitait pas aux vols à l'étalage ou aux chèques en bois. Peut-être que c'est devenu une espèce d'obsession. Il fallait que j'essaye. Et alors voilà, mon copain et moi, on a attaqué le Colonial.

— Combien ça vous a rapporté ?

— Un peu plus de deux mille dollars.

— Et la banque ?

— Douze mille.

— Bien, Jack, et maintenant la question à un million de dollars : pourquoi ? Et ne nous servez plus des conneries du style ça me fascinait. Vous parviendriez peut-être à tromper des étudiants en psychologie, mais pas nous. (Higgins engloba la pièce d'un geste du bras.) Nous sommes entre adultes, et rien ne sortira d'ici, vous le savez très bien. Alors pourquoi ne pas être franc avec nous ?

Harwood hésita. Pour la première fois depuis qu'il avait décrété que, de toute façon, il ne bénéficierait pas d'une libération conditionnelle, il éprouva le désir de répondre correctement à la question. Se pourrait-il qu'ils prennent son audition au sérieux ? Bon Dieu ! il avait peut-être quand même une chance !

— Eh bien, je vais tenter de vous expliquer, Mr. Higgins. La première fois, ça s'est passé à peu près comme je l'ai dit. Vous devez avoir ça dans votre dossier. En sortant de l'Université du Montana, j'ai pris un boulot dans le département comptabilité de la chaîne d'épiceries. J'étais en formation et je ne gagnais pas beaucoup d'argent, mais je m'en tirais. J'étais célibataire à l'époque. Je n'avais pas beaucoup de relations, aussi je me suis mis à fréquenter ce fameux bar à Helena. Je n'avais jamais eu de problème d'alcool, mais c'était un endroit où j'aimais passer mes soirées. Bref, pour résumer, j'ai rencontré des gens que je n'aurais pas dû rencontrer. Ils avaient déjà fait de la prison ici, et ils trafiquaient dans la petite délinquance, des cambriolages surtout. Un soir, j'ai été avec eux — le soir où on a dévalisé le Steinhaus, butin : un peu plus de quatre cents dollars en liquide, un P. 38 caché derrière le bar et deux ou trois caisses de bouteilles d'alcool. Les types se frottaient les mains, mais moi, je crevais de trouille. Ils ont voulu me donner une partie de l'argent, mais j'ai refusé. Après, je n'ai plus remis les pieds dans ce bar pendant deux ou trois semaines. Je pensais avoir coupé définitivement les ponts. Seulement, un soir, je les ai revus sur le parking de chez Buttrey. Aujourd'hui encore, je me demande pourquoi je me suis laissé convaincre de les accompagner. Ils buvaient de la bière, et ils ont commencé à me parler de leur séjour ici, à Deer Lodge. Ils m'ont raconté comment on tabassait les détenus quand ils ne jouaient pas le jeu. J'étais fasciné — voilà que ça me reprend, Mr. Higgins — et un peu effrayé. J'avais l'impression que ce n'était pas par hasard qu'ils me racontaient ça. Je percevais comme une menace. En tout cas, ce soir-là on a cambriolé le magasin Cenex où on a raflé des outils et un peu de cash. Un des deux types croyait qu'il y avait une grosse somme en liquide, mais on ne l'a pas trouvée. En fait, les soixante dollars qu'on a fauchés étaient destinés à un pari sur les matchs de football. Et environ une semaine plus tard, un des deux types et moi, on a braqué le Colonial Inn.

— Vous avez franchi d'un seul coup un grand pas, Jack, passer du simple cambriolage au vol à main armée, dit Berglund en secouant la tête. Je n'arrive pas à comprendre comment quelqu'un comme vous a pu se livrer à des cambriolages, et à plus forte raison à des hold-up. Pour autant que je le sache, vous n'aviez pas de casier judiciaire. Voyons, le juge vous a condamné respectivement à deux fois cinq mois et vingt mois, toutes peines confondues, plus quinze mois avec sursis. (Il leva les yeux de son carnet.) C'est une curieuse sentence, à la fois sévère et légère, je dirais.

— J'ai tiré quatorze mois et, j'ai même pris du bon temps. Vers la fin, ça m'a quand même paru un peu long, dit Harwood avec un sourire. Cependant, je pensais que ça me servirait de leçon.

— Et qu'est-ce qui est arrivé ?

— Oh ! l'histoire classique. Mon employeur a refusé de me reprendre parce que j'étais un criminel et, comme je ne pouvais pas obtenir de caution, ma carrière de comptable s'est achevée à peine commencée. Je n'ai même pas pu décrocher un boulot d'emballeur dans cette chaîne de magasins. J'ai fini par travailler en tant que libéré sur parole au sein d'une équipe de peintres en bâtiment et par gagner correctement ma vie cet été-là, mais ce n'était pas un métier.

— C'est à cette époque que vous vous êtes marié ?

— Ouais. Je faisais des travaux de peinture chez elle. Elle était en instance de divorce, et elle remettait la maison en état pour la vendre. Je lui ai donné un coup de main pour d'autres petites bricoles pendant mon temps libre, et une fois la maison vendue, je l'ai aidée à déménager. On s'est mariés dans le courant de l'hiver — ça fait neuf ans. (Harwood contempla un instant ses mains plaquées sur ses genoux.) C'est une femme bien.

— Est-ce qu'elle ne travaille pas pour l'Etat du Montana ?

— Si, aux Ressources humaines — elle s'occupe de la documentation.

— Des enfants ?

Harwood savait parfaitement que ces renseignements figuraient dans leurs carnets, mais cela faisait partie du jeu.

— Elle a fait deux fausses couches, et elle a dû subir une hystérectomie après la deuxième. J'étais déjà avec elle quand c'est arrivé. Elle a traversé des heures pénibles, et c'est à ce moment-là que j'ai décidé de m'évader pour la rejoindre à Helena.

Higgins, calé dans son fauteuil, avait observé les réactions de Harwood aux questions de Berglund. Il jeta un coup d'œil en direction de Sylvester Yellow Calf, qui étudiait le compte-rendu du procès. Le regard de Higgins se porta sur le mur d'enceinte, lequel paraissait coupé en deux par l'ombre du bâtiment administratif. Son estomac grondait. C'était la dernière affaire de la journée, et elle s'annonçait délicate. Il écouta Harwood raconter son évasion, puis comment il s'était fait reprendre deux jours plus tard à l'hôpital d'Helena. Il semblait en effet qu'il désirait juste être auprès de sa femme, car il ne pouvait pas ignorer que ce serait le premier endroit où on le rechercherait. Quand les flics l'avaient arrêté, il portait encore la tenue kaki des prisonniers. C'était sans doute à cause de sa cavale qu'il se trouvait encore sous les verrous. Les évasions aggravaient toujours les peines. Sinon, il serait déjà en liberté surveillée. Le personnage paraissait difficile à cerner. Sous certains aspects, il était aussi bien que les détenus qu'ils avaient entendus aujourd'hui, et même au cours des mois précédents. On disait que Harwood avait pris certains des détenus les plus faibles sous sa protection — sans qu'il soit pour autant question de sexe ou de brutalités. Et il était sans aucun doute beaucoup plus intelligent que la moyenne des détenus. Et c'est précisément ce qui agaçait Higgins. Le foutait même en rogne, en vérité. Harwood n'avait nul besoin de faire toutes ces conneries. Il aurait dû être avec sa femme, travailler, payer ses impôts. Peter Higgins sentit sa mâchoire se crisper, et il s'exhorta à conserver son calme.

Berglund avait l'air épuisé. Il était âgé et n'avait pas le cœur très solide. Il venait de subir un triple pontage coronarien trois mois auparavant, et Higgins s'inquiétait à son sujet. Au moins la nouvelle salle d'audience possédait l'air conditionné, à l'inverse de l'ancienne où, pour des raisons de sécurité, il fallait garder toutes les portes et fenêtres fermées, ce qui vous donnait l'impression d'être dans un four. Celle-là était somptueuse en comparaison. Même les couleurs des drapeaux semblaient plus vives, plus fraîches.

Sylvester Yellow Calf reposa le dossier sur la table et laissa Berglund finir d'interroger le détenu. Lui aussi se rendait compte que le vieil homme était au bout du rouleau. Sa voix égale commençait à faiblir. La journée avait été longue, et ils avaient examiné de nombreux cas. Sylvester glissa un regard sur sa montre : 5 heures 10. Pas trop mal. Il serait probablement de retour à Helena vers 6 heures et demie. En se pressant, il fallait à peu près une heure. Il détestait les cocktails, et il se moqua de lui-même parce qu'il attendait celui-là avec une certaine impatience. Mais il s'agissait d'une occasion exceptionnelle.

Bob Berglund, la respiration sifflante, se radossa enfin dans son fauteuil avec un soupir de soulagement. Machinalement, il voulut pêcher une cigarette dans la poche de sa chemise lorsqu'il se souvint qu'il n'y en avait plus. Il avait en effet dû arrêter de fumer.

Sylvester regarda alors Jack Harwood pratiquement pour la première fois depuis que celui-ci était entré dans la pièce. Les cheveux propres, coupés court, pas de bandeau, pas de tatouages. Son uniforme kaki était repassé, peut-être même amidonné, et ses chaussures de sport paraissaient presque neuves.

— Mr. Harwood, je viens de relire la copie des minutes de votre procès à la suite de l'attaque de la banque. J'aurais juste deux ou trois précisions à vous demander. (Sylvester feuilleta quelques pages.) Voilà... en réponse à une question du procureur vous avez dit que vous n'aviez aucune envie de coopérer avec la justice, que ce qui était fait était fait, et, je cite : « J'ai déjà gâché toutes mes chances de mener une existence honorable, vous allez de toute façon me foutre en taule, et je n'y entraînerai pas quelqu'un d'autre avec moi. » Après cela, vous avez refusé de répondre aux nouvelles questions du procureur. Deux choses, Mr. Harwood. D'abord, pourquoi avez-vous demandé à comparaître devant un jury si vous ne teniez pas à coopérer avec qui que ce soit, y compris votre avocat, et ensuite, qu'est-ce que vous entendiez par : « je n'y entraînerai pas quelqu'un d'autre avec moi » ? On pourrait presque en déduire qu'il y avait un participant au hold-up en plus de ceux mentionnés dans l'acte d'accusation.

Harwood eut un petit rire.

— J'ai peut-être été un peu mélodramatique. Ce procureur était une vraie teigne. Non, non, on n'était que trois : Hartpence, Williams et moi.

— Vous êtes sûr ? Pas d'autres complices ?

— Non, ça s'est passé exactement de cette façon, comme c'est écrit dans le rapport de police.

— Le compte-rendu signale également que seuls trois mille dollars sur les douze mille ont été retrouvés. Qu'est devenu le reste de l'argent ?

— Ça m'a toujours intrigué, Mr. Yellow Calf. Je n'en ai pas la moindre idée. On a mis le sac de sport contenant les billets dans le coffre de la voiture de Williams. Et quand on l'a agrafé le lendemain, il n'y en avait plus que trois mille.

Harwood éclata de rire et haussa les sourcils comme s'il s'agissait d'une bonne blague.

— Allons, Jack, c'était vous le cerveau. Les autres n'avaient pas assez de matière grise à eux deux pour préparer ne serait-ce qu'un bon petit-déjeuner. Alors, dites-nous où est passé l'argent.

Harwood se rendit compte que la situation lui échappait. Il lui semblait clair que Higgins ne l'aimait pas, et maintenant, voilà cet Indien qui jouait les malins. Il faillit de nouveau éclater de rire, mais il se retint. Sois franc, se dit-il. Sois sincère... autant que possible.

— Vous ne voudrez pas me croire, mais... (Harwood jeta un coup d'œil sur Higgins qui contemplait ses ongles)... je ne pense pas que ce soit Williams qui l'ait pris. Il connaissait les risques — Hartpence est un mec plutôt méchant. (Il regarda Yellow Calf dans les yeux.) Je peux seulement supposer que ce sont les flics. En dehors de Williams, il n'y a qu'eux qui ont eu accès à la voiture et au fric. Je ne vois pas d'autre explication.

— Pour l'amour du ciel, Harwood !

Si l'enjeu n'avait pas été aussi important, le spectacle de Higgins sur le point d'exploser aurait pu paraître drôle. C'était un petit homme au visage luisant et aux yeux ronds qui semblait toujours en proie à une colère impuissante. Il s'était défait de sa cravate un peu plus tôt dans l'après-midi, et il avait le cou écarlate.

Yellow Calf s'empressa d'intervenir :

— Vous ne vous attendez tout de même pas qu'on vous croie, Jack ? Comme Mr. Higgins vient de vous le dire, nous ne vous demandons qu'une seule chose : la vérité. Vous avez déjà été jugé, condamné et emprisonné. Si vous nous cachez quelque chose, nous ne pouvons rien pour vous. Vous comprenez, Jack ? Alors, on recommence depuis le début, d'accord ?

Et voilà, cette fois, c'était foutu pour de bon. Berglund lui-même le considérait avec une trace de mépris.

— Vous vous conduisez plutôt bien ici, Jack. Pas de plaintes à votre sujet au cours de ces deux dernières années, vous avez suivi quelques programmes et vous travaillez. Avant, vous cherchiez à passer pour un type à la coule, mais vous avez en grande partie racheté votre faute. Ça, c'est le côté positif, mais il reste deux ou trois choses qui ne plaident pas en votre faveur. D'abord, votre évasion pendant votre séjour ici. Ce n'est pas bon pour vous. Ça ne nous engage pas à vous accorder une libération conditionnelle pour votre première comparution devant la Commission. D'autant que la police ne souhaite guère votre présence dans la région d'Helena. Nous avons reçu des notes du bureau du procureur et du shérif en ce sens. Mais surtout, ils s'imaginent, tout comme nous, que vous avez mis la main sur le reste de l'argent, les neuf mille dollars. Ça ne représente peut-être pas une fortune, Jack, mais vous nous placez dans une position très délicate. Qu'est-ce que la police et les habitants d'Helena vont penser si nous vous libérons sans que vous nous ayez donné une explication à propos de cet argent ?

— Je voudrais bien pouvoir vous en donner une, Mr. Yellow Calf, je vous assure.

Les carottes étaient cuites. Harwood avait beau avoir fait son possible pour paraître sincère, il savait que Yellow Calf avait détecté la note de sarcasme qui perçait dans sa voix. Presque sept ans de taule, et il devait continuer à se taire. Mais s'il parlait, que se passerait-il ? Et puis, qu'en était-il de la prescription ? Au bout de sept ans ? Il faudrait qu'il vérifie demain à la bibliothèque. Au moins, dans les prisons, il y avait toujours un rayon juridique bien fourni. Et de bons avocats. En échange de deux ou trois paquets de cigarettes, il pourrait facilement obtenir de l'un d'eux qu'il étudie son cas. Ce serait plutôt marrant de demander le renseignement à cet avocat indien, de décrocher gratis une consultation juridique de l'adversaire. A peine cette pensée lui eut-elle traversé l'esprit que l'accablement le gagna.

— Vous avez quelque chose à ajouter, Jack ?

Harwood dévisagea Yellow Calf. Ouais, je me suis fait poignarder par ces putains d'Indiens. Est-ce que ça ne mérite pas un bon point, une récompense, une décoration ? Voilà ce qu'il avait envie de dire à ce putain d'avocat indien. Ça aurait semblé simplement humain de prendre cet élément en considération, mais il ne savait que trop bien que la Commission ne le ferait pas. L'information figurait dans leurs carnets mais, pour une raison qu'il ignorait, ils avaient décidé de ne pas en parler. Il agirait donc comme eux. De même qu'il n'oublierait pas Sylvester Yellow Calf.

Il se tourna vers le président de la Commission et sourit.

— Je pense qu'on en a terminé, Mr. Higgins. J'aimerais qu'on m'offre une chance de sortir d'ici. Les choses ont changé à l'extérieur, et je voudrais bien aller le constater par moi-même.

Higgins avait recouvré son sang-froid. Il paraissait seulement un peu las.

— Vous voulez bien attendre un instant dehors ? Nous vous remettrons votre feuille dans une minute.

Harwood se leva et, un sourire aux lèvres, remercia les membres de la Commission d'une voix claire. Il adressa un signe de la main à Walt Flaherty.

— A tout à l'heure dans la cour, Walt.

Le vieux code en vigueur parmi les détenus — prendre un air décontracté, assuré. Comme dans les pubs.

Patti Ann Harwood, assise à une petite table ronde du parloir, observait les gens autour d'elle, parents, enfants, épouses et petites amies de détenus. L'heure tournait et la plupart des enfants commençaient à se fatiguer de parler avec leur père, leur beau-père ou le copain de leurs mères. Quelques-uns étaient sortis jouer dehors, d'autres se tortillaient et pleurnichaient sur les chaises en plastique, tandis que les plus petits dormaient sur des vestes ou des couvertures étendues à même le sol en ciment. L'enthousiasme initial depuis longtemps retombé, les conversations se faisaient tour à tour décousues et intimes.

La jeune femme attendait depuis une heure et quarante minutes. Elle se doutait que Jack serait un peu en retard, mais là, ça devenait ridicule. Elle s'était renseignée auprès du gardien de service. Jack devait être le prochain à comparaître, mais depuis, plus d'une heure s'était écoulée. Le voir dans de telles conditions, et seulement une fois par mois, parce qu'il ne voulait pas qu'elle vienne plus souvent, cela lui pesait déjà assez, et voilà qu'aujourd'hui, pour ne rien arranger, il ne restait plus que vingt minutes. Elle avait tant à lui dire... Elle se reprit : en fait, il n'y avait en général rien à dire, car dire les choses rendait chaque visite plus pénible que la précédente. Elle se sentait sortir lentement et inexorablement de la vie de Jack. Qu'est-ce qu'il pourrait lui raconter de son existence en prison ? Et elle, qu'est-ce qu'elle pourrait lui raconter à propos du monde extérieur qui ne le remplirait pas de regret ou même de souffrance ? Parler de tout et de rien — elle était devenue experte en la matière, mais ça ne menait nulle part. Après chaque visite, elle avait le sentiment d'être de plus en plus insignifiante. Elle n'avait pas d'enfants avec Jack, pas de vie avec Jack. Elle vivait seule, une femme de détenu, une veuve presque.

Elle fouilla dans son sac pour prendre ses cigarettes et son briquet en plastique. Inspirant une bouffée, elle promena son regard sur les autres femmes. Des années auparavant, elle n'éprouvait pour elles que mépris et pitié. La plupart étaient plutôt laides — grosses ou maigres, le visage bouffi ou émacié, les cheveux raides ou pathétiquement permanentés ; certaines portaient des tatouages sur les bras et le dos de la main ; la majorité d'entre elles vivaient de l'aide sociale et des allocations familiales. C'étaient ces dernières qui venaient le plus souvent. Elles habitaient Deer Lodge, parfois à deux ou trois familles par appartement. Certaines travaillaient, mais en général, elles préféraient se contenter de ce qu'on leur versait. Comme ça, elles pouvaient rendre visite à leurs hommes chaque fois que l'occasion s'offrait.

Au début, Patti Ann les avait considérées avec dédain, en particulier celles qui avaient rencontré leurs hommes en prison par l'intermédiaire de copines, de sœurs, d'ex-petits amis, de maris, d'organisations religieuses ou du courrier. A ses yeux, c'étaient les plus attristantes. Des perdantes. Elles satisfaisaient les besoins de leurs hommes pendant qu'ils étaient en prison mais, dès qu'ils sortaient, ils les laissaient presque toujours tomber. Qui pourrait désirer une femme moche et divorcée avec en plus deux enfants qui ne sont même pas de vous ?

Elle les reconnaissait, disséminées dans le parloir, et aujourd'hui, elle ne se sentait pas tellement différente. Elle était nerveuse, troublée et un peu déprimée. Apprenant que son mari devait passer ce mois-ci devant la Commission des libérations conditionnelles, elle avait éprouvé un sentiment d'exultation, en dépit des mises en garde de Jack. Elle avait parcouru son appartement, s'efforçant de s'imaginer les meubles, les reproductions, les tapis et les divers bibelots tels qu'il les verrait pour la première fois. Elle avait même acheté un nouvel édredon pour le grand lit. Puis elle avait envisagé de chercher un appartement plus spacieux, jusqu'au moment où elle s'était rendu compte que Jack avait vécu dans une cellule plus exiguë encore que sa chambre. Il avait téléphoné pour tout lui expliquer avec calme, et elle avait fini par comprendre qu'il pourrait ne pas obtenir sa libération conditionnelle. Ça faisait pourtant sept ans qu'il était sous les verrous — alors, pourquoi la Commission lui refuserait-elle son élargissement ? Elle l'attendait, et ils le savaient bien, non ? Si elle avait pu avoir un enfant, elle se serait sentie prête à attendre indéfiniment, mais elle n'avait qu'elle-même, seule nuit après nuit dans le petit appartement.

Patti Ann regardait sans la voir une famille installée non loin. Le prisonnier lui sourit en agitant la main. Il fallut une seconde à la jeune femme pour s'apercevoir que le geste s'adressait à elle. Elle lui rendit son sourire avec gaucherie, et tenta de le situer — fragile, cheveux blond-roux, un peu obséquieux peut-être. Ah oui, Stanley, Stanley... non, Shanley, Bob ? Bill ? Le type que Jack s'était évertué à protéger. Il le lui avait présenté l'hiver dernier. Il leva le pouce en signe de victoire, et elle se souvint que lui aussi comparaissait aujourd'hui. Il allait donc être libéré. Elle hocha la tête en souriant, puis elle salua sa femme, tout aussi fragile que lui — dans son corsage sans manches, son jean étroit et ses baskets, on aurait dit sa petite sœur, mais il y avait trois enfants autour de la table.

Au milieu des murmures de conversation, elle entendit s'ouvrir la grille électrique, et constata avec surprise à quel point les bruits de la prison lui étaient devenus familiers. Tournant la tête, elle vit Jack entrer par la porte du parloir maintenant ouverte. Il posa son laissez-passer sur la table du gardien, puis s'avança vers elle. Il avait l'air sombre.

Elle se leva et le suivit des yeux cependant qu'il se frayait un chemin dans sa direction, parmi les tables, enjambant au passage un enfant endormi. Elle le serra dans ses bras et lui donna un petit baiser, de ceux qu'on autorisait. Bien qu'elle connût d'avance la réponse, elle ne put s'empêcher de poser la question.

— Ils ont rejeté ma demande, dit-il en se laissant tomber lourdement sur une chaise en plastique.

— Mais pourquoi ? Comment ont-ils pu...

Il déplia une feuille de papier et la lui tendit avant de se réinstaller pour la regarder lire.

— Nature du crime commis, expliqua-t-il. Et puis, ils refusent de libérer les récidivistes violents à leur première comparution.

— Mais tu n'es pas violent, c'est ridicule !

— Il y a sept ans, j'ai collé un revolver sous le nez de quelqu'un. Ça fait de moi un violent. Ecoute, on en a suffisamment discuté. Je t'avais prévenue, non ? Je t'avais conseillé de ne pas entretenir de faux espoirs. Tu as vu comment ce système fonctionne. Tu commets deux ou trois erreurs, et on te les fait payer. Peu importe combien de temps ça prend, du moment que tu payes. (Il se pencha pour pêcher une cigarette dans le paquet de sa femme, puis l'alluma.) Alors, je paye, reprit-il d'un ton las.

— Et maintenant, qu'est-ce que tu peux ou qu'est-ce que tu dois faire ?

— C'est marqué là, en bas, dit-il en désignant le document posé sur la table.

Il remarqua le cendrier plein. Elle fumait de nouveau trop.

Patti Ann s'empara de la feuille. A la rubrique « Recommandations », on lisait, écrit à la main : « Surveillance réduite, continuer bonne conduite, suivre programme antiagression avancé. » Mais c'est ce qui figurait en haut qui lui serra le cœur : « Conditionnelle refusée, peut comparaître ultérieurement pour remise de peine. » Des termes froids, cliniques — deux phrases qui ne signifiaient sans doute rien pour les membres de la Commission, mais qui signifiaient tout pour Jack, et pour elle. Elle reposa le papier et faillit pousser un soupir de soulagement. Conditionnelle refusée !

Soudain, elle comprit pourquoi elle s'était sentie déprimée. C'était si simple qu'elle tressaillit : en réalité, elle craignait que Jack ne soit libéré, qu'il n'entre dans son appartement, dans sa vie ! Elle s'était forgé une existence sans lui. Elle avait ses habitudes, quelques amis ; le soir, elle faisait de la couture, et elle dormait seule depuis plus longtemps qu'elle n'avait dormi avec Jack ou avec tout autre homme. Elle contempla son mari comme s'il s'agissait d'un objet, puis elle distingua un visage familier, un petit sourire qui s'effaçait tandis que les yeux se plissaient sous le coup de la perplexité.

— Qu'est-ce qui ne va pas ? demanda-t-il.

Elle secoua la tête et esquissa un pâle sourire. Pour la première fois depuis que Jack était incarcéré, elle voyait en face d'elle un détenu, portant pantalon kaki et chaussures de sport. Il avait même l'air un peu tendu, à cran, désireux de tenir les autres à distance comme certains des prisonniers purgeant de longues peines. Mais ce qui l'effrayait et la mettait en colère, c'était surtout l'uniformité, les constructions en parpaings, le dédale des allées, les miradors, le parking en terre devant le bâtiment administratif, les détenus vêtus d'uniformes de toile bleue ou kaki et coiffés d'un bonnet de laine, les gardiens en blouson bleu et cravate bordeaux, l'éclat des barbelés au-dessus de la clôture qui semblait s'étendre à l'infini — tout cela était si monotone et incolore que son mari lui paraissait à son tour perdre toute identité.

— Jack, dit-elle en posant la main sur son genou. J'ai besoin de toi dehors. Les choses prennent une tournure trop bizarre. Je ne peux plus assumer cette situation, toi enfermé et moi libre. Chaque fois que je rentre à Helena en voiture, je regarde les torrents, les pins, les montagnes... et le monde me semble trop vaste, trop difficile à affronter jour après jour. Je me dis que je ne reviendrai plus te voir. (Elle baissa la tête et contempla le dos de sa main.) J'ai tellement peur quand je me surprends à penser qu'un jour je pourrais m'en accommoder.

Harwood prit sa main dans la sienne et jeta un coup d'œil sur sa montre. Il ne leur restait plus que dix minutes.

— Il faut que tu sois forte encore quelque temps. Je sais que c'est un choc, mais on doit le surmonter. Si on garde confiance, on y arrivera.

Patti Ann leva les yeux, et elle retrouva le visage de Jack, mais il demeurerait changé à jamais par ce qu'elle y avait discerné quelques instants auparavant. Elle avait vu ce que la prison faisait à un homme ; elle avait vu planer l'ombre de la résignation, et elle se demanda si elle serait de nouveau capable de regarder un jour son mari sans lire tout cela sur ses traits. Elle hocha la tête en soupirant.

Harwood écrasa sa cigarette dans le cendrier, puis s'adossa à sa chaise.

— Tu fumes trop, tu sais ?

Elle eut un petit rire. C'était ce qu'il lui avait dit la première fois qu'il l'avait rencontrée, quand il repeignait sa maison. Le monde était bien différent alors.

— Et tu es aussi très jolie, tu sais ? Bien que tu ne portes pas la robe que je préfère. Tu la mettras... la prochaine fois ?

— Oui, dit-elle.

Elle avait décidé exprès de ne pas la mettre. C'était une innocente robe bain de soleil, assez courte et munie de fines bretelles, qu'on remarquait à peine dans la rue, mais ici, la jeune femme se sentait nue et vulnérable dedans. Une partie de son malaise venait de ce que Jack n'avait cessé de la dévorer des yeux la dernière fois, comme si elle n'était qu'un morceau de choix. Son regard, à présent, la parcourait de haut en bas, et elle eut beau essayer de comprendre le désir sauvage qu'il manifestait ainsi, elle n'éprouva qu'un vague sentiment de honte. Après tout, elle était sa femme.

Patti Ann prit conscience d'un brusque changement dans la nature des bruits qui l'entouraient. Elle regarda autour d'elle et constata que l'heure des visites était passée. Les femmes rassemblaient les enfants et les jouets, certaines gratifiaient leurs hommes d'une dernière étreinte, d'un dernier baiser, ou leur glissaient un petit paquet de drogue, mais la plupart semblaient simplement soulagées que ce soit fini pour aujourd'hui.

Harwood se leva, puis tendit la main à sa femme pour l'aider à se mettre debout. Au milieu de l'agitation, il la serra contre lui et l'embrassa avec fougue. Elle eut le temps de sentir ses mains sur ses fesses avant qu'il s'écarte pour l'accompagner en direction de la grille électrique.

— Je voudrais que tu me rendes un service, dit-il tranquillement pendant qu'ils attendaient que les autres visiteurs se regroupent devant la grille. Il y a un type dans la Commission des libérations conditionnelles, il s'appelle Sylvester Yellow Calf — un Indien, un avocat d'Helena. Cherche ses coordonnées dans l'annuaire. Je voudrais avoir des renseignements sur lui, savoir s'il est marié, pour quel cabinet il travaille et dans quelle branche. Tâche de savoir qui sont ses amis, qui il fréquente, des trucs de ce genre. Je sais que c'est beaucoup te demander, mais il me faut quelque chose sur lui.

A travers la grille, Patti Ann contemplait la montagne baignée d'ombres qui dominait le bâtiment administratif. Bien qu'on fût à la fin août, une petite crevasse près du sommet abritait une langue de neige qui prenait des reflets bleutés dans la lumière déclinante. Au-delà des contreforts, on apercevait une colonne de fumée. La jeune femme se tourna vers son mari, lequel avait les yeux fixés sur la grille qui s'ouvrait avec un bourdonnement. Jack lui pressa la main et s'apprêta à regagner sa cellule. Patti Ann se dirigeait vers la sortie avec le flot des visiteurs quand elle s'entendit appeler. Elle se retourna, prise dans les remous de la foule.

— Débrouille-toi pour faire sa connaissance, lui cria Jack. Prends rendez-vous avec lui, cogne-toi à lui à l'épicerie, n'importe quoi, mais fais sa connaissance. Je te téléphonerai.

Le portail franchi, elle se mit sur le côté.

— Pourquoi ? cria-t-elle en retour.

Harwood se contenta de sourire et d'agiter la main avant de se diriger d'un pas vif vers son bâtiment.

2

Sylvester Yellow Calf descendait la route de MacDonald Pass en direction de la Prickly Pear Valley. Il pensait à la famille de Little Dog. Il avait grandi avec Donny, l'un des frères de celui-ci, et ils avaient fait ensemble de nombreuses parties de basket à deux en utilisant un vieux filet troué accroché à un poteau électrique dans la cour. A l'époque, il enviait Donny et sa famille, et il inventait tout le temps des prétextes pour passer chez eux des journées et des nuits entières. Il y avait tellement de frères et de sœurs qu'il se rappelait à peine Larry, lequel était beaucoup plus jeune que Donny.

C'est pendant que les adolescents faisaient leur dernière année d'université que les parents de Little Dog se tuèrent en voiture. Ironie du sort, ils se rendaient à Cut Bank pour assister à un match de basket auquel participaient les deux garçons quand leur voiture avait dérapé sur le verglas et défoncé le parapet d'un pont. Donny devait quitter l'équipe un peu plus tard afin d'essayer de garder la famille unie autour de lui, mais les services d'action sociale placèrent la plupart de ses jeunes frères et sœurs — ils devaient être une douzaine, songea Sylvester. Néanmoins, Donny, Larry et une de leurs sœurs pour qui Sylvester avait toujours eu le béguin réussirent à y échapper pour aller vivre avec leur grand-mère, nouvelle ironie du sort dans la mesure où Sylvester, qui habitait lui-même avec ses grands-parents, avait envié Donny d'avoir son père et sa mère.

Yellow Calf abaissa sa vitre. Il sentait l'air se réchauffer comme il approchait de la vallée. Il n'avait pas interrogé Larry au sujet de Donny par crainte de ce qu'il pourrait apprendre. Il savait seulement que ce dernier ne figurait pas parmi les pensionnaires de la prison d'Etat du Montana.

Une sensation familière de malaise l'envahit. Il avait laissé tant de gens derrière lui, tant d'amis et de connaissances, pour aller vivre dans un monde qui avait si peu à voir avec son peuple. Il avait toujours été différent, même à l'époque de la réserve, et aujourd'hui, il continuait de l'être dans une ville d'hommes blancs, dans l'univers d'hommes blancs des attachés-cases, des procès, des lois et de la politique. Buster Harrington lui-même, le principal associé du cabinet d'avocats, le poussait à ressembler davantage à ses jeunes collègues blancs. Il s'inquiétait de ce que Sylvester était peut-être trop différent. Pourtant, beaucoup d'hommes politiques étaient différents. On pourrait même considérer cela comme une vertu si on lui donnait le nom d'intégrité.

Sylvester consulta la montre du tableau de bord : 6 heures 35. Il faudrait au moins qu'il passe chez lui changer de chemise. Huit heures d'affilée dans la salle d'audience, plus tout le trajet en voiture, ce n'était pas idéal pour la fraîcheur de ses vêtements, ni celle de son esprit, d'ailleurs. Les choses semblaient cependant un peu plus tolérables à présent. Le plus pénible, il s'en débarrassait une fois franchie la porte de la prison.

Durant ses deux premières années à la Commission, il ramenait tout avec lui : les fous incurables qui voyaient l'enfer à travers le sol de leur cellule, les bourreaux d'enfants qui, sur le plan mental et émotionnel, étaient eux-mêmes des enfants, les violés qui devenaient les violeurs, les Indiens sniffeurs de colle au cerveau ramolli qui n'avaient jamais eu la moindre chance de s'en sortir. Maintenant, il parvenait à ne presque plus y penser, mais il ne se sentait pas plus fier pour autant. Ça rendait simplement les choses un peu plus supportables.

Il ralentit à l'approche d'un virage, puis s'engagea dans la cuvette de la Prickly Pear Valley. Au nord, l'orage menaçait et le ciel était tout noir. Un arc-en-ciel où dominaient le jaune et le vert luisait faiblement, et les collines brillaient d'un éclat doré artificiel dans le soleil du soir. Il aperçut alors la colonne de fumée qui s'élevait au sud-est et formait un gros nuage immobile au-dessus des montagnes sombres. Un voile de poussière flottait sur la vallée.

— Salut.

— Salut. Tu as une mine épouvantable. Tu viens de rentrer ?

— Oui, dit Sylvester en se penchant pour déposer un baiser sur la joue de Shelley. J'arrive à l'instant. Tu as entendu parler d'un incendie ? J'ai vu de la fumée vers le sud.

— Sans doute la foudre. J'ai été réveillée par le tonnerre la nuit dernière.

— Il m'a paru important. Si le vent se lève, il risque de se propager, dit-il en l'embrassant sur l'autre joue.

— Va te passer un peu d'eau sur la figure. Tu sais où sont les serviettes. Je vais appeler Maggie pour lui annoncer qu'on arrive.

— Où sont les filles ? demanda Sylvester en faisant couler de l'eau froide dans le lavabo.

Il avait la nuque raide à force d'être resté assis.

— Chez maman. Elles couchent chez elle ce soir.

Sylvester s'aspergea le visage, puis se regarda dans la glace. Il avait en effet une sale tête, des cernes sous les yeux et des cheveux qui avaient besoin du coiffeur.

Shelley entra dans la petite salle de bains.

— Elle dit qu'on ferait bien de se magner le cul, sinon ce ne sera plus la peine de rappliquer. Charmant, non ?

— Qui est-ce ce type qu'on est censés rencontrer ?

— Que *tu* es censé rencontrer, corrigea Shelley. Il s'appelle Fabares, et il est envoyé par le siège du Parti démocrate. Je ne sais pas exactement quelle est sa fonction mais, d'après Maggie, c'est une huile. Tu as du savon derrière l'oreille.

— On ferait peut-être bien de s'arrêter chez moi pour que j'enfile une chemise propre, dit Sylvester en examinant le col de sa chemise rayée.

— Laisse tomber. Harrington va te botter les fesses si on tarde. Viens, qu'on en finisse. Après, on ira manger quelque chose.

— Je voudrais tant ne pas avoir à subir ces conneries, gémit Sylvester.

— Tu sais très bien comment les faire cesser.

— Ne sois pas cruelle. J'ai eu de longues journées. Sois gentille avec moi et je te le revaudrai.

— Plus tard, dit Shelley en lui prenant la main. Je serai aussi gentille qu'il te plaira, plus gentille même que tu ne le mérites. Eteins en sortant.

Buster Harrington et sa femme Maggie habitaient l'une de ces nombreuses demeures construites à Helena dans les années 1880-1890 par les barons de l'industrie du bois, les magnats des mines, ainsi que les éleveurs et les marchands prospères. Nombre d'entre elles avaient brûlé ou étaient tombées en ruine, tandis que certaines avaient été reconverties en appartements ou en bureaux. La plupart n'étaient plus que des vestiges ; un pan de mur, un morceau de grille rouillée ou une vasque brisée envahie par la végétation, voilà tout ce qui en restait. Ces anciens domaines et les maisons du centre situées sur Last Chance Gulch marquaient la transition entre les camps de chercheurs d'or des années 1860 et 1870 et la vraie ville qui avait vu le jour dix à vingt ans plus tard.

La propriété des Harrington avait été construite pour un négociant en grain et en fourrage arrivé tout droit de Glasgow en Ecosse pour tenter sa chance dans les mines d'or, mais qui avait fini par devenir le fournisseur des fermiers et des éleveurs, lesquels fournissaient à leur tour les mineurs. La maison elle-même était de proportions relativement modestes — pas de grand salon, ni de salle de billard, mais de jolies pièces hautes de plafond avec des moulures en bois exotique et des appliques en cuivre. Le salon s'ornait d'un lustre de cristal importé d'Ecosse en 1888. Buster Harrington, qui se tenait juste en dessous, serrant un whisky Early Times dans sa main grassouillette, écoutait d'une oreille distraite Fabares, l'homme du Parti démocrate, lui expliquer le nouveau règlement à propos des Comités d'action politique. En réalité, ce règlement était déjà en vigueur depuis un certain temps, mais Fabares voulait être sûr que tous ces paysans et ces cow-boys comprennent bien. Comme toujours, la conversation se ramena aux cotisations, et Harrington, que le sujet ennuyait, s'excusa pour aller faire un tour dans la bibliothèque.

Maggie, debout au fond de la pièce près de la cheminée, montrait la petite aquarelle de Russell et l'huile de Sharpe à ses invités. Les cinq ou six femmes qui faisaient cercle autour d'elle semblaient admiratives. Le seul homme du groupe, vêtu d'un costume bleu foncé impeccable, sirotait un peu à l'écart le contenu incolore de son verre. Il paraissait s'intéresser surtout aux femmes, ce qui rappela à Harrington qu'il n'avait jamais particulièrement apprécié ces deux toiles. Elles lui avaient été données en paiement par un éleveur de moutons juste après la Seconde Guerre mondiale. Il s'agissait d'une affaire de droits de pâturage qui représentait un enjeu important et pour laquelle les honoraires avaient été établis en conséquence. Pour un novice qui venait à peine d'être démobilisé et de terminer ses études de droit, les retombées dépassèrent l'aspect financier. Il devint un notable d'Helena, conseiller du gouverneur Ford (il avait du mal à croire que, dans sa jeunesse, il avait été républicain, partisan de Thomas E. Dewey qu'il avait rencontré en 1948 et soutenu jusqu'au jour fatal des élections) et, surtout, membre du Montana Club, le seul endroit correct où manger à Helena, aussi bien à l'époque que maintenant.

Harrington but une gorgée de son Early Times, et s'avança vers l'homme au costume sombre.

— Buster Harrington, se présenta-t-il en tendant la main. Je ne pense pas que nous nous connaissions.

— Ernst Lyman, fit l'inconnu avec un grand sourire. J'admirais les tableaux que votre femme nous montrait si gentiment.

Harrington s'efforça de situer son accent. Europe du Nord, sans doute.

— Ce sont des peintres célèbres, reprit l'étranger. Charley Russell est très connu dans mon pays.

— L'Allemagne, c'est ça ?

— Presque. Les Pays-Bas, mais je suis d'origine allemande. Je vis en Hollande depuis avant la guerre. On y joue beaucoup aux cow-boys et aux Indiens.

— Eh bien, ici aussi. Tout le monde a son putain de cow-boy ou son putain d'Indien...

— Buster ! je t'en prie ! l'interrompit Maggie, qui, de même que les autres femmes, avait suivi la conversation.

— Quoi ? Qu'est-ce que j'ai encore dit ?

— Tu n'as pas besoin d'être aussi grossier. (Maggie se tourna vers l'homme au costume bleu.) Pardonnez-lui, Mr. Lyman. Ce n'est qu'un petit homme vulgaire.

Ce Lyman doit être quelqu'un, songea Harrington. Le genre de type auprès de qui les gens, y compris ma femme, viennent s'excuser. Mais c'est souvent le cas avec les étrangers — on se sent obligé de s'excuser pour la moindre vétille. Comme s'ils avaient le monopole des bonnes manières.

Lyman protestait : mais non, mais non, il ne s'était pas senti du tout offensé, absolument pas, blablabla. Harrington consulta sa montre : 7 heures 10. Maudit Sylvester ! Inviter exprès un type qui pourrait lui rendre service, et voilà qu'il n'arrivait pas ! Fabares aussi devait commencer à s'impatienter.

Sirotant son whisky à l'eau, Harrington se remémora la première affaire importante que Sylvester avait eu à traiter cinq ou six ans auparavant. Il faisait partie du cabinet depuis près de quatre ans, et, frustré par la banalité des cas qu'on lui confiait, il ruait dans les brancards, désireux de se mettre sous la dent quelque chose de plus consistant. L'affaire en question se présentait de façon simple : une vieille dame avait glissé sur le trottoir verglacé devant le siège de l'Anaconda Company, à Butte, et s'était cassé la hanche et le poignet. Harrington estimait un procès éventuel impossible à gagner, car la vieille dame engloutissait chaque jour assez d'alcool pour submerger un cuirassé, mais il pensait que la compagnie accepterait de lui accorder un dédommagement afin d'éviter la publicité. Il confia donc le dossier à Sylvester, sans oublier de lui donner des conseils sur la psychologie à appliquer face à l'Amérique des entreprises. C'était une affaire banale qui permettrait au jeune homme d'acquérir un peu d'expérience dans ses rapports avec le pouvoir, et, surtout, la conclusion d'un accord satisfaisant lui procurerait une petite victoire.

A l'étonnement de Harrington, la compagnie (ou plutôt la Compagnie avec un grand C, comme on la désignait dans tout l'Etat du Montana) décida de ne pas céder, pour éviter qu'on lui intente de telles actions dans l'avenir. D'une manière ou d'une autre, et aujourd'hui encore, Harrington restait incapable de comprendre exactement comment, Sylvester réussit à convaincre les associés de poursuivre l'affaire devant les tribunaux. Il plaida devant la cour, mettant l'accent sur la question de classe. Il parla de la vieille dame et de son mari, un ancien mineur de cuivre de l'Anaconda Company invalide du travail, ainsi que d'autres qui, comme lui, avaient été exploités par l'entreprise au-delà de toute décence depuis l'époque brutale du tournant du siècle, quand régnaient les accidents du travail, la silicose, les brûlures d'acide sulfurique, la chasse aux syndicalistes, le terrorisme maintenu par les shérifs adjoints locaux et les gardes de la Compagnie, époque symbolisée par la pendaison de Frank Little, le leader syndicaliste de l'IWW. Les arguments de Sylvester portèrent.

Les jurés accordèrent 1,8 million de dollars de dommages et intérêts à la plaignante, et les agences de presse diffusèrent à travers tout le pays l'histoire de la vieille dame qui avait glissé sur un trottoir et de son avocat indien qui venaient de mettre à genoux un trust historiquement célèbre pour son caractère impitoyable. L'Anaconda Company quitta Butte et « la plus riche colline de la terre » peu de temps après, non à cause du procès, mais pour aller exploiter en Amérique du Sud des collines plus riches sans qu'on lui cherche querelle sur des questions de responsabilités sociales.

Harrington, comme souvent lorsqu'il repensait à l'audace et la chance qu'avait eues Sylvester, secoua la tête en riant. Il se revoyait au début de sa carrière, et il se sentait tout attendri. Après cette victoire, il avait considéré Sylvester comme un homme avec lequel il fallait compter, et il lui avait réservé certaines des affaires à implications sociales les plus importantes. Et maintenant, il désirait lui offrir sa plus grande chance. Ensuite, finie la profession d'avocat. Envoyer tout promener et dormir tous les jours jusqu'à midi.

— Pardon ? fit Lyman qui, ayant vu Harrington rire, s'imaginait que c'était en rapport avec lui.

— Qu'est-ce que vous faites dans la vie ?

Il voulait savoir ce que cet homme fabriquait ici. Le personnage était un peu mielleux, un peu trop bien habillé, un peu trop lisse. Harrington avait appris à garer son portefeuille en présence de types de ce genre.

— En fait, je représente mon gouvernement pour la signature d'un contrat de vente de blé avec votre pays. Il ne s'agit pas d'une grosse affaire, la plupart de notre blé vient du Canada ; mais si nous trouvons d'autres fournisseurs intéressants, qui sait ?

— Vous n'avez pas l'air d'un exploitant agricole, Mr. Lyman.

— Non, non, fit celui-ci en riant. J'habite Rotterdam. Je serais plutôt dans la navigation de commerce. Disons que je rends service à mon gouvernement.

— Et en échange, vous vous chargerez de l'expédition du blé, c'est ça ?

— Si nous parvenons à un accord, oui. On n'a rien sans rien, n'est-ce pas ?

Cette fois, Harrington éclata franchement de rire. Il aurait bien adressé un clin d'œil à Maggie, mais elle lui tournait le dos. Où diable avait-elle été dénicher ce type-là ? Il jeta un bref regard sur le Russell et sur le Sharpe. Depuis deux ou trois ans, il avait l'intention d'en faire don à la Société historique. Pour ne plus les avoir dans la maison. Les gens comme Lyman le rendaient nerveux.

— Eh bien, je vous souhaite bonne chance, Mr. Lyman. Nous

avons besoin de nouveaux marchés pour nos ressources naturelles. J'espère que vous passerez une excellente soirée, et surtout, n'hésitez pas à vous resservir.

Tout en serrant la main que l'autre s'empressa de lui tendre, Harrington se demanda si le blé était bien une ressource naturelle. Puis il aperçut Sylvester qui, debout près de l'entrée du salon, tenait une bouteille de bière et affichait un sourire emprunté.

— Ah ! le voilà enfin ! s'écria-t-il en traversant la pièce à grandes enjambées. (L'air soulagé, il échangea une poignée de main avec Sylvester.) Eh bien, mon salaud, où aviez-vous disparu ? Qu'est-ce que vous buvez ? Quoi, de la Miller High Live ! On a de la bière importée, de la Michelob, je crois. Venez, on va prendre une bouteille. Où est Shelley ?

— Elle s'est fait agrafer au passage... par Mrs. Lukas.

— Oh ! Seigneur ! Alors, elle en a au moins pour trois heures. Un de ces jours, il faudra que je découvre le secret de Maggie. Elle réussit à inviter toutes les vedettes d'Helena.

Harrington sourit en direction d'un groupe de jeunes gens devant lequel il passa en compagnie de Sylvester.

— Servez-vous, les enfants. Ne soyez pas timides.

Sylvester leur fit un signe de tête.

— Ça va, Rick ?

— On fait aller, répondit l'un des jeunes gens.

— Bon Dieu ! s'exclama Harrington. Je ne suis plus dans le coup. Ils sont de plus en plus jeunes. Ces garçons devraient être dehors en train de vendre de la limonade, par un temps pareil. Qui est ce Rick ?

— Il travaille au bureau de l'attorney général. Brillant. Vous vous souvenez de tout ce bruit autour des pratiques électorales ? Eh bien, c'est lui qui a épinglé Whitmere.

Harrington regarda par-dessus son épaule. Il ne parvint même pas à se rappeler lequel était Rick.

— Bon, que je vous parle un peu de ce Fabares. Il vient du siège du Parti démocrate, membre du comité pour le Congrès, une sorte de poisson-pilote censé nous communiquer des informations sur les Comités d'action politique et la manière de les contourner, mais je crois qu'il est surtout ici pour voir où en est le Parti — les points forts, les points faibles, notre unité, des trucs comme ça. Il s'intéresse particulièrement au siège de la circonscription Ouest. Il faut absolument qu'on le conserve pour contrebalancer nos pertes dans l'est de l'Etat. C'est un malin, mais on est habitués, non ? Il connaît très bien son affaire. Et en l'occurrence, son affaire consiste à rencontrer des candidats potentiels.

Harrington réussit à atteindre le bar en se glissant entre un couple d'âge mûr.

— Harry, tu veux bien servir une de ces bières étrangères à Mr. Yellow Calf ? demanda-t-il, puis il se tourna vers Sylvester. Je vous présente Harry, il prépare une licence de lettres à l'université. Tu ne vas tout de même pas devenir avocat, Harry ?

— J'espère bien que non, Mr. Harrington. Ravi de faire votre connaissance, Mr. Yellow Calf. Je ne vous ai jamais vu jouer, mais mon père m'a dit que vous étiez quelqu'un.

Sylvester passa le bras au-dessus de l'épaule de Harrington pour serrer la main du jeune barman.

— Enchanté, Harry.

— Je ne crois pas qu'on ait de bières étrangères, Mr. Harrington, dit Harry en examinant les bouteilles empilées dans le bac à glace. Bud, Miller's et Michelob, rien d'autre.

— Michelob, ce n'est pas une bière importée ? Bon, sers-nous-en une, Harry. (Harrington se tourna de nouveau vers Sylvester.) Pourtant, avec un nom pareil !

Sylvester éclata de rire. Peu lui importait la marque, car, de toute façon, il ne buvait pas beaucoup. Mais quand Buster se mettait une idée en tête, on ne pouvait plus la lui ôter.

Harrington donna une claque dans le dos de l'homme qui se trouvait à côté de lui.

— Comment ça va, Bob ?

Harry tendit la Michelob à Sylvester.

— Vous jouez encore, Mr. Yellow Calf ? Des petites parties comme ça, je veux dire ?

— Il y a un bout de temps que je n'ai pas touché un ballon de basket, Harry. Il m'arrive de jouer encore à la pelote, c'est tout. Et vous ?

Le jeune homme contempla ses pieds.

— Euh, juste un peu en salle, à l'université. Je ne suis pas si doué que ça.

— Moi non plus, maintenant. La dernière fois que je suis retourné chez moi, mon neveu de dix-sept ans me dribblait à tous les coups.

— A Browning, vous voulez dire ?

Sylvester ne dissimula pas sa surprise. Il aurait pourtant dû être habitué. Presque tout le monde au Montana savait en effet qu'il jouait dans l'équipe de Browning qui avait remporté deux titres consécutifs de championne de l'Etat. Une équipe légendaire, mais ça remontait à des années, et il ne pouvait s'empêcher d'être étonné qu'un garçon de l'âge de Harry en eût entendu parler. Il éprouva une brusque sensation de malaise. Pas besoin de le vérifier pour savoir qu'on commençait à le regarder, à le remarquer. Il n'y avait pas beaucoup d'avocats indiens à Helena, et de surcroît ex-vedettes de basket de l'Université du Montana, si bien que les gens se mettaient à chuchoter et à échanger des coups de coude en le désignant d'un signe de tête. Combien de fois, durant ces dix ou douze dernières années, n'avait-il pas regretté d'avoir été à l'université ici. Il avait eu plusieurs offres de bourses qui lui auraient permis de poursuivre ses études ailleurs, mais il était resté pour être près de ses grands-parents. Il se rappelait avoir pensé, alors que son entraîneur l'accompagnait pour s'inscrire, que ses grands-parents étaient vieux et allaient bientôt mourir, de sorte qu'il lui faudrait un jour revenir à Browning afin de s'occuper d'eux. Cela se passait il y a dix-sept ans, et ils vivaient encore. Son grand-père, certes, avait eu une attaque, et ne pouvait plus ni beaucoup parler ni beaucoup bouger, mais sa grand-mère, à quatre-vingt-sept ans, continuait à assister aux pow-wows ainsi qu'aux cérémonies des dons et des honneurs. En tant qu'ancienne, elle était toujours la première femme servie au cours des festins.

Quand Sylvester revenait chez lui, on le traitait avec respect, non en tant qu'ex-joueur de basket ou avocat, mais en tant que petit-fils de Little Bird Walking Woman qui l'avait bien élevé.

Sylvester parcourut le salon des yeux à la recherche de Shelley. Il se sentait tout à coup épuisé. Il étouffait, et il aurait voulu rentrer avec elle, grignoter quelque chose, puis se coucher. Il essaya de se rappeler ce qu'il avait mangé ce midi à la prison — une espèce de viande qu'il n'arrivait pas à couper à l'aide de son couteau et de sa fourchette en plastique, accompagnée de pommes de terre à l'eau et de maïs. Et comme dessert ? Ou bien était-ce le repas d'hier, ou encore celui du mois dernier ? Il y avait toujours de la viande trop dure.

Une main se posa sur son épaule, qui le guida à travers la pièce.

— Quoi qu'il en soit, ce Fabares est le pipeline qui nous relie à Washington. C'est pour ça que je tiens à ce que vous le rencontriez. Excusez-moi un instant... Servez-vous, les garçons, servez-vous... Bon, vous comprenez, nous sommes en mauvaise posture. Les Républicains vont remporter tous les putains de sièges ce coup-ci. Il faut penser à l'avenir. Certains de nos meilleurs candidats se préparent — bon Dieu ! ils voudraient contempler une dernière fois les rayons du soleil avant de crever !

Sylvester aperçut Shelley et Mrs. Lukas qui se tenaient devant le bow-window du salon. Une troisième femme s'approcha, et Shelley lui sourit en tendant la main. C'est une belle femme, songea le jeune avocat. Chaleureuse, gracieuse, aux allures un peu aristocratiques. Il éprouvait toujours un sentiment de reconnaissance à son égard.

— Ah ! nous y voilà ! Pete ! Excusez-moi, les enfants, je passe devant vous, dit Harrington en tirant Sylvester par la manche. Comment ça va, Ralph ? Pete, je vous présente Sylvester Yellow Calf, le jeune homme dont je vous ai parlé. Sly, voici Pete Fabares, envoyé par le siège — je crois vous avoir déjà parlé de lui ? C'est un grand honneur de l'avoir parmi nous dans le Montana.

— Enchanté, Mr. Fabares.

— Sylvester, je suis ravi de faire votre connaissance. Buster ne tarit pas d'éloges à votre sujet.

Harrington s'esclaffa, puis assena une claque sur l'épaule de Fabares comme si celui-ci venait de faire la meilleure plaisanterie de l'année.

— Tous les cabinets d'avocats de l'Etat s'arrachent ce jeune homme. Croyez-moi, il ne va pas tarder à réinventer la roue. Vous pouvez être certain qu'il vous rapportera gros, Pete.

— De même que quelques nouveaux et généreux donateurs, j'espère. (Ce fut au tour de Fabares de lâcher un rire bref, facile, comme s'il avait passé son temps à se débarrasser de tous les Harrington du coin.) Redevenons sérieux. Buster m'a dit que vous pourriez être intéressé par une carrière politique, vous présenter aux élections pour le Congrès peut-être, ou quelque chose comme ça.

Sylvester examina les visages qui l'entouraient. Ralph Waiters et Ed Vance étaient des collègues, tandis que les autres appartenaient aux instances locales du Parti. Il hocha la tête à l'intention de l'ensemble du groupe, et il se sentit idiot. Seul Ed Vance, son meilleur ami et son partenaire à la pelote, souriait ouvertement. La situation semblait l'amuser.

— Eh bien, en réalité, je ne fais qu'étudier la possibilité, Mr. Fabares. C'est très nouveau pour moi, j'en ai juste discuté avec quelques personnes, et ce n'est qu'une vague idée.

L'idée de Buster, aurait-il souhaité ajouter, mais il savait que ce n'était pas tout à fait vrai.

— Y a-t-il un endroit où Sylvester et moi pourrions parler tranquillement, Buster ? Pardonnez-moi de vous brusquer ainsi, mais j'ai un avion à prendre pour Salt Lake dans... (il consulta ostensiblement sa montre)... un peu moins d'une heure.

— Bien sûr. Nous pouvons aller dans mon bureau. C'est par là, de l'autre côté de l'escalier.

Arrivé devant le bureau de Harrington, Fabares déclara :

— J'aimerais m'entretenir quelques minutes en tête-à-tête avec Sylvester, je pense que ça ne vous dérange pas, Buster ?

Avec une aisance qui stupéfia Sylvester, il referma la porte pratiquement au nez du maître de maison, puis il se dirigea vers le fond de la pièce et écarta le rideau pour regarder par la fenêtre. Le soleil était déjà bas sur l'horizon, et au nord, la vallée prenait des reflets dorés qui tranchaient sur le gris des montagnes.

— Mon Dieu ! quel beau pays ! dit-il à mi-voix. Je suis déjà venu ici, pour la campagne de McGovern, mais on était tellement bousculés à l'époque que je n'ai guère eu l'occasion d'admirer le paysage. Le sénateur désirait rencontrer des dirigeants indiens, et je lui en ai trouvé parmi les Crows et les Sioux, je crois. C'est très embarrassant à avouer, mais ça va vous montrer combien j'étais naïf à l'époque : je m'imaginais qu'ils porteraient des plumes, des peaux de daim, des lances ou je ne sais quoi. Vous comprenez, je suis originaire du Massachusetts et je n'avais jamais vu d'Indiens, de sorte que je me figurais qu'ils s'habillaient toujours comme dans l'ancien temps. Eh bien, ils sont arrivés en costumes-cravates, la carte de visite à la main. (Fabares éclata de rire.) Ils ont quand même offert le calumet de la paix au sénateur.

Sylvester sourit. Il connaissait assez l'Est pour savoir que, là-bas, les gens entretenaient parfois de drôles d'idées à propos des Indiens. Il étudia Fabares, qui se présentait de profil. Dans l'autre pièce, il avait paru jeune, à peu près de l'âge de Sylvester, mais à la lumière de la fenêtre, on voyait qu'il devait approcher de la cinquantaine. Ses épais cheveux châtains et ses lunettes rondes cerclées de fer lui donnaient un air sain et athlétique, mais son visage avait un côté las et fripé suggérant que l'espèce de dynamisme qui le soutenait ne tarderait pas à disparaître et, de fait, il commençait déjà à fondre.

— En quoi croyez-vous, Sylvester ?

Fabares se détourna de la fenêtre et, dans l'éclairage adouci, il sembla retrouver sa jeunesse. Sa voix laissait percer une note de défi.

— Dans quel domaine ?

— N'importe lequel. Ce qui compte à vos yeux.

— Eh bien, sans nul doute les problèmes touchant les Indiens, les droits de l'eau et les droits du sous-sol sur les réserves, l'alcoolisme, les problèmes familiaux.

— Quoi d'autre ?

— L'environnement, la vie sauvage, la préservation des...

— Bon, et encore ?

— D'une manière générale, les problèmes que rencontrent les pauvres pour se faire entendre...

— Parfait. Résumons, vous aurez donc pour vous les Indiens, les écologistes, les pauvres — avec un électorat pareil, vous parviendrez tout juste à vous faire élire responsable de la fourrière à Helena. Qui d'autre espérez-vous séduire ? Les fans de basket, les gens que vous avez représentés dans les procès contre les grandes compagnies, les exploités ? D'après Buster, vous avez tendance à vous charger de défendre le faible contre le fort. C'est très bien. Vous aurez besoin des voix des petites gens si vous aspirez à vous faire élire sénateur ou attorney au niveau de l'Etat, mais si vous visez un peu plus haut, il faudra que vous ayez derrière vous une organisation, des lobbies, quelques grosses légumes. Buster vous épaule, et ce n'est pas rien. Il a fait plus d'un membre du Congrès dans cet Etat — vous vous souvenez de Don Morrissey ? Ça date peut-être d'avant votre époque. C'était un instituteur de Deer Lodge, tout à fait inconnu dans le Montana, et deux ans plus tard, il représentait la circonscription Ouest au Congrès. Grâce à Buster. Et vous vous rappelez ce qui est arrivé à Morrissey ? Eh bien, il a renié certaines de ses promesses, et la fois d'après, il n'a même pas franchi le cap des primaires. Les électeurs y étaient peut-être pour un peu, mais Buster, lui, y était pour beaucoup.

— Comment savez-vous ça sur le Montana ? Je croyais que nous n'étions que du menu fretin dans le cadre du grand projet.

Fabares se tourna de nouveau vers la fenêtre. Lentement, pensivement, il répondit :

— Il y a en effet un grand projet, Sylvester. Votre peuple le sait mieux que quiconque, et je n'ai pas besoin de grimper sur une caisse à savon pour vous l'expliquer. Il y a un tas de choses à protéger ici, et je ne parle pas seulement de l'environnement. Le Montana possède un mode de vie qu'on se doit de préserver. Vous n'ignorez pas ce qui est en train de se passer — la compagnie minière Peabody exploite jusqu'au moindre filon le sous-sol de la partie sud-est de l'Etat, Champion et Plum Creek déforestent l'ouest du Montana pour vendre leur bois, et les grosses sociétés immobilières rachètent les ranches et les exploitations familiales ainsi que les terrains autour des régions sauvages et des rivières à truites pour y construire des lotissements. (Fabares repoussa ses lunettes sur son nez et sourit.) Et vous savez qui va en subir les conséquences ? Eh bien, ceux-là mêmes qui s'opposent avec tant de force à la création de zones protégées et à toute forme de conservation des sites. Ils vont être privés de ces terres sur lesquelles ils ont chassé, pêché et campé depuis leur enfance. Et, pire encore, ils vont bientôt se retrouver dans l'impossibilité de gagner leur vie et d'acquérir le moindre bout de terrain sur lequel construire leur maison. Ça s'est déjà produit maintes et maintes fois, Etat après Etat.

Fabares s'interrompit un instant avant de poursuivre :

— Le Montana garde encore une chance, mais la situation s'aggrave de jour en jour, et sur une grande échelle. Je dirais que depuis la crise de l'énergie, l'instant critique approche à grands pas. Les géants dressent leurs horribles têtes et portent leurs regards dans cette direction. Ils ne vont pas tarder à arriver et à prendre ce qu'il y a à prendre avant de repartir. Et ce qu'ils laissent derrière eux n'est pas joli à voir. Le Montana aura été férocement violé, et, ironie amère, certains y auront pris plaisir.

Sylvester joua avec l'étiquette de la bouteille de Michelob. La bière avait tiédi dans sa main.

— Ça me rappelle ce qui s'est passé sur les réserves, dit-il doucement. Et sur la mienne, en particulier. Les grandes compagnies débarquent, s'emparent de tout le pétrole et le gaz naturel, puis elles ferment les puits et s'en vont ailleurs. En ce moment même, des compagnies minières cherchent à effectuer des sondages en vue d'exploiter nos terres sacrées dans les montagnes. Et sur la réserve, il y a autant de partisans que d'opposants à leur projet.

— C'est exactement ça, Sylvester, exactement. Le Montana

devient une vaste réserve, et tous ceux qui y vivent sont des Indiens. Ils s'agitent, parlent d'autodétermination, mais nous savons très bien qui, jusqu'à présent, détermine en fait ce qui est bon pour le Montana, et ce ne sont ni les Indiens ni les habitants du Montana, mais les grands intérêts, les géants et leurs commanditaires. Et ces commanditaires, ce sont les principales cellules du corps politique. Ils se répandent partout et possèdent des intérêts tels que vous ne pouvez l'imaginer. Ils seraient prêts à vendre le Montana pour avoir une photo les montrant en train de lécher le cul de George Bush. On croit rêver ! Mais c'est le scénario le plus pessimiste, encore que ce soit sans doute le plus proche de la réalité. Tant au niveau local qu'au niveau de l'Etat, les conservateurs, les fanas des armes et les constitutionnalistes posent un véritable défi à nos candidats. Ils prétendent représenter le courant majoritaire, et le plus terrible, c'est qu'ils ont peut-être raison. Ces électeurs que vous voudriez attirer, les Indiens, les pauvres, les écologistes, ne sont que de simples spectateurs impuissants, et je crains qu'ils ne le restent pour les quatre, si ce n'est les huit années à venir.

— Vous parlez comme si nous avions déjà perdu. Les Démocrates n'ont donc aucune chance ? Ici pourtant, on se débrouille plutôt bien, surtout en ce qui concerne les sièges au Congrès, le poste de gouverneur, et la plupart des élections locales importantes. Le Montana a toujours voté Républicain aux présidentielles, et ce sera sans doute encore le cas cette fois-ci, mais sinon, nous sommes bien implantés.

— Mettons que je sois une sorte d'alarmiste, Sylvester. Je suppose que ça fait partie de mon boulot, tout comme de délivrer des encouragements quand nécessaire. Tout ce qu'il faut faire pour pousser les Démocrates au cul, je le fais. Mais là, j'ai peur, vraiment peur. Je vois tous les acquis sociaux obtenus au cours des vingt dernières années s'envoler en fumée — on a une administration républicaine, une Cour suprême conservatrice. Alors, finie la légalisation de l'avortement, finie la déségrégation. Et ce n'est qu'un début. Mais je radote... Vous savez certainement tout ça, Sylvester, non ?

— En gros, oui. J'en ai discuté avec Buster et quelques militants locaux. J'ai conscience de la valeur de l'enjeu, et je suis juste un peu surpris qu'un homme occupant votre position soit aussi négatif, mais je devrais être moi-même surpris de ne pas l'être davantage, dit Sylvester en riant. Peut-être que je suis simplement trop stupide pour me rendre compte que ce pays est au bord de l'abîme.

— Comme je viens de vous le dire, Sylvester, je suis un alarmiste professionnel. J'inculque la crainte de Dieu à ceux qui se complaisent dans la béatitude. (Fabares jeta un coup d'œil sur sa montre.) Eh bien, qu'en pensez-vous ? Vous avez envie de vous embarquer avec nous ? Je reconnais que le bateau prend un peu l'eau ces temps-ci, mais à mon avis, dans deux ou trois ans, il sera de nouveau à flot. Croyez-moi, le tableau n'est pas aussi noir que j'ai tendance à le brosser. Je vais vous livrer un scoop : quand Buster nous a téléphoné à Washington, il y a quelques mois, nous nous sommes livrés à notre propre enquête. Vous avez beaucoup d'atouts en votre faveur : une grande popularité en raison de votre carrière de basketteur, un diplôme de droit de Stanford, une bonne situation dans un prestigieux cabinet d'avocats, vous êtes en outre membre de la Commission des libérations conditionnelles, ce qui vous donne des références dans le service public, et, surtout, vous êtes indien. Je pense que cet Etat, ce pays sont mûrs pour avoir un autre Indien au Congrès. Voulez-vous être cet homme-là ? La question n'est pas plus compliquée que ça.

Sylvester secoua lentement la tête.

— Mon Dieu !

Il se laissa tomber dans le fauteuil pivotant de Harrington derrière le bureau en acajou, puis posa sa bière tiède à côté du sous-main vert. Fabares vida son gin tonic.

— Pour quand vous faut-il la réponse ? reprit Sylvester.

— Il n'y a pas urgence — d'ici deux semaines, un mois au plus tard.

Fabares éclata de rire. Il avait assisté à cette scène de nombreuses fois dans sa carrière. Il y avait toujours un aspect comique dans les réactions de ses interlocuteurs face à ce genre d'offre.

— Nous avons des tas de choses à préparer, ajouta-t-il. Beaucoup de travail préliminaire. Si vous vous décidez à vous porter candidat, il va falloir qu'on s'active. Je ne vous infligerai pas le détail de ce qu'il y aura à faire. Ce n'est pas une tâche surhumaine, mais du boulot, il y en aura. Pour le moment, je vous demande simplement de réfléchir, d'en parler avec ceux dont l'opinion compte pour vous... J'ai cru comprendre que vous aviez une petite amie particulièrement brillante, Shelley, c'est ça ? Buster m'a dit que c'était la fille du vieux sénateur Hatton. Un type bien, et un coriace. Qu'est-ce qu'elle fait dans la vie ?

— Elle travaille au bureau du contrôleur fiscal. Elle est chargée d'analyser les budgets des différents départements de l'Etat, ceux de l'Université par exemple. Disons que c'est à elle qu'il revient d'annoncer les mauvaises nouvelles.

— Eh bien, parlez-en avec elle, d'autant que sa vie aussi en sera changée. (Fabares tira un portefeuille de sa poche.) Voici ma carte. Vous pouvez m'appeler n'importe quand. Si je ne suis pas là, on vous dira où vous pouvez me joindre. Je suis tout le temps par monts et par vaux.

Sylvester se leva, et les deux hommes échangèrent une poignée de main.

— Vous me plaisez, Sylvester. Et je suis persuadé que vous plairez également aux électeurs.

Fabares quitta le bureau en fermant la porte derrière lui, et Sylvester se rassit. Il avait la gorge irritée, comme s'il avait parlé pendant des heures, alors que c'était surtout l'homme de Washington qui avait fait les frais de la conversation. Il prit sa bouteille de bière — il aurait bien voulu en avoir une fraîche, mais il ne se sentait pas le courage d'affronter la foule des invités — et la finit. Il avait l'impression d'être tout petit dans la pièce maintenant envahie par les ombres du crépuscule. Il se rappelait les étés où il aidait ses grands-parents à dresser leur tipi dans la cour. Il y dormait toutes les nuits, et là aussi il avait l'impression d'être minuscule. De temps en temps, et en particulier les soirs d'orage, les ombres l'effrayaient, tout comme elles l'effrayaient à présent, à cette différence qu'il était devenu un homme grand et fort, mais un homme grand et fort qui avait peur de l'inconnu, peur de ce qui l'attendait.

— Ça va ?

La tête de Shelley apparut dans l'entrebâillement de la porte. Ses cheveux blonds légèrement bouclés encadraient son visage, pareils à l'éclat du soleil matinal.

— Oui, ça va, répondit Sylvester. Entre. Mon Dieu ! ça me fait plaisir de te voir ! J'étais épouvanté à l'idée de sortir.

Elle tira la porte derrière elle, puis s'avança rapidement dans la pièce. Elle glissa ses bras autour du cou de Sylvester et le serra contre elle. Son corps semblait léger et fragile à travers la soie de sa robe. D'un geste machinal, Sylvester se dressa et la souleva du sol. L'une de ses chaussures à hauts talons tomba par terre.

— Tu veux qu'on le fasse ici ? demanda la jeune femme. Sur le bureau ?

Sylvester la fit tournoyer en riant.

— Où tu voudras, sur la table de la salle à manger, sur le poste de télé...

— Mrs. Lukas te trouve mignon. Elle a toujours défendu les intérêts des nobles Peaux-Rouges. Tu le savais ?

— Avec tout son argent, elle peut défendre mes intérêts autant qu'elle voudra. Du moment que je n'ai pas à la payer en nature.

Il reposa Shelley au sol.

— Tu me parais bien excité ! Ça s'est passé comment avec Fabares ? Il avait l'air souriant en partant.

Appuyée sur le bureau, elle remit sa chaussure, gardant les yeux fixés sur Sylvester.

— Mr. Fabares pense que je ferais un assez bon candidat au Congrès — si toutefois j'accepte. Il estime que j'aurais de bonnes chances d'être élu.

— C'est formidable ! Tu... C'est bien ce que tu désirais, non ?

— Je ne sais plus. Je me sens tout abasourdi — ça a été si facile. Siéger au Congrès, tu imagines ?

Shelley prit un vieil encrier sur le bureau et le pressa contre sa poitrine.

— Je trouve que c'est merveilleux, et que tu pourrais faire de l'excellent travail. Tu as tant à offrir, Sylvester, si, si, je suis sincère.

Elle caressa l'encrier comme s'il s'agissait d'un petit chat et, sans lever les yeux, elle reprit :

— Tu pourrais faire tant de choses pour ton peuple. Je le sais.

— Je voudrais en être aussi persuadé que toi.

Sylvester soupira et alla se placer devant la fenêtre. Les lumières des lotissements scintillaient dans la vallée. Il regarda sa montre, puis continua :

— Il n'y a pas plus de quatre heures de ça, je posais des questions à un détenu membre d'une famille dans laquelle j'ai pratiquement grandi. Comme il était beaucoup plus jeune que moi, je ne l'ai pas tout de suite reconnu, mais l'un de ses frères aînés était comme un frère pour moi. Et aujourd'hui, non seulement j'ignore où il est, mais je crains de l'apprendre. J'ai de plus en plus l'impression d'avoir poursuivi ma route, tandis que ceux qui comptaient pour moi restaient sur le bas-côté. D'autres personnes sont entrées dans mon existence, dont je ne me sens pas spécialement proche, et m'ont aidé à franchir les étapes, depuis mes entraîneurs et mes professeurs jusqu'à Buster, et maintenant Fabares. On dirait qu'ils m'ont pris par la main. Je ne me souviens pas d'une seule fois où, de mon propre chef, j'aie dû lutter dur pour obtenir quelque chose. Il y avait toujours quelqu'un pour m'ouvrir une nouvelle porte et me dire : « Entre, entre, il fait chaud ici », puis la refermer au nez du peuple dont je suis issu. Il m'arrive d'imaginer Donny Little Dog — c'est le garçon avec qui j'ai grandi — debout derrière la porte à attendre qu'elle se rouvre. Mais elle ne se rouvrira jamais. Ni pour lui, ni pour aucun de ceux que j'ai laissés derrière moi.

Sylvester se tut quelques instants. Il apercevait les lumières de l'aéroport et celles d'un avion en train de décoller. Peut-être celui de Fabares à destination de Salt Lake, se dit-il. Puis il contempla le ciel, et finit par repérer une étoile qu'il connaissait. Lorsqu'il reprit la parole, ce fut d'un ton mélancolique :

— Tu sais, quand je suis retourné chez moi en juillet pour le grand pow-wow, à un moment, j'en ai eu assez des cérémonies, et j'ai été me promener dans Browning. Presque tout le monde assistait au pow-wow, si bien que les rues étaient pratiquement désertes. J'étais content de revoir les lieux de mon enfance, jusqu'à ce que j'arrive devant un terrain vague. Là, un garçon de sept ou huit ans, un petit Indien, jouait tout seul aux billes. Il portait un T-shirt déchiré, un jean troué aux genoux et de grosses chaussures de basket. Il semblait si absorbé qu'il n'a pas noté ma présence. Je l'ai observé un certain temps, et j'ai éprouvé le sentiment grandissant de l'avoir déjà vu, ou d'avoir déjà été témoin d'une scène pareille, tellement elle me paraissait familière. La chaleur du jour et les montagnes qui se dressaient à l'ouest me paraissaient de même familières, mais d'une manière étrange, comme s'il s'agissait de quelque chose qui était en rapport avec cette journée particulière. C'est alors que le gamin m'a remarqué. Il s'est redressé et m'a regardé — et c'est moi que j'ai revu. Des années auparavant, c'était moi qui jouais tout seul aux billes dans ce terrain vague.

Sylvester marqua une pause avant de reprendre :

— C'est là que la pensée m'est venue : si, ce gamin de sept ans et moi, nous nous trouvions au même moment au même endroit et que je me revoie en lui, pourquoi ne serait-il pas moi ? Pourquoi ne bénéficierait-il pas des mêmes chances, des mêmes encouragements et des mêmes aides que moi ? Pourquoi ne lui apprendrait-on pas qu'il est quelqu'un d'important, et qu'il n'est pas obligatoire qu'il échoue simplement parce qu'il est indien et que c'est ce qu'on attend de sa part ? (Sylvester se détourna de la fenêtre pour regarder Shelley. Ses yeux luisaient dans la pénombre.) Je ne te l'ai jamais dit, mais cette histoire m'a poussé à prendre Buster au sérieux quand il m'a proposé d'entrer en politique. Je ne t'en ai pas parlé parce que je n'étais pas sûr d'y arriver.

— Tu y arriveras, Sylvester. Je le sais. Je te connais.

La jeune femme traversa la pièce et enlaça la taille du grand Indien. Elle leva les yeux sur lui, et poursuivit :

— Tu aideras cet enfant, et beaucoup d'autres comme lui. Tu

es un homme bon, Sylvester Yellow Calf. (Elle l'étreignit.) Et la prochaine fois, je t'interdis de me cacher quoi que ce soit, tu m'entends ?

— Oui, m'dame. On peut rentrer, maintenant ?

— Chez toi ou chez moi ?

— Chez toi. Tu as des œufs ? Je nous préparerai une omelette.

— Comme la dernière fois ?

Sylvester fronça les sourcils.

— J'ai fait des progrès. Je me suis même entraîné à les faire sauter.

— Très bien, dit Shelley en le prenant par la main pour le conduire vers la porte. Malgré tout, on s'arrêtera peut-être au Burger King au passage. Soit dit sans offense, monsieur le membre du Congrès.

3

Au volant de sa Honda Civic, Patti Ann Harwood monta la dernière rampe et déboucha dans le clair soleil matinal de la mi-septembre. C'était la première fois qu'elle garait sa voiture tout en haut du parking du centre, mais elle voulait fumer une cigarette et regarder la petite ville qui s'étendait en bas. Elle avait besoin de réfléchir avant de se lancer dans l'aventure. Elle trouva une place libre entre un pick-up et une moto. Au-delà des vieux bâtiments s'élevait une chaîne de montagnes dont elle n'avait jamais réussi à retenir le nom et qui, d'un bleu-vert étincelant, se découpait avec une netteté étonnante dans le ciel parsemé de petits nuages blancs.

Elle enfonça l'allume-cigares, puis secoua son paquet presque vide pour prendre une cigarette. A quelques mètres de là, elle distinguait le toit du Power Block Building où la firme Harrington, Lohn & Associés avait ses bureaux. La jeune femme était passée devant en voiture, puis à pied, et en avait fait plusieurs fois le tour avant de rassembler son courage pour téléphoner et demander un rendez-vous. 9 heures 30, vendredi 14 septembre. Le moment approchait, et elle ne se sentait pas trop nerveuse. En réalité, elle s'irritait plutôt de ce bouleversement dans la routine de son existence, d'autant qu'elle allait devoir manquer une demi-journée de travail. Elle alluma sa cigarette, puis appuya sa tête contre le dossier du siège. En outre, l'idée de jouer les espèces de détectives lui donnait le sentiment d'être ridicule, ce qui ne faisait qu'accroître son irritation.

Elle avait bien préparé son histoire, et une fois qu'elle l'aurait racontée, elle tâcherait de fouiner un peu. Fermant les yeux, elle crut réentendre la voix de Jack : « Prends rendez-vous avec lui, cogne-toi à lui à l'épicerie, n'importe quoi... » Depuis lors, trois semaines avaient passé, et elle n'était pas retournée le voir à la prison. Elle s'était efforcée d'oublier ses paroles, jusqu'à ce qu'il lui téléphone jeudi dernier :

— Tu lui as parlé ?

Quoique devinant très bien à qui il faisait allusion, elle demanda avec une étincelle d'espoir :

— A qui ?

— A cet Indien, l'avocat de la Commission des libérations conditionnelles. Je t'avais demandé de lier connaissance avec lui.

— Je ne saisis pas vraiment. Qu'est-ce que je suis censée chercher ou apprendre ?

Comme cela se produisait de plus en plus souvent chaque fois qu'il s'exprimait de manière détournée et qu'elle ne comprenait pas, une note de mépris perça dans sa voix. Elle n'ignorait pas que cette réaction provenait de la prison, de la présence de gardiens et de mouchards, mais elle ne vivait pas dans le même monde que lui, et elle avait pour habitude d'aborder les problèmes de front.

— Fais sa connaissance, c'est tout. Prends rendez-vous. La plupart des avocats n'exigent pas d'honoraires pour une première consultation. Raconte-lui que ta mère vient de mourir et que ta sœur veut récupérer toute la porcelaine, ou qu'un arbre est tombé sur ta maison et que l'assurance refuse de payer, invente n'importe quoi. Sers-toi de ta tête.

La conversation s'était poursuivie ainsi jusqu'à ce qu'elle cède, se sentant un peu salie. Le lendemain, elle avait appelé le bureau de Sylvester Yellow Calf pour obtenir un rendez-vous.

Et aujourd'hui, avec son plus beau tailleur en soie, ses chaussures à hauts talons neuves et sortant de chez le coiffeur, elle se savait belle et tout à son avantage. Piètre consolation ! Elle écrasa sa cigarette, puis s'examina dans le rétroviseur et rectifia une mèche de ses cheveux auburn.

En descendant l'escalier du parking, elle perçut une légère odeur de fumée. La plupart des incendies qui avaient dévasté la région d'Helena au cours des dernières semaines étaient soit éteints, soit circonscrits, mais quelques-uns faisaient encore rage dans les montagnes et les parcs naturels du Montana. Le brouillard jaune qui planait d'ordinaire sur la vallée s'était dissipé, poussé par un petit vent du sud, et le ciel bleu brillait, haut et clair. Patti Ann avait vu à la télévision les reportages sur les incendies et, à un moment, elle s'était imaginé que tout l'Etat du Montana risquait de s'embraser. Un soir, avec son amie Myrna, elle avait été en voiture jusqu'aux Elkhorns pour regarder la lueur orange s'intensifier cependant que la nuit tombait. A présent, la vallée semblait de nouveau riante, et les bâtiments le long de Last Chance Gulch se dressaient, nets et solides, dans la lumière du matin. Le pire était peut-être passé.

— Mr. Yellow Calf va vous recevoir dans un instant, miss Lowry. Juste un peu de paperasserie à terminer. Désirez-vous un café ?

— Non, merci.

— Bon, si vous avez besoin de quoi que ce soit, n'hésitez pas à appeler. Il y a des magazines sur la table, mais je ne vous garantis pas qu'ils soient récents.

— Ne vous inquiétez pas, ça ira très bien.

La réceptionniste lui plaisait. C'était le genre de femme d'un certain âge qui travaillait dur et menait une existence normale. Même l'absence d'alliance à son doigt paraissait normale. Elle pouvait être veuve, divorcée ou vieille fille. Aux yeux de Patti Ann, tout semblait en effet normal comparé aux tromperies dont elle usait. Elle s'était présentée sous le nom de Patricia Lowry, sans faire mention d'un mari vivant ou décédé, ce qui était devenu chez elle une habitude. Elle ne parlait jamais de la présence d'un homme dans sa vie, pas même à ses collègues. Seule Myrna était au courant pour Jack, et on pouvait lui faire confiance. Son mari, Phil, se trouvait lui aussi en prison, dans le même quartier que Jack. Il avait raconté à Myrna que Harwood avait une femme à Helena qui, tenez-vous bien, se révéla être Patti Ann Harwood, laquelle travaillait dans le même service qu'elle. Les deux hommes n'étaient pas très proches, mais leurs épouses se lièrent d'amitié. Elles possédaient un secret en commun.

Patti Ann examina la salle d'attente, laquelle servait aussi de bureau pour les dactylos. Deux femmes installées de part et d'autre d'un large bureau, coiffées d'écouteurs, étaient penchées sur leurs machines à écrire électroniques dont le cliquetis venait briser l'étrange silence qui régnait dans le vieil immeuble. Le département des Ressources humaines où travaillait Patti Ann était toujours si chaotique et si bruyant, baignant en outre dans la lumière crue des néons, que, l'espace d'un instant, elle envia presque les deux femmes. Mais elle avait commencé sa carrière comme dactylo, et elle savait combien ce boulot pouvait être déshumanisant. N'empêche que les boiseries de chêne clair, les lampes suspendues et les hautes fenêtres qui donnaient sur Last Chance Gulch, avec ses nombreux magasins et restaurants devaient compenser en partie le fait de demeurer toute la journée rivées aux dictaphones.

Elle entendit une porte s'ouvrir, et se tourna vers le couloir. Puis elle jeta un coup d'œil à la réceptionniste qui hocha la tête en souriant.

La première chose qu'elle remarqua chez lui, ce fut ses cheveux noirs, épais et brillants, bien dégagés autour des oreilles, partagés par une raie au milieu et peignés en arrière. Jack s'était borné à lui dire qu'il était grand, et qu'il s'agissait d'un ex-joueur de basket. Quand il lui tendit la main, elle constata combien il avait la peau brune. Bien qu'elle eût conservé son bronzage de l'été, sa main lui parut pâle à côté de la sienne. Elle se contraignit à lever les yeux. Il affichait un sourire aimable qui dévoilait des dents blanches et saines, tandis que ses yeux noirs semblaient un petit peu trop rapprochés au milieu de son visage au teint mat.

Elle s'aperçut soudain qu'il venait de se présenter et qu'elle lui tenait toujours la main.

La voix de la réceptionniste la ramena à la réalité :

— Voici Patricia Lowry, Mr. Yellow Calf. C'est la jeune femme qui a un problème de testament. Elle a expliqué que c'était assez compliqué et qu'elle désirait s'en entretenir avec vous personnellement.

— Oh ! fit Patti Ann, s'empressant de retirer sa main. Je suis désolée. Une de mes amies m'a dit que vous étiez très compétent pour ce genre de choses. C'est probablement une affaire toute simple.

— Nous verrons. Nous pouvons en discuter dans mon bureau.

Il posa les deux dossiers qu'il serrait sous son bras gauche sur le bureau de la réceptionniste, et reprit à l'intention de celle-ci :

— Vous voudrez bien les remettre à Ed, Doris. Et lui dire que je ne pense pas pouvoir jouer cet après-midi. Je suis un peu débordé. (Il désigna le couloir.) Je vous en prie, par ici, miss Lowry.

La pièce était vaste et claire, simplement meublée — un bureau en chêne avec un dessus en cuir vert, un fauteuil pivotant, des classeurs, une bibliothèque et, au fond, face aux fenêtres, un petit canapé entouré de deux fauteuils assortis et d'une table basse en verre. La seule extravagance notable paraissait être une grande lithographie accrochée sur le mur au-dessus du canapé.

— C'est très beau, dit Patti Ann.

— Ça représente Paradise Valley, près de Livingston. J'aime beaucoup les couleurs.

— Ça fait très hivernal.

Sylvester éclata de rire.

— Elle s'intitule « Février ». Bien observé.

— C'est de là que vous êtes, Paradise Valley ? demanda la jeune femme.

Elle avait à l'esprit l'image d'un endroit où vivaient des écrivains et des vedettes de cinéma. Il lui semblait avoir lu il y a longtemps un article à ce sujet.

— Non, non, je viens des prairies venteuses du Nord, de Browning. Je crains que février n'offre pas tout à fait le même aspect là-bas.

Patti Ann se dit qu'elle venait de glaner sa première information. Mais aussitôt, elle se sentit coupable. Elle avait l'impression de violer la vie privée de cet homme.

— Je ne voudrais pas abuser de votre temps, Mr. Yellow Calf.

— Mais non, pas du tout. Je vous en prie, asseyez-vous. Voulez-vous un café ?

— Non, non. Enfin, si ça ne vous dérange pas trop...

— La machine est juste à côté. Du lait, du sucre ?

— Juste noir, merci.

La jeune femme s'installa en silence. On n'entendait plus que le faible ronronnement des machines à écrire. Pour arriver au bureau de Sylvester, ils avaient longé un couloir sur lequel donnaient plusieurs portes munies d'un nom, qui, toutes, étaient fermées. Elle effectua de nouveau la comparaison avec son département. Là, on fermait uniquement les portes, et encore à moitié, quand quelqu'un venait raconter sa vie. Ce n'est pas possible, songea-t-elle. Je ne peux pas lui mentir comme ça. Elle eut soudain froid, et elle pressa ses joues comme on le fait parfois quand il gèle.

Sylvester réapparut avec les deux cafés et repoussa la porte derrière lui à l'aide de son pied. Patti Ann, assise au bord du canapé, réprima son impulsion de se lever pour le débarrasser des tasses.

— Voilà, dit-il en posant les cafés sur la table basse avant de se laisser tomber dans l'un des fauteuils. Je me suis abîmé le dos l'autre jour. Bien, vous avez donc un problème avec un testament ?

La jeune femme repéra un cendrier posé sur l'étagère de la bibliothèque près de la fenêtre. Bien qu'elle eût envie de fumer, elle préféra se lancer tout de suite dans son histoire, tant qu'elle en avait encore le courage :

— Ma mère est morte il y a un peu moins d'un an, et elle a laissé un testament par lequel elle léguait tous ses biens à ses filles, c'est-à-dire à mes deux sœurs et à moi. Mon père est mort deux ans avant elle. En tout cas, tout devait être divisé équitablement entre nous, sauf l'argenterie qui allait à ma sœur aînée et quelques livres anciens d'une certaine valeur qui me revenaient. Notre cadette ne recevait rien de particulier si ce n'est le tiers du reste de l'héritage qui, de toute façon, ne représente pas grand-chose. Elle s'est sentie spoliée, et elle réclame sa part sur les livres et l'argenterie. Elle demande qu'on les vende et qu'on lui donne un tiers de la somme.

— Est-ce qu'elle a intenté une action légale ?

— Elle est en rapport avec un avocat, du moins elle le prétend. Elle menace de lui confier l'affaire si nécessaire, et je pense qu'elle le fera.

— J'ai l'impression que votre cadette n'éprouve pas un grand amour pour votre sœur aînée et vous.

— Elle est bien plus jeune que nous, et nous n'avons jamais été très proches.

Patti Ann, quoique s'exprimant d'un ton aussi neutre que possible, ressentit une impression de vide, comme à chaque fois qu'elle pensait à sa jeune sœur. Elle éprouvait en outre un sentiment de culpabilité à l'idée de la mêler à cette histoire de fous. En effet, elle avait bien une sœur cadette, Susan, avec qui elle n'entretenait que de vagues relations. Depuis deux ans, et le divorce de Susan, Patti Ann n'essayait même plus de reprendre contact avec elle.

— De quel genre de livres s'agit-il ? demanda Sylvester qui avait pris un bloc de papier sur le fauteuil à côté de lui. Je suppose que ce ne sont pas des ouvrages du style *La Comptabilité pour tous ?*

La jeune femme répondit avec une sorte de bonne conscience dans la mesure où, là aussi, elle racontait presque la vérité :

— Mon père était antiquaire dans le Minnesota. Au cours d'une vente de succession, il a acheté une bibliothèque personnelle dans laquelle il y avait une première édition des œuvres de William Wordsworth reliée en cuir et en parfait état. A l'époque, au début des années 60, ça valait un peu plus de trente mille dollars, et aujourd'hui sans doute beaucoup plus. Je ne l'ai pas fait estimer récemment, mais ça n'a pu qu'augmenter.

Sylvester inscrivit le renseignement sur son bloc. Maintenant, la jeune femme savait qu'elle était sur la corde raide, mais elle ne pouvait plus reculer. Et s'il s'y connaissait en livres ? Elle n'aurait pas dû lâcher ce chiffre de trente mille dollars qui lui avait paru aussitôt trop élevé. Quand elle était petite, des histoires circulaient sans arrêt au sujet de tel ou tel antiquaire qui était tombé sur un trésor, en général des livres rares ou des bijoux, mais son père, lui, n'avait jamais eu cette chance. Son rayon se limitait plutôt aux tables et aux chaises en chêne, aux buffets, aux glaces et aux lampes.

— Ça ne vous dérange pas que je fume ? reprit-elle.

— Pas du tout. Je dois avoir un cendrier quelque part, répondit-il, se préparant à se lever.

— Je le vois.

Préférant bouger, elle se hâta de le devancer. Elle devina qu'il cessait d'écrire, et elle sentit son regard dans son dos. Elle resta un instant à examiner les titres des livres rangés sur les étagères. L'espace d'une seconde, elle eut le sentiment qu'une certaine intimité la liait à cet homme qui jouait un rôle dans le maintien en prison de son mari. Et durant ce bref intervalle de temps, il lui sembla n'être plus qu'une femme en présence d'un homme, avec tout ce que cela impliquait. Elle fit un effort pour se maîtriser. Il y avait si longtemps...

Lorsqu'elle se retourna, elle surprit son regard juste avant qu'il ne le baisse sur son bloc. Il s'éclaircit la gorge et demanda :

— Question essentielle, miss Lowry. Ces dispositions particulières figuraient-elles sous forme de codicilles ? Votre mère avait-elle modifié son testament ?

— Elles étaient sur le testament original.

Patti Ann se rassit et prit une cigarette. Elle l'alluma, puis se cala dans son fauteuil en inspirant une profonde bouffée.

— Bon. A la réflexion, je ne pense pas que ça ait une grande importance. Il peut arriver qu'un codicille soit en faveur du défendeur — à condition que votre sœur ait véritablement l'intention d'attaquer. A propos, vous possédez une copie du testament ?

— Non, enfin si, mais je crois que je l'ai perdue, je ne sais plus...

— Ce n'est pas grave. Nous pourrons nous en procurer une. C'est la première chose à faire, nous allons nous en assurer, mais ne vous inquiétez pas, il est certainement inattaquable. Commençons déjà par là, miss Lowry...

— Patti Ann.

Elle désirait soudain qu'il l'appelle par son prénom — son vrai prénom.

— C'est mon surnom, reprit-elle. Tout le monde m'appelle comme ça.

— Très bien. Donc, Patti Ann, vous pourriez dans un premier temps essayer de chercher votre copie du testament. Si vous ne la retrouvez pas, nous en demanderons une et nous verrons à partir de là. A priori, l'affaire me paraît plutôt bien engagée, et à votre place, je ne me ferais pas trop de souci.

Il nota quelque chose. La jeune femme avait envie de lui demander comment les gens l'appelaient, car elle ne parvenait pas à s'imaginer qu'il puisse répondre au prénom de Sylvester.

— Est-ce que je dois ensuite vous téléphoner... Mr. Yellow Calf ?

— Dès que vous entendez parler de quelque chose, ou au contraire, s'il ne se passe rien, si les choses traînent, faites-le-moi savoir. Nous avons d'autres voies de recours. (Il tira un petit étui en cuir de la poche de sa veste.) Voici ma carte. Mon numéro personnel est dessus.

— Ah, vous habitez ici ?

Elle se sentit aussitôt stupide. Maudit Jack !

Heureusement, le jeune avocat sembla ne pas avoir remarqué le manque d'à-propos de sa question.

— J'habite Helena depuis dix ans, soit cinq ou six de plus que je n'avais au départ l'intention de rester, dit-il en riant. J'avais prévu de retourner exercer mon métier sur la réserve où je suis né, mais il y a toujours quelque chose qui m'en empêche. Et vous, vous habitez ici depuis longtemps ?

— Ça fera douze ans cet été. Je suis venue du Minnesota avec mon mari. Il était ingénieur des Eaux et Forêts, frais émoulu de l'université. C'était son premier poste.

Patti Ann se souvint de l'excitation précédant le déménagement, du nouveau travail, de la vieille maison dans la plaine qu'ils avaient achetée. Ils s'étaient rencontrés à l'université, où il étudiait la sylviculture et où elle suivait des cours de sciences humaines, simplement parce qu'elle ne savait pas quoi faire d'autre et qu'elle pensait trouver des débouchés dans ce domaine. Etudiante sérieuse, elle obtenait de bonnes notes, mais quand il lui demanda sa main alors qu'elle était encore en première année, elle accepta, et un mois plus tard, ils se mariaient et partaient pour le Montana. Ils débordaient d'enthousiasme à l'époque et, en dépit des emprunts qu'ils devaient rembourser, ils décidèrent d'avoir un enfant. Ils s'en sortiraient, d'abord grâce à son seul salaire à lui, puis, quand le bébé serait assez grand, Patti Ann pourrait retourner à l'université terminer ses études et trouver ensuite un bon travail. Après quatre mois de grossesse, elle fit une fausse couche. Ce fut une petite tragédie dans leur vie de couple, mais le médecin leur conseilla de recommencer, car ils étaient tous les deux jeunes et bien portants. Le docteur avait un rire chaleureux. Ils se sentirent réconfortés, et ils s'offrirent un dîner aux chandelles autour d'un faisan arrosé de bon vin. La deuxième fausse couche se produisit au bout de six mois. Patti Ann eut une hémorragie assez grave pour qu'on la place pendant deux jours en unité de soins intensifs, le temps de lui injecter force médicaments et litres de sang. Elle se rétablit, mais son mari la toucha de moins en moins souvent, car, s'imaginait-elle, il la croyait trop fragile, jusqu'à ce qu'un soir, alors qu'ils rentraient du cinéma et s'apprêtaient à se coucher, il lui jette à la figure qu'elle aurait dû lui dire dès le début qu'elle ne pouvait pas avoir d'enfants, parce que lui, il n'avait pas l'intention de rester toute sa vie comme ça. Et lorsqu'elle lui proposa de faire une nouvelle tentative, il se borna à éclater de rire. Ils continuèrent un an encore à dormir côte à côte dans le même lit.

— Votre mari... il est toujours ici ?

Une lueur d'étonnement brillait dans les yeux de Sylvester Yellow Calf.

— Oh... oh ! non ! (Patti Ann mit quelques instants à reprendre ses esprits.) Oh ! non ! Mon Dieu, nous avons divorcé il y a près de dix ans. Il est retourné au Minnesota. Je n'ai pas la moindre idée...

Un sentiment de gêne l'envahit. Elle avait réagi avec excès à une question simple pour la seule raison que le flot des souvenirs l'avait submergée. Depuis des années, elle s'efforçait de ne plus penser à son premier mari. Chaque fois que quelque chose venait le lui rappeler — un vieux film, un endroit dans la forêt où ils avaient pique-niqué —, elle s'empressait de chasser son image de son esprit. Pourquoi fallait-il qu'elle eût songé à lui, et à eux, à ce moment précis ?

Elle consulta sa montre. Presque 11 heures.

— Je vous ai déjà pris beaucoup de votre temps, Mr. Yellow Calf. Je ne me rendais pas compte qu'il était aussi tard.

— Sylvester, dit-il comme tous deux se levaient.

Il réprima une grimace de douleur. Il s'était vraiment fait mal au dos l'autre jour en jouant à la pelote, alors que pendant toutes ses années de basketteur, ça ne lui était jamais arrivé. Il tendit la main.

— Appelez-moi Sylvester.

La jeune femme resta un instant plantée devant l'entrée principale du Power Block. Une faible odeur de fumée flottait toujours dans l'air, comme si un nouvel incendie avait éclaté quelque part. On avait l'impression, ces derniers jours, que des feux de forêt se déclaraient régulièrement et que le vent qui portait leur odeur permettait de les localiser. Aujourd'hui, cependant, nulle brise ne soufflait, et le seul signe visible de fumée était un léger voile gris qui obscurcissait le bleu du ciel.

Patti Ann se sentait à la fois nerveuse et soulagée, bien qu'un peu déçue par tout, depuis l'entretien avec Sylvester Yellow Calf jusqu'à la manière dont sa vie se déroulait. Elle repensa à la sensation fugitive qu'elle avait éprouvée en devinant le regard du jeune avocat posé sur elle tandis qu'elle allait chercher le cendrier, et elle sut qu'elle se trompait — hormis deux années passionnées, une avec chacun de ses deux maris, elle avait vécu sans la chaleur d'un homme. Deux années sur trente-deux. Elle avait toujours été une épouse fidèle, même au cours de ces sept dernières années où Jack se trouvait derrière les barreaux, et elle avait veillé à se placer en position de le demeurer — surtout après les douze premiers mois, quand elle s'était aperçue que n'importe quel endroit public pouvait dissimuler de multiples dangers à peine la nuit tombée. Au début, le vendredi soir, elle allait au bowling en compagnie de Ruth et de Laurie, deux filles du bureau, et ensuite, elles s'arrêtaient manger une pizza avec une bière. Patti Ann était un peu plus âgée qu'elles, et beaucoup plus réservée. Après quatre ou cinq soirées de ce genre, elle dut y renoncer, car il y avait trop d'hommes dans ces endroits, trop de tentations. Elle avait été surprise de constater combien les relations se nouaient facilement autour des pistes de bowling et dans les restaurants à pizza. Jusque-là, elle s'imaginait que seuls les bars étaient à craindre.

Ces six dernières années, elle n'était pratiquement pas sortie, si ce n'est pour voir de temps en temps un film avec son amie Myrna. Elle avait même essayé de l'accompagner à l'église, mais les deux ou trois sermons sur le salut et le repentir la déprimèrent, car elle se refusait à penser à Jack — ou à elle-même — en ces termes. Ils étaient destinés à d'autres, à ceux qu'elle jugeait normaux. Mais depuis quand avait-elle cessé de se considérer comme normale ? Etait-ce à la suite de ses deux premières fausses couches ou de son mariage avec Jack ? Ou bien lorsque celui-ci avait été envoyé en prison un peu plus d'un an après leur mariage ? Après sa quatrième fausse couche et son hystérectomie, elle avait compris qu'elle n'était pas normale. Le même médecin, celui au rire chaleureux, lui avait dit qu'il commençait à se fatiguer des femmes suicidaires, et que si elle tenait à tout prix à se tuer, il lui faudrait désormais trouver un autre moyen que la grossesse.

Eh bien, il n'aurait pas dû s'inquiéter. Depuis le jour où Jack s'était évadé pour venir la voir à l'hôpital, elle n'avait plus touché un seul homme. Il l'avait longuement serrée dans ses bras, et elle aurait voulu qu'il ne s'en aille jamais. Elle était abrutie par les analgésiques et, quand les flics avaient fait irruption dans la chambre et passé les menottes à Jack, elle avait tenté en vain de leur expliquer qu'ils se trompaient, qu'il s'agissait de son mari.

Cela se passait au début de sa période d'incarcération. Il venait de finir le Programme d'orientation et, par suite d'une erreur, on le transféra dans l'un des quartiers réservés aux détenus soumis à une surveillance minimale. Quand il apprit que sa femme avait subi une opération et qu'à cause des problèmes de personnel on ne pouvait pas autoriser un gardien à l'accompagner à Helena, il sortit le lendemain matin en compagnie d'une équipe travaillant dans une ferme, et, tandis que les autres s'arrêtaient, lui, il continua sa route. Il ne raconta jamais à Patti Ann comment il avait exactement procédé, ni comment il avait effectué le trajet entre Deer Lodge et Helena. En tout cas, il arriva à l'hôpital, et elle ne l'en aima que davantage.

Au cours de ces deux ou trois dernières années, il avait toutefois changé, il était devenu secret, toujours à manigancer. La jeune femme ne fut donc pas trop étonnée qu'il lui demande de se renseigner sur Sylvester Yellow Calf, mais elle ignorait ce qu'il espérait tirer des informations qu'elle lui fournirait. Peut-être était-ce en rapport avec les mauvaises relations qu'il entretenait désormais avec les détenus indiens. Elle en ignorait la raison, et elle ne l'avait appris que l'année passée, quand il s'était fait poignarder. Il désirait peut-être que l'avocat l'aide à calmer les choses. Elle aurait dû aborder franchement la question, expliquer à Sylvester que son mari était en prison, qu'il courait un grave danger et que la commission à laquelle il siégeait lui avait refusé sa libération conditionnelle à peine un mois plus tôt. Elle avait eu envie de lui dire que Jack ne méritait pas de rester sous les verrous, qu'il avait déjà commencé à se racheter et qu'elle veillerait à ce qu'il suive dorénavant le droit chemin.

Jack avait téléphoné la veille, et elle lui avait dit tout cela, l'avait supplié, mais il s'était montré intraitable. C'était pour son bien à elle qu'il ne voulait pas que Yellow Calf ou qui que ce soit sache qu'elle était la femme d'un détenu. Ensuite, il s'était contredit en affirmant que Yellow Calf l'apprendrait le moment venu. Il y avait une intonation sinistre dans sa voix. Elle ne croyait pas une seconde que Jack agissait dans son intérêt à elle, ni même dans l'intérêt de leur couple. Il devait avoir une autre idée derrière la tête.

Voilà à quel point il avait changé.

Patti Ann se dit qu'elle ferait mieux d'aller manger quelque chose, sinon elle risquait de s'évanouir sur place — ce qui constituerait le comble de l'indignité, et sans doute sa punition pour le rôle qu'elle jouait dans cette sale affaire. Il y avait une boulangerie à une rue de là qui servait à midi de la soupe et des *muffins*. La jeune femme envisagea un instant de prendre également son après-midi, mais elle avait besoin de garder des heures afin de pouvoir rendre visite à Jack un vendredi après-midi par mois. Son patron était très sourcilleux sur le chapitre des heures supplémentaires en compte, de sorte que Patti Ann, à l'exception de ces vendredis, n'avait pas manqué une seule journée depuis les sept ans qu'elle travaillait aux Ressources humaines.

Quel martyre ! pensa-t-elle. Puis elle songea qu'elle avait intérêt à se dépêcher de passer chez elle pour se changer. Elle s'était mise sur son trente et un, ce matin, et, en vérité, elle avait eu l'impression d'être très élégante dans le bureau de style victorien de Sylvester Yellow Calf. Quel contraste avec celui de l'avocat de Jack — comment s'appelait-il déjà ? Rouse, ou Roush ? Six mois plus tôt, elle avait lu dans le journal qu'il avait été rayé du barreau pour avoir suggéré à quelques-unes de ses clientes qu'elles pourraient travailler pour lui dans un motel de routiers où il possédait des parts.

Enfin, elle s'était quand même bien amusée, conclut-elle en se dirigeant vers le parking.

Elle aurait souhaité éprouver un sentiment de tristesse ou de culpabilité, ou au moins un certain malaise, mais en réalité, elle se sentait bien, presque transportée d'allégresse. Pour la première fois depuis longtemps, il lui semblait être vivante, libre comme un oiseau. Etre une femme.

Sylvester Yellow Calf jeta un coup d'œil sur la circulation. Last Chance Gulch se transformait en rue piétonne juste devant le Power Block. Il y avait beaucoup plus de voitures que de piétons, et Sylvester se demandait comment les boutiques parvenaient à s'en sortir. Il se cala dans son fauteuil et se massa un instant le dos. Une fois, il avait représenté une femme propriétaire d'une petite boutique de pierres précieuses située à quelques centaines de mètres du cabinet. Elle prétendait qu'un fournisseur de Seattle l'avait escroquée de 150 000 dollars ; il lui avait permis d'en récupérer 80 000, et elle avait paru satisfaite. Peut-être que toutes ces boutiques jonglaient avec de pareilles sommes, mais il en doutait. Il n'avait payé que 120 dollars pour faire encadrer la lithographie au-dessus du canapé et au Rialto, un hamburger avec café à volonté lui avait coûté seulement un dollar et vingt-cinq *cents*. On racontait que les loyers étaient maintenus à un niveau peu élevé pour éviter que les magasins ferment. Helena avait besoin d'un centre-ville, et Last Chance Gulch continuait tant bien que mal à en faire office. L'immeuble du bureau de Sylvester se trouvait sur l'emplacement même où quatre Géorgiens avaient découvert le premier filon d'or après avoir tenté leur dernière chance dans un ravin (d'où le nom de Last Chance Gulch) près de la Prickly Pear Valley. En réalité, bien qu'un seul fût originaire de Géorgie, on les avait baptisés les Quatre Géorgiens, et ainsi était née Helena, en 1864, au cœur des terrains aurifères. Chose étonnante, le centre n'avait pas bougé pendant un siècle, même après l'épuisement des filons. Ce que les tremblements de terre et les incendies n'étaient pas parvenus à faire au cours de toutes ces années, les grands centres commerciaux l'avaient fait en deux décennies.

On avait cependant réagi en rénovant le centre qui, avec sa zone piétonnière, son pavage qui formait des dessins, ses arbres, ses lampadaires copies d'ancien, ses bancs et autres, tenait encore bon.

De sa fenêtre du cinquième étage, Sylvester pouvait presque voir la large cuvette, ou la vallée, qu'on nommait la Prickly Pear Valley. Son peuple, les Blackfeet, l'appelait *Many-sharp-points-ground* (Terre-aux-nombreuses-pointes) pour la même raison que les Blancs l'appelaient Prickly Pear (Figue de Barbarie). Avant l'arrivée des Blancs, la vallée constituait un vaste territoire de chasse pour les Blackfeet, et aujourd'hui, on y trouvait des lotissements, des bâtiments administratifs, des centres commerciaux, un aéroport et, plus loin, des fermes et des ranches.

Le téléphone sonna au moment où le jeune avocat aperçut Patti Ann qui, avec ses cheveux auburn et son tailleur léger en soie, se dirigeait à pas vifs vers le parking. Même de là, on se rend compte que c'est une belle femme, se dit-il. Ses cheveux brillaient dans le soleil. Il retint une seconde son souffle, puis il se tourna pour décrocher.

— Allô ?

— Salut. Comment se passe ta matinée ? La mienne, c'est l'horreur.

— Ah bon ? fit Sylvester en riant.

Ça lui faisait du bien d'entendre la voix de Shelley.

— Tu as déjà eu envie de tuer quelqu'un ? De l'étrangler sur-le-champ ?

— Je pense que oui.

— Ne sois pas si hésitant. Je croyais que ton peuple aimait tuer les gens.

— Le tien a tué beaucoup plus de monde que le mien. Nous étions des pacifistes par rapport à vous.

— Ta, ta, ta. Quoi qu'il en soit, que je t'annonce les mauvaises nouvelles : mon tyran de patron veut que je travaille demain matin, et ça pourrait même déborder sur le début de l'après-midi, jusqu'à une heure ou deux heures. Qu'est-ce que tu en penses ?

— On devrait quand même pouvoir partir. Il n'y a pas plus de trois heures de route.

— Je sais combien c'est important pour toi.

Sylvester adorait la façon dont Shelley retournait les situations en sa faveur. Maintenant, c'était lui qui voulait aller à Chico Hot Springs ! Lui qui avait supplié et cajolé pendant deux semaines, qui s'était arrangé pour que les filles de Shelley restent chez leur grand-mère, qui avait parlé de se baigner, de faire l'amour et de manger dans un grand restaurant !

— Oui, c'est important pour moi, affirma-t-il malgré tout.

— Je pourrais lui tordre le cou, à ce maudit despote. Tu veux que je le fasse ?

— Ne nous emportons pas. J'ai un peu de travail que je pourrai finir demain matin. Tu n'auras qu'à m'appeler ici dès que tu seras libre. Ma valise sera prête.

— Ça fait loin juste pour une nuit, non ?

— Tu veux qu'on annule ?

— Non, non, prépare tes bagages. Qu'est-ce que tu vas faire ce soir ?

— Rien de spécial. Me chauffer le dos. Je me suis donné un tour de reins l'autre jour, et ça ne s'améliore pas. Puis je vais bouquiner un peu.

— Ah bon, et quand est-ce que tu as lu ton dernier livre ? Non, non, ne me dis pas. (Shelley marqua une pause, puis soupira.) J'aurais bien voulu te voir ce soir, mais j'ai promis aux filles de les emmener manger une pizza et de faire une partie de Monopoly chez maman. Elle ne se sent pas très bien ces temps-ci — elle soutient qu'elle ne vivra pas jusqu'à Noël. Tu te rends compte ? Elle n'a que cinquante-quatre ans !

— Tel que moi je me sens, je m'estimerai encore heureux si je passe la nuit.

— Tu parles ! Bon, il faut que je te laisse. Je déjeune avec le patron et deux autres types, des informaticiens. C'est pour ça que je dois être au bureau demain matin — on met en place un nouveau programme fiscal. On verra combien de temps ça prendra pour foutre celui-là en l'air. Allez, je t'embrasse.

— Moi aussi, je t'embrasse.

Elle avait déjà raccroché. Sylvester reposa le téléphone. Le silence régnait. Pas de voitures, pas de murmures de conversations, pas de cliquetis de machines à écrire. Il s'approcha de la fenêtre et regarda le trottoir en direction du parking. Il s'attendait plus ou moins à voir de nouveau Patti Ann, comme si le temps s'était arrêté de même que les bruits.

Mais elle avait disparu.

Il contempla la plaine qui s'étendait au loin. Le ciel, couvert d'un voile de fumée, avait pris une teinte blanche. A l'horizon se dressaient les montagnes.

4

Jack Harwood se tenait un peu à l'écart des autres détenus cependant qu'ils descendaient l'escalier pour aller dîner au réfectoire. Sans être vraiment parano, il préférait malgré tout se méfier et rester derrière les Indiens incarcérés comme lui en Sécurité II. Il y avait un nouvel arrivant, un gamin du genre pédé, qui semblait ne pas le quitter des yeux. Décidément, il avait le don pour attirer les pauvres types. Mais bon Dieu ! qu'est-ce qu'ils pouvaient bien lui trouver ? Il s'efforçait de demeurer dans son coin, de tirer son temps, mais ces lavettes finissaient toujours par atterrir d'une façon ou d'une autre du côté de sa cellule. Certains jours, ils étaient même deux ou trois à tourner autour. Entrer aurait constitué une infraction, si bien qu'ils se contentaient de passer et de repasser devant, l'air décontracté et insouciant, tandis qu'en réalité ils crevaient de trouille. Quand des durs approchaient, ils se figeaient sur place et, pratiquement aplatis contre le montant de la porte de Jack, ils réduisaient alors leur conversation à un murmure. Harwood ne pouvait que sourire au spectacle de ces êtres pathétiques, et il finissait toujours par leur accorder une espèce de protection minimale — c'est-à-dire qu'il leur permettait de le suivre lorsqu'il se rendait à la cantine ou à la bibliothèque, et même aux douches. Pendant qu'il purgeait sa première peine, il avait failli lui-même se faire violer, et il n'avait dû son salut qu'à un type qu'il ne connaissait pas et qui, devait-il apprendre plus tard, venait de sortir du Q.H.S. ce jour-là.

Jack se souvenait encore de la terreur qui s'était emparée de lui quand on l'avait saisi dans la buanderie jouxtant la salle de douches, de sa panique à l'idée de devenir le giton d'un caïd — un gardien du nom de Rufus, manifestant un plaisir sadique, ne lui avait épargné aucun détail pendant qu'il suivait le programme d'orientation à son arrivée —, mais le type qui sortait du Q.H.S., un métis trapu aux cheveux longs, leur avait ordonné d'arrêter, sous prétexte qu'ils le gênaient dans sa toilette. Et ils avaient obtempéré. Jack apprit par la suite qu'il s'appelait Paco Morsette et qu'il était à l'époque le chef spirituel de la population indienne du pénitencier. Il n'eut jamais l'occasion de le remercier, car le soir même, Morsette regagnait le quartier de haute sécurité. Jack n'en sut jamais la raison, mais il avait appris à ne pas poser de questions. Rufus avait insisté là-dessus. On ne pouvait jamais savoir si on n'avait pas affaire à une balance ou à un type qui venait de se découvrir une dent contre vous, un béguin soudain ou une blessure d'amour-propre imaginaire. On faisait son temps, c'est tout. Personne n'aimait les fouineurs.

Il jeta un regard en biais et vit le gamin aux allures de pédé détourner les yeux. Bravo ! Encore un admirateur secret. Alors, Rufus, qu'est-ce qu'on fait ? Est-ce que je dégage un parfum qui attire irrésistiblement les minables ? Est-ce que je suis une image de père ? Est-ce que j'ai l'air si vieux, bon Dieu ?

Les détenus de Sécurité II étaient parvenus devant le réfectoire et, en rang par deux, attendaient l'ouverture de la porte. Il était 4 heures 27, et le gardien installé de l'autre côté semblait ne pas avoir remarqué leur présence. Ils constituaient le premier groupe pour le repas du soir, et ils n'entreraient qu'au moment précis où la pendule au-dessus du comptoir du self-service indiquerait 4 heures 30.

— Je m'appelle Peter Quinn.

Jack examina celui qui venait de lui adresser la parole. Il constata avec une légère surprise que le nommé Peter Quinn le dépassait de trois ou quatre centimètres. En revanche, sa peau très blanche et ses longs cheveux noirs ne l'étonnèrent pas. Les camés, il les repérait de loin.

— T'es tombé pour quoi, Pete ? demanda-t-il.

— Oh ! Seigneur ! vous n'allez pas me croire !

Non content d'avoir une voix de pédé, Quinn avait une voix *forte* de pédé ! Plusieurs têtes se tournèrent dans leur direction.

— J'ai été accusé d'avoir cambriolé une supérette — et avec un pistolet par-dessus le marché !

— Et c'est vrai ?

Jack nota que les Indiens au début de la file commençaient à s'intéresser à eux, ce qu'il voulait éviter à tout prix.

— Si on considère les détails techniques, j'avais bien un revolver, mais il était pas chargé. Le genre pistolet à plombs qui ressemble à un .45, mais j'avais même pas de plombs !

Peter Quinn se passa la main dans les cheveux, puis il secoua la tête et laissa sa chevelure retomber librement sur ses épaules. Il reprit :

— Ce truc était même pas chargé ! Bon Dieu ! et en plus, je sais même pas me servir d'une arme à feu !

Maintenant, les rangs s'étaient écartés. Putain ! c'est le bouquet ! se dit Jack. Les Indiens, en effet, observaient la scène. Certains portaient des lunettes noires, et presque tous des bandanas noués autour de leurs cheveux longs ou de leur cuisse. Quelques-uns souriaient, mais la plupart restaient impassibles. Peter Quinn, lui, paraissait n'avoir rien remarqué.

— Ecoute, Quinn, je vais te donner un petit conseil. Fais ton temps et joue pas les malins. Tu vois ces connards, là-bas ? dit Jack calmement en les regardant.

— Ouais, et alors ?

— On t'a donc rien appris en arrivant ?

— Au quartier des bleus, vous voulez dire ? Si, si, on m'a recommandé de suivre les programmes...

— Je parle pas de ça. On t'a pas dit de fermer ta gueule et de prendre une couleur muraille ?

— Oh... si.

Quinn promena son regard autour de lui et sembla découvrir pour la première fois l'attention dont ils étaient l'objet. Il comprit enfin, et son visage devint encore plus pâle sous le coup de la peur.

— J'arrête pas d'oublier où je suis.

Jack ne quitta pas des yeux les visages devant eux qui, l'un après l'autre, se tournèrent de nouveau vers la porte.

— Tâche de ne plus oublier. Il y a de vrais méchants en taule, prêts à te piquer ou à t'enculer à la première occasion. Garde la tête baissée et surveille ce qui se passe derrière ton dos. Tu crois que tu te rappelleras ?

— Oh ! mon Dieu ! gémit Quinn. C'est comme si j'étais déjà mort, je vous le jure. Je suis comme ça... je sais pas pourquoi... partout où je vais... même à l'école..., dit-il, haussant la voix.

Jack commençait à s'énerver :

— Mais enfin, qu'est-ce que t'as dans le crâne ?

Quinn ferma les yeux et hocha rapidement la tête.

— Bon, bon, profil bas, j'ai pigé...

La porte s'ouvrit, et les prisonniers se mirent à parler et à rire, puis ils s'avancèrent tout en se bousculant et en conservant un maximum d'ordre. Jack sentit l'odeur de viande rôtie, et il se représenta la purée de pommes de terre avec la sauce, les haricots verts, les tartes aux cerises et la profusion de tranches de pain blanc. Peu après, on entendit le bruit des assiettes et des couverts, suivi de celui des verres en plastique et des louches qui déversaient des platées de bouffe.

— J'ai faim, dit Quinn avec un gentil sourire. C'est marrant, plus je suis nerveux, plus ça me donne de l'appétit. Vous êtes jamais nerveux, vous ?

— Non, répondit Jack.

— C'est formidable. Fantastique. Il y a des types comme ça, toujours vachement relax. Mon père était pareil. Je le détestais pour ça. Enfin, ça fait un bail. Je me disais qu'il était arriéré...

Harwood ferma les yeux et eut un petit rire. Le gamin s'en sortirait. Il était bien trop cinglé pour ne pas rebondir. Il allait sans doute en baver pendant quelque temps, jusqu'à ce que les caïds s'aperçoivent qu'il ne se calmerait pas et décident qu'il valait mieux chercher des nouveaux plus faciles à tabasser, à rançonner et à baiser. Restait la dope. S'il se droguait, ils pourraient essayer de l'obliger à demander à sa famille de leur envoyer la camelote. Mais il s'en tirerait — Jack était devenu expert dans l'art de juger certains fragments d'humanité, et il estimait que Quinn était de la race des survivants, et peut-être même de celle des capitalistes, à condition qu'il connaisse dehors les gens qu'il fallait.

— Vous n'avez pas le genre, dit Quinn.

— Le genre de quoi ?

— Je sais pas. Vous n'avez pas l'air à votre place ici, vous savez ?

— Non, je ne sais pas.

— Vous êtes trop clair, trop net, un truc comme ça, dit Quinn en se passant de nouveau la main dans les cheveux et en secouant la tête. Vous ressemblez plutôt à un professeur ou à un avocat. Vous êtes ici pour quoi ?

— Attaque de banque.

— Ah bon, sérieusement ?

— Laisse-moi t'expliquer une chose. T'es un bleu, et un bleu ne fourre pas son nez dans les affaires des autres. Il ferme sa gueule, sinon il s'attire un tas d'ennuis. Des fois, il sort même les pieds devant.

Jack vit briller une soudaine lueur de peur dans les yeux de Quinn. Cela se produisait chaque fois qu'un nouveau détenu se rendait brusquement compte de l'endroit où il était, des gens qui l'entouraient et du temps qu'il passerait ici avant de retrouver les lieux qu'il fréquentait, sa petite amie et ses copains. Cette prise de conscience était salutaire. Elle lui sauverait peut-être la vie. Et lui permettrait peut-être même de ne pas devenir un souffre-douleur.

— Je m'en fous, Quinn. Je ne suis ni ton ennemi, ni ton ami. Je me contente de faire mon temps. Mais ceux-là... (Jack désigna le début de la file)... ils ne s'en foutent pas. Ils sont déjà un peu curieux à ton sujet. Dès que t'es arrivé, t'as éveillé leur curiosité. Ils se demandent ce que t'as à offrir : sexe, argent, dope, si t'as des parents riches disposés à payer pour qu'on te poignarde pas, si t'as des potes dehors qui peuvent introduire de la drogue, si tu ferais un gentil giton. Tu vois, Quinn, c'est comme ça que leur esprit fonctionne.

Cette fois, la peur se lisait sur tout le visage du jeune homme. Il avait compris le message.

— Je cherche pas à te flanquer la frousse, mon vieux. (Tu parles ! pensa Jack.) Je crois que tu t'en sortiras si tu suis mes conseils : ferme-la et tâche de ressembler à un mur de béton. Tu connais ces grands lézards qui changent de couleur pour se fondre dans leur environnement ?

— Les caméléons, répondit Quinn dans un souffle, au point que ses lèvres bougèrent à peine.

— C'est ça, t'as pigé le truc. Quand ces mecs sont dans le coin, tu te colles au mur, tu deviens tout gris, et il ne t'arrivera rien. Okay ? Bon, maintenant, tu vois cette table, là-bas, près de l'endroit où se tient le gardien ? Eh bien, c'est là que tu manges, et que tous les bleus mangent.

Jack prit son plateau et ses couverts. Plusieurs Indiens s'installaient déjà autour d'une grande table au milieu du réfectoire. Depuis qu'il avait reçu un coup de lame à la bibliothèque, il veillait toujours à savoir où ils se trouvaient. Il ne les craignait pas vraiment ; il ne pouvait pas se le permettre. Il lui fallait juste demeurer sur ses gardes. Il sentait la pression monter en lui. Le plus drôle, c'est qu'ils paraissaient l'ignorer, et là, ça signifiait danger.

Tout ça à cause de ce putain de fric envolé, les neuf mille dollars dont on ne cessait de lui rebattre les oreilles. Oui, il s'en était emparé, et oui, il avait bien espéré les claquer, mais quand Patti Ann avait dû subir son hystérectomie, il lui avait dit où les prendre pour qu'elle puisse payer son opération. Ça, c'était le bon côté de l'affaire. Le mauvais, c'est que tout le monde — Williams, Hartpence, les Indiens, les membres de la Commission des libérations conditionnelles — paraissait persuadé qu'il les détenait encore ; en fait, c'est Hartpence qui, pour sauver sa peau, avait raconté aux Indiens un peu plus d'un an auparavant que Jack les avait planqués quelque part. Hartpence le dur des durs qui le balançait, ça aurait pu être comique si ensuite il n'avait pas reçu un coup de lame. Après être sorti du Q.H.S., il avait tenté de se faire transférer dans un quartier moins sévère, mais on avait refusé en raison de son évasion, si bien qu'il se retrouvait de nouveau coincé en Sécurité II avec les Indiens. Et à présent, ceux-ci l'ignoraient, ce qui le rendait nerveux. Ça ressemblait aux vieux films de cowboys. Quand les Indiens tardaient trop à attaquer, les occupants du wagon de chemin de fer commençaient à s'inquiéter. Seulement là, on n'était pas au cinéma, et ils pouvaient lui tomber dessus à tout moment, demain, dans un mois ou dans un an.

Et puis, il y avait Patti Ann. Longtemps, elle avait refusé d'utiliser l'argent, ne voulant même pas en entendre parler. Jack s'était senti vaguement trahi dans la mesure où il avait trouvé, ou plutôt volé, le moyen de lui éviter de se couvrir de dettes. L'argent servirait à la bonne cause, une bien modeste compensation pour la saloperie de tour que le destin lui jouait et qui avait failli la tuer. Il était parvenu à la convaincre en dépit de ses réticences. C'est lui qui ne tenait pas à avoir de dettes à rembourser quand il sortirait, avait-il fini par argumenter. Il lui avait alors confié où étaient cachés les neuf mille dollars — dans le carton contenant les chaussures blanches qu'elle portait le jour de leur mariage. Elle avait fondu en larmes, et lui, il s'était demandé pourquoi elle avait épousé un imbécile comme lui.

Jack s'installa à une table d'où il pourrait observer à la fois les Indiens et les nouveaux arrivants. Il était en compagnie des détenus condamnés à de longues peines, des types qui n'avaient pas grand-chose à se dire. Il savait juste qu'il ne s'agissait pas de violeurs d'enfants et qu'ils mâchaient consciencieusement leur nourriture. L'un d'eux, Motley, revenait du camp de travail dans les fermes pour avoir menacé un gardien, mais tout le monde ignorait à propos de quoi. Quant aux deux autres, ils avaient toujours été là, comme Jack, conséquence des décisions de la Commission annuelle de révision des peines. Eux aussi s'étaient vu refuser leur libération conditionnelle, et ils repasseraient chaque année devant la Commission ; si ses membres se déclaraient satisfaits de leur comportement en prison, ils pourraient avoir une chance d'obtenir la conditionnelle, mais cela se produisait rarement. Jack étala le tas de purée sur son assiette. La plupart des types finissaient par laisser tomber et se contentaient d'attendre la date normale de leur libération. Que la Commission aille se faire foutre ! Seulement lui, il en avait marre. Quelque chose l'attendait dehors. Son élargissement lui paraissait pourtant plus improbable que jamais — à moins que son plan mal ficelé ne fonctionne.

Quinn souriait et gesticulait, plusieurs tranches de pain dans chaque main. De temps en temps, il secouait la tête, et ses longs cheveux noirs balayaient son visage avant de reprendre gentiment leur place derrière ses oreilles.

Jack sentit un léger poids contre le dossier de sa chaise, et il pivota d'un bloc. Beasley se tenait au-dessus de lui, un mince sourire aux lèvres.

— On dirait que ta petite copine s'amuse avec sa bouffe, Harwood. Vaudrait mieux que tu l'affranchisses ce soir, entre deux séances de jambes en l'air.

Jack ne répondit pas et se pencha de nouveau sur son assiette, mais Beasley se dirigeait déjà vers la table de Quinn auquel il se borna à jeter un coup d'œil avant de s'avancer vers le gardien appuyé contre le mur. Il lui glissa deux ou trois mots à l'oreille, et le gardien éclata de rire, puis se tourna vers Jack. Celui-ci comprenait ce que Beasley avait voulu dire au sujet de la nourriture. Les détenus considéraient les repas comme quelque chose de sérieux, et ils n'appréciaient guère qu'un bleu se livre à tout ce cirque au cours de l'un des rares moments privilégiés de la journée. Peut-être l'avertirait-il. Ou peut-être pas. Quoi qu'il en soit, Quinn se préparait des ennuis, et il finirait par venir rôder du côté de sa cellule. Encore que lui, il survivrait. Jack le savait. A condition toutefois de ne pas faire trop le con au début. Il faudrait qu'il s'en tienne à l'écart. Des mecs pareils vous entraînaient facilement dans leur chute.

Patti Ann attaquait la dernière boutonnière quand le téléphone sonna. Elle avait une vieille machine à coudre, et le travail exigeait toute sa concentration. Elle économisait en vue de s'acheter une nouvelle Elna avec tous les accessoires nécessaires, mais ce ne serait pas pour demain.

Elle se leva en veillant à ne pas déranger le patron et les morceaux de tissu épinglés sur la table de la salle à manger, puis elle se précipita vers l'appareil mural accroché à l'entrée de la cuisine.

— Allô ?

— C'est moi.

— Jack !

Depuis un an, il s'annonçait ainsi. Elle s'efforça de manifester un peu d'enthousiasme :

— Ça fait plaisir de t'entendre.

— Qu'est-ce que tu étais en train de faire ?

— Oh, je cousais une robe pour Myrna. La pauvre, elle n'a pratiquement rien à se mettre.

— Je croyais que tu venais de lui en faire une ?

— C'était pour l'été. Celle-là, c'est pour l'hiver. On a acheté le tissu la semaine dernière.

— Comment ça se passe ?

Patti Ann adressa une grimace au réfrigérateur. Avant, ils avaient d'agréables conversations, intimes, intelligentes, pleines de mots d'amour, or maintenant, Jack se comportait comme s'il parlait dans un walkie-talkie et qu'ils soient entourés d'ennemis.

— Avec l'avocat, reprit-il. L'Indien.

— Oh, ça s'est bien passé. C'est quelqu'un de gentil — un peu impressionnant, mais gentil.

— Qu'est-ce que tu veux dire par impressionnant ? demanda aussitôt Jack.

— Oh, il a l'air si grand — et si brun de peau. (Elle rit.) Après tout, c'est un Indien, mais il paraît tellement en bonne santé et puis tellement intelligent. Je ne suis pas habituée à voir un... un Indien qui respire la prospérité. La plupart de ceux qu'on rencontre ressemblent plutôt à des clochards. Et il s'est montré très ouvert, très amical...

— De quoi avez-vous parlé ?

Patti Ann ne répondit pas tout de suite. Après son entretien avec Sylvester Yellow Calf, elle s'était sentie bien, comme si quelque chose d'excitant était venu rompre la monotonie de son existence, comme si elle avait établi des relations avec lui. A présent, elle redescendait sur terre. Elle lui avait menti, c'est tout. Sa mâchoire se crispa.

— Je lui ai dit que j'avais besoin de le consulter pour un problème juridique. Je ne t'infligerai pas les détails...

— Vas-y, je t'écoute.

Eh bien, ne te gêne pas, pensa la jeune femme. Elle répondit néanmoins :

— Je lui ai raconté que ma jeune sœur voulait m'intenter un procès au sujet d'un héritage, une collection de livres rares dont elle réclamait la moitié de la valeur ou je ne sais plus quoi. Quel horrible mensonge ! Et il a tout gobé, il a pris des notes, m'a posé des questions. Il a dit qu'il m'aiderait...

— Il t'a donc crue ?

— Jack, qu'est-ce que tu as derrière la tête ? Je ne peux pas continuer. Je ne sais pas faire ce genre de choses et je n'aime pas ça !

— Je sais, je sais. Moi non plus je n'aime pas ça, ma chérie. Crois-moi, si je n'étais pas obligé, je ne le ferais pas, mais il y a une petite chance que cette rencontre... (il marqua une seconde d'hésitation)... et la suivante me permettent de sortir d'ici. Je ne pourrai plus supporter longtemps de rester en prison, Patti. Ça commence à salement me saper le moral... depuis que j'ai été poignardé, je... je deviens paranoïaque...

— On ne peut donc rien faire, Jack ? En parler à quelqu'un. Je sais qu'ils écoutent. Il le faut !

— C'est qui, « ils », Patti ? J'ai encore au moins trois ans à tirer, et « ils » ne me feront pas cadeau d'un seul jour. Et « ils », ce sont les gardiens, ceux qui ont les clés, et moi, je suis le pauvre type qu'ils détiennent derrière les barreaux. Je crains qu'ils ne soient guère sensibles à la musique des violons.

— Il faut pourtant qu'on fasse quelque chose !

La frustration qu'elle éprouvait chaque fois qu'elle parlait avec Jack lui amena les larmes aux yeux. Elle était parvenue à accepter l'emprisonnement de son mari, son absence, jusqu'au jour où il avait reçu ce coup de couteau. Depuis, elle avait sans cesse des cauchemars, et d'affreuses visions l'assaillaient pendant qu'elle feuilletait des dossiers ou faisait ses achats à l'épicerie. Elle se représentait une course précipitée, entendait un cri et voyait Jack s'effondrer au sol, tendre la main — et elle se trouvait toujours trop loin pour la saisir. Elle se concentra sur le bloc de papier plaqué contre la porte du réfrigérateur, et réussit à chasser ces images de son esprit.

— Il faut qu'on fasse quelque chose, répéta-t-elle doucement.

Jack soupira.

— On peut, mais c'est très risqué, Patti. Ça ne me plaît pas du tout de t'embarquer dans cette histoire, mais il n'y a pas d'autre moyen. Il faut que tu revoies Yellow Calf.

— Oh ! Jack !

— Je sais. C'est dégueulasse, et le pire, c'est que pour le moment, je ne peux même pas t'expliquer pourquoi. Tu dois me croire sur parole, il n'existe pas d'autre solution.

— Mais qu'est-ce que Yellow Calf a à faire avec tout ça ? Est-ce que je ne pourrais pas simplement lui dire qui je suis et lui demander de nous aider ? Je suis sûre qu'il accepterait.

— Patti, il fait partie de ceux qui me maintiennent en prison. Même s'il le voulait, il ne pourrait rien faire. Je suis passé devant la Commission et ma demande de libération a été rejetée. Ils ne reviendront pas sur leur décision simplement parce qu'on a éveillé leur pitié.

Il poussa un nouveau soupir dans lequel perçait cette fois une note d'exaspération. La jeune femme comprit qu'il commençait à perdre patience.

— Qu'est-ce que tu veux que je fasse ? demanda-t-elle.

— Il faudrait que tu le revoies. Ce coup-ci, ce sera peut-être un peu plus difficile, parce que je voudrais que tu le rencontres en société, que tu noues des rapports d'amitié avec lui — peut-être même que tu ailles prendre un verre en sa compagnie si tu arrives à arranger ça. C'est très important pour moi, Patti.

— Mais comment diable le pourrais-je, Jack ? Lui et moi ne sommes pas du même monde. Il aurait fallu que tu voies son bureau !

— Je te le répète, c'est très important pour moi. Il faut que j'en sache davantage sur lui. A propos, il est marié ?

Patti Ann fixa un instant la porte du réfrigérateur.

— Je ne sais pas, répondit-elle lentement. Je ne lui ai pas posé la question.

Elle était sincèrement surprise, comme si chaque détail avait son importance.

— Je ne sais pas, répéta-t-elle.

— Renseigne-toi. Je veux savoir s'il est marié, s'il a une ex-femme, des gosses, où il habite, qui il fréquente — ce genre de choses. Fais comme s'il s'agissait d'un jeu, Patti, parce que c'est exactement ça : un jeu. Mais un jeu qui pourrait me permettre de sortir d'ici.

Comme Patti Ann ne répondait pas, il ajouta :

— Tu veux bien, n'est-ce pas, ma chérie ?

— Oh ! Jack, je t'aime et je désire plus que tout au monde que tu reviennes. Je n'ai pas envie de passer le restant de mes jours à coudre des robes pour la vieille Myrna.

Jack éclata de rire.

— Tu as l'impression de gaspiller tes talents, c'est ça ?

Patti Ann rit à son tour, et elle allait répondre quand elle entendit un grand bruit à l'autre bout de la ligne.

— Jack ? fit-elle.

Puis il y eut un fracas métallique, comme si on venait de jeter une chaise en fer dans un escalier.

— Jack !

— C'est rien, ma chérie, dit-il d'une voix entrecoupée. Bon, il faut que je te laisse. Quelqu'un a besoin du téléphone.

— Tu n'as rien, Jack ?

— Non, non, tout va bien. (Son souffle était rauque et précipité.) Tu crois que tu peux faire ça pour moi, Patti ?

— Yellow Calf ?

— Oui.

— Oui, je le ferai.

— T'es une brave fille. Je t'aime.

— Moi aussi, je t'aime...

Mais il avait déjà raccroché. La jeune femme écouta un instant la tonalité, puis elle raccrocha à son tour. Elle croisa les bras et contempla le petit personnage souriant qui servait d'aimant et maintenait contre la porte du réfrigérateur le bloc sur lequel figurait la liste des courses se résumant à : LAIT, DÉCA, DÎNER, FERMETURE ÉCLAIR NOIRE. Le dîner restait toujours un casse-tête. Il fallait résister à la tentation de prendre un plat surgelé ou une boîte quelconque. Alors, peut-être une grande salade de crevettes ou un truc chinois avec du riz. Jack disait qu'en prison, le riz lui rappelait des asticots. Il s'attendait à chaque fois à le voir grouiller. C'était une plaisanterie, mais depuis, elle était à peu près incapable d'en manger ; de même que la purée de pommes de terre, d'ailleurs. Elle ne se souvenait pas de la manière exacte dont il en avait parlé, mais il avait dû employer le mot gluant ou visqueux.

Elle mit de l'eau à chauffer dans la bouilloire. Alors qu'elle versait le fond du pot de déca dans une tasse, elle fut prise d'un violent tremblement. Elle réussit à ne rien renverser, puis elle serra les bras contre sa poitrine. Elle ferma les yeux, mais elle eut le temps de deviner la course aveugle, d'entendre le cri et de voir Jack à terre, le bras tendu vers elle. Elle ouvrit les paupières et fixa la minuterie de la cuisinière. 8:23. 8:23. 8:23. Et 8:24. L'heure de manger, l'heure de manger, l'heure de manger, mais elle ne parvenait pas à penser à la nourriture. Une chose à la fois. La plaque sous la bouilloire virait à l'orange. Elle approcha la main et sentit la chaleur. Fermeture Éclair noire, fermeture Éclair noire.

Patti Ann se rappela soudain ce qu'elle avait voulu dire à Jack. L'autre soir, pendant qu'elle travaillait à la robe de Myrna, elle avait écouté à la radio une émission sur l'horloge biologique. Elle s'était sentie désolée pour les femmes qui percevaient son tic-tac, et, dans le même temps, elle avait éprouvé une joie intense. Pour sa part, elle n'avait pas à s'inquiéter de ce problème, car de biologie il n'était chez elle plus question. Pourtant, ces femmes avaient à peu près son âge, sinon plus, et elles parlaient d'avoir des enfants. D'une certaine façon, elles semblaient lui accorder la permission d'avoir un bébé, ou du moins un enfant. Elle avait souvent pensé, ne serait-ce que fugitivement, en adopter un, mais les obstacles paraissaient insurmontables : son mari était en prison, elle ne gagnait pas beaucoup d'argent, elle avait déjà divorcé une fois et, surtout, il y avait Jack lui-même. Quand il lui arrivait de faire allusion à cette possibilité, il se contentait d'éclater de rire et de plaisanter, déclarant qu'il serait en effet un excellent exemple, un père gibier de potence qui enseignerait à son fils les voies de la criminalité.

Elle avait cependant décidé de se renseigner auprès des services compétents. Voilà ce que les femmes s'exprimant à la radio lui avaient donné : le courage d'effectuer la démarche. Et c'était ça qu'elle voulait dire à Jack. Quel mal y aurait-il ? Qui sait si recommencer une nouvelle vie avec un enfant que tous deux pourraient aimer ne leur procurerait pas enfin un peu de bonheur ? Ou bien était-ce trop demander ?

Versant l'eau chaude dans la tasse, elle songea à la perspective de la libération prochaine de Jack au cas où son histoire avec Yellow Calf marcherait. Ne serait-ce pas bien qu'ils forment une famille, une vraie famille ? Il ne lui semblerait sans doute pas trop bizarre d'avoir Jack à la maison, au sein de son petit univers, s'ils pouvaient partager quelque chose.

Oui, elle rencontrerait de nouveau Sylvester Yellow Calf, elle se débrouillerait pour prendre un verre avec lui, elle lui poserait toutes sortes de question, elle le tromperait et elle le roulerait. Navrée, Mr. Yellow Calf, mais vous comprenez, c'est nécessaire. Dans la cuisine faiblement éclairée, elle leva sa tasse. Quel qu'en soit le prix, Mr. Sylvester Yellow Calf.

5

Sylvester Yellow Calf se fit sortir pour cinq fautes personnelles alors qu'il restait trois minutes douze de jeu. Comme il regagnait lentement le banc de touche, sa carrière de basketteur terminée, le joueur qu'il avait été chargé de marquer, Al Childers, trottina vers lui et lui donna une petite tape amicale sur les fesses. C'était un beau geste, une façon de lui dire au revoir après trois années de compétition où ils avaient été souvent opposés. Les applaudissements redoublèrent, et de nombreux spectateurs se levèrent. La partie était foutue, même si Montana n'était mené que de trois points. Les deux équipes pratiquaient une excellente défense, et sans Sylvester, inutile d'espérer revenir au score. C'était typique de l'équipe des *Grizzlies*, ainsi qu'on surnommait celle de l'Université du Montana : un bon jeu de milieu de terrain, mais personne hormis Sylvester pour tirer de loin ou pénétrer en force dans la raquette.

Il alla s'asseoir au bout du banc et enfouit son visage dans une serviette. C'était seulement la seconde fois de sa carrière universitaire qu'il se faisait exclure pour fautes personnelles, et il avait fallu qu'il choisisse la deuxième manche des *play-off* ! Son match dans le match avec Childers venait donc de prendre fin, et maintenant, la plupart des gens étaient debout. L'arbitre tenait le ballon sous le panneau, et Childers, à quelques mètres derrière la ligne des lancers francs, attendait que les applaudissements se calment. Puis il effectua deux ou trois pas en avant, l'arbitre lui tendit le ballon, et il marqua comme il l'avait fait des milliers de fois depuis les cours d'école de Chicago. Cette saison, plusieurs recruteurs d'équipes pro avaient suivi ses performances, et il était clair qu'il ne tarderait pas à rejoindre l'une d'elles. Sylvester, le regardant passer son deuxième lancer franc, se rendit compte qu'il n'avait pas eu souvent l'occasion de voir Childers jouer. Leur rivalité était telle que quand l'un sortait, l'autre sortait, et que quand l'un rentrait, l'autre rentrait. C'était pratiquement automatique. L'entraîneur de Sylvester n'avait même pas à le lui dire.

Il vit Childers s'engager dans la raquette, feinter la passe, et marquer facilement sous le panier. Les supporters de Boise State se dressèrent d'un bond, tandis que ceux de Montana demeuraient définitivement silencieux. Plus tard dans les vestiaires, un journaliste signala à Sylvester que s'il avait battu Childers au rebond et au nombre de passes décisives, ce dernier totalisait vingt-huit points contre seulement dix-sept en ce qui le concernait.

Le jeune Indien courba les épaules. Il avait cru avoir mieux défendu que ça. Durant toute sa carrière, il n'avait jamais permis à d'autres adversaires de marquer plus de quinze ou seize points, et en général, il parvenait à cantonner Childers dans cette limite.

Après lui avoir posé deux ou trois questions supplémentaires, le journaliste qualifia Sylvester de « gagnant », puis il alla interviewer les vrais gagnants.

— C'est pas un endroit fabuleux ?

Sylvester ouvrit les yeux. Il s'était assoupi sur le grand lit trop moelleux. La séance de natation matinale dans les sources chaudes l'avait épuisé.

— Mon Dieu ! que j'aimerais vivre ici ! Je me demande s'ils n'ont pas besoin d'une femme de chambre, d'un maréchal-ferrant ou je ne sais quoi. Je pourrais passer toute ma vie à respirer l'air pur des montagnes, à nager et à manger dans cette magnifique salle de restaurant. En plus, les gens sont tellement gentils !

Sylvester souleva la tête. Shelley, assise devant le petit bureau près de la fenêtre, rédigeait une carte postale.

— A qui tu écris ?

— Aux filles. Je leur ai promis de leur envoyer une carte. Elles s'imaginent que Chico Hot Springs est une sorte d'avant-poste dans le désert, c'est pourquoi j'ai choisi celle-là. (Elle montra une photo de l'hôtel avec les montagnes enneigées qui se découpaient au loin.) Ça devrait les détromper une bonne fois pour toutes.

Elle regarda un instant par la fenêtre, puis se pencha de nouveau sur le bureau.

Sylvester referma les yeux. Ça faisait au moins deux ou trois ans qu'il n'avait plus pensé à la partie contre Boise State, son dernier match. Après avoir récupéré des plaies et bosses accumulées durant une vie de basketteur, il avait concentré son énergie à préparer l'école de droit. Il se rappelait le journaliste, Ray Lundeen, qui avait couvert toute sa carrière universitaire pour le journal de Missoula. Avant, quand il travaillait pour le *Great Falls Tribune,* il avait même suivi ses rencontres scolaires. Il se plaisait à croire qu'il connaissait Yellow Calf et ce qu'il avait dans le ventre, comme il disait, mieux que n'importe quel supporter, entraîneur, joueur, reporter ou habitant du Montana. La carrière de Sylvester avait une histoire, et il avait entrepris de la raconter fidèlement.

Peut-être avait-il réussi, ou peut-être pas — mais en tout cas, il devait exercer une grande influence sur le jeune Sylvester.

L'histoire débuta donc alors que Sylvester était en dernière année de lycée. Browning, demeuré invaincu, se préparait pour le tournoi réunissant les meilleures équipes de l'Etat. Ils l'avaient remporté l'année précédente, et comptaient bien conserver leur titre. Les joueurs clés étaient restés les mêmes, qui tous respiraient la santé et adoraient se livrer à fond. Le hourra basket, voilà ce que pratiquaient les bonnes équipes composées d'Indiens — ils étaient passionnants, portaient des noms fascinants et jouaient avec tant de fougue que leurs adversaires finissaient par en être réduits à les regarder évoluer. Tels étaient les faits, du moins comme Ray Lundeen pouvait le constater. Et il constatait également que la plupart des supporters blancs de l'Etat, tout en professant une grande admiration et en manifestant un enthousiasme contagieux pour ces équipes indiennes n'auraient même pas offert un café aux parents de ces adolescents qui auraient frappé à leur porte au cours d'une tempête de neige. Ainsi allait le monde, et Ray Lundeen le savait, lui qui venait d'une ville du Middle West où il avait suivi la carrière de nombreux joueurs noirs. Il les avait vus devenir des vedettes, s'était mêlé aux foules qui les applaudissaient à la mi-temps, puis les avait vus, à de rares exceptions près, retourner à l'anonymat et à la pauvreté de leur ghetto. Il était devenu cynique et un peu caustique, une sorte de vieil aigri, alors qu'il n'était encore que jeune journaliste. Pendant qu'il fréquentait le lycée, son premier reportage l'amena à Grand Forks, dans le Dakota du Nord ; deux ans plus tard, sur un coup de tête, il posa sa candidature à un poste de journaliste sportif à Great Falls. Désirant affiner ses talents avant de s'attaquer au monde des grands, il préféra jouer d'abord la carte Great Falls qui devait lui offrir la possibilité de tenir sept années durant une rubrique hebdomadaire.

Ce fut au cours de cette période qu'il commença à entendre parler de Sylvester Yellow Calf dans les petits clubs, alors qu'il se prenait d'une passion dévorante pour le basket indien, passion qui, de fait, datait du Dakota où il couvrait le championnat et éprouvait de plus en plus de difficultés à dissimuler son parti pris en faveur des équipes indiennes. Leurs capacités athlétiques, leur comportement et leur jeu lui rappelaient sous de nombreux aspects certaines des équipes noires de sa ville natale.

Il remarqua par ailleurs qu'il se produisait un curieux phénomène lors de parties disputées sur terrain neutre. Les spectateurs se laissaient gagner par l'excitation en regardant jouer les Indiens et les encourageaient avec autant d'enthousiasme que les supporters des réserves. Il nota aussi qu'à la fin des matches, il n'y avait pratiquement aucun échange entre les supporters des deux équipes en présence, si ce n'est une forme d'hostilité.

Et cette hostilité déguisée s'étendait à la salle de presse. Ray mentionna sa découverte à un confrère plus âgé que lui, lequel lui expliqua :

— C'est comme si on se trouvait dans la cage aux singes. Au début, on s'étonne non seulement de les voir exécuter leurs tours, mais aussi de l'adresse dont ils font preuve. Mais à la fin, on s'aperçoit qu'on est dans la cage, et vous savez, les gens peuvent se sentir très mal à l'aise quand ils sont entourés de singes.

L'équipe de Browning compta neuf victoires pour seize défaites pendant la deuxième année d'université de Sylvester, puis vingt-quatre victoires pour une seule défaite pendant sa troisième année, et enfin demeura invaincue l'année suivante. Et encore la seule défaite de l'année précédente était-elle due à un forfait devant leurs principaux rivaux, quand un joueur de Browning assis sur le banc de touche reçut une boîte de bière pleine sur la tête. Un joueur de l'équipe adverse essaya de plaquer Sylvester au sol, mais celui-ci parvint à se dégager et envoya l'autre valdinguer contre les gradins. Le temps que l'unique policier, les professeurs et le doyen réussissent à faire évacuer le terrain envahi par les supporters, le sol était jonché d'objets divers et deux joueurs de Browning saignaient. On poussa toute l'équipe vers les vestiaires, puis dans le car. Et, tandis que ce dernier quittait la ville à toute allure, talonné par trois ou quatre voitures bourrées d'adolescents qui klaxonnaient et hurlaient des menaces, ils s'empressèrent de passer leurs vêtements par-dessus leurs maillots trempés.

L'année d'après ne donna pourtant lieu à aucun incident entre les deux équipes, ni au match aller, ni au match retour, et Browning poursuivit sa série victorieuse. Ils avaient remporté le championnat B de l'Etat l'année précédente, et on s'attendait à un nouveau titre. Sylvester faisait figure de leader de l'équipe dans tous les compartiments du jeu, sauf au rebond. Et même là, il lui arrivait de marquer lorsqu'un joueur ratait son panier. Il distribuait le jeu à merveille, et ils formaient une équipe soudée jusqu'au jour où l'article de Ray Lundeen dans le *Great Falls Tribune* vint tout changer.

L'article se présentait sous la forme d'un avertissement à l'intention de Sylvester Yellow Calf. Il commençait ainsi : « Cher Mr. Yellow Calf, vous êtes le cœur et l'âme de la meilleure équipe de basket indienne que cet Etat ait jamais connue. Vous avez procuré des émotions à tous les amateurs de ce sport du Montana, et nous vous en sommes reconnaissants. » Il ne s'agissait pas d'un papier extraordinaire, car Ray Lundeen était un journaliste compétent, sans plus, mais à mesure qu'on le lisait, il produisait un impact indiscutable, espèce de dithyrambe à l'adresse des équipes et des joueurs originaires des ghettos ou des réserves qui offraient un plaisir, une excitation et une diversion temporaires aux hordes anonymes et pitoyables qui vivaient sous la menace de la bombe (le Montana était la cinquième puissance nucléaire du monde, faisait-il remarquer) et menaient une existence de « désespoir tranquille », de faillite et de forclusion, ainsi que de terreurs nocturnes.

« Nombre de vos coéquipiers, Sylvester, bénéficieront d'une brève place au soleil avant de rester sur le bord de la route, livrés à une vie d'alcoolisme et de dégradation — le lot de tant d'Indiens —, mais vous, il le faut, vous le devez, vous porterez haut le flambeau. » Lundeen faisait ensuite l'éloge des qualités de leader, de l'intelligence, de l'éthique et de la courtoisie de Sylvester, et il achevait en le qualifiant de « gagnant », tant sur le terrain qu'en dehors, tant dans le passé qu'au présent et dans l'avenir — un « gagnant pour toutes les minorités qui mènent le combat incessant pour le respect et l'honneur ».

Le doyen avait punaisé l'article sur le tableau d'affichage près de la porte de son bureau. Le bruit se répandit, et bientôt plusieurs des joueurs vinrent se planter devant, riant et se bousculant, à la recherche de leurs noms. Mais à mesure qu'ils lisaient, le silence se fit. Ils n'échangèrent pratiquement pas une parole tandis qu'ils se dirigeaient vers la salle d'étude, mais tous pensaient la même chose. On leur présentait une vision d'eux-mêmes qu'ils avaient peut-être déjà entr'aperçue — ils connaissaient de ces anciens sportifs qui dormaient tout habillés, dans les voitures ou les encoignures de portes, et qui tentaient de leur soutirer quelques *quarters* comme ils se rendaient à l'entraînement. Certains parmi eux étaient leurs oncles, leurs cousins et même, pour l'un d'entre eux, leur père.

Plus ils y pensaient, plus ils se rendaient compte que Sylvester ne participait pas de cette vision, et qu'il était, comme le disait le journaliste, un « gagnant » qui ne connaîtrait pas le même sort qu'eux.

Cet après-midi-là, l'entraînement se déroula en apparence de façon normale. On entendit les crissements habituels des chaussures de basket, les grognements, les cris, le choc sourd du ballon sur le plancher, mais on constata une absence inhabituelle de courses folles, de maillots ou de shorts tirés, de feintes de passes et de tirs acrobatiques. Le coach n'eut pas besoin de s'égosiller pour leur reprocher comme à l'accoutumée de pratiquer un jeu dur, car de jeu dur, il n'y en avait pas. On aurait dit un entraînement sérieux auquel se livrait une équipe disciplinée ; or, l'esprit avait changé, et Sylvester ne manqua pas de le remarquer.

Après avoir lu l'article, il s'était senti surtout embarrassé, déplorant que ses équipiers n'aient pas reçu leur part de louanges, mais il ne croyait pas nécessaire d'en faire tout un plat — en effet, il avait toujours été le personnage central des histoires qui circulaient à propos de l'équipe. Bien qu'intelligent, et même brillant, il était trop jeune pour comprendre ce qu'éprouvèrent devant cette affaire ses camarades — et plus tard, leurs parents et leurs amis. Il n'avait pas l'impression d'être si différent d'eux, car ils étaient tous débrouillards, athlétiques et impétueux. Ils s'en sortiraient tous, et ils montreraient à ce Ray Lundeen qu'ils étaient tous des gagnants.

Seulement, le germe de la discorde avait été planté, et la plupart des joueurs en vinrent à penser que Sylvester se forgeait sa gloire sur leur dos. Plus d'un se demanda s'il n'était pas de ceux destinés à « rester sur le bord de la route. » D'autant que, pour ne rien arranger, chacun, au sein de sa propre famille ou dans le cercle de ses amis, possédait un tas d'exemples de jeunes gens prometteurs qui avaient connu l'échec et souvent la misère. Ce qui les rendait différents, c'est que jusque-là, ils étaient déterminés à réussir, à « se hisser au-dessus de leur condition », ainsi que le leur suggéraient à maintes reprises leurs conseillers pédagogiques. Comble de l'ironie, ils considéraient Sylvester, élevé dans l'environnement indigent de Moccasin Flat par ses grands-parents, comme un exemple d'ascension sociale. Ils n'ignoraient pourtant pas ce qu'étaient ses parents : sa mère, un pilier de bar qui avait depuis longtemps déserté le foyer conjugal, et son père, un alcoolo disparu lui aussi depuis des années. Leurs parents ne leur avaient épargné aucun des détails les plus sordides sur la famille de Sylvester, et, d'une certaine manière, cela en faisait l'un d'entre eux en dépit de sa célébrité. Mais à présent, ils se sentaient trahis par ce parangon de vertu qui risquait de provoquer leur échec par son succès.

Au basket, toutefois, ils n'échouèrent pas. Ils formaient une trop bonne équipe pour se désunir ; de fait, ils jouèrent le meilleur basket de leur vie, et, au cours de la rencontre pour l'attribution du titre, quand les joueurs du cinq de départ commencèrent à sortir alors qu'il restait à peine plus de trois minutes à jouer, les cinq mille spectateurs se levèrent pour les acclamer. Sylvester fut le dernier à sortir, et tous ses partenaires lui tapèrent dans la main, deux ou trois lui sourirent, et l'un d'eux déclara : « On leur a foutu la branlée », mais c'est un groupe un peu morne et silencieux qui regarda s'égrener les ultimes secondes de la partie.

Dans les vestiaires, ils dirent une prière en blackfeet, puis l'entraîneur, lui aussi originaire de Browning, leur parla de ce qu'ils avaient accompli en tant qu'équipe — il mit l'accent sur le mot « équipe » —, mais, promenant son regard sur la pièce crasseuse où régnait une chaleur étouffante, il constata qu'ils ne l'écoutaient pas vraiment. Le mot avait déjà pris pour eux une consonance lointaine. Cependant qu'il finissait son petit discours, il se tourna vers Sylvester assis au bout du banc, la tête baissée, et il ne ressentit pas comme d'habitude cette espèce de fierté de père envers son joueur vedette ; il éprouva au contraire un étrange mélange de ressentiment et de pitié. Il restait encore au jeune homme un long chemin à parcourir.

Sylvester avait déjà signé une lettre de préengagement chez les *Grizzlies* de l'Université du Montana, à la fois parce qu'il désirait ne pas être trop loin de ses grands-parents et qu'il s'agissait d'une bonne équipe de première division. Mais surtout, il voulait entrer dans un établissement qui dispensait de bons cours préparatoires à l'école de droit. Après avoir lu un article sur les avocats indiens que lui avait communiqué la conseillère pédagogique, il avait en effet décidé de voir s'il pouvait se lancer dans des études de droit. Dans le papier en question, on qualifiait les avocats indiens de « nouveaux guerriers », et on prédisait que le droit indien et le droit de l'eau — qui tous deux jouaient un rôle important sur les réserves — constituaient des domaines d'avenir. La conseillère, une jeune femme nommée Lena Old Horn, qui avait elle-même envisagé une carrière juridique (à laquelle elle n'avait d'ailleurs pas tout à fait renoncé), lui dit qu'il semblait posséder le talent et le dévouement nécessaires pour devenir l'un de ces nouveaux guerriers.

La saison de basket terminée, Sylvester prit ses distances par rapport à ses coéquipiers, et même par rapport à Donny Little Dog qui avait été contraint de quitter l'équipe après la mort de ses parents dans un accident de voiture. Ils avaient dédié leur saison à Donny et à sa famille, et l'adolescent avait pris place sur le banc en compagnie des joueurs pendant les matchs de championnat. Sylvester et lui avaient grandi ensemble à Moccasin Flat. Ils s'étaient battus côte à côte, avaient pêché, chassé, joué au basket, pratiqué la course à pied et étudié ensemble, et même dragué ensemble, bien que Sylvester ait eu le béguin pour la sœur de Donny qui avait un an de moins qu'eux. C'était une fille timide qui dut s'occuper des enfants jusqu'à ce que les services sociaux les lui enlèvent presque tous. Après quoi, elle sombra dans l'apathie et le découragement, subissant les attentions de Sylvester sans les encourager.

Une fois Donny perdu de vue, Sylvester se retrouva pratiquement seul. Le printemps venu, il décida d'abandonner la course à pied afin de se consacrer à ses études. Sur les conseils de Lena

Old Horn, il suivit deux cours au Blackfeet Community College, dont un de littérature anglaise placé sous la responsabilité d'un jeune professeur nommé Stanley Weintraub et originaire de la côte Est qui portait une queue-de-cheval et une petite boucle d'oreille en or. Il connaissait cependant le Montana pour avoir travaillé trois ans auparavant en tant que volontaire sur la réserve des Flatheads, mais située à l'ouest des montagnes, près de la ville universitaire de Missoula. Il avait noué de nombreuses relations dans la région et assisté de temps en temps à des cours de poésie donnés à l'université. Etant lui-même assez bon poète, il avait espéré enseigner la poésie, mais quelque chose dans l'atmosphère du collège, dans la ville ainsi que sur toute la réserve, le rendait hésitant, presque craintif. Sa façon de traiter les Indiens — en tant qu'égaux, sans déférence ni condescendance, des gens qu'on regardait droit dans les yeux — ne semblait pas fonctionner ici. Il y avait une structure qu'il ne comprenait pas et à laquelle, à plus forte raison, il ne parvenait pas à s'adapter. Très vite, il se lia donc d'amitié avec Lena Old Horn, une autre étrangère à la ville. Quant à elle, son statut d'étrangère ne la dérangeait pas ; elle s'y était attendue, car sur sa propre réserve les choses se passaient de la même manière. Elle s'efforça de l'expliquer à Stan, et comme il n'arrivait pas à comprendre, elle renonça et se concentra sur son travail au lycée.

Lorsque Sylvester Yellow Calf entra dans son bureau un jour en fin d'après-midi pour lui demander des renseignements sur les diplômes de droit, son cœur s'arrêta un instant de battre. Il lui sembla si grand et si beau dans son blouson de sport frappé de la lettre de l'université, qu'elle le crut envoyé par un guide spirituel. Naturellement, elle avait entendu parler de lui ; elle assistait à toutes les rencontres de basket disputées à domicile en compagnie de Stan, elle parlait à ses professeurs et savait qu'il vivait avec ses grands-parents à Moccasin Flat ; un joueur vedette ne pouvait pas avoir beaucoup de secrets à Browning. Cependant, à le voir apparaître ainsi, elle s'imagina rêver.

Elle s'entretint une heure avec lui, puis elle lui confia l'article sur la nouvelle génération d'avocats indiens. Ils n'abordèrent aucun sujet personnel durant la conversation — elle resta dans son rôle de conseillère, et lui, dans celui d'étudiant —, mais après son départ, elle chercha à se rappeler si elle ne lui avait pas prodigué de signes d'encouragement autres que professionnels. Elle eut presque honte de s'avouer qu'elle aurait souhaité l'avoir fait, de même qu'elle souhaitait qu'il se montre aussi désireux qu'elle de provoquer une nouvelle rencontre.

Et il revint, au moins une fois par semaine, en général après la classe ; ils comparaient les différentes écoles de droit, leurs avantages et désavantages respectifs. Elle lui prêta ses brochures et ses catalogues qu'il emportait pour les lire avec attention. Il sembla quelquefois rebuté par le jargon juridique, mais elle réussit à lui faire reprendre confiance.

Ils devinrent bientôt amis. Sylvester amena Lena et Stan pêcher à Mission Lake et à Four Horns Reservoir. Il lui fallut tout leur montrer, mais ils apprenaient vite et ne tardèrent pas eux aussi à attraper des poissons. Le soir, Stan les faisait frire, tandis que Lena et Sylvester discutaient, installés à la table de la cuisine. Il y eut entre eux un seul moment gênant, la fois où Lena l'interrogea sur ses parents. Il avait toujours été si ouvert et si aimable qu'elle réprima un sursaut en constatant à quel point sa mâchoire se crispait. Sans lever la tête de son assiette de poisson accompagné de pommes de terre, il répondit que sa mère avait une autre famille quelque part au Nouveau-Mexique et qu'on avait vu son père à Butte quelques années auparavant, puis il éclata de rire et ajouta que, de toute façon, ce n'étaient pas ses vrais parents. Lena, bien que ne saisissant pas ce qu'il voulait dire, préféra changer de sujet. Elle venait de le couvrir de honte devant Stan, un Blanc, un étranger. Elle aurait dû réfléchir, mais elle avait été abusée par son image de star et d'étudiant brillant qui faisait figure de modèle pour tous les gamins de la région de Browning. Elle aurait dû savoir qu'au fond, il était aussi timide et vulnérable que n'importe quel jeune abandonné par ceux qu'il aimait le plus. Sur sa propre réserve, les enfants élevés par leurs grands-parents ne manquaient pas. Sylvester avait paru différent, mais elle se rendait compte à présent qu'il n'en était rien, et lui poser des questions sur sa famille devant un étranger avait constitué une grave erreur de sa part. D'un autre côté, elle comprit dans le même temps que pour lui, elle n'était plus une étrangère, et cette pensée la combla de joie. S'ils avaient été seuls, il aurait répondu franchement, sans rien lui cacher. En son for intérieur, elle le savait. Et elle savait aussi qu'elle ne lui reparlerait jamais de ses parents.

Quant à Sylvester, il était amoureux et troublé. Il n'ignorait pas que Lena et Stan étaient plus que de simples amis. Sur les berges herbeuses de Four Horns Reservoir, cependant que le soleil étincelant avivait le vert de la prairie, il avait vu Stan enlacer Lena, un geste qui paraissait naturel dans cet environnement. Par contre, en ville, à l'école, les professeurs, même mariés, évitaient de se toucher. Sylvester sourit au spectacle de cette intimité, car elle rendait les professeurs plus humains, pareils aux adolescents. Et puis, il se plaisait en compagnie de Lena et de Stan, parce que avec eux, il se sentait adulte, même si sa grand-mère désapprouvait qu'il les fréquente. Elle prétendait qu'il négligeait son propre peuple. Sylvester ne discutait pas — il ne pouvait pas lui dire que son peuple semblait s'éloigner de lui depuis la fameuse finale du championnat en mars. Ses coéquipiers demeuraient amicaux mais distants, et ils ne l'invitaient jamais à participer aux parties impromptues ni aux virées en voiture du samedi soir. La plupart pratiquaient également la course à pied, si bien qu'il les voyait à peine après l'école — sinon de loin pendant que, parfois, il les regardait s'entraîner sur le stade. En ville, on le saluait et on lui souriait — quelques personnes lui demandaient même s'il allait jouer pour les *Grizzlies* la saison prochaine ou s'il continuait à se maintenir en forme —, mais ça n'avait plus rien à voir avec les bonnes vieilles plaisanteries d'autrefois.

En moins de deux mois, Sylvester était devenu une personne différente. Certes, différent, il l'avait toujours été — il étudiait sérieusement, s'occupait de ses grands-parents autant que ceux-ci s'occupaient de lui, ne buvait pas et, depuis sa tendre enfance, avait toujours été le meilleur athlète —, mais il savait, sans en être autrement affecté, qu'il était désormais un étranger aux yeux de tous, sauf des anciens. Il continuait à assister avec ses grands-parents aux cérémonies ; seulement, les anciens avaient beau le traiter avec gentillesse et respect, il sentait qu'il s'éloignait petit à petit d'eux et de toutes leurs traditions. Restait donc Lena — et Stan. Ce dernier essayait de l'intéresser à la poésie — tant pour le pousser à en lire qu'à en écrire —, mais Sylvester ne désirait qu'apprendre à rédiger une phrase claire et à mettre ses pensées sous une forme intelligible pour le vaste monde qui l'entourait. De fait, il n'écrivait pas mal. Il s'en sortirait à l'université. Stan lui enseigna donc l'art de la dissertation, et le lui fit exercer sur tous les sujets, depuis la danse du scalp jusqu'aux émeutes de Watts.

Il devint aussi le partenaire de Sylvester sur le terrain de basket derrière l'école primaire. Bien que mesurant tout juste un mètre soixante-quinze, soit treize bons centimètres de moins que Sylvester, il se montrait étonnamment vif et agressif, n'hésitant jamais à jouer des hanches ou des coudes. Il ne savait pas tirer, dribblait comme un manche, mais il défendait avec l'énergie d'une moissonneuse-batteuse, et c'était exactement le genre d'entraînement qui convenait à Sylvester.

Le jeune Indien commençait cependant à trouver Stanley Weintraub de plus en plus agaçant, non pas à cause de sa façon de jouer ou des réprimandes fréquentes que celui-ci lui adressait sur le chapitre de ses dissertations (encore qu'aucun de ses professeurs n'ait jamais eu de raisons de lui faire de tels reproches). C'était autre chose, qui avait un rapport avec Lena.

Sylvester était en effet amoureux d'elle comme un garçon peut l'être d'une jeune et jolie tante. Et il en voulait à Stan comme un adolescent peut en vouloir à l'oncle qui traite sa femme avec une sorte de tendresse teintée d'indifférence. Il n'avait jamais été assez proche de couples mariés ou d'amants pour analyser ce qu'il éprouvait. Il avait connu des aventures, des désirs et des jalousies, mais il s'agissait de sentiments simples qui finissaient par s'effacer avec le temps, les nouvelles amours et les nouvelles saisons de basket.

Ce qu'il ressentait pour Lena n'était pas tout à fait sexuel, même s'il la trouvait très séduisante. Son corps mince et son visage large aux pommettes hautes évoquaient à la fois la vulnérabilité et la force. Il se la représentait un siècle plus tôt, vêtue de peaux de daim et d'un châle, en train de coudre des perles ou de danser la danse de l'herbe en compagnie d'autres femmes. A présent, elle avait des cheveux longs et soyeux, qui retombaient en boucles souples sur ses épaules ainsi que la mode l'exigeait. Un jour, dans son bureau, alors que, penché au-dessus d'elle, il suivait son doigt sur le papier pendant qu'elle lui expliquait le contenu d'un cours, il avait failli poser la main sur son épaule. C'était un geste réflexe, comme lorsque, groupés autour de leur entraîneur, ils le regardaient tracer par terre le schéma tactique d'un match. Il s'était repris juste à temps. Il ne l'avait jamais touchée, car, à ses yeux, elle symbolisait l'autorité. Il lui était peut-être arrivé d'échanger une poignée de main avec un professeur, mais jamais de sa propre initiative. La jeune femme avait levé la tête et écarté une mèche de cheveux de son visage, l'air d'attendre quelque chose. Sylvester avait aujourd'hui l'impression que s'il avait été au bout de son geste, leurs relations en auraient été modifiées, et il se sentait à la fois triste et heureux de ne pas l'avoir fait. Il ne savait pas vraiment ce qu'il voulait de Lena, et l'attitude possessive de Stan l'énervait.

Il lui cassa le nez par un froid et venteux dimanche de mai où il tombait de la neige fondue. Après un mois ou presque de chaud soleil, le changement de temps surprit tout le monde. Les gens continuèrent néanmoins à ratisser les allées, à jardiner, à laver leurs voitures ou à jouer au ballon. Le vent glacial fit brutalement chuter la température, les montagnes qui se dressaient à quelques kilomètres à l'ouest disparurent, et pourtant, personne ne rentra, comme si, guidé par le rythme ancestral des saisons, chacun se disait que le printemps était fait pour être dehors et y rester.

Sylvester repensa souvent à ce jour dont il se rappelait les moindres détails, depuis la façon dont la corde claquait contre le mât dans la cour de l'école jusqu'à la piqûre du grésil sur ses joues. Stan pratiquait comme d'habitude son jeu agressif que Sylvester avait supporté durant tout le printemps pour s'endurcir en vue des rencontres universitaires. Cela eut beau se produire en une fraction de seconde, Sylvester vit tout venir. Il reculait contre le pivot que figurait le poète agitant les bras, quand celui-ci lui flanqua son poing dans les reins, un geste qui n'avait rien d'inhabituel et qui ne justifiait pas qu'on en fasse une histoire. Sylvester se contenta de se tourner vers le panneau, le coude gauche en avant, et, dans le même instant, il vit Stan tomber à genoux et le ballon passer à travers l'arceau dépourvu de filet.

Il se mit aussitôt au volant du vieux minibus Volkswagen de Stan pour conduire ce dernier à l'hôpital. La neige fondue réduisait considérablement la visibilité et la route qui montait la colline était devenue glissante, mais ils arrivèrent sans encombre et entrèrent aux urgences au moment où un médecin s'apprêtait à partir. Malgré le mouchoir que Stan pressait contre son nez, le sang gouttait sur son sweat-shirt, et maculait le nom de l'université, « Rutgers », qui barrait sa poitrine.

Sylvester attendit deux heures dans la salle d'attente que gagnait la pénombre, consultant les magazines écornés qu'on se contentait en général de feuilleter. Il pensa bien appeler Lena, mais qu'est-ce qu'il lui aurait dit ? J'ai cassé le nez de votre amant, parce que je vous veux pour moi ? Oui, je l'ai fait exprès, oui, j'ai vu l'accident venir, j'ai entendu le craquement, j'ai vu le sang gicler et j'ai marqué le panier. Oui, j'aime bien Stan, mais dans le même temps, je le hais. Je veux qu'il vous laisse tranquille, qu'il ne vous caresse pas et ne vous embrasse pas quand il croit que je ne regarde pas. Seulement, je ne sais pas ce que je veux de vous, sinon que vous m'accordiez toute votre attention, que vous vous occupiez de moi, que vous me touchiez, que vous m'aidiez.

Ensuite, après avoir ramené Stan chez lui, il revint à pied chez ses grands-parents, à Moccasin Flat. Tout le coin commençait à être entouré de logements sociaux, mais ses grands-parents habitaient le vieux quartier dans une maison faite de contreplaqué, de planches, de papier goudronné et de fenêtres recouvertes de plastique. Les jonquilles plantées par sa grand-mère de part et d'autre de la porte se courbaient sous le poids de la neige. Le jeune homme les secoua l'une après l'autre pour les débarrasser des lourds flocons, puis il entra.

Tout en mangeant son ragoût de viande de cerf et son pain frit, il observa ses grands-parents qui regardaient la télévision. On ne pouvait capter que deux chaînes, et encore plutôt mal, ce qui ne les empêchait pas de regarder tous les soirs jusqu'à l'heure du coucher, tandis que sa grand-mère cousait une couverture décorée d'étoiles et que son grand-père se roulait des cigarettes en émettant des petits rires de gorge. Comme souvent lorsqu'il les étudiait ainsi, Sylvester se demanda à quoi sa mère ressemblait. Il n'y avait pas la moindre photo d'elle dans la maison.

Pendant le dîner, dans la salle à manger rustique éclairée d'une lumière douce, Shelley demanda à Sylvester s'il avait décidé ou non de se présenter au Congrès. Ils avaient passé la majeure partie de l'après-midi à parcourir à cheval les montagnes à l'est de Chico Hot Springs en compagnie des autres touristes. Cela faisait des années que Sylvester n'était pas monté à cheval ; quant à Shelley, bien qu'ayant grandi dans un ranch, elle n'avait jamais été une cavalière émérite. Tous deux étaient courbatus et fatigués. Le bain dans les sources chaudes les avait soulagés, mais ils se sentaient indolents, au point de n'avoir même pas eu envie de faire l'amour avant de descendre au restaurant.

— Je me demande ce qu'ils mettent dedans pour leur donner ce goût-là, dit Shelley en respirant l'odeur d'une sorte de gressin. Ça a un parfum si familier.

— De l'ail ?

— Penses-tu ! Il n'y a pas le moindre gramme d'ail là-dedans. Comment est ta salade de crevettes ?

— De bouquets. Délicieuse. Tu veux goûter ?

— Seigneur ! j'ai baigné toute mon enfance dans les salades de crevettes. Ma mère adorait ça. Matin, midi et soir — crevettes, crevettes, crevettes. Elle devait souffrir d'une espèce de manque.

— Des crevettes à Roundup ?

— Bien entendu, surgelées. De l'origan ! C'est ça qu'il y a dans ces trucs-là. (Elle cassa le gressin en deux, et en tendit la moitié à Sylvester.) Goûte.

Sylvester sourit et s'exécuta. Quoique incapable de faire la différence entre l'origan et l'estragon, il hocha la tête, puis regarda Shelley couper son steak. La jeune femme leva les yeux et lui rendit son sourire.

— C'est merveilleux, non ? dit-elle. Je n'aurais jamais cru que la campagne me manquerait tant.

Six ans plus tôt, Sylvester avait représenté la mère de Shelley au cours de la vente de leur ranch dans le comté de Musselshell. Il s'agissait de l'un des plus vastes de l'Etat qui, en réalité, se composait de trois ranches distincts, dont deux contigus. C'étaient ces deux-là que Mrs. Hatton désirait vendre un an après la mort de son mari. Mel Hatton avait occupé le poste de sénateur pendant des années, et la famille avait toujours conservé une maison à Helena, en l'occurrence une demeure historique située non loin de chez Buster Harrington. Les deux hommes se lièrent rapidement d'amitié, bien que Hatton, beaucoup plus conservateur que l'avocat, eût défendu toutes les lois, bonnes ou mauvaises, en faveur des fermiers et des propriétaires de ranches. Il restait cependant ouvert aux réformes sociales — il avait par exemple aidé son copain Bob Berglund à obtenir les crédits pour la nouvelle prison. Il était également sensible aux questions d'environnement — il luttait en faveur de la création de zones protégées afin, disait-il, que les générations futures puissent voir à quoi le Montana et l'Ouest ressemblaient. A sa mort, Roundup donna son nom au petit parc poussiéreux de la ville. Mrs. Hatton s'installa alors définitivement à Helena. Sylvester joua un rôle important dans la vente des ranches, car, en dépit de la présence de plusieurs enchérisseurs, il trouva pour l'une des propriétés un autre acheteur, un groupe qui se consacrait à la défense de l'environnement et acquérait des terres en vue de protéger une flore et une faune qui, sinon, risquaient d'être mises en danger. L'exploitation comportait en effet de vastes marécages où venaient nicher des canards, des oies et autres oiseaux aquatiques. Sylvester avait été à l'école de droit avec l'un des directeurs du groupe, et après de délicates tractations, ils finirent par conclure l'affaire. Mrs. Hatton vendit ce ranch à perte, mais dans l'ensemble, elle s'y retrouva.

Un jour que le jeune avocat venait lui faire signer des papiers, elle le présenta à sa fille. Shelley et ses enfants habitaient pour le moment avec elle, car la jeune femme avait quitté son mari, un vétérinaire de Roundup avec qui elle n'avait plus rien en commun, hormis leurs deux filles. L'homme, en effet, obsédé par l'idée de devenir propriétaire des ranches, avait tenté de se servir d'elle pour faire échouer les autres transactions. Quoique vivant des heures très pénibles, la jeune femme se félicitait de sa décision. Elle ne devait plus jamais regarder en arrière.

Après cette première rencontre, Shelley le revit à trois ou quatre reprises dans les cinq années qui suivirent — une fois dans une librairie où ils faillirent se cogner l'un à l'autre avant de se reconnaître, puis dans le cadre de quelques meetings du Parti démocrate. Ils évitèrent le plus possible de se parler, lui parce qu'il se sentait toujours mal à l'aise devant les jolies femmes blanches, et elle parce qu'elle n'imaginait pas ce qu'elle pourrait avoir à faire avec un Indien. Il y en avait en effet assez peu dans la région de Roundup, et les seuls qu'elle voyait étaient des ouvriers agricoles qui se soûlaient dans un bar sordide. Elle était donc toujours étonnée, de même qu'elle l'avait été en apprenant que les intérêts de sa mère allaient être défendus par un certain Sylvester Yellow Calf, quand elle le trouvait entouré d'hommes et de femmes occupant des positions éminentes dans la bonne société d'Helena, du moins dans la bonne société démocrate. Elle savait qu'il était une ancienne vedette sportive, mais elle n'arrivait pas à croire que cela puisse lui valoir tant d'égards, et elle en concevait une certaine irritation.

Puis, il y avait un an, sa mère la traîna à un dîner organisé par les Amis de la Bibliothèque. La jeune femme ne connaissait pas grand-chose au sujet de cette association, et elle eut de nouveau la surprise d'y rencontrer Sylvester Yellow Calf, assis à la table des personnalités. Mon Dieu ! décidément cet homme est partout, se dit-elle. Et quand, après avoir été présenté à l'assemblée, il se leva pour prononcer son discours, elle envisagea sérieusement de s'en aller, mais elle était placée trop près. Il parla d'une voix grave de la société en général, et de celle du Montana en particulier, qui manquait à son devoir d'éducation sur les réserves. Il parla du statut légal du peuple indien, des droits qui lui avaient été accordés et que le gouvernement fédéral ignorait. Il parla du devoir qui incombait aux habitants du Montana de veiller à ce que tous les enfants reçoivent une même éducation égale. Il parla de complexes programmes d'éducation, de textes de loi qui attendaient d'être votés et qui permettraient de distribuer équitablement les crédits entre toutes les écoles sans tenir compte de leur statut. C'était un discours intéressant et provocateur, mais pas celui que la plupart des participants désiraient entendre. Ils voulaient en apprendre davantage sur Sylvester Yellow Calf, savoir comment un Indien issu des réserves pouvait avoir à ce point réussi, connaître les détails de sa carrière de basketteur. Et surtout, puisque Helena était le centre de la vie politique, la capitale de l'Etat, ils voulaient savoir si Sylvester Yellow Calf avait des ambitions politiques. Comme tant de fois dans le passé, il s'en tira par une plaisanterie.

Laquelle ne fit pas rire Shelley qui s'apercevait maintenant qu'il était le centre d'attention des bailleurs de fonds du Parti démocrate pour la bonne raison que ceux-ci souhaitaient qu'il soit candidat à une élection quelconque. Sa propre stupidité l'étonna. Elle avait souvent entendu son père et ses collègues évoquer une étoile montante au sein du parti et la manière dont ils pourraient utiliser sa popularité. Elle finit enfin par juger Sylvester en termes qu'elle comprenait, et elle en vint presque à l'admirer d'avoir prononcé un discours impersonnel. La séance des questions-réponses terminée, alors que les invités commençaient déjà à partir, elle rattrapa Sylvester au moment où il enfilait son manteau. Elle voulut se présenter, mais il l'interrompit. Il se souvenait très bien d'elle et se demandait justement ce que sa mère et elle devenaient. Elle le félicita pour son discours, et il se fit soudain timide, hésitant, comme s'il n'arrivait pas à croire qu'il lui ait réellement plu. En réalité, il faisait bien de s'interroger — à l'époque, elle ne s'intéressait guère aux problèmes des Indiens, si ce n'est de façon superficielle comme la plupart des gens du Montana —, mais la question n'était pas là.

Deux jours plus tard, il lui téléphona, et elle accepta une invitation à dîner au Montana Club. Ils parlèrent politique, ordinateurs, grizzlis, chasse (ni l'un ni l'autre ne chassait), jeux Olympiques. En revanche, ils ne parlèrent ni Indiens ni basket. Chaque fois que la conversation s'engageait sur cette voie, il la détournait, ce qui ne manqua pas de surprendre la jeune femme. Ils parlèrent de son enfance à elle, des ranches, de ses études à Swarthmore et de sa licence en sociologie obtenue à l'Université de Pennsylvanie. Pour autant qu'elle le sache, elle était dans l'un comme l'autre de ces établissements la seule étudiante originaire du Montana. C'est là qu'elle avait rencontré son mari. Il venait de Philadelphie, mais allait à l'école vétérinaire de Cornell. Ils avaient lié connaissance à une soirée, et s'étaient mariés à la fin de l'année universitaire, juste après qu'il eut passé son diplôme. Elle lui dit que le Montana regorgeait d'animaux, et ils déménagèrent à Roundup où il racheta la clientèle d'un vétérinaire qui prenait sa retraite. Six mois plus tard, elle accoucha d'une fille et dix mois après, d'une deuxième fille. Elles s'appelaient Amy et Marty, diminutif de Margaret, le nom de sa mère. Shelley constata soudain qu'elle parlait beaucoup d'elle, et que cela lui faisait du bien. Elle n'avait pas eu l'occasion de s'ouvrir ainsi à quelqu'un depuis des lustres. Elle parla de son travail dans le service des contrôles fiscaux. En l'espace de trois ans, elle était passée de l'état de gourde incapable de tenir son compte en banque à celui de petit génie de l'informatique. Elle se moqua d'elle-même, et cela aussi lui fit du bien.

En réalité, elle ne parvenait pas à comprendre pourquoi elle se sentait si à l'aise avec cet homme qu'elle méprisait presque une semaine auparavant. Etait-ce parce qu'il écoutait avec attention ? Dans son cabinet, il devait entendre des dizaines de femmes lui raconter leur vie. Et puis, pourquoi n'était-il pas marié ? Elle ignorait s'il était divorcé, s'il avait des enfants, s'il fréquentait d'autres Indiens, s'il avait une petite amie sur la réserve. Et d'abord, est-ce qu'il retournait seulement là-bas ? Elle savait que c'était un Blackfeet, et que la réserve se trouvait quelque part du côté de Glacier Park. Elle s'était promenée un jour dans la région, quand des parents habitant l'Oregon étaient venus en visite. La route traversait la réserve, mais elle en avait à peine pris conscience, et n'avait même pas vu d'Indiens.

Après ce premier rendez-vous, il se livra un peu plus, et aujourd'hui, un an plus tard, si elle connaissait certains détails de sa vie, il commençait tout juste à lui confier ses sentiments. Elle savait maintenant pourquoi il allait entrer en politique, pourquoi il n'était pas satisfait de son existence d'avocat chargé de régler des questions de dommages et intérêts, de préjudices corporels, d'indemnités de licenciement et autres litiges de ce genre, et aussi de représenter des intérêts financiers dans les achats de terrains et d'immeubles. Certes, il s'occupait bénévolement de quelques cas pour les tribus, mais les affaires importantes, les droits d'eau, de chasse et de pêche, les droits du sous-sol étaient en général confiées aux avocats tribaux ou aux grands cabinets juridiques de Washington. Harrington souhaitait qu'il traite le plus de cas possible sans pour autant négliger le cabinet. Il voulait à la fois qu'il fasse preuve de zèle et qu'il établisse des liens politiques avec les tribus.

Shelley comprenait parfaitement cela. Son père rencontrait souvent les représentants du gouvernement tribal, même si, en tant que grand propriétaire dont les intérêts s'opposaient fréquemment à ceux des tribus, il faisait figure d'ennemi traditionnel.

Elle connaissait assez bien le problème indien, encore que de manière abstraite — leur culture, le système des réserves, le système éducatif, le rôle des instances fédérales dans les affaires indiennes. Pourtant, Sylvester ne lui avait jamais proposé de l'accompagner lors des fréquentes visites qu'il rendait à ses grands-parents. Il lui parlait d'eux — son grand-père avait été pendant plusieurs années le trésorier de la tribu, mais sans être un personnage important de la vie traditionnelle, au contraire de sa grand-mère, Little Bird Walking Woman, appelée aussi Mary Bird. Shelley se demandait à chaque fois d'où venait le nom de Mary. Elle désirait ardemment faire la connaissance de cette femme, car elle savait que cela l'aiderait à mieux comprendre Sylvester. Elle était déjà contente de l'aimer, de le voir et de faire partie de sa vie, mais elle aurait voulu tout savoir de lui. Elle avait peine à croire qu'un an plus tôt, cet homme assis en face d'elle dans la lumière tamisée de la jolie salle de restaurant était pour elle presque un étranger.

— Tu as pris ta décision ?

Sylvester reposa sa fourchette. Tous deux avaient gardé un long silence.

— On en a déjà parlé, il me semble ?

— Oui, une fois. Il y a deux ou trois semaines. Je t'ai conseillé d'accepter.

— Facile à dire.

Il avança sa large main sur la table, paume ouverte, et Shelley posa la sienne dedans, qui, à côté, parut minuscule et toute blanche. Elle portait toujours au doigt sa bague de Swarthmore, à titre d'identification professionnelle, avait-elle dit un jour à Sylvester. Bien qu'elle fût d'une taille plus grande que la moyenne, et habillée de tailleurs chics durant presque tout l'hiver, les hommes et quelques femmes la prenaient souvent pour une secrétaire ou une simple employée, et voulaient l'envoyer faire une course. La situation amusait son patron qui, par ailleurs, adorait lui demander d'effectuer des contrôles fiscaux, et se régalait ensuite de voir les intéressés se tortiller sur leurs chaises tandis qu'elle examinait les différents postes de leurs budgets. Il aimait bien son assistante, mais il se plaisait parfois à lui rendre la vie impossible.

Ça doit être mes cheveux, se disait-elle. Ils sont trop frisés.

— Je continue à penser que tu devrais accepter, reprit-elle. J'ai pesé le pour et le contre — je me souviens combien mon père était débordé pendant les sessions législatives. Il rentrait rarement manger et, la plupart du temps, il restait au siège du parlement jusqu'après minuit, puis il se levait aux aurores pour étudier les textes de loi et passer ses coups de téléphone. On attendait avec impatience la fin de la session pour pouvoir retrouver le ranch — même si plus tard, il fallait que je finisse d'abord mon année scolaire à Helena. Pendant toute une période qui s'étendait de plusieurs semaines avant l'ouverture de la session parlementaire jusqu'à la fin de l'année scolaire, je voyais à peine mon père. Dans l'ensemble, il réalisait de bonnes choses. Je crois qu'il a contribué à rendre le Montana un peu plus humain, encore qu'il n'ait pas pu aider beaucoup ton peuple. Il ne parvenait pas à se débarrasser de ses racines de propriétaire terrien. Mais toi, tu pourrais rattraper certaines des décisions contestables que cet Etat et cette nation ont prises en ce qui concerne les Indiens. Tu ne crois pas ?

Sylvester retira doucement sa main et se radossa. Il jeta un coup d'œil en direction des deux couples installés à la table voisine qu'il avait remarqués lors de leur arrivée. Les deux hommes portaient des chemises de cow-boy bien repassées, des Wrangler et des bottes. L'un était chauve et avait le crâne blanc de ceux qui ne voient jamais le soleil, tandis que l'autre, plus petit et plus trapu que son compagnon, faisait beaucoup trop de bruit. L'une des femmes, vêtue d'une robe jaune à fleurs, était menue et jolie ; la deuxième était habillée comme les hommes, sauf que des hauts talons remplaçaient les bottes de cow-boy. Elle fumait de minces cigarettes à la chaîne. Tous quatre lançaient des regards de plus en plus appuyés à Sylvester et à Shelley.

— Oui, je crois que je pourrais être de quelque utilité. En tout cas, je pourrais certainement faire plus que je ne fais actuellement, mais est-ce que ça suffirait ? Est-ce que j'aurais toutes les tribus derrière moi ? Si une seule tribu ou un seul groupe d'Indiens déclarait ne pas vouloir de moi parce que je suis un Blackfeet, un avocat ou je ne sais quoi, ce serait un désastre. Et puis, est-ce que les Blancs me soutiendraient ? Nombre d'entre eux penseraient sans doute que je tente de restituer l'Etat aux tribus. Et ton père, est-ce qu'il m'aurait soutenu ? Je pourrais dire et faire des choses qui m'aliéneraient même un tas de Démocrates qui s'imaginaient que je servirais leurs propres intérêts.

— Tu ferais ce que tu as à faire, mais si tu n'essayes pas, tu ne feras rien, dit Shelley avec un rire un peu forcé. Quant à mon père, ça l'aurait probablement secoué. C'était un vieux machin sur beaucoup de points, mais il avait plein d'amis parmi les Indiens. A l'époque, c'est moi que tu aurais eu à convaincre. J'étais terriblement naïve et indifférente.

— Tu serais sortie avec moi ?

— Jamais de la vie ! J'avais vu tous les films. Tu étais un sauvage et rien ne te plaisait davantage que de violer des filles blanches. En plus, j'étais trop jeune.

Sylvester jeta un nouveau coup d'œil en direction des deux couples. Il avait le cœur serré. Shelley avait répondu sur le ton de la plaisanterie, mais ses paroles comportaient une trop grande part de vérité. Par ailleurs, on l'avait suffisamment dévisagé pour qu'il sache de quoi il retournait. Il y avait ceux qui reconnaissaient l'ancienne vedette de basket, ceux qui s'étonnaient de voir un Indien porter un costume de bonne coupe et le considéraient comme une curiosité et, enfin, ceux qui lui décochaient des regards de haine simplement parce qu'il était indien. Et là, il était de surcroît un Indien décontracté en compagnie d'une belle femme blonde. Il savait identifier ceux qui représentaient une menace.

— Alors ?

— Alors quoi ?

— Tu n'as pas répondu à ma question.

Sylvester se pencha et tâcha d'ignorer les gens de la table voisine.

— Je ne suis pas sûr d'être prêt. Je sais que je n'ai pas l'état d'esprit voulu pour me lancer dans l'aventure, mais je crois que ça pourrait venir. Je n'en ai pratiquement parlé avec personne depuis que Fabares me l'a proposé. Sauf avec toi.

— En effet. Tu m'en as même rebattu les oreilles, ironisa Shelley.

— Je suis désolé. Tu sais très bien que je suis quelqu'un de plutôt réservé.

L'atmosphère de la salle de restaurant avait changé. Il y avait moins de bruit. Les conversations languissaient pendant que les gens buvaient leur café, tandis que le ballet des serveurs et des serveuses cessait petit à petit. Même l'humeur de Shelley avait changé. Adossée à sa chaise, elle contemplait son assiette. Son visage, si beau et rayonnant un moment auparavant, paraissait tout à coup vieilli. Elle n'avait que trente-trois ans, mais elle ressemblait soudain à certaines des clientes de Sylvester en instance de divorce quand il leur annonçait une mauvaise nouvelle. Elle avait l'air plongée dans une tristesse pensive, rongée par les soucis qu'elle se faisait à propos de ses enfants et par la perspective d'une vie solitaire. Il ne s'occupait plus d'affaires de divorce.

— Shelley, dit-il doucement en tendant sa main que, cette fois, elle ne prit pas. Je voudrais pouvoir te parler, et je voudrais pouvoir ne rien te cacher. J'y aspire sincèrement, et je tiens à ce que tu le saches.

Toutefois, le mal était fait, et il le savait. Elle se sentait terriblement déçue de ne pas le connaître aussi bien qu'elle le souhaitait. Sylvester l'aimait. Il n'avait pas eu beaucoup de petites amies, que ce soit au lycée, à l'université ou pendant ses premières années d'avocat à Helena. Il avait alors comme aujourd'hui le sentiment de vivre dans un univers étrange. Au début, les filles, puis les jeunes femmes le trouvaient séduisant, sans oublier, naturellement, qu'il faisait figure de vedette, mais il manquait d'assurance auprès d'elles. Il était sorti avec des Indiennes et quelques Blanches — il avait été une fois à un concert et une fois au cinéma avec une fille de sa classe d'espagnol. Ils étaient assis l'un à côté de l'autre pendant les cours et, après la classe, il leur arrivait souvent de s'attarder et de parler des devoirs pour le lendemain.

Ils riaient, plaisantaient ensemble, et s'entendaient si bien qu'il finit par lui demander de sortir avec lui. Au concert, installés tout en haut de la salle, ils se laissèrent gagner par l'excitation ambiante. Grande et mince, elle dégageait une espèce de grâce tranquille — elle ne paraissait pas appartenir à un club d'étudiantes, et il en conçut quelque espoir. Il devint amoureux d'elle. A leur deuxième sortie, comme il la raccompagnait à pied par une douce soirée de la fin avril, elle l'interrogea sur sa vie dans la réserve. Ravi de l'attention qu'elle lui portait, il parla de ses grands-parents, de Moccasin Flat, de la pauvreté, du problème de l'alcoolisme, de la façon dont les gens se débrouillaient en espérant un avenir meilleur. Il s'anima au fur et à mesure de ses réponses, et ne l'en aima que davantage pour les questions qu'elle posait. Il s'imaginait qu'elle s'efforçait de le comprendre et, à travers lui, les Indiens. Mais en arrivant devant le pavillon universitaire, elle lui annonça qu'elle ne pourrait plus sortir avec lui, qu'elle avait un ami, chez elle, en Virginie. Sylvester passa la nuit à se demander ce qu'il avait fait. Son camarade de chambre, King Johnson, un joueur de football noir originaire d'Indiana, se mit à rire, et déclara : « T'es un sale Indien, mec, c'est tout. »

Après quoi, Sylvester prit ses distances par rapport aux filles. Il y en avait toujours qui se moquaient qu'il fût un sale Indien ou qui peut-être même s'en félicitaient. Il ne s'interrogeait pas sur leurs motivations et évitait de fréquenter celles dont il risquait de tomber amoureux. Si elles s'intéressaient à lui parce qu'il était un sportif connu, eh bien tant mieux. Il sortait avec elles, et couchait parfois avec elles.

A l'école de droit, il se borna à dîner de temps en temps chez des amis ou à aller dans un bar en compagnie d'un groupe d'étudiants. Les conversations, souvent vives, tournaient en général autour du droit, de la politique, des sports ou du cinéma. Les étudiants venaient de tout le pays. Beaucoup étaient de familles aisées, et quelques-uns bénéficiaient de bourses, tandis que d'autres se débrouillaient surtout grâce à des emprunts. Il n'y avait qu'un seul autre Indien — en réalité, une Indienne Pueblo de

Laguna. De sept ans son aînée, elle lui rappelait Lena Old Horn. Elle était petite et portait ses cheveux tirés en arrière, ce qui rendait ses pommettes plus proéminentes encore et conférait à ses yeux un côté sombre et oriental. La plupart des étudiants la craignaient en raison de son air farouche et de sa voix sèche, d'autant qu'elle était plus vieille que la majorité d'entre eux. Par contre, Sylvester et elle s'entendaient bien. Elle lui reprochait de se considérer comme différent et de se sentir mal à l'aise avec les autres, d'être toujours sur ses gardes. Elle en avait vu de toutes les couleurs — voilà comment elle parlait. L'expression amusait Sylvester. Un soir, après un dîner chez des amis, elle l'invita à monter chez elle. Ils avaient bu assez de vin pour être un peu gais, ce qui n'empêcha pas la jeune femme de tenir le volant avec compétence et détermination. Ils burent une nouvelle bouteille pendant qu'elle lui montrait des photos d'elle avec son ex-mari et leur fille, laquelle était élevée par ses grands-parents. Sylvester éprouva un tel choc devant un contexte qui lui était si familier qu'il faillit partir. Il désirait quitter ce petit appartement enfumé, mais il resta malgré tout, but, l'écouta raconter combien son mari, au moins, était bon au lit, et lorsqu'elle vint se planter devant lui et qu'elle enleva son pull, il comprit qu'il aurait dû céder à sa première impulsion. Il caressa son soutien-gorge soyeux. Elle avait des seins plus gros qu'il ne l'aurait cru, et, sous la mince étoffe, il sentit les mamelons se durcir. Elle avait un corps de femme, menu et ferme. Elle ôta ses peignes de turquoise et secoua sa chevelure. Puis elle pressa le visage du jeune homme contre ses seins, et laissa ses cheveux retomber en pluie, tandis qu'il l'embrassait et la mordillait. Il faisait chaud, mais elle avait la peau fraîche et lisse. Il leva les yeux au milieu de la cascade de sa chevelure noire. Elle le regardait, et ses dents blanches luisaient, découvertes par un sourire qui ne la quitta pas cependant qu'elle le prenait par la main pour le conduire dans la chambre. Lui tournant le dos, elle se débarrassa de ses hauts talons et passa sa jupe de jersey noir par-dessus sa tête. La tache blanche de son slip se découpa dans l'obscurité.

Ils firent plusieurs fois l'amour, rapidement et sauvagement. Sylvester s'émerveilla de la savoir à la fois si légère et si forte, ainsi que du nombre de positions qu'elle connaissait. Elle lui murmura quelques mots à l'oreille, et il roula sur le dos pour la regarder. Elle éclata de rire, lui disant qu'il devrait se voir. Puis elle se mit sur lui, et il sentit son sexe se glisser en elle, comme si c'était ce dernier, à défaut de lui-même, qui pénétrait les secrets de la jeune femme.

Il partit à l'aube après lui avoir emprunté son vélo pour parcourir les trois kilomètres jusque chez lui. Bien qu'épuisé, et un peu étourdi, il revécut en un éclair certaines scènes de la nuit, et un sourire étira ses lèvres. Les rues grises de Palo Alto dans le jour naissant ne lui avaient jamais paru aussi fraîches. Il lui semblait qu'il venait de faire l'amour pour la première fois de sa vie. Il se sentait heureux et effrayé, et il ne remarqua même pas qu'il avait été à deux doigts d'écraser un chat qui avait jailli d'entre deux voitures. Il lui rapporta le vélo dans la semaine, et à peine dix minutes plus tard, ils se retrouvèrent au lit. Ils paraissaient ne devoir jamais se rassasier l'un de l'autre.

Leur liaison dura pendant les deux mois qui les séparaient de la fin du semestre. Au début, la jeune femme s'appelait Anita Talcott, et ensuite, quand elle eut légalement récupéré son nom de jeune fille, Anita Sandoval. Elle rentra chez elle pour l'été, afin d'essayer de reprendre sa fille Sunny, mais elle reviendrait à l'automne. Sylvester l'aida à charger la voiture, et lorsqu'il la vit s'éloigner dans la rue écrasée de chaleur, il agita la main avec un certain soulagement.

Les premiers temps, en effet, il avait apprécié son côté possessif. En un sens, il était prêt à se soumettre à une telle femme. Mais plus tard, elle devint vulnérable, se montrant presque timide quand ils étaient en cours ou qu'ils se promenaient sur le campus. Lorsqu'ils allaient au cinéma ou dans un club de San Francisco, elle s'accrochait à son bras et affichait un tendre sourire chaque fois qu'il évoquait ce qu'ils avaient en commun. Elle acceptait tout ce qu'il proposait. Elle lui appartenait, ce qui le rendait mal à l'aise. C'est au lit qu'il la préférait, quand elle faisait rouler sa tête sur l'oreiller ou qu'elle le chevauchait, les yeux renversés, les seins dressés. Elle jouissait avec de grands frissons, le poing pressé contre sa bouche pour étouffer ses cris, puis, comme elle s'effondrait sur lui, son sourire paraissait illuminer la pénombre de la chambre.

Elle avait cependant perdu de son pouvoir dans les autres domaines de son existence, ce qui décevait Sylvester. Même son changement de nom, pour lequel elle avait entrepris les démarches avant leur rencontre, ne semblait pas l'affecter. En dehors de Sylvester, la seule chose qui paraissait compter était sa fille. Comme elle le lui déclara un jour, elle ne souhaitait rien de plus que s'installer quelque part avec Sunny, trouver un travail pour assurer leur subsistance, et la protéger du monde.

Le jeune homme comprit alors qu'elle lui avait trop donné — comme sans doute aux autres hommes — et qu'il était celui qui, maintenant, pourrait, selon son expression « lui en faire voir de toutes les couleurs ». Cela l'effrayait, aussi, après avoir assisté à son départ, il parcourut en courant la distance jusque chez lui, le cœur léger, le pied agile, comme débarrassé d'un lourd fardeau.

Ils avaient promis de s'écrire, et il lui envoya quelques lettres chez ses grands-parents à Laguna. Il parlait de choses insignifiantes, joignait des articles du journal du campus sur l'école de droit et terminait par « je t'aime ». Elle ne répondit jamais. Et ne revint pas à l'université à la rentrée.

Bien que soulagé en un sens, Sylvester se sentit triste. Avait-elle rencontré un autre homme ? A qui elle pourrait se vouer — et qui lui en ferait voir de toutes les couleurs — ou qui l'aimerait sans restriction ? Ou bien avait-elle récupéré sa fille, déniché un travail et une maison à l'abri du monde ?

Il conserva ces sentiments ambivalents à l'égard d'Anita jusqu'à son retour dans le Montana et son installation à Helena ; et même là, il devait encore se concentrer pour ne pas penser à elle quand il traitait les affaires de divorce et de dommages et intérêts. A deux ou trois reprises, il faillit lui écrire, mais il ne trouva rien à lui dire. Leur liaison avait été si brève qu'il lui arrivait de penser qu'il aurait mieux valu qu'ils restent de simples amis. Dans ce cas, songeait-il, ils seraient toujours en contact.

Sylvester noua quelques amitiés à Helena, surtout avec des hommes occupant des fonctions dans le domaine juridique, mais il se tint à l'écart des femmes qui pourraient avoir des vues sur lui. Il ne parvenait pas à analyser pourquoi il avait si peur. Il n'aurait rien eu contre la compagnie des femmes, mais il ne pouvait se résoudre à effectuer la démarche, ne serait-ce que pour les inviter à dîner. Après avoir fait la connaissance de Shelley, il comprit enfin que l'amour devait être possible et qu'il avait toujours choisi des femmes qui élevaient des barrières conscientes ou inconscientes entre elles et le bonheur. Et il comprit en outre que lui aussi, il avait toujours agi de même. Avec Shelley, il avait perçu la possibilité de l'amour, et cela lui suffisait. C'était si clair, et il lui avait fallu des années pour s'en rendre compte.

Dans la salle à manger maintenant presque déserte, il repensa soudain à Lena Old Horn qu'il n'avait pas revue depuis sa dernière année d'université. Il savait qu'elle habitait toujours Browning. Abonné au *Glacier Reporter,* il avait lu un petit article sur elle l'année dernière. Elle chaperonnait un groupe d'étudiants lors d'une visite à l'Institut des Arts indiens de Santa Fe, et on montrait une photo d'elle avec le groupe ; elle se tenait au deuxième rang, sur le côté, un peu dans l'ombre, mais, ayant néanmoins reconnu ses longs cheveux flottants et ses épaules fragiles, il avait revécu un instant cet après-midi de printemps sur les berges de Four Horns Reservoir où Stanley Weintraub avait passé son bras autour de ses épaules. Même sur la photo, elle donnait l'impression d'affronter comme ce jour-là les rafales de vent du sud-ouest.

Il jeta un nouveau coup d'œil en direction de la table voisine. Les deux couples de propriétaires de ranches s'apprêtaient à partir. La femme grande et mince en Wrangler et hauts talons écrasa sa cigarette dans le cendrier et regarda Sylvester. Puis elle se tourna vers Shelley, les yeux réduits à deux fentes. Elle s'efforçait d'attirer leur attention afin de pouvoir leur manifester son mépris.

Shelley ne remarqua rien. Elle semblait ne voir que la serviette posée sur ses genoux, qu'elle lissait machinalement.

— Il y a quelqu'un d'autre que je dois consulter, déclara enfin le jeune avocat, brisant un silence qu'il savait marquer quelque chose d'irrémédiable, tandis que la largeur de la table devenait comme un fossé infranchissable. Tu sais que je t'aime.

Mais ses paroles paraissaient si lointaines qu'il eut l'impression, comme pendant son enfance, de crier dans le vent qui balayait les petits lacs encaissés.

6

Jack Harwood perçut d'abord les bruits de pas sur le sol en ciment, les hésitations, les préparatifs, puis il entendit un déclic suivi d'un bourdonnement annonçant la voix assourdissante qui jaillit des haut-parleurs pour tirer les détenus du lit. Il enfilait son pantalon kaki quand la porte de sa cellule s'ouvrit violemment. La lumière s'alluma, et l'éblouit un instant.

— Magne-toi, Harwood, on n'a pas toute la journée.

Maintenant, on courait, et personne n'essayait plus d'étouffer les bruits. D'autres portes claquèrent, tandis que les surveillants criaient dans le couloir.

— Quelle heure est-il ? demanda Harwood en s'avançant pieds nus sur le seuil.

— Pose pas de questions et mets-toi devant la porte. Tu connais le règlement.

— Qu'est-ce que vous cherchez ?

Il était trop tôt pour qu'il s'agisse de la fouille réglementaire. Les autres prisonniers se tenaient eux aussi devant leurs cellules. La fenêtre au bout du couloir montrait qu'il faisait nuit noire. Le gardien arracha le drap et la couverture de sa couchette.

— Si vous me disiez ce que vous cherchez, je pourrais peut-être vous aider.

— Ferme ta gueule, Jack.

Harwood entendit le gardien glisser la main sous le matelas. Il se sentit mal à l'aise. Est-ce qu'il avait caché quelque chose là ? Ils cherchaient sans doute des trucs introduits en fraude, de l'alcool, de la drogue, des photos porno de leurs femmes ou de leurs petites amies, des armes. Un peu plus loin, un gardien juché sur un escabeau dévissait la grille d'un ventilateur.

— Alors, Duds, à quoi rime tout ce cirque ? demanda Harwood en tournant la tête.

Dudley contemplait une photo scotchée au-dessus du bureau de Jack.

— Elle est drôlement bien balancée. Quand est-ce que tu vas te décider à marcher droit ? Bon Dieu ! si j'avais une gonzesse pareille, je serais dehors depuis longtemps, quitte à vendre des bibles.

Dudley haletait à la suite des efforts qu'il venait de faire. Comme beaucoup de gardiens, il était trop gros, et son ventre de buveur de bière tendait les boutons de sa mince chemise blanche.

— Fais-moi sortir de là, et je suis prêt à te vendre n'importe quoi.

— Parle pas comme ça, Jack. On dirait un de ces cols-blancs qu'on a en sécurité mini.

— Qu'est-ce qui se passe ?

— On a entendu dire que quelqu'un planquait un flingue dans ton bloc. La source est très fiable, mais je commence à être trop vieux pour jouer à ça.

— Un visiteur ?

— Sois pas curieux, Jack. Et juste pour répondre d'avance à ta prochaine question, le bâtiment est bouclé jusqu'à ce qu'on le trouve.

Dudley l'effleura en passant, puis il entra dans la cellule suivante.

Un peu plus loin, Peter Quinn était devant sa porte en compagnie d'un autre détenu, un petit mec trapu. On les surnommait « les deux comiques ». Tous deux, en caleçon et T-shirt, semblaient perdus. Ils se retrouvaient dans la même cellule en raison de la surpopulation de la prison. Jack savait que le petit mec s'était déjà fait délester de l'argent de ses repas. Les Indiens ne tarderaient pas à l'obliger à réclamer du fric à ses proches afin d'assurer sa protection, comme ils disaient. Quelques années plus tôt, Harwood l'aurait peut-être aidé, mais aujourd'hui, il fallait qu'il évite de faire des vagues, parce qu'il avait un plan et que celui-ci exigeait qu'il se tienne peinard. Et en particulier avec les Indiens.

Merde ! Si le bloc était bouclé, il ne pourrait pas appeler Patti. Son dernier coup de téléphone remontait à la semaine dernière. Il n'était pas sûr de s'être fait bien comprendre. Pourtant, elle avait paru craindre le pire pour lui. Finalement, il s'était débrouillé comme un chef. Lancer une chaise en fer contre le mur au cours de leur conversation avait produit l'effet escompté. La panique devant ce qu'on ne pouvait qu'imaginer. Il était devenu un maître en psychologie, un vrai terroriste.

L'étape suivante allait être la plus difficile, et il ignorait s'il aurait le courage de la franchir. Si oui, les choses avec Patti en seraient à jamais changées, même quand il sortirait. Si non, il pourrait finir mort ou bien brisé. Il avait vu trop de types renoncer après quelque temps. On pouvait vous refuser la conditionnelle ou vous refoutre en cabane pour violation de liberté probatoire — ou encore, après une cinquième ou une sixième condamnation, on abandonnait le combat. Pour Jack, ce serait dorénavant la liberté ou la mort.

Le problème, c'est que les Indiens se figuraient toujours qu'il avait l'argent. Il avait commis l'erreur fatale de dire un jour à Bill Shanley à la bibliothèque que le juge l'avait assaisonné en pensant qu'il avait piqué les neuf mille dollars manquants. Ça avait fait rire Shanley, mais quand les Indiens commencèrent à le bousculer, il leur raconta toute l'histoire. Jack ne lui en voulait pas. A sa place, il aurait peut-être agi de même. De plus, Hartpence le gros dur avait parlé avant Shanley. Seulement, lui, les Indiens l'avaient cru. En taule, on ne jouait pas à des jeux d'enfants.

Un matin, sur le chemin du réfectoire, deux des plus costauds, Walker et Old Bull, s'approchèrent de lui. Il leur jeta un coup d'œil, et son cœur fit un bond dans sa poitrine. Ils souriaient. Walker, le plus grand des deux, avait des cheveux courts et un visage émacié aux traits taillés à la serpe. Originaire de Great Falls, il appartenait à une famille spécialisée dans les vols avec violences dont au moins un membre se trouvait en permanence derrière les barreaux.

— Hé ! Harwood ! marche pas si vite. On voudrait te parler.

Walker posa une main sur son épaule et l'attira vers lui. Jack fixa un instant la large main qui s'ornait d'une longue cicatrice rouge courant du majeur à la base du pouce.

Old Bull vint se placer de l'autre côté. Petit, trapu, il portait des lunettes noires à effet miroir et un bandana autour de ses cheveux longs.

— On va faire des haltères cet après-midi et on voudrait savoir si tu veux nous accompagner. T'as l'air un peu pâlot, Jack, dit Walker en accentuant sa pression.

Harwood se garda bien de résister.

— J'ai du travail aujourd'hui. Si vous veniez plutôt lire un livre à la bibliothèque ?

— T'as de bons bouquins de cul là-bas ? Je me sens juste un peu excité à te serrer comme ça contre moi, Jack. Mais t'inquiète pas, c'est rien. Faudrait que tu voies Leonard quand il bande pour un Blanc. Il devient très... très démonstratif.

Walker éclata de rire et assena une tape sur la joue de Harwood. Ce n'était pas véritablement une gifle, mais Jack sentit le contact des doigts secs et robustes. Il se tourna vers Old Bull, mais celui-ci regardait droit devant lui, le visage impénétrable.

— A propos, on causait avec ton pote Shanley l'autre jour. Intéressant. Les amis de nos amis sont nos amis, pas vrai ?

Comme Jack ne répondait pas, Walker se remit à rire, puis il désigna un bâtiment identique au leur, un bloc de béton en forme de X dont les fenêtres étaient protégées par d'épais grillages.

— Tu vois ça, Jack ? C'est pour les dingues et les obsédés sexuels. Y a un tas de pervers là-dedans, des cinglés qui font des petites boules avec leur merde, des violeurs d'enfants, tout ça. Et puis y a le mitard, ton couloir de la mort...

— Je sais, j'y ai été.

— Ouais ! c'est juste ! Putain ! t'y étais. Alors, tu connais la règle. Bon, Harwood, voyons si j'ai bien compris : le fort bouffe le faible, comme dans la nature. Le poisson bouffe le ver, l'aigle bouffe le poisson, et je ne sais plus qui bouffe l'aigle, mais tu piges le tableau.

Ils se trouvaient au bout de la file. Brusquement, Old Bull fonça devant, puis se retourna. Jack dut s'arrêter pile pour ne pas buter contre lui. Les cheveux longs de l'Indien brossèrent son visage, et il sentit l'odeur d'after-shave et de lotion capillaire, tandis que ses yeux se reflétaient dans les lunettes noires.

— Tu vois, Harwood, on sait que t'as neuf mille dollars planqués quelque part, et nous, on les veut, murmura Walker à l'oreille de Jack. Comme ça, rien t'arrivera. On te donne la journée pour éfléchir. Après, on reviendra te voir. C'est tout simple, tu nous dis où ils sont, et t'as notre protection pour le reste de ton séjour.

— Et si je ne les ai pas ? demanda Jack en essayant de distinguer le regard de l'autre derrière les lunettes noires. D'ailleurs, je ne les ai pas.

Old Bull leva son visage vers lui et sourit. Il lui manquait trois dents sur le côté gauche.

— Je crois que Leonard espère presque que tu les as pas, dit Walker en lui ébouriffant les cheveux comme s'il s'agissait d'un jeu. A ce soir, Harwood. D'ici là, tu pourrais peut-être prier un peu.

Ensuite, ils le passèrent à tabac à deux reprises, une fois le soir même, puis une semaine plus tard. Rien de trop méchant — ils ne lui fracassèrent pas le crâne, ni ne lui enfoncèrent un manche à balai dans le cul. Ils se montrèrent rapides et efficaces. Walker et Old Bull avaient tous les deux fait de la boxe, et ils se servirent de leurs poings pour le frapper sur tout le corps, mais jamais au visage. Il leur répéta qu'il n'avait pas l'argent. Même après la deuxième raclée qu'ils lui infligèrent, alors qu'il cherchait désespérément à reprendre son souffle, étendu sur le sol des douches, il réussit à leur dire que ça ne servait à rien, qu'il n'avait jamais eu ce fric. Walker s'agenouilla à côté de lui et lui tapota la joue, puis il se releva et disparut avec Old Bull.

Le lendemain, Jack décida d'en parler au surveillant de service. Il mit longtemps à traverser la cour en direction du bâtiment qui abritait la bibliothèque et les bureaux des conseillers. Il n'eut guère de mal à imaginer ce qui allait se passer, et il changea plusieurs fois d'avis en route. On lui demanderait s'il désirait qu'on le place en isolement, c'est-à-dire en unité de sécurité maximale, et s'il acceptait, on lui collerait une étiquette de lavette, de donneur ou de lèche-cul qui le suivrait même quand il aurait recouvré la liberté, si jamais il la recouvrait un jour. Son évasion lui interdisait l'accès aux sections de sécurité minimale, mais il ne pouvait pas rester en Sécurité II avec les Indiens. Ils continueraient à le rouer de coups et, lorsqu'il aurait réussi à les convaincre qu'il n'était pas en possession de l'argent, ils le poignarderaient sans doute ou bien lui défonceraient le crâne avec un bout de tuyau — à titre de message destiné aux autres détenus. Il n'y avait pas assez de gardiens pour empêcher les « accidents » de ce genre. Jack avait déjà vu des poignards de fortune fabriqués à l'aide de cuillères, de fourchettes ou de cornières. Walker lui avait montré son « petit tomahawk » — une lame de rasoir fichée dans un manche de brosse à dents. Les fouilles périodiques permettaient de confisquer quelques armes, mais pas toutes. Et il suffisait d'une seule.

Le temps qu'il atteigne la bibliothèque et sa décision était prise : il mettrait le gardien au courant de la situation. Si nécessaire, il purgerait sa peine en Q.H.S., et peut-être finirait-il par obtenir sa libération conditionnelle. Ou peut-être que d'ici deux ou trois mois, il pourrait retrouver les conditions normales de détention et qu'il ne lui arriverait rien. Ou peut-être un tas de choses. Seulement, le gardien était Beasley, et Jack savait qu'il n'avait rien à espérer de lui. Beasley le ridiculiserait devant les autres détenus, ce qui équivaudrait à signer son arrêt de mort. Il envisagea d'envoyer un mot pour demander à parler à l'un des conseillers ou encore de tenter de voir le directeur ou le sous-directeur de la prison, mais ça ne servirait guère. La seule façon d'obtenir de l'aide, ce serait de dénoncer Walker, Old Bull et toute la bande pour foutre leur combine en l'air. Il connaissait plusieurs détenus qu'on tyrannisait, qu'on tabassait et qu'on violait. Le giton de Walker, libéré depuis quelque temps, était assis sur une tonne de fric que parents et épouses lui envoyaient chaque mois pour qu'il n'arrive rien à leurs chéris. Jack pourrait donner des noms et démonter toute l'opération. Il déclencherait le piège et s'en échapperait. Le Montana avait des accords d'échanges de détenus avec l'Oregon, le Nevada et le Minnesota. Il pourrait se faire transférer dans un autre Etat.

Harwood, regardant Beasley, fut pris de découragement. Il lui faudrait au moins un mois ou deux pour obtenir son transfert, et même le Q.H.S. ne lui garantirait pas la sécurité. Du reste, ils pourraient très bien avoir sa peau ailleurs — il suffisait d'un détenu, d'une lettre ou d'un Beasley pour prévenir les durs de n'importe quelle prison. Personne n'aimait les mouchards.

Il travailla toute la journée ; la nuit, rien ne se passa. Cela dura deux mois. Il se détendit un peu et se mit même à faire du jogging. Il se tenait cependant le plus possible à l'écart et évitait le gymnase ainsi que la salle de musculation. Il acheta un poignard à un détenu qui allait être libéré, et dormit avec son arme de fortune sous le matelas, à hauteur de sa poitrine. Il s'entraîna à le sortir tout en roulant sur le dos et en frappant un agresseur imaginaire. Il savait que ça ne lui serait pas d'un grand secours, mais il était bien déterminé à en crever au moins un avant qu'ils le tuent.

Une fin d'après-midi, le calme régnait dans la bibliothèque pendant qu'il poussait un chariot rempli de livres à ranger sur les étagères, sa dernière tâche de la journée, et un moment privilégié. Les détenus avaient regagné leurs cellules ou bien se trouvaient au réfectoire, la cour était déserte, et il pouvait penser à toutes sortes de choses qu'il avait en tête. Il se remémora le jour où Patti et lui avaient fêté la nouvelle de sa grossesse. Il revoyait le visage de sa femme à travers le verre de bourgogne levé quand il sentit la morsure du poignard qui lui pénétrait dans le dos. Il pivota d'un bloc et eut le temps d'apercevoir la lourde silhouette de Old Bull disparaître derrière la pile de livres, puis il entendit la porte s'ouvrir et se refermer avec un chuintement.

Il pressa son mouchoir contre la blessure, et retira sa main poissée de sang. Il réussit néanmoins à parvenir jusqu'à la grille où le gardien chargé de la surveillance le vit tomber à genoux.

La lame avait entaillé le rein, et le sang coulait à flots. Harwood resta neuf jours à l'infirmerie, tandis que les responsables de la prison se demandaient ce qu'ils allaient faire de lui. Ils ne pouvaient pas le renvoyer dans son bâtiment, et, pour le moment, il n'y avait pas de prisonniers contre qui l'échanger. Le Nevada en avait bien un, mais il devait témoigner dans un procès-fleuve, à la suite de quoi, il n'était pas impossible qu'on le libère. Le directeur raconta à Jack qu'il avait pourtant insisté pour le faire transférer là-bas. Et maintenant, si le Nevada lui demandait quoi que ce soit, il pourrait toujours courir.

Jack fut donc expédié trois mois en Q.H.S. Il ne souffrit pas trop. Il lut beaucoup, regarda un peu la télé, et bénéficia d'une heure de promenade par jour. Il se remit même au jogging, mais les parcours étaient un peu limités. Il finit par faire office de factotum, et sa cellule était la plus propre de toutes. Et, surtout, il connaissait une certaine tranquillité d'esprit. Ici, il y avait moins de problèmes, et la plupart des détenus restaient seuls dans leur coin. On s'honorait de faire son temps sans histoires et sans réclamer de faveurs. Les gardiens étaient sévères, mais si vous leur fichiez la paix, ils vous fichaient la paix. Jack passa donc trois mois plutôt paisibles, et presque toujours dans la solitude. Il réussit cependant à se faire deux amis, des types qui en avaient marre des combines à la con et qui préféraient tirer leur temps en Q.H.S. L'un comme l'autre allaient bientôt être libérés, mais pas grâce à la conditionnelle, ni à une réduction de peine pour bonne conduite ou autre. L'un, Woody Peters, était un pilleur de banque qui vint pratiquer le jogging avec Jack, et l'autre, Robert Fitzgerald, un métis originaire de l'Etat de Washington qui avait poignardé un videur sur le parking d'une boîte de Missoula. Comme Jack, ils étaient âgés d'environ trente-cinq ans, et ils l'admiraient pour son éducation tout en le considérant comme un crétin de gâcher son existence en cabane.

Ils sortirent à huit jours d'intervalle. Tous deux se rendaient à Helena, Woody Peters pour y travailler chez son beau-frère comme plâtrier et Fitzgerald pour y suivre une cure de désintoxication. Il voulait se débarrasser de l'alcool, mais sans nécessairement renoncer à une vie de crimes. Peters communiqua à Jack l'adresse et le numéro de téléphone de sa sœur, au cas où il aurait besoin de quelque chose, y compris d'un coup de main à l'extérieur. Trois semaines après, Jack retournait en Sécurité II.

Et voilà qu'il se retrouvait là, en pantalon kaki, au milieu de la nuit, pieds nus sur le sol froid en ciment. Depuis neuf mois qu'il était de retour, personne ne lui avait cherché querelle. Il demeurait sur ses gardes, mais il commençait à penser que les Indiens avaient fini par le croire au sujet du fric.

On entendit soudain un grand fracas, puis un bruit de verre brisé suivi d'une détonation sèche. Un gardien cria quelque chose, et trois autres passèrent devant Jack en courant. Duds s'essoufflait derrière eux.

— Rentrez dans vos cellules ! Et n'en sortez plus, nom de Dieu !

Il faisait tournoyer son trousseau de clés et ses menottes audessus de sa tête comme un lasso. Les détenus plongèrent en toute hâte dans leurs cellules. Jack rentra à son tour, et le verrou claqua, étouffant le tumulte qui s'élevait au bout du couloir. Harwood resta un long moment planté devant le guichet de sa porte. Il n'avait plus froid aux pieds, mais ses mains tremblaient. Soudain, il vit apparaître trois gardes qui tiraient et portaient à moitié Old Bull. Celui-ci, en caleçon, s'efforçait en vain de marcher, mais les menottes qui lui enserraient les chevilles étaient trop petites. Il avait le visage en sang et les yeux à demi fermés. Il fallut à Jack une seconde pour se rendre compte que c'était la première fois qu'il voyait Old Bull sans ses lunettes noires. Il n'eut même pas le temps de noter la couleur de ses yeux.

Harwood allait détourner la tête quand quelque chose accrocha son regard. C'était Duds, précédé par son ventre blanc, la chemise sortie du pantalon, les boutons arrachés, qui tenait un revolver par la crosse avec deux doigts, comme s'il s'agissait d'un cadavre de chat en décomposition qu'il tiendrait par la queue.

Jack alla s'allonger sur sa couchette. Il croisa les bras et glissa les mains sous ses aisselles. Il contempla le plafond et le regarda s'éclaircir cependant que l'aube grise pénétrait dans son univers exigu.

7

Patti Ann Harwood inspira profondément, retint un instant son souffle, puis lâcha un soupir qui agita de manière imperceptible l'atmosphère de son petit espace de travail. Elle prit une ligne extérieure, puis posa le récepteur sur ses genoux. Si l'affaire s'engageait sur un terrain trop dangereux, elle pourrait toujours faire marche arrière. Elle jeta un coup d'œil sur le morceau de papier qu'elle avait sous les yeux, mais elle connaissait déjà le numéro par cœur. Elle s'empressa de le composer. C'était maintenant ou jamais.

— Je voudrais parler à Mr. Yellow Calf. De la part d'une de ses clientes.

— Un moment, je vous prie.

La jeune femme se demanda s'il s'agissait de la même réceptionniste qu'elle avait vue, celle qu'il avait appelée Doris. Patricia Lowry. C'était bien le nom sous lequel elle s'était présentée ? Non, elle lui avait dit de l'appeler Patti Ann. Patti Ann Lowry, alors. Parfait.

— Allô ?

La voix était bien telle qu'elle en conservait le souvenir, grave mais impersonnelle, teintée néanmoins d'une pointe d'ironie.

— Mr. Yellow Calf, Patti Ann Lowry à l'appareil. Je suis venue vous voir il y a une quinzaine de jours à propos d'un testament, dit-elle, se cantonnant dans son rôle.

— Oui, bien sûr. Une de vos sœurs le contestait. Elle réclamait un tiers de la valeur des livres rares qui vous étaient échus. Quelque chose comme ça.

— Oui, en effet, acquiesça-t-elle, se défendant d'éprouver un certain plaisir à l'idée qu'il s'en souvienne. Vous avez une mémoire étonnante.

Il éclata de rire.

— Oh, il y a des choses que je me rappelle mieux que d'autres. Que se passe-t-il ?

— J'espère que je ne vous dérange pas trop. Je sais que vous avez des affaires importantes...

— Non, non, pas du tout. J'étais simplement en train de me demander si j'allais sortir déjeuner ou bien manger cette pomme qui traîne depuis quinze jours dans le dernier tiroir de mon bureau. Je ne sais pas pourquoi, mais la pomme perd à chaque fois.

— Alors, je suis contente de ne pas vous avoir raté.

Soudain, Patti Ann fut incapable de se souvenir du chiffre qu'elle lui avait annoncé pour les livres. Vingt mille dollars ?

— Oh ! mon Dieu ! souffla-t-elle.

— Pardon ?

— Rien... rien... excusez-moi... je venais juste de penser à quelque chose.

Et si elle lui avouait tout bêtement qu'elle avait oublié à combien on estimait les livres ? Ses clients devaient sans cesse oublier des détails de cette sorte.

— Je ne sais plus exactement combien les livres valent, se risqua-t-elle.

— Trente mille dollars, dit-il. J'ai mes notes sous les yeux.

Voilà qui la réconfortait. Il connaissait mieux son mensonge qu'elle.

— Je vous téléphone parce que j'aimerais vous en reparler. J'ai demandé une copie du testament il y a deux semaines, et depuis, aucune nouvelle.

— Ce genre de chose prend du temps. Vous savez, vous vous heurtez à la routine, à la bureaucratie.

— Oui, mais je voudrais régler cette affaire. Déterminer avec vous une ligne d'action. (Elle hésita. Désirait-elle réellement aller jusque là ?) Je souhaiterais vous rencontrer.

— Bien sûr, je comprends.

— Et aussi vous payer.

Il éclata à nouveau de rire.

— Je n'ai pas encore véritablement mérité votre argent.

La jeune femme perçut des bruits de papier à l'autre bout du fil, un son qui ne lui était que trop familier ; mais on était à l'heure du déjeuner, et la plupart des filles étaient parties. Elle détestait ces espèces de boxes. Tout le monde pouvait entendre tout le monde. La nouvelle installation datait d'à peine une semaine, et Patti Ann avait déjà appris à parler dans un murmure. Son ancien bureau avec sa porte et ses murs verts lui manquait. La bureaucratie ! Elle pourrait en raconter à Mr. Yellow Calf.

— Ce vendredi après-midi ? Vers une heure ? Ça vous conviendrait ?

C'était sa dernière chance. Elle pouvait encore dire non, raccrocher, et ce serait terminé. Par contre, elle savait que si elle continuait, elle irait jusqu'au bout. Oh ! Patti Ann, qu'est-ce que tu fais ? Jack, Jack, où tout ça va-t-il nous mener ?

— Alors, c'est possible ?

Sa gorge se serra, et elle ferma les yeux.

— C'est très difficile, Mr. Yellow Calf... nous... le bureau où je travaille vient d'adopter un nouveau système et nous avons perdu énormément de temps. Je ne pense pas pouvoir me libérer...

— Après vos horaires de travail, dans ce cas. Ça vous arrangerait ?

Patti Ann rouvrit les yeux.

— Aujourd'hui ?

— Si vous voulez. De toute façon, je reste en général au moins une heure de plus. Et aujourd'hui est un jour comme les autres.

Non, songea la jeune femme. Aujourd'hui est le jour qui marquera le reste de ta vie. Elle eut l'impression de devenir soudain idiote et mélodramatique. Ton jour de gloire.

Ils se retrouvèrent au bar de l'Overland Express, un restaurant situé près du centre commercial, en face du bureau de Sylvester. C'était Patti Ann qui avait suggéré ce lieu où elle s'était rendue plusieurs fois en compagnie de Myrna pendant la brève période où elle se croyait libérée à la fois des liens du mariage et des problèmes domestiques, c'est-à-dire juste après l'incarcération de Jack. En réalité, l'Overland ne cadrait pas avec son idée de libération, laquelle s'exprimait plutôt sur les pistes de bowling et dans les pizzerias. Les hommes jeunes et minces ne fréquentaient pas l'Overland.

Le soleil était déjà bas sur l'horizon, et Patti Ann frissonna dans le soir d'automne, tandis que ses hauts talons claquaient sur les pavés de l'allée piétonnière. Se doutant que l'avocat serait à l'heure, elle s'était arrangée pour avoir quelques minutes de retard afin de pouvoir le chercher des yeux au bar, puis se répandre en excuses en invoquant quelque imprévu. Elle remonta son col sans savoir si le froid qui lui glaçait le dos était causé par le vent ou par son appréhension. Il était six heures dix, et le centre commercial était désert.

Le bar était vieillot, haut de plafond et spacieux. Une rangée de fenêtres laissaient pénétrer la lueur du crépuscule. La jeune femme rabaissa son col, puis contourna le paravent devant l'entrée. Elle se rappelait l'endroit comme un peu triste, couvert de boiseries sombres, mais la lumière qui tombait des fenêtres créait une atmosphère chaude et intime.

Sylvester l'aperçut, et il se leva pour lui faire signe. Il n'était pas seul. Un autre homme, plus petit et plus gros, s'était levé en même temps que lui, et il souriait comme s'il la connaissait.

Elle se dirigea vers leur table, et chacun de ses pas se faisait plus hésitant cependant qu'elle examinait l'inconnu debout à côté de l'avocat.

— Bonsoir, dit Sylvester en lui tendant la main. Je commençais à me demander si je ne m'étais pas trompé de jour. Selon Ed, je fais un tas de choses bizarres ces temps-ci — sénilité précoce, je présume.

Il l'aida à se débarrasser de son manteau qu'il posa sur une chaise libre.

— Je suis infiniment désolée...

— Ce n'est pas grave. Je vous présente Ed Vance... Patricia Lowry. (Ils échangèrent une poignée de main, puis s'installèrent.) Ed est mon partenaire à la pelote... ou plutôt, mon adversaire. En plus, nous travaillons ensemble.

Ed continuait à sourire. Patti Ann lui sourit à son tour, mais elle se sentait mal à l'aise. Qu'est-ce qu'il fabriquait ici ? A quel jeu Sylvester jouait-il ? Cet Ed Vance serait-il là à titre de témoin ? La jeune femme avait le sentiment d'être prise au piège. Ils savaient que son histoire ne tenait pas debout.

Comme s'il avait lu dans ses pensées, Ed Vance finit sa bière et déclara :

— Ne vous inquiétez pas, miss Lowry, je pars tout de suite. J'aidais simplement Sly à faire le tri parmi sa myriade de problèmes. Pour un célibataire, il se débat sans cesse avec un tas de problèmes domestiques. Je me demande bien pourquoi je l'envie. (Il se leva et enfila son pardessus gris.) Ce soir, tacos. Mes gosses adorent ça. A demain, Sly. Enchanté d'avoir fait votre connaissance, miss Lowry. Vous arriverez peut-être à lui remonter le moral.

La serveuse apparut au moment où Ed se dirigeait vers la sortie. Il lança un dollar sur son plateau.

— Alors, les tourtereaux, qu'est-ce que je vous sers ?

Patti Ann contempla Sylvester, bouche bée. Puis tous deux éclatèrent de rire. La jeune femme se demanda si elle l'appellerait un jour Sly. Une barrière venait de tomber, sans que l'un ou l'autre y fût vraiment pour quelque chose, et la jeune femme, résultat de l'effet qu'il exerçait sur elle, se sentit tout à coup très bien et tout à son avantage en compagnie de cet homme. Elle avait déjà perçu cela dans son bureau, et elle décida de ne pas lutter — après si longtemps, elle pouvait se le permettre. Tout allait pour le mieux, sauf le mensonge. Elle faillit poser sa main sur la sienne.

Ed Vance quitta Last Chance Gulch, passa devant l'ancienne demeure du gouverneur et le Capitole de l'Etat, puis tourna à droite et monta jusqu'aux rues tortueuses qui portaient des noms du genre Pineview Drive et Alpine Drive avant d'arriver enfin à la sienne, South Ridge Drive. Il vivait dans un lotissement neuf habité par la bourgeoisie blanche. Ed trouvait le voisinage d'un ennui mortel, mais il considérait qu'il s'agissait d'un excellent endroit pour y élever des enfants, à condition qu'ils ne fassent pas de chutes en montagne ou qu'ils ne périssent pas dans un feu de forêt. L'un des premiers incendies de l'été s'était arrêté juste à la crête qui dominait la région. Le soir, les gens se tenaient sur leurs terrasses pour contempler la lueur orange qui embrasait l'horizon. Certains avaient loué des remorques où ils avaient entassé leurs possessions, et on avait engagé des gardiens supplémentaires pour les surveiller. La journée, la fumée était si épaisse qu'on ne voyait plus Helena, et le bruit des moteurs des bombardiers d'eau se faisait de plus en plus strident à mesure que les avions piquaient pour larguer leur chargement sur les flammes.

Ed, de même que ses voisins, prit quelques jours de congé. Il aspergea au jet son toit de bardeaux. Il se sentait idiot ainsi, avec son masque à poussière, son short et son T-shirt tout gris de cendres. Puis, comme par miracle, alors que les flammes commençaient à lécher le dessus de la crête, le vent tourna. Les gens descendirent de leurs toits, déchargèrent les remorques et entreprirent de nettoyer. Sylvester avait aidé Ed à arroser la maison, l'allée et même la pelouse. Plus tard, ils s'installèrent sous la véranda pour regarder la vallée encore enfumée tout en buvant de la bière et en mangeant des hamburgers à moitié carbonisés. Ed se disait qu'il n'aurait pas pu avoir meilleur ami.

Pourtant, comme il s'engageait dans sa rue, il se surprit à songer qu'en réalité, il était, et avait toujours été, jaloux de Sylvester. Bien qu'il fût aussi bon avocat que lui, il savait qu'il ne brillerait jamais autant aux yeux de Buster Harrington. Il demeurerait un simple employé, tandis que Sylvester allait devenir l'un des associés de la firme dans le courant de l'année. Il tenait l'information de la bouche même de Harrington. Dès que Sylvester aurait pris la décision de se présenter au Congrès, il serait promu. Et, naturellement, il traiterait beaucoup moins d'affaires, si bien qu'une bonne partie du boulot retomberait sur lui.

Toutefois, le problème ne se situait pas là. Le travail ne gênait pas Ed. Il bossait déjà trop et bosserait encore plus. Quoique, à la réflexion, peut-être que le problème était quand même là. Il faisait figure de tâcheron, et Sylvester, de star. Sans aucune raison valable. Ed travaillait dans le cabinet depuis plus longtemps que lui, avait rapporté un tas d'argent à Harrington et aux autres associés, et malgré cela, on continuait à lui refiler des affaires merdiques. Sylvester, lui, obtenait davantage que sa part du gâteau — il s'octroyait celle de Ed en plus.

Il mit son clignotant et tourna dans l'allée. Billy et Sarah examinaient l'érable rouge qu'il avait payé trop cher — mais il voulait de grands arbres, et sans attendre. Il voulait que la maison ressemble à une demeure familiale.

Ed ouvrit sa portière, empoigna sa serviette et descendit.

— Qu'est-ce qui se passe ?

Sarah se tourna vers lui, les yeux écarquillés.

— L'arbre est en train de mourir, dit-elle.

Ed éclata de rire.

— Tu sais bien que les arbres changent de couleur à l'automne. (Il ébouriffa les cheveux de Billy.) Vous savez ça, les enfants.

— Non, non, il est bien en train de mourir. Maman aussi l'a remarqué.

Ed alla arracher une feuille. Les bords étaient brunis, racornis, et ils s'effritèrent sous ses doigts.

— Merde ! jura-t-il.

— Papa ! s'écria Sarah avec ravissement. Tu dois un *quarter*.

— On mange des tacos, dit Billy.

Ed lâcha la feuille et, levant les yeux, il constata que toutes semblaient être dans le même état.

— Ce n'est qu'un arbre, dit-il. Et des arbres, on en trouve partout. Où est Rolly ?

— Il aide maman à préparer les tacos, répondit Sarah.

— Et vous, pourquoi vous ne l'aidez pas ? Vous êtes plus âgés que Rolly.

— Maman nous a dit de sortir, dit Billy.

— Qu'est-ce que vous avez fait ?

— Rien.

— Vous êtes sûrs ?

— Billy a frappé Rolly avec une balle de tennis. Il la faisait rebondir contre le mur en bas, et Rolly s'est mis sur le chemin. Hein, Billy ?

— Vous devriez avoir vos blousons, il commence à faire frais. Allez, venez, on rentre.

— Tu nous défendras ? demanda Billy.

Tout en escortant les enfants vers la porte, il songea que Sylvester ne connaissait pas ce genre de problèmes. En ce moment, il devait sans doute inviter cette belle plante à dîner. Ils prendraient un verre ou deux, et ensuite, qui sait ? Sinon, pourquoi s'occuperait-il d'une jolie femme qui lui apportait une affaire aussi banale ? Les histoires de testaments, même les enfants pouvaient les régler. Le grand Indien allait la baiser, ouais.

Ed se sentit devenir tout à coup moraliste. Tout ça pendant que lui, il se préparait à bouffer des tacos en famille, dans sa maison bourgeoise avec des arbres en train de crever et une femme qui fichait ses gosses dehors par une froide journée d'automne. Très bien, Sylvester, amuse-toi donc. Tout vient à point qui sait attendre.

— Oh ! mon Dieu ! souffla-t-il.

— Quoi ? demanda Sarah.

— Rien. Avance.

— Comment est-ce arrivé ?

— Je suppose qu'on le désirait tous les deux.

— Mais c'est mal, non ? demanda-t-elle, appuyée contre son bras.

— Oui, je crois, répondit-il d'une voix neutre qui résonna dans la pièce plongée dans la pénombre.

Patti Ann soupira.

— Mon Dieu ! c'était si bon !

Sylvester resserra son étreinte et l'attira contre lui. La jeune femme frôla son oreille de ses lèvres, puis elle l'embrassa sur la joue. Elle fut surprise de la trouver si douce, tout comme elle avait été surprise en caressant son torse presque imberbe. Dans sa jeunesse, elle avait lu que les Indiens utilisaient des coquilles de praires pour s'arracher les poils, et elle se disait à présent qu'ils devaient simplement avoir un système pileux peu développé. Les coquilles de praires ne s'imposaient donc pas. Pourtant, à la prison, elle avait vu des Indiens qui portaient de fines moustaches et de petits boucs. Quelques-uns étaient même franchement poilus, mais ils ne semblaient pas aussi « indiens » que les autres.

Seigneur ! Après avoir haï les Indiens — par une sorte d'acte de fidélité envers son mari —, voilà qu'elle couchait avec l'un d'eux ! Elle se souvenait s'être demandé juste avant si cela serait différent, de la même façon que, des années auparavant, elle se demandait comment ce serait de coucher avec un Noir. Elle en avait parlé un soir avec des copines — des filles blanches originaires du Minnesota —, et elles avaient conclu que ce devait en effet être différent. L'une d'elles affirma que, selon une de ses cousines d'Illinois, si on faisait l'amour une fois avec un Noir, après, on ne voulait plus de Blancs. Elles poussèrent des exclamations étonnées. Pour les Indiens, la question ne se posait pas, parce qu'il y en avait beaucoup dans la région et que seules les putains issues de familles très pauvres couchaient avec eux.

Alors, était-ce réellement différent ? Elle se rappelait juste combien elle s'était sentie fragile sous lui, et pourtant, son corps lui avait paru aussi léger qu'une couverture. Elle repensa au contact de la peau lisse de son torse contre ses seins, et ses mamelons se durcirent.

Elle passa la main sur le ventre plat de Sylvester, glissa vers sa toison pubienne, laquelle, en revanche, lui parut foisonnante. Ses doigts effleurèrent son sexe, et elle fut surprise de le trouver déjà prêt. Elle le sentit se tendre sous sa caresse. Un instant, elle songea qu'elle prenait trop d'initiatives — elle n'avait connu que deux hommes et, depuis le temps, avait presque oublié comment c'était. Il se tourna vers elle, et posa la main sur sa hanche. Elle voulut rouler sur le dos, mais il l'attira sur lui. Elle le guida en elle, puis regarda ses larges mains brunes pétrir ses seins blancs. L'image s'incrusta dans son esprit, et une vague l'emporta, tandis qu'elle se disait que ça faisait si longtemps, si longtemps, et qu'elle se pressait contre lui en rejetant la tête en arrière.

La jeune femme s'endormit et, lorsqu'elle se réveilla, elle vit la lueur de l'aube filtrer par les minces lattes blanches du store qu'elle n'avait pas pensé à fermer. Elle se souleva sur un coude et regarda autour d'elle. Les couvertures du lit étaient bien tirées, et le deuxième oreiller remis en place, qu'on avait manifestement tapoté. Elle suivit du doigt une couture de l'édredon aux couleurs vives, puis jeta un coup d'œil sur le réveil : 6 heures 38. Elle avait tout le temps de prendre une douche, de se maquiller et de s'habiller avant de partir travailler.

Elle descendit du lit et se dirigea vers la salle de bains. Elle s'arrêta pour s'examiner dans la grande glace de la porte. Elle était restée la même. Ses seins se trouvaient toujours à leur place, et sa touffe n'avait pas changé de couleur. Par contre, ses cheveux semblaient dans un triste état. Elle enfila son kimono et ses chaussons, puis entra dans le séjour. Tout était impeccablement rangé. Elle avait conduit Sylvester droit dans sa chambre. Elle s'avança vers la baie vitrée et regarda dehors. Un chien solitaire, aussi gris que la lumière du petit matin, trottinait au milieu de la rue, tenant dans sa gueule une bestiole pleine de poils.

Patti Ann ferma les rideaux, puis alla dans la cuisine. Elle avait l'impression de flotter et ne parvenait pas à se concentrer sur les gestes de la vie quotidienne. Ils n'avaient pas tellement bu la veille, mais elle se sentait loin de son existence familière. Elle alluma la lumière au-dessus de la cuisinière. L'écriture sur la liste des courses ne lui parut pas être la sienne ; le grille-pain, la bouilloire — elle n'avait pas encore vraiment remarqué les lignes incurvées du motif oriental. Elle la remplit et tourna le bouton. Elle sortit les sachets de thé et une tasse, puis le lait du réfrigérateur. Quand elle se retourna, elle vit la plaque de derrière virer à l'orange. Elle changea la bouilloire de place et se frotta les bras pour se réchauffer. Elle se sentait désespérément seule.

Le sifflement de la bouilloire la fit sursauter, et elle éteignit. Sans même se servir un thé, elle regagna le séjour et s'assit à la petite table. Elle n'avait pas encore fini la robe de Myrna. Le tissu et le patron étaient éparpillés dessus. Elle ramassa une petite feuille de papier arrachée d'un bloc. « Il faut qu'on parle. Je te téléphonerai. Sly. » Elle se souvint alors qu'elle l'avait appelé Sly, répétant ce diminutif sans jamais s'en lasser. Elle le redit dans un murmure car, dans le jour naissant, on n'entendait, en provenance de la cuisine, que le léger craquement de la plaque en train de refroidir.

Elle reposa le mot de Sylvester. Quelque chose la tracassait. Elle réfléchit un moment, puis elle se leva et retourna dans la cuisine. Sur le calendrier à côté du réfrigérateur, la date d'aujourd'hui était cerclée de rouge. Vendredi 7 octobre. Oui, c'est ça, elle devait prendre son après-midi pour aller à la prison. Elle irait donc voir Jack. Elle aurait dû se sentir coupable, salie, déchue, mais non. Elle s'aperçut qu'en réalité, elle n'avait pas lâché le papier. Elle le pressa contre son sein, ferma les yeux, et revit en imagination Sylvester se pencher dans le noir au-dessus d'elle, de plus en plus près.

8

Sylvester prit l'Interstate 15 qui traversait la Prickly Pear Valley. Il longea les lotissements récents, les zones industrielles, l'aéroport, les bâtiments administratifs, et atteignit la région des ranches et des fermes qui se terminait par une large cuvette abritant une prairie peuplée uniquement de troupeaux de moutons. Après avoir grimpé la pente d'une colline, il fut enfin dans les montagnes. Sur sa droite se trouvaient les Portes des Montagnes sauvages, une zone bordée par les escarpements crayeux du Missouri. Il descendit l'étroit canyon de la Prickly Pear, non loin de l'endroit où une petite bande de Blackfeet avaient tué Malcolm Clark, ce qui avait été à l'origine du Massacre de la Marias et de l'assujettissement de son peuple. Il n'avait jamais visité le ranch de Malcolm Clark. Son intérêt pour l'histoire des Blackfeet était récent, et il abordait le sujet de manière presque clinique, lisant des livres et étudiant des cartes un peu comme le ferait un universitaire ou un amateur passionné. Il essaya de se rappeler les histoires que racontaient en blackfeet sa grand-mère et les anciens, et qu'on se transmettait de génération en génération, mais il ne parvint à se remémorer que quelques bribes, et il se sentit honteux de n'avoir pas mieux écouté quand il était petit.

A vrai dire, il s'intéressait davantage au basket, au cross et aux filles. Pour lui comme pour nombre des garçons avec qui il avait grandi, les traditions paraissaient étrangères, démodées, inutiles.

Quand il lui arrivait d'accompagner ses grands-parents à des cérémonies tribales, il ne voyait pas en quoi elles pouvaient se rapporter à sa vie actuelle. Il savait que son manque d'intérêt constituait une déception pour sa grand-mère, mais son grand-père lui parlait du temps où celle-ci était une petite mignonne qui dansait des nuits entières dans les tavernes de l'époque. Comme beaucoup de ses contemporains, elle avait passé sa jeunesse à tenter d'imiter les Blancs qui habitaient les environs, et parfois, sur la réserve, à tenter même d'oublier qu'elle était une Indienne. Ce n'est que vers l'âge de quarante-cinq ans qu'elle se calma et prit le temps de réfléchir sur son cas et sur celui de ses semblables. Depuis, elle contribuait à restaurer auprès des Blackfeet les traditions et les valeurs ancestrales. Elle eut un choc lorsque Sylvester lui annonça un soir, au cours de l'une de leurs nombreuses discussions, qu'il voulait vivre dans « le monde extérieur, le monde réel ». A dater de ce jour, elle éprouva toujours une sorte de culpabilité devant ses amis, et elle reprocha à sa fille, la mère de Sylvester, de s'être déchargée sur elle de ce fardeau. Peu importait que Sylvester ne connaisse pas sa mère et que les autres anciens racontent des histoires similaires à propos de leur progéniture. Cependant, Little Bird Walking Woman adorait son petit-fils comme seule une mère pouvait le faire (car elle l'avait élevé) et par la suite, elle eut beau se vanter de ses exploits, elle ne parvint pas à se débarrasser du sentiment de honte qui la rongeait.

Sylvester accéléra, et la Saab vert foncé dévora les derniers kilomètres de route sinueuse pour déboucher enfin dans la plaine ondulante où le jaune dominait. Comme d'habitude, le jeune avocat poussa un soupir de soulagement après avoir franchi la montagne, mais cette fois un peu plus prononcé. Et puis, il conduisait aussi plus vite qu'à l'accoutumée. Il avait failli appeler Shelley ce matin, mais il n'aurait pas su quoi lui dire. Il s'était contenté de téléphoner au bureau pour prévenir Doris qu'il ne viendrait pas aujourd'hui. De toute façon, il avait prévu de passer la majeure partie de la journée à la bibliothèque, de sorte qu'il n'y aurait que deux rendez-vous à annuler. Il lui demanda en outre de dire à Ed

Vance qu'il raterait leur partie de pelote rituelle. Ce dernier, il ne l'ignorait pas, penserait qu'il s'était envoyé la belle fille qu'il avait vue au bar. Ed le plaisantait souvent au sujet des jolies femmes riches qu'il représentait. Sylvester ne s'en offusquait pas, car il savait que c'était sa façon de prendre son plaisir — comme beaucoup de ses collègues mariés, il fantasmait (et enviait) la vie amoureuse de Sylvester. (« Hé ! Sly, c'était comment Chico Hot Springs ? Tu sais que le sperme se conserve des jours dans l'eau chaude ? Il va bientôt y avoir des tas de petits Indiens dans le coin. »)

Ce coup-ci, Ed avait tapé dans le mille. Sylvester s'était bien envoyé la belle femme du bar et, à présent, il allait se réfugier dans le seul foyer qu'il eût jamais connu. Le foyer, c'est là où on vous accueille toujours. Il avait entendu dire ça quelque part, et, pour la première fois, il comprenait à quel point c'était vrai. Jusqu'au moment où il était entré chez elle, il avait plus ou moins maîtrisé le cours de son existence. Il était parvenu à maintenir tous les ballons en l'air mais, dans l'obscurité de cette chambre, ils étaient retombés d'un bloc pour rebondir dans tous les sens, loin de lui.

Il régla le compteur à 80 miles à l'heure, enclencha la vitesse de croisière, puis se cala dans son siège. Le soleil brillait, et il faisait plus doux. Il baissa sa vitre et sentit le vent dans ses cheveux. Il avait toujours aimé rouler vite dans la plaine, et le paysage ne lui semblait jamais désert, mais lointain, retiré, et presque intime quand on était seul. La plupart du temps, dès qu'on s'écartait des routes, tous les signes de la présence de l'homme disparaissaient, et même quand on se promenait avec des amis et que personne ne parlait, on restait seul avec ses pensées et ses yeux pour voir. Et, en dépit de ce que prétendaient les nouveaux arrivants et les touristes, on voyait beaucoup de choses. Tout le monde, en effet, ne distinguait pas les couleurs, les ombres et les formes, celles des prairies, des différentes variétés d'herbes et de buissons, et des animaux qui, parfois, venaient récompenser votre patience. L'endroit où l'on avait aperçu un blaireau ou un aigle royal se gravait pour toujours dans l'esprit, et on s'en souvenait même quand on se trouvait à des milliers de kilomètres de là en train de préparer des examens de droit ou de réunir les pièces d'un dossier concernant une affaire de dommages et intérêts à la suite d'un accident du travail. Combien de fois, alors qu'il était au loin, Sylvester n'avait-il pas revu en pensée les plaines, les collines ondoyantes, les ravins, les berges à pic, les lacs creusés dans les terres alcalines, les réservoirs et les étendues de broussailles qui recelaient la vie. Il voyait un faucon décrire des cercles au-dessus de terriers de chiens de prairie. Il voyait une antilope affolée sauter par-dessus une barrière. Il voyait un serpent à sonnette endormi sur une pierre chaude, ou bien lové sur lui-même, la langue dardée, la queue dressée qui émettait son bruit de crécelle, tandis qu'il reculait lentement en ondulant. Il voyait la beauté dans toutes ces créatures, et il avait cessé de tenter d'expliquer pourquoi. Il lui suffisait de garder en mémoire l'image de ces plaines, et d'y revenir de temps à autre.

Sylvester s'arrêta à Great Falls prendre de l'essence et manger un sandwich caoutchouteux réchauffé au four à micro-ondes. Il était un peu plus de midi et, bien qu'ayant pratiquement passé trente-six heures sans dormir, il ne se sentait pas fatigué. Il avait dû néanmoins sommeiller la nuit dernière, car il se rappelait s'être réveillé et l'avoir trouvée nichée contre lui. Il était encore très tôt quand il s'était dégagé doucement de ses bras pour se lever et remettre les couvertures en place. Il avait récupéré sa voiture dans le parking derrière le Power Block qui, heureusement, était resté ouvert. Rentré chez lui, il avait allumé la télévision et regardé une chaîne qui diffusait du sport toute la nuit. Il ne voulait pas essayer de penser, il ne se sentait pas prêt. Le matin, il prit une douche et enfila un jean délavé, une chemise et des bottes de cow-boy, puis il prépara son sac avant de se faire quelques toasts. Il décida alors d'appeler Shelley. Il ignorait ce qu'il allait lui dire, mais il voulait entendre sa voix. Depuis leur séjour à Chico Hot Springs, elle se montrait distante et, au cours de ces deux dernières semaines, ils ne s'étaient vus que trois fois. Elle disait être très occupée à traquer les virus dans le nouveau logiciel du programme fiscal, mais Sylvester savait qu'en réalité, elle se plongeait dans le travail pour tenter de prendre ses distances par rapport à leur relation. Leur relation ! De cela aussi, ils parlaient à Palo Alto — en plus de politique, de droit et de sport. C'était devenu une sorte de mot de passe pour évoquer les ennuis imminents, une façon de rationaliser à l'approche d'une séparation, en général d'avec un mari ou un amant. Avant, Sylvester n'avait jamais entendu utiliser le terme ainsi, encore qu'il eût entretenu une « relation » avec Anita Talcott, ou Sandoval, qui avait mal fini ou, du moins, s'était comme délitée. Et maintenant, Shelley semblait vouloir s'éloigner de lui.

Il n'arrivait pas encore à réaliser ce qui s'était passé la nuit dernière, mais il savait qu'il l'avait désiré. Sinon, pourquoi aurait-il été la retrouver dans un bar ? Il avait couché avec une de ses clientes. On racontait tant d'histoires de ce genre, et elles le dégoûtaient. Ses collègues en riaient, et voilà qu'il venait de rejoindre les rangs de ceux dont ils se moquaient.

Le pire, c'est qu'il ne croyait pas vraiment à son histoire de testament. Elle était incapable de se rappeler la somme dont ils avaient parlé, or, d'habitude, ses clients en connaissaient le montant au centime près. Et puis, lui téléphoner à peine deux semaines plus tard — elle travaillait dans une administration, et elle n'ignorait donc rien de la bureaucratie et de sa lenteur. Quand elle avait suggéré de le rencontrer dans un bar après le travail, il aurait dû savoir qu'il y avait anguille sous roche. Elle avait tenu à lui offrir un verre pour le dédommager des désagréments qu'elle lui causait, ce qui les avait fait rire tous les deux, mais elle avait insisté.

Au début, il avait pensé que ce serait une excellente idée d'inviter Ed Vance, sous prétexte d'évoquer avec lui sa candidature au Congrès, mais il s'apercevait à présent qu'il avait commis une erreur. Ed les avait laissés ensemble, et il ne manquerait pas d'en parler au bureau.

Il aurait dû aller travailler et se comporter comme si de rien n'était. Il y aurait eu les plaisanteries habituelles, puis tout serait rentré dans l'ordre. Maintenant, c'était trop tard. Plus de 150 kilomètres le séparaient d'Helena.

Mais pourquoi inventer une fable pareille pour le rencontrer — et pas seulement pour le rencontrer ; pour coucher avec lui ? Dans un moment de lucidité qui le fit frissonner, il comprit qu'elle l'avait séduit. Elle avait prolongé la discussion pour se faire inviter à dîner, puis, après quelques verres, l'avait conduit droit dans sa chambre. Pourquoi ? Parce qu'elle savait, dès l'instant où elle avait pénétré dans son bureau, qu'il était prêt pour des aventures de cette sorte ? Non, ça avait commencé avant. Avant même qu'ils se connaissent. Le mensonge ne constituait qu'une manière de s'introduire dans son existence. Qui était-elle ? Et qu'est-ce qu'elle avait à voir avec lui ?

Sylvester jeta l'emballage du sandwich dans une poubelle à côté des pompes à essence, puis il repartit au volant de la Saab. Patricia Lowry. Patti Ann. Où avait-il entendu ce prénom ? Il revit le soleil dans ses cheveux auburn, et sentit de nouveau le poids de son corps frêle contre son bras avant qu'il ne l'attire sur lui. Il était loin d'être innocent dans cette affaire. Simplement stupide. Et amoureux.

Assise sur les marches de devant, Mary Bird regardait les enfants qui rentraient de l'école. Quelques-uns habitaient dans le coin, mais la majorité dans les lotissements collectifs à l'ouest de Moccasin Flat. Pratiquement chaque jour depuis vingt-neuf ans, date à laquelle Sylvester était entré à l'école, elle se tenait là. Le premier mois, elle l'avait accompagné et était venue le chercher, mais ensuite, il avait fait le trajet avec ses petits camarades. La plupart du temps, elle entendait leurs rires et leurs cris avant même de les voir. Puis, quand Sylvester fut en sixième, Earl et elle lui offrirent un ballon de basket pour son anniversaire, et, à partir de ce moment-là, le bruit du ballon qui rebondissait ne cessa de ponctuer les manifestations tapageuses des enfants.

Ensuite, il y eut les filles. Avant, les filles et les garçons formaient plutôt deux groupes séparés, mais en quatrième, cela changea.

Et c'est ainsi que les choses devraient être, tous les enfants réunis. Mais dès l'année suivante, Sylvester resta après la classe pour s'entraîner au basket et à la course à pied, si bien qu'il rentrait seul, et souvent à la nuit tombée. Dans ces cas-là, il courait à petites foulées. Elle le savait, parce que le ballon rebondissait alors plus vite et qu'elle entendait le crissement de ses tennis sur le sol gelé de la cour. Ce fut vers cette époque que Earl Yellow Calf acheta son premier poste de télévision. Le soir, il s'installait devant dans la salle de séjour avec un plateau pendant que Mary et Sylvester mangeaient à la table de la cuisine. Il lui racontait sa journée, et Mary écoutait. Le comportement des enfants à l'école, les réflexions qu'ils faisaient à propos de leurs pères ou de leurs grands-parents ainsi que les absences, celles des filles surtout, lui en apprenaient beaucoup sur leurs familles. Le dîner terminé, elle débarrassait et lavait la vaisselle en songeant à ce qu'elle venait d'apprendre. Sylvester, pendant ce temps-là, parlait un peu avec son grand-père, en général de basket, puis il filait étudier dans sa chambre.

Les choses étaient différentes aujourd'hui. Mary Bird récoltait encore des bavardages quand elle allait faire des courses, rendre visite à des amis ou participer à des cérémonies, mais les récits quotidiens de Sylvester ainsi que ses instants de méditation devant l'évier de la cuisine lui manquaient. De même, bien entendu, que lui manquait la présence de son petit-fils. Il était parti depuis dix-sept ans, et chaque jour, elle pensait à lui, comme s'il venait juste de franchir le seuil pour monter dans la voiture de l'entraîneur qui l'emmenait à l'université. Elle lui avait préparé des sandwiches et un peu de pemmican pour manger en route. Et aussi deux pommes qu'elle revoyait encore au moment où elle les glissait dans le sac. Elles étaient bien rouges et bien fermes, pareilles à celles qu'on trouvait à Great Falls quand on acceptait de payer un peu plus cher. Elle ne se rappelait plus où elle les avait achetées. C'était ça le problème avec l'âge. Par contre, elle se rappelait le petit sac-médecine qu'elle lui avait donné la veille de son départ. Il appartenait à son grand-père à elle, et il l'avait protégé à l'époque où un guerrier avait besoin de l'être quand il partait au combat. Une semaine plus tard, alors qu'elle faisait le ménage dans la chambre de Sylvester pour se distraire de ses pensées, elle avait découvert le sac-médecine caché derrière les livres de sa bibliothèque. Elle ne lui en parla jamais, et se contenta de le ranger dans la malle avec ses autres vieilleries.

Les derniers enfants en blousons de couleurs vives et chaussures de basket étaient passés depuis longtemps que Mary restait encore assise à chauffer ses vieux os au soleil. Bien qu'âgée de quatre-vingt-sept ans et un peu trop grosse, elle se sentait plutôt en forme. Elle continuait à vaquer à ses occupations, et son esprit demeurait alerte. Elle ne laissait pas le gaz allumé, n'oubliait pas où elle était ni ce qu'elle devait faire. Une bonne chose. Earl, quant à lui, avait eu trois attaques au cours de ces cinq dernières années, et la troisième l'avait laissé en partie paralysé du côté gauche. Il parvenait encore à s'exprimer, quoique avec beaucoup de difficulté, et, plus il vieillissait, plus il avait envie de parler. Il lui arrivait de hurler avec la télé à fond, car il était un peu dur d'oreille. Il parlait de tout et de n'importe quoi, comme si son esprit vagabondait au-dessus de paysages familiers et qu'un obstacle venait de temps en temps se mettre en travers de son chemin. Mary s'en moquait. C'était toujours mieux que la télévision.

Sauf le jour où il lui avait demandé de but en blanc si elle aimait Sylvester plus que lui. Elle était en train de coudre une couverture à motifs en étoiles pour le mariage de la fille d'une de ses amies, et elle s'interrompit net dans sa tâche. Elle vivait depuis soixante-cinq ans avec Earl, et la dernière fois qu'ils avaient parlé d'amour devait remonter à au moins quarante ans. Earl avait été le trésorier de la tribu durant un quart de siècle, puis il avait travaillé quinze ans au département comptabilité du Bureau des Affaires indiennes. C'était un homme cultivé qui avait fréquenté la Carlisle Indian School juste après Jim Thorpe, le célèbre joueur de football indien, et il avait même obtenu de meilleures notes que lui. La question lui parut si puérile qu'un sentiment de tristesse l'envahit à la pensée de l'époque lointaine où ils échangeaient des mots tendres.

— Bien sûr que je t'aime, répondit-elle, comptant ainsi mettre fin à la discussion.

En effet, Earl retourna à sa télévision, et Mary sourit. Savoir qu'il se préoccupait encore d'amour la rendait heureuse. Elle espérait qu'elle ne mourrait pas la première, car elle ne pouvait pas supporter l'idée qu'il finisse ses jours dans une maison de retraite.

La vieille femme distingua une voiture vert foncé qui s'arrêtait devant la cour. Le conducteur demeura un moment immobile, puis il ouvrit sa portière et descendit. Mary ne voyait plus très bien, mais elle reconnut aussitôt la silhouette de Sylvester. Elle éclata de rire et battit des mains. Elle était toujours si contente de le voir.

— Je veux que tu couches avec lui.

Patti Ann, les yeux écarquillés, resta dix bonnes secondes à contempler son mari et à essayer de replacer les mots dans un contexte qui n'avait rien à voir avec ce qui s'était déjà produit.

— Je sais. Je te demande de faire quelque chose qui va à l'encontre de tout ce à quoi tu crois et qui représente tout ce que tu détestes. Crois-moi, ce n'est pas facile pour moi. J'ai passé des nuits entières sans dormir à penser à cet instant et à me demander si j'aurais le cran nécessaire, reprit Jack en baissant la tête. C'est terrible de demander à sa femme de le tromper avec un autre homme.

C'était donc ça. Voilà à quoi il voulait en venir depuis le début.

— Tu penses bien que je n'aurais jamais envisagé de te demander ça si...

— Je ne veux pas en entendre davantage, Jack.

Sa voix lui parut faible tandis qu'elle promenait son regard sur le parloir. Un gamin en T-shirt rayé les observait. Son pantalon en velours menaçait de tomber. Patti Ann songea qu'elle aurait pu avoir un enfant de cet âge.

— S'il y avait une autre solution, Patti. Mais il n'y en a pas. C'est ma seule chance, et notre seule chance d'être de nouveau ensemble.

— Jack, je ne peux pas faire ça — même pour cette raison. C'est mal.

Le gamin lui fit bonjour de la main.

— Quelle autre raison pourrait-il y avoir ? Il s'agit d'être de nouveau réunis. Ce n'est pas une raison suffisante ?

— Mais tu lui veux du mal et tu exiges de moi quelque chose de mal.

Jack se pencha pour prendre une cigarette dans le paquet de Patti Ann. Il tapota le filtre contre la surface lisse de la table en plastique.

— Tu m'aimes.

C'était à la fois une question et une affirmation.

— Bien sûr que je t'aime, tu le sais très bien.

Elle l'examina. Il paraissait plus petit que deux ou trois ans auparavant. A l'époque, il se tenait droit, parlait, riait et lui prenait la main. Depuis qu'il avait reçu ce coup de couteau, il semblait replié sur lui-même, comme ratatiné. Et grisonnant. Ce n'était plus l'homme dont elle était tombée amoureuse.

Elle aussi avait changé. En ce moment, elle se sentait totalement différente, et elle pouvait mettre un terme à cette histoire en lui expliquant pourquoi. Le plus drôle, c'est qu'elle n'était pas du tout préparée à cela, alors qu'elle aurait dû s'en douter. Elle se trouvait placée devant un dilemme plutôt inhabituel : coucher avec un homme avec qui elle avait déjà couché, et qu'elle aimait peut-être, afin d'aider son mari, qu'elle n'aimait peut-être plus, à sortir de prison. Vue ainsi, la situation frisait le comique. Mais en repensant à Sylvester et à la nuit dernière, elle eut la gorge sèche et dut détourner les yeux.

La pendule au-dessus du poste du gardien indiquait 5 heures 40. Encore vingt minutes.

Jack alluma sa cigarette et se radossa.

— Je n'aurais pas dû te le demander, dit-il en soufflant la fumée. C'était une idée stupide. (Il rit.) Je suppose que je vais me contenter de rester là à attendre ma libération en espérant qu'il ne m'arrive rien. Tu seras toujours là, pas vrai, ma chérie ? Même si ça prend beaucoup de temps ?

La main de Patti Ann tremblait quand elle mêla ses doigts aux siens. Elle se rappelait ses mains si fortes qui peuplaient ses rêves. Elle courba la tête pour lui embrasser la main. Après tout, elle était toujours sa femme.

Sylvester dormit jusqu'à 10 heures et demie. A son réveil, il s'assit dans son lit pour regarder par la petite fenêtre, une habitude qui datait de son enfance. Il avait l'impression que, durant la moitié de l'année, le carreau était couvert de givre et qu'il lui fallait gratter pour ménager un rond lui permettant de jeter un coup d'œil sur le monde extérieur. Ce matin, il ne vit que quelques traînées de nuages et les feuilles jaunissantes, agitées par le vent, d'un peuplier qui se trouvait là depuis toujours. Le vent était la seule chose qui ne lui eût pas manqué depuis son départ. Il soufflait de différentes directions selon les saisons, mais celui qu'il se rappelait le plus souvent était le vent du nord, le vent d'hiver, le vent que tous craignaient, mais avec lequel, après tant de générations, ils avaient appris à vivre. Ils connaissaient la neige qui s'abattait presque à l'horizontale sur les plaines, si épaisse et soudaine que des gens mouraient parfois quand ils rentraient chez eux en sortant d'un bar, et qu'on ne découvrait les cadavres de vaches égarées qu'au printemps. On redoutait ces dures conditions climatiques, mais on les acceptait. Les traditionalistes disaient des prières à Faiseur de Froid et réclamaient sa clémence, mais ils savaient qu'en réalité celui-ci les punissait parce que certains s'étaient mal conduits pendant l'année. D'autres se montraient plus fatalistes. Le blizzard faisait partie de la vie, et ça ne servait à rien de pisser en l'air et de gémir.

Sylvester bâilla, puis descendit du lit. Bien qu'ayant dormi dix bonnes heures, il se sentait encore recru de fatigue. Il n'avait que trente-cinq ans, et la pelote le maintenait en forme, mais aujourd'hui, il avait l'impression d'être vieux et fourbu. Il était resté avec sa grand-mère jusqu'après minuit. Elle lui avait rapporté tous les potins qui circulaient au sujet de ses anciens amis. A ses yeux, le temps était un continuum, si bien que les gens ne vieillissaient pas, ne se séparaient pas et ne vivaient pas ailleurs. Ils revenaient, et le temps suivait son cours. On était ici chez soi.

En l'écoutant, Sylvester comprit que tous les vieux Indiens raisonnaient ainsi. Elle l'avait longuement serré dans ses bras avant de l'envoyer acheter une tranche de rôti et des pommes de terre comme elle le faisait quand il était petit.

Il mit son Levi's et sa chemise, tandis que lui parvenaient les voix et les rires étouffés de la télévision allumée dans le séjour. Sans doute un jeu quelconque. Il s'étudia dans la glace au-dessus de la commode d'enfant. Ses cheveux noirs lui parurent ternes et ses yeux, également noirs, embrumés de fatigue. Il pianota sur le dessus éraflé couleur brun-rouge de la commode, et aperçut le petit sac. Il le prit et passa la main dessus. Le sac était en peau, laquelle avait durci avec le temps, et fermé par une espèce de fine cordelette faite d'un tendon jauni. Sylvester le souleva par les deux cordons en peau pour le regarder. Il ne présentait pas la moindre décoration, et lui sembla plus lourd que dans son souvenir. C'était la médecine de guerre de son arrière-arrière-grand-père que sa grand-mère avait voulu lui donner lors de son départ pour l'université. Il le glissa autour de son cou et s'examina de nouveau dans la glace, s'efforçant d'y voir un guerrier blackfeet qui s'apprêterait à aller s'emparer des chevaux des Crows, mais il ne distingua qu'un homme avec des cernes sous les yeux, une barbe de deux jours, et qui n'était en guerre que contre lui-même. Les nouveaux guerriers ! Il se rappelait les brochures et les articles de Lena Old Horn sur les avocats indiens. Il n'était même pas l'un de ces nouveaux guerriers, mais un avocat privilégié qui n'aidait personne que lui-même ainsi que d'autres privilégiés comme lui à devenir plus riches. Il reposa avec précaution le sac sur la commode.

Il avait envisagé de téléphoner à Lena, mais en fin de compte, il décida de lui rendre visite sans s'annoncer, à la façon indienne (« Je pensais justement à toi... »). Sa grand-mère lui avait parlé d'elle hier soir : elle habitait toujours là, les hommes passaient, elle avait failli se marier, mais il la battait, elle travaillait toujours au lycée, elle paraissait vieillie et fatiguée. Elle avait quoi, six ans de plus que lui ? Quarante et un ans, donc. Il allait d'abord manger quelque chose. On était samedi, et elle serait sûrement chez elle.

Lena Old Horn habitait une maison de stuc construite dans le style des années 40 et située à un bloc de la rue principale de Browning. Il lui suffisait de sortir par la porte de derrière et de traverser un terrain vague où se dressait autrefois un immeuble pour se retrouver dans le centre. C'était un avantage dont elle se serait bien passée, car il arrivait souvent que des hommes, et de temps en temps des femmes, viennent se soûler dans la ruelle juste à côté. À toute heure de la journée, elle apercevait par la fenêtre de sa cuisine des petits groupes qui faisaient circuler une bouteille. La nuit, bien que ces gens soient dans l'ensemble relativement calmes, elle préférait fermer portes et fenêtres depuis que, quatre ou cinq ans auparavant, des hommes avaient pénétré dans son jardin pour lui donner la sérénade.

Le jardin en question était un fouillis de mauvaises herbes jonchées de bouteilles et de boîtes de bière vides. Quand elle avait emménagé il y a douze ans, elle avait bien essayé d'entretenir la petite pelouse, mais les poivrots dans la ruelle l'avait interpellée en lui adressant des gestes obscènes. Maintenant, elle évitait même de passer par là depuis qu'elle avait vu une femme, pratiquement ivre morte, se faire violer par deux hommes. Lena avait appelé la police avant de retourner se poster devant la fenêtre. Les hommes avaient disparu, et la femme s'était écroulée le long d'un mur de la ruelle, sans chaussures, les fesses à l'air, tâtonnant à la recherche d'une bouteille vide tombée à côté d'elle.

Lena sortit aider le policier à lui remettre son jean et ses tennis, puis à l'installer sur le siège arrière de la voiture de patrouille. Ça puait l'alcool et le vomi. Elle reconnut alors la femme. C'était la mère d'un des garçons qu'elle avait vus dans son bureau quelques années plus tôt. Un professeur l'avait surpris en train de sniffer de la peinture dans les vestiaires, une chose malheureusement assez courante. Lena savait reconnaître l'odeur ainsi que l'espèce de halo révélateur autour du nez et de la bouche. Les jeunes choisissaient en général la peinture argentée, en raison de certains composants chimiques qu'elle contenait.

La jeune femme suivit des yeux la voiture de patrouille jusqu'à ce qu'elle tourne le coin de la ruelle, puis elle vit le slip. Il était en nylon noir bordé de dentelle. Elle le ramassa en le tenant par le bord, puis alla le jeter dans sa poubelle. Elle se demandait ce que la femme avait bien pu espérer ce matin, ou la veille, en le mettant. Le soir même, Lena jeta deux de ses slips qu'elle avait achetés parce qu'elle les trouvait sexy, ainsi que le soutien-gorge en dentelle noire qu'un de ses amants aimait qu'elle porte quand ils faisaient l'amour.

Elle finit de ranger les achats qu'elle avait effectués en ville au supermarché. N'ayant plus ni fruits ni légumes, elle avait envisagé de se rendre à Cut Bank, mais à la perspective des 130 kilomètres aller et retour qui l'attendaient, elle avait reculé. C'était déjà assez pénible de faire les courses un samedi, avec tous les gens qui débarquaient de Heart Butte, de Babb et de East Glacier. Depuis une vingtaine d'années qu'elle habitait ici, elle connaissait à peu près tout le monde. Bien qu'elle demeurât une étrangère, une Crow en pays blackfeet, on l'acceptait dans son rôle de conseillère. Elle les avait vus défiler dans son bureau de même que leurs enfants, et de même, sans doute, qu'elle verrait défiler leurs petits-enfants. Elle aimait toujours son métier. Beaucoup d'élèves avaient été à l'université, dans des écoles professionnelles ou bien suivaient une formation militaire, mais davantage encore avaient abandonné le lycée. Elle parvenait à assumer ses échecs dans la mesure où elle s'occupait de tous sans favoritisme. Au début de sa carrière, elle ne s'intéressait qu'aux plus brillants, à ceux qui réussiraient à coup sûr. Aujourd'hui, elle comprenait son erreur. Elle leur avait consacré trop de temps, et elle était devenue parfois trop proche d'eux. Maintenant, elle trouvait aux plus doués l'université qui leur convenait et, dans le même temps, elle aidait la fille enceinte ou le garçon battu. Il lui avait fallu quelques années pour comprendre qu'être conseillère sur les réserves, cela pouvait exiger de jouer les confidentes ou les conspiratrices.

Quant au reste de sa vie, il avait plus ou moins tourné au désastre. Elle avait depuis longtemps renoncé à l'idée d'entrer dans une école de droit, et plus tard, dans une école de l'administration. Elle avait eu plusieurs liaisons malheureuses, dont une avec un instituteur marié dont la femme, mise au courant, avait tenté de la faire renvoyer, et une autre avec un homme qu'elle avait failli épouser jusqu'au jour où il l'avait expédiée à l'hôpital avec quelques côtes et une pommette fracturées. La pommette ne s'était pas bien rétablie, et son œil gauche était légèrement plus bas que le droit. Personne ne le remarquait, ou du moins ne jugeait cela digne d'être remarqué, mais elle, elle le voyait chaque matin. Elle avait appris à se maquiller de manière qu'un œil paraisse un peu plus brillant que l'autre.

Elle vivait seule depuis deux ans, et au début, elle avait eu l'impression d'être une ancienne alcoolique qui s'attendait d'un jour à l'autre à retomber dans son vice, et qui le désirait peut-être, mais elle avait tenu bon. Elle avait bien rencontré des hommes qui l'auraient intéressée, mais soit ils étaient trop jeunes, soit c'était elle qui ne les intéressait pas.

Maintenant, une grande soirée se résumait pour elle à aller à East Glacier au Palomino en compagnie de l'un des professeurs célibataires pour y manger et se défouler un peu. Elle rentrait toujours seule, insensible aux avances des beaux étalons en jeans moulants et chapeaux de cow-boy, pour retrouver son chat Fraidy.

Fraidy se jeta contre sa jambe, et elle étouffa un cri. Ce n'était pas le chat, mais la sonnette qui l'avait fait sursauter. Penchée au-dessus de l'évier, elle regardait par la fenêtre sans rien voir d'autre que les images qui défilaient dans son esprit. Revenue à la réalité, elle aperçut trois jeunes gens dans la ruelle. Deux étaient accroupis et le troisième, debout, la tête rejetée en arrière, buvait au goulot d'une bouteille. Elle ferma les persiennes et traversa le séjour pour aller ouvrir.

— Je te donnerai à manger plus tard, Fraidy, cria-t-elle.

Sylvester sonna de nouveau. Trois fois, c'est signe de chance, se dit-il. La porte s'ouvrit. Lena se tenait sur le seuil.

— Bonjour, dit Sylvester.

Elle le contempla une seconde ou deux.

— Entre, Sylvester, dit-elle enfin, s'écartant pour le laisser passer.

— Je suis arrivé hier soir, et j'ai pensé à venir te voir. Ça fait un bout de temps.

Le jeune avocat regarda autour de lui. La pièce était tout en longueur, divisée par une voûte et deux meubles encastrés qui séparaient la salle à manger du salon. Les lourds rideaux étaient tirés, plongeant les deux pièces dans la pénombre, mais au fond, la cuisine paraissait claire. Entendant un froissement derrière lui, il se retourna. Lena ouvrait les rideaux de la fenêtre qui donnait sur la rue. Deux filles passèrent sur des vélos tout terrain.

— Assieds-toi, dit la jeune femme. Oui, ça fait un bout de temps. La dernière fois que je t'ai vu, je crois que tu étais encore à l'université. C'était pour la cérémonie honorant ta grand-mère.

— Je suis revenu deux ou trois fois, mais j'ai tellement de mal à me libérer. Il y a toujours quelque chose.

— Tu veux un thé ? Ou boire un verre ? Je crains de n'avoir que du déca...

— Du thé, ce sera parfait. Alors, comment vas-tu ? demanda Sylvester en la suivant dans la cuisine.

Lena fit descendre un gros chat roux installé sur le comptoir.

— C'est Fraidy, mon fidèle compagnon. Je t'ai dit que je te donnerais à manger plus tard, Fraidy. (Elle ouvrit un placard.) Tu veux du *Constant Comment* ou du normal ? J'ai aussi du *Red Rose*, un thé canadien, il me semble. Je viens juste de l'acheter.

— Oui, ce sera parfait.

Est-ce qu'il ne se répétait pas ?

Lena remplit la bouilloire au robinet de l'évier, puis la posa sur la cuisinière.

— Oh, ça va. Tu sais, la vie n'est guère passionnante dans le coin. Il y a quinze jours, j'ai passé un week-end formidable à arbitrer un concours d'orthographe. Heureusement qu'on a des dictionnaires. Certains de ces petits voyous sont capables d'épeler les mots avant que j'aie eu le temps de vérifier. Enfin, c'était quand même amusant. (Tournant le dos à Sylvester, elle sortit les tasses, les soucoupes, la théière et le sucre, puis elle versa une boîte de petits gâteaux sur une assiette.) Je crois me rappeler que tu adorais les petits gâteaux.

Sylvester éclata de rire. Il ne se souvenait pas avoir manifesté un goût démesuré pour les petits gâteaux.

— Avant, je les faisais moi-même. C'était ceux au chocolat que tu préférais. Maintenant, je me contente de les acheter. (Elle se tut un instant, mais ne se retourna toujours pas.) C'est drôle, non ? Ce matin au supermarché, je les ai pris et jetés dans mon chariot sans y penser, et voilà que tu arrives.

— C'est vrai, j'aimais beaucoup tes gâteaux.

A présent, il s'en souvenait. Elle lui en faisait tout le temps, et il les dévorait. Lorsqu'ils partaient pêcher tous les trois, Lena, Stan et lui, elle ne manquait jamais d'en emporter. Stan avait Lena, et Sylvester, les gâteaux. Il en retrouvait maintenant toute la saveur. Quant au reste, mieux valait oublier.

Lena se retourna enfin. Elle venait de nettoyer la boule à thé et s'essuyait les mains dans un torchon.

— Qu'est-ce qui t'amène ? demanda-t-elle.

— Je suis venu voir mes grands-parents. Ils commencent à être bien vieux. Mon grand-père a eu trois attaques, et ma grand-mère pense qu'il n'en a plus pour longtemps — la prochaine le tuera probablement. Je devrais venir plus souvent.

— Je vois ta grand-mère de temps en temps. Elle a participé à un pow-wow à l'université le mois dernier. Pour la célébration de l'identité indienne. Elle avait l'air en pleine forme. Elle a même dansé.

— Elle est encore pleine d'énergie, mais elle a peur de mourir avant mon grand-père. Elle a peur de ce qui lui arriverait alors.

— C'est dur de vieillir, dit Lena. Ma grand-mère a vécu encore trente ans après la mort de mon grand-père, et il n'a pas cessé de lui manquer.

La jeune femme versa l'eau chaude dans la théière et reprit :

— Naturellement, il était assez jeune quand il est mort. Elle n'a pas eu à le voir vieillir.

Sylvester examina la cuisine. Elle donnait l'impression d'avoir été récemment repeinte en blanc, et on ne voyait aux murs ni reproductions, ni calendriers, ni crochets pour y suspendre quoi que ce soit.

— Tu as drôlement bien arrangé ta maison. Elle est beaucoup plus agréable que l'autre.

La lumière qui tombait des stores vénitiens conférait à la pièce un aspect riant.

— Oh ! je suis une vieille fille maintenant, Sylvester, dit Lena en posant la théière sur un plateau en argent qu'elle apporta vers le coin-repas. Je n'ai plus que cette maison et mon vieux Fraidy. Installe-toi.

— Une vieille fille ? Mais tu n'as pas du tout changé — tu es toujours aussi jolie.

— Tu n'es qu'un beau parleur. Mange donc tes petits gâteaux et garde tes compliments pour toi.

Lena, cependant, sourit pour la première fois.

Sylvester éclata de rire. Non, elle n'avait pas changé. D'après la description de sa grand-mère, il s'était attendu à trouver une femme usée avant l'âge, déjà toute courbée, le visage marqué par des rides d'amertume. Il avait failli ne pas venir pour échapper à cette vision. Or, Lena était aussi belle que dans son souvenir et que sur la photo un peu floue qu'il avait vue dans le *Glacier Reporter.* Ses joues étaient aussi lisses qu'autrefois, et les pattes-d'oie aux coins de ses yeux donnaient à son visage une douceur qui l'émouvait. Quand ils étaient plus jeunes, se rappelait-il, il éprouvait peut-être comme une légère appréhension en sa présence. Maintenant qu'il y repensait, il en était même sûr.

— Tu t'es coupé les cheveux, dit-il.

— Oh ! ça fait longtemps.

— Pas si longtemps que ça. J'ai vu une photo de toi avec des gosses dans le journal. Tu avais encore les cheveux longs, coiffés comme avant.

— Tu es devenu un fétichiste des cheveux ? Un jour, j'ai simplement décidé de me les faire couper. J'en avais assez de dormir avec des bigoudis, dit-elle en tapotant sa coiffure. Ça ne te plaît pas ?

Sylvester était content qu'elle lui pose la question. Pendant qu'elle lui tournait le dos, il avait remarqué sa nuque gracile. Son regard se porta sur les oreilles de la jeune femme dont le lobe rose foncé contrastait avec le noir de ses cheveux. C'était la première fois qu'il voyait ses oreilles, de même que sa nuque, du reste. Il éprouva soudain un sentiment d'intimité avec elle, peut-être parce qu'il était aujourd'hui adulte et que leurs quelques années de différence ne comptaient plus autant. Au lycée, il avait eu douloureusement conscience qu'elle était une femme, et lui, tout juste un adolescent.

— Si. Ça te va plutôt bien.

— Je te remercie pour ton enthousiasme, dit-elle avec un sourire taquin en remuant son thé. Alors, qu'est-ce qui me vaut l'honneur de ta visite ?

Sylvester pinça les lèvres comme s'il ne désirait pas répondre. Ce samedi, il régnait dans cette cuisine de Browning un calme qu'il ne voulait pas troubler. On entendait de temps en temps passer une voiture dans la rue principale derrière la ruelle, et même le cri d'un enfant venant du terrain vague. Mais ce n'était qu'une illusion de paix, et il le savait, car au-delà, il y avait des hommes qui se soûlaient, des bagarres aux poings ou au couteau, des querelles domestiques, des suicides, des viols, des meurtres, toute la violence de la réalité. L'illusion, pourtant, demeurait forte dans le coin du petit déjeuner, avec les persiennes closes et les murs fraîchement repeints.

Il aurait voulu toucher Lena, presser dans la sienne sa main avec sa bague en argent et ses ongles nets et carrés. Il aurait voulu lui caresser les cheveux, effleurer ses oreilles délicates. Il aurait voulu rattraper le temps perdu, les caresses qu'il ne lui avait pas données. Il aurait voulu poser sa tête sur son sein et se confesser.

Mais il se contenta de déclarer :

— Il y a des gens à Helena qui souhaiteraient que je me présente au Congrès.

Il parla doucement. Les mots, cependant, brisèrent l'illusion, et le ramenèrent sur terre. Une voiture démarra en trombe, moteur rugissant, pneus hurlant. Il poursuivit :

— Ils s'imaginent que je pourrais faire du bon travail pour les habitants du Montana, et en particulier pour les Indiens. J'y ai réfléchi ces dernières semaines, et je commence à croire qu'ils n'ont pas tort. Je pense qu'à condition de m'y consacrer entièrement, je pourrais en effet me rendre utile. Et c'est là tout le problème. Je sais que mon engagement devra être total. Quand les dés sont jetés, pour utiliser un vieux cliché, il faut aller jusqu'au bout, et je ne suis pas sûr d'être prêt à le faire. C'est pour ça que je suis venu te voir, Lena, conclut-il en la regardant droit dans les yeux.

— Moi ? fit-elle d'un ton surpris quoique teinté de sarcasme. J'ignore tout de ces trucs-là. Grand Dieu !

Sylvester ne savait pas vraiment ce qu'il attendait d'elle, mais la note de dédain qui perçait dans sa voix le déconcerta.

— Mais tu me connais, Lena. Je... je suppose que tu pourrais me conseiller.

— Non, Sylvester, je ne te connais pas de ce point de vue-là. Depuis que tu es sorti de l'université, nous nous sommes vus une seule fois. On a dû parler une dizaine de minutes, et encore avec un tas de gens autour de nous. (Elle engloba la cuisine du regard, comme pour délimiter son petit univers.) J'ai entendu parler de toi de temps en temps — l'école de droit à Stanford, le cabinet d'avocats pour lequel tu travailles à Helena, et je sais aussi que tu n'es pas marié, mais que tu as une petite amie. Ta grand-mère me tient vaguement au courant. Mais ça, bon Dieu !...

Elle s'interrompit, et le considéra comme si elle venait juste de se rappeler qu'il avait été son premier rayon de soleil, le premier élève auquel elle se soit un peu trop intéressée. Elle baissa les yeux, puis passa son doigt sur le bord de sa tasse de thé avant de reprendre :

— Bien sûr que tu y arriverais, Sylvester. Ils ont raison, tu devrais te présenter aux élections, dit-elle en relevant la tête avec un sourire. Je serais si fière de toi, si heureuse...

— C'est bien vrai ? C'est tellement important pour moi, je ne sais pas comment l'exprimer, mais c'est toujours à toi que je pensais quand j'avais besoin d'aide dans un domaine ou un autre. Tu n'imagines pas le nombre de fois où j'ai failli te téléphoner. Mais je ne voulais pas t'embêter. Je sais combien on a besoin de toi...

— Ne t'emballe pas, Sylvester. La vie est trop courte pour qu'on perde du temps en flatteries. Disons simplement que je suis contente que tu me demandes mon avis. Oui, je suis persuadée que tu sauras te rendre utile, et maintenant restons-en là. Tu veux encore un peu de thé ? Et puis, mange donc tes gâteaux. Après tout, je les ai achetés pour toi.

— Tu n'as pas envie d'entendre mon programme ?

Il se sentit ridicule d'avoir employé un ton aussi plaintif, mais il ne voulait pas que la conversation s'arrête là. Il tenait à lui exposer ses conceptions sur les droits d'utilisation de l'eau, d'exploitation du sous-sol, de pêche et de chasse, de même que sur l'éducation et la place de l'industrie dans les réserves. Il s'aperçut soudain qu'il n'avait pas cessé d'établir des plans et de remuer des idées, comme s'il avait déjà pris sa décision avant de venir chez Lena. Il désirait qu'elle l'écoute, et puis qu'elle se montre impressionnée et qu'elle l'encourage.

Et, tout au fond de lui, il caressait le secret espoir qu'elle puisse l'aider à résoudre le problème qu'il lui faudrait trancher avant de se lancer dans une aventure aussi sérieuse qu'une candidature au Congrès. Il sentit son enthousiasme fondre, remplacé par un poids qui pesa sur ses épaules et le tassa sur le banc du coin-repas de la cuisine aux murs blancs.

— Lena...

— Je sais que tu prendras la bonne décision, Sylvester.

— ... est-ce que je pourrais revenir te parler... de temps en temps ?

— Si tu veux. Quand je ne suis pas à l'école, je suis ici.

Elle se leva et commença à débarrasser.

— Je n'ai parlé que de moi, et je ne t'ai même pas demandé comment tu allais. Tu n'es plus du tout en contact avec Stan ?

— J'ai des choses à faire, Sylvester. Non. Plus du tout.

Elle rangea le sucre et posa l'assiette de petits gâteaux sur le comptoir. Ils n'en avaient pas mangé un seul.

— Je me demande ce qu'il est devenu.

En vérité, il se demandait surtout ce qui s'était passé entre Lena et Stan. Il savait par sa grand-mère que celui-ci avait quitté Browning près de quinze ans auparavant. Sylvester avait-il alors eu peur de revoir Lena, peur qu'il n'arrive quelque chose que ni l'un ni l'autre ne souhaitait vraiment ? Il ne s'était même pas permis de se poser la question. Et maintenant qu'il se la posait, il ne pouvait pas y répondre. Il ne voulait pas en mesurer les implications.

Il s'extirpa du coin-repas et se leva avec gaucherie. Son regard s'attarda un instant sur le dos et les frêles épaules de la jeune femme pendant qu'elle faisait couler de l'eau dans l'évier pour laver les deux tasses.

— Au revoir, Lena, murmura-t-il.

Puis il partit avant qu'elle eût fini, car il ne tenait pas à affronter son regard. Il ne se sentait pas coupable pour ce qui aurait pu être, mais pour ce qui était.

Il referma doucement la porte derrière lui.

Lena Old Horn tira les rideaux du living, puis alla s'asseoir dans son vieux fauteuil. C'était là qu'elle s'installait pour lire, mais aujourd'hui, elle n'alluma pas la lumière. Elle ferma les yeux et s'efforça de penser à son emploi du temps de lundi. Elle devait recevoir une fille qui désirait plus ou moins entrer à l'université. Lena la soupçonnait de vouloir surtout partir, quitter la réserve. Etait-ce une raison suffisante pour aller à Missoula et courir à l'échec ? Et revenir six semaines, trois mois ou six mois plus tard ? Et qu'est-ce qu'elle deviendrait ensuite ? Et elle, qu'est-ce qu'elle pourrait lui dire lundi qui changerait sa destinée ? Et la destinée de ceux qu'elle croiserait dans les années à venir ?

Sylvester Yellow Calf. Jeune, assis sur ses talons au bord de Four Horns Reservoir, le vent qui jouait dans ses cheveux noirs et drus. Il avait été son ami comme personne d'autre ne l'avait été. Il ne le saurait jamais, mais il lui avait donné confiance en elle, et il avait fait d'elle une jeune femme brillante et belle, consciente de son corps. Lorsqu'il était parti pour l'université, elle avait suivi sa carrière de basketteur dans le *Great Falls Tribune,* et compris qu'elle ne retrouverait jamais la petite place qu'elle avait tenue dans son existence. En outre, elle se sentait blessée. Quand il venait à Browning, il ne lui donnait même pas signe de vie. Elle l'avait vu quelquefois de loin dans la rue, mais sans jamais l'aborder. Un jour qu'elle sortait du drugstore, elle l'avait aperçu sur le trottoir, qui lui tournait le dos, occupé à signer des autographes à une bande d'écoliers. Il aurait été si facile de s'avancer pour lui dire bonjour, mais elle avait filé droit vers sa voiture et était restée un moment à le regarder plaisanter avec les enfants. Quand il s'était tourné dans sa direction, elle avait baissé la tête en feignant de fouiller dans sa boîte à gants. Maintenant, c'était trop tard. Ils étaient devenus des étrangers l'un pour l'autre.

Pourquoi avait-elle agi ainsi à l'époque ? Et aujourd'hui ? Se pourrait-il qu'elle eût été vexée au point de ne pouvoir lui communiquer son enthousiasme ou lui prodiguer ses encouragements ? Et puis, pourquoi était-il venu ? Etait-ce réellement pour lui demander conseil ?

Elle se frotta les yeux et, aussitôt, sentit la différence, l'orbite légèrement enfoncée et plus basse que l'autre. Elle n'avait jamais eu beaucoup de chance avec les hommes. Y compris Stan. Elle l'avait laissé tomber peu de temps après le départ de Sylvester pour l'université, car, d'un seul coup, il ne l'intéressait plus. Chose étrange, quand ils se rencontraient dans la rue ou ailleurs, ils parlaient de Sylvester comme si celui-ci avait creusé entre eux un fossé que ni l'un ni l'autre ne serait en mesure de franchir. Il leur avait fait mal à tous les deux. Pour Stan, le nez cassé devint un symbole de trahison. Il quitta la ville à la fin de l'année scolaire suivante, et depuis, elle n'avait plus aucune nouvelle de lui.

Fraidy sauta sur ses genoux, et elle le prit dans ses bras.

— Fraidy, Fraidy, chantonna-t-elle. Tu as faim, mon chéri ?

Mary Bird vit la silhouette de la voiture verte reculer dans la rue, puis disparaître au coin de la maison. Elle tendit l'oreille et entendit le moteur changer de régime à mesure qu'on passait les vitesses, puis plus rien. Elle resta dans la cour silencieuse jusqu'à ce que le froid la fasse frissonner. Le soleil avait beau briller dans un ciel tout bleu, le vent qui soufflait de la maison de Faiseur de Froid dans le Nord annonçait de la neige. Comme pendant quatre-vingt-sept années à la même époque, elle le sentait dans ses os, et elle continuait à craindre l'arrivée de l'hiver. La vieille femme serra son châle sur ses épaules. Elle aurait voulu voir les montagnes, car, en les observant, elle pouvait prévoir le temps qu'il allait faire. Quand Earl avait eu son premier poste de télévision, il écoutait le bulletin de la météo, puis venait dans la cuisine lui communiquer les prévisions. Mais elle savait déjà, tout comme elle savait quand les prévisions se trompaient. Lorsqu'elle le disait, et que la suite lui donnait raison, Earl entrait dans une rage folle. Il accordait tous les droits à son poste de télévision, y compris celui de se tromper dans les prévisions météo.

La vieille femme était à présent sûre qu'il ne vivrait pas jusqu'au printemps. Elle avait dit la veille à Sylvester que son grand-père, bien que paraissant moins faible que ces derniers temps, mangeait de moins en moins et parlait de plus en plus des jours anciens. D'une façon générale, elle aimait bien ses discours — ses divagations — mais, de même qu'elle savait quel temps il ferait, elle savait reconnaître les signes. Sylvester voulait qu'ils viennent s'installer à Helena où il pourrait s'occuper d'eux, mais elle lui répliqua que les personnes âgées devaient mourir où elles avaient vécu. En outre, elle était allée une fois à Helena, quand Sylvester y avait emménagé pour devenir avocat, et il y avait trop de gens là-bas, et puis des montagnes tout autour. Les Blackfeet n'étaient pas des montagnards. Il fallait qu'ils puissent voir de loin se lever Chef Soleil.

Mary Bird regagna sa maison. Elle se sentait raide et usée, mais elle tenait à enterrer convenablement son mari parmi les siens à Heart Butte. Et elle tenait aussi à voir son petit-fils devenir un grand homme politique. Elle sourit. Un grand chef à Washington. Ça valait bien la peine de vivre encore un peu, non ? Nombre de ses vieux amis l'avaient plainte quand elle avait recueilli Sylvester tout bébé. Certains parmi les non-traditionalistes jugeaient même qu'il serait préférable pour l'enfant d'être confié à une famille d'adoption. Ils craignaient aussi que Sylvester n'ait hérité des défauts de ses parents et qu'il ne finisse par briser le cœur de Mary. Mais elle pensait différemment. Elle savait qu'il deviendrait comme son fils, et qu'il serait sa récompense après les malheurs qu'elle avait connus avec sa fille. Maintenant, elle pouvait montrer la photo de Sylvester dans le journal, et dire à tous ce qu'on éprouvait à être la grand-mère d'un grand chef.

Elle se souvint brusquement de quelque chose. Elle accéléra le pas et monta rapidement les marches, à l'aise dans ses mocassins en peau souple. Elle se dirigea droit vers la chambre de Sylvester sans prêter attention à Earl et à la télévision qui hurlait. Elle poussa la porte d'une main tremblante. Bien qu'elle lui ait dit de ne pas s'en préoccuper, le lit était fait. Elle s'approcha de la commode et se pencha pour mieux voir, tandis qu'elle tâtonnait sur le dessus. Elle se redressa, et vit une vieille figure toute ridée, édentée, presque aveugle, un vieux visage de femme blackfeet qui riait dans la glace. La médecine de guerre avait disparu. Sylvester l'avait prise.

9

Buster Harrington entendit carillonner les cloches de la cathédrale Ste-Helena. Il referma son journal et consulta la pendule au-dessus du manteau de la cheminée : 11 heures 45. Il se leva et s'étira, puis il se pencha pour essayer de toucher ses orteils. Il procéda par à-coups, s'efforçant à chaque fois d'arriver un peu plus bas, mais en vain. Et merde, se dit-il. Laissons ça aux jeunes. Il rentra le pan de sa chemise dans son pantalon en velours de bonne coupe, et se dirigea vers la fenêtre de l'autre côté de son bureau. Il avait travaillé trois heures ce matin avant de s'accorder une pause pour lire le journal du dimanche. Homme d'habitudes, il consacrait au travail trois heures chaque dimanche matin afin de pouvoir vaquer à d'autres occupations le reste de la journée. Seulement, au fil des années, le nombre de ces autres occupations ne cessait de décroître. Il appréciait surtout la période de l'année où l'assemblée siégeait. Leurs brunchs du dimanche étaient célèbres. Maggie et lui invitaient aussi bien des Républicains que des Démocrates, et parfois même des membres de l'administration. C'était agréable de partager son emploi du temps de part et d'autre de la rue, et en particulier les fins de matinées dominicales qui constituaient une sorte de trêve dans la journée et dans la semaine.

Mais cette année, l'assemblée ne siégeait pas et, pour la première fois depuis deux décennies, les Républicains contrôlaient l'administration. Tout foutait le camp au Capitole, et il n'avait aucune envie de recevoir chez lui des membres de cette clique.

Buster écarta le rideau de dentelle et contempla la large vallée qui s'étendait au nord d'Helena. La première neige tombée durant la nuit avait tenu. On n'était pourtant qu'à la mi-novembre, ce qui annonçait un hiver long et rigoureux. Les nuages gris acier qui planaient au-dessus de la vallée cachaient les montagnes environnantes. Je devrais prendre ma retraite, songea-t-il. Et m'installer pour de bon à Phoenix. Ils avaient acheté là-bas une maison près de dix ans plus tôt, quand Maggie avait commencé à se plaindre des hivers. Il s'agissait d'une petite maison dans un quartier chic qu'ils avaient payée plus cher que leur vaste demeure d'Helena acquise quinze ans auparavant. Maggie y passait maintenant les mois de janvier et de février, ainsi qu'une partie du mois de mars. Buster, quant à lui, y séjournait à contrecœur deux semaines en février avant de reprendre l'avion pour venir déranger le cours paisible des affaires de son cabinet juridique. Bon Dieu ! jura-t-il intérieurement, le regard fixé sur la vallée enneigée. Cette fois-ci, j'y vais. Je m'inscris à un club de remise en forme, et je reviens tout musclé et bronzé montrer à ces salauds que le volcan n'est pas encore complètement éteint.

La pendule au-dessus de la cheminée sonna midi. Le dernier coup résonna dans la vaste bibliothèque, puis le silence régna de nouveau. Normalement, Maggie aurait dû rentrer de l'église, mais elle devait assister à un déjeuner en l'honneur d'un membre de son groupe paroissial qui déménageait. Vers le Sud. A Phoenix. Pas folle, la vieille ! Son mari était mort depuis à peine deux mois qu'elle filait à Sun City ou autre lieu de perdition. Il avait lu qu'on s'amusait beaucoup dans ces endroits, et ça l'intriguait. Il n'avait que soixante-deux ans et, bien qu'un peu empâté, il se sentait encore solide. Il se frappa le ventre de son poing. Ça se tenait toujours ! Il pourrait suggérer à Maggie qu'ils se débarrassent de cette coûteuse maison pour s'installer dans un beau mobile home. Habiter avec des gens qui partageaient les mêmes intérêts. Une petite communauté. Maggie était sacrément plus sociable que lui.

Le sexe à tout va. Où avait-il lu ça ? Peut-être l'avait-il entendu raconter par un de ses amis du Montana Club. Ils devenaient tous vieux et évoquaient des sujets de ce genre au cours de leurs parties de *pinochle*. Pourtant, chaque vendredi après-midi, il n'en manquait pas un seul. Personne ne partait profiter des veuves joyeuses de Sun City.

Buster laissa retomber le rideau avec un soupir. Il alla s'asseoir à son bureau et consulta quelques dossiers. Après tout, il restait le principal associé du cabinet ; de fait, il était même le seul à continuer à mettre la main à la pâte. Malcolm Lohn avait pris sa retraite l'année dernière, encore qu'il ait gardé un bureau et qu'il assiste aux réunions du lundi matin. Quant à Pinky Price, c'était une autre histoire. Ils avaient commis une grosse erreur en le prenant comme associé. Il était âgé de cinquante-sept ans, et totalement incompétent. Il s'était mis en congé pour se présenter aux primaires démocrates en vue de l'élection au poste de gouverneur, et il avait pris une déculottée. Depuis, il en foutait encore moins, à supposer qu'il ait jamais foutu quoi que ce soit. N'empêche que ça n'avait pas été une si mauvaise idée de le présenter. Il avait fait la course en tête jusqu'à ce qu'un de ses adversaires découvre qu'il avait passé la guerre de Corée à écosser des petits pois dans Matanuska Valley, en Alaska. Pinky avait enjolivé ses états de service devant les groupes d'anciens combattants auxquels il s'adressait. A l'entendre, il avait capturé Porkchop Hill à lui tout seul. Buster éclata de rire. Maudit Pinky ! Harrington lui-même avait été sérieusement éclaboussé par l'affaire, mais le parti avait davantage besoin de lui que lui n'avait besoin du parti. En tout cas, il était coincé avec Pinky Price et sa bande de politiciens. Sun City ! Plus le temps passait, plus le nom lui plaisait.

Il feuilleta les fiches de son agenda, trouva celle qu'il cherchait et composa le numéro. L'oreille collée au récepteur, il contempla les deux œuvres d'art encadrant la cheminée. Le Charley Russell ne lui avait jamais tellement plu. C'était une de ses premières aquarelles qui représentait un cow-boy à cheval dans une tempête de neige. Le chapeau du cavalier était maintenu par une écharpe, et on aurait dit que le cheval n'avait que trois jambes. Le Sharpe, par contre, c'était autre chose. Il figurait une hutte abandonnée entourée d'arbres habillés des teintes de l'automne. C'était le genre de tableau qui, de près, se réduisait à des taches de couleur, mais quand on le regardait de loin, on distinguait la hutte brun-gris, les feuilles jaunes et rouges, et l'ensemble dégageait une étrange impression de réalité. Ce n'est qu'en Europe qu'il avait vu des toiles de ce style, et en particulier dans les galeries françaises. Il devait s'agir d'un mouvement artistique quelconque, et Buster se demandait comment Sharpe avait bien pu en entendre parler.

— Allô ?

— Mr. Yellow Calf, je pensais à vous et je m'étonnais que vous ne m'ayez pas invité à prendre un verre au Montana Club en fin d'après-midi. L'hiver est là et nous avons à envisager l'avenir.

— A quelle heure ?

— Quatre heures.

— Très bien.

— Parfait, mon garçon. Je sais que vous avez des choses à me raconter.

Buster raccrocha et porta de nouveau son regard sur le Russell. Il faisait songer à une caricature. Finalement, c'était peut-être de l'art. En tout cas, il ne contribuait pas à lui remonter le moral, alors que la première neige blanchissait le sol.

Sylvester arriva au Montana Club quelques minutes en avance. Il grimpa l'escalier et, au premier étage, effleura du bout des doigts les lambris qui ornaient le palier. Pour atteindre le bar, il fallait traverser la salle à manger encore fermée à cette heure. Toutes les tables étaient mises, avec des nappes blanches et des couverts en argent. Le ciel s'était dégagé, et le soleil qui pénétrait par les baies vitrées faisait étinceler la centaine de verres à eau dans lesquels on avait disposé les serviettes en éventail. Sylvester ne mangeait ici qu'avec des clients ou des confrères — ou bien des femmes. Il y avait emmené Shelley la première fois qu'il était sorti avec elle, et avait été d'ailleurs quelque peu étonné de la déférence avec laquelle les serveurs et certains des clients la traitaient. Bien qu'elle ne fût que la fille de Mel Hatton, on lui manifestait un grand empressement. La soirée s'était cependant bien passée mais, par la suite, ils préférèrent choisir d'autres restaurants.

De fait, Sylvester n'avait pas dîné avec Shelley depuis au moins trois semaines — c'est-à-dire depuis Chico Hot Springs. Cela faisait huit jours qu'il ne lui avait pas téléphoné, mais il avait été débordé. Il avait vu Patti Ann à trois reprises durant cet intervalle, et les rendez-vous s'étaient toujours terminés chez elle, dans son lit. Au contraire de la première fois, il n'y avait eu ni dîner en tête-à-tête, ni bouteille de bon vin. Aucune excuse, donc.

Il trouva une table libre dans un coin, assez loin du bar. Il s'installa dans un profond fauteuil de cuir noir, puis commanda une bière. Il lui sembla un peu bizarre de boire ainsi un dimanche après-midi. La bière était amère, et il regretta de ne pas avoir pris un Schweppes. Il n'y avait que sept personnes dans le bar, deux couples d'âge mûr (il connaissait l'un des deux hommes, un avocat au criminel qui habitait pratiquement au tribunal), deux types qui jouaient aux machines à poker et une femme vêtue avec élégance d'une jupe et d'un pull blancs, assise au comptoir. Elle avait fixé Sylvester des yeux pendant qu'il approchait. Après avoir lu sur le visage de l'inconnue une expression qui dénotait un mélange d'ennui et d'impudence, ce dernier avait regardé droit devant lui.

Buster arriva à quatre heures dix. Il portait une chemise rose à col à petits boutons, un pull lavande et un pantalon de velours côtelé havane. Fidèle à l'une de ses vieilles habitudes, il avait accroché son manteau dehors. Le pull était tendu sur son ventre, mais l'homme conservait une démarche d'une étonnante souplesse. Personne n'aurait deviné qu'il s'agissait d'un puissant avocat d'affaires doublé d'un faiseur de politiciens. Sans ses cheveux gris acier plaqués en arrière et son nez cassé, on l'aurait facilement pris pour un riche pilier de bar.

Il se faufila parmi les tables et les rares clients avec la même aisance qu'il manifestait depuis trente-cinq ans. Il avait l'allure du patron venu vérifier la recette de la journée. Il salua l'un des hommes qui jouaient aux machines à poker ainsi que les deux couples comme s'ils étaient des amis de longue date. Normalement, il se serait arrêté à leur table pour leur serrer la main et échanger des plaisanteries sans queue ni tête, mais aujourd'hui, il se contenta de lancer à la cantonade un : « Ça va, tout le monde ? » L'avocat au criminel lui adressa un sourire, mais Buster l'ignora. A l'exception des plus grands, ces gens-là n'existaient pas à ses yeux.

— Sylvester ! s'écria-t-il en lui assenant une claque sur l'épaule. Depuis combien de temps on ne s'était pas vus ?

— Depuis vendredi après-midi, Buster. Comment allez-vous ?

Sylvester se leva pour faire signe à la barmaid, mais celle-ci s'avançait déjà avec le whisky à l'eau de Buster.

— Bon Dieu ! je m'ennuyais à mourir dans cette vieille baraque ! Maggie avait un tas de choses à faire aujourd'hui, et aucune avec moi. Je me suis dit que ce serait l'occasion de nous voir et de reparler...

— Voici, Mr. Harrington, dit la barmaid en posant le verre sur un napperon en papier.

— Tiens, comment ça va, Whitey ? Depuis quand tu travailles un dimanche ? Qui est-ce qui s'occupe des gosses ?

— J'ai échangé mes horaires avec Joany. Elle se marie aujourd'hui, expliqua la barmaid avec un sourire rayonnant.

— Sans blague ? Eh bien, je suis ravi pour elle. Et toi, tu sors toujours avec ce shérif adjoint ?

— Non, on a rompu il y a longtemps, répondit la jeune femme avec une trace de mélancolie. Il est parti à Bozeman, pour faire l'école de police. Il veut entrer dans la police de la route.

— Seigneur ! Tu sais, mon petit, tu végètes ici. Tu as bien mieux à faire. Dis à Joany que je l'embrasse.

Buster regarda la jolie brunette se diriger vers les deux couples, puis il reprit :

— Pauvres filles ! « Les rivages de la vie sont rudes. » Dans le temps, j'avais un employé de ranch qui disait ça. Un homme qui parlait peu, mais qui parlait bien.

Sylvester hocha la tête en souriant. Il était habitué aux digressions de Buster et, la plupart du temps, il les appréciait. Elles contribuaient à détendre tout le monde et à créer une atmosphère de camaraderie — jusqu'au moment où Buster lâchait la bombe qu'il tenait en réserve.

— Comment va votre petite amie Shelley ? demanda Buster en se penchant pour boire une gorgée.

— Shelley ? Bien, je crois.

Puis il s'empressa d'ajouter :

— Elle est submergée de travail, elle installe un nouveau système fiscal...

— Encore ? Vous m'avez raconté ça il y a un mois. Il en faut du temps pour inventer un nouveau moyen de saigner à blanc les contribuables !

Buster s'adossa dans son fauteuil de cuir et décocha un drôle de regard à Sylvester.

Le jeune avocat s'efforça de déchiffrer l'expression de son patron. Il était toujours difficile de faire chez lui la différence entre le calme et la colère — les sourcils un peu plus froncés, un léger voile sur ses yeux bleus. Avait-il entendu dire quelque chose à propos de Shelley et lui ? Il se passa la main sur le front, s'attendant à le trouver moite. Ed Vance avait dû lui parler de Patti Ann. Il désapprouverait fortement — et pour de multiples raisons. Il penserait que Sylvester s'aventurait en terrain dangereux, et surtout maintenant. Tout changement dans sa situation, dans son comportement, représenterait un risque. Sylvester fut plutôt surpris de se tenir un raisonnement pareil, mais dès le début, il avait eu conscience qu'il ignorait trop de choses — au sujet de Patti Ann, au sujet de lui-même, au sujet de l'attirance qu'ils éprouvaient l'un pour l'autre.

Shelley et lui avaient — ou avaient eu — une vie sentimentale agréable. Il aimait faire l'amour avec elle, se serrer contre elle. C'était la seule femme qu'il eût jamais réellement touchée en présence de tiers. Quand il passait son bras autour de sa taille ou de ses épaules au cours d'une soirée ou dans un magasin, avec une espèce d'attitude de propriétaire, il se sentait bien. Elle se nichait contre son épaule, se pressait contre son flanc, et souriait de leur amour ainsi affiché en public. Et elle aimait aussi leurs secrets, les plaisirs qu'ils connaissaient lorsqu'ils étaient seuls.

Sylvester, après avoir étudié un instant Buster, en conclut que son expression n'était que pensive, celle d'un patron feignant de s'intéresser aux affaires d'un de ses sous-fifres. Il ne songeait sûrement pas à la nouvelle femme entrée dans l'existence de son employé.

— Finalement, j'ai décidé de me présenter, Buster. J'ai considéré la question sous tous les angles, et je ne vois aucune raison valable de ne pas me lancer dans l'aventure.

S'il s'était attendu que Buster saute de joie, il fut déçu. Celui-ci se borna à boire une nouvelle gorgée. Certes, il sourit, mais de l'un de ses sourires patentés qui n'engageaient à rien.

— Qu'est-ce que vous en pensez ? demanda Sylvester.

Buster pouffa.

— Vous savez combien de fois on m'a posé la question, Sylvester ? Peut-être cinq cents fois. J'ai soutenu des gagnants et aussi des perdants. En toute franchise, j'ai eu trop souvent le cul sur le gril pour m'enflammer. Si mon candidat l'emporte, il devient un héros, et je renforce ma position. S'il est battu, on dit que Buster est du côté des perdants. Il faut longtemps pour se remettre d'une défaite, même à l'occasion d'une élection mineure.

— Si je me présente, et je vais me présenter, je n'envisagerai pas la défaite.

Le jeune homme sentit une boule lui nouer la gorge, tandis que la colère montait en lui. Il ne parvenait pas à imaginer qu'il éprouverait un jour un sentiment de cet ordre envers son patron. Pour la première fois, il était furieux contre lui.

— Vous avez appelé Fabares ? interrogea Buster.

— Pas encore. Je n'ai pris ma décision que cette semaine.

— Vous en avez parlé à quelqu'un ? A Shelley ?

Sylvester se souvint alors qu'il avait promis à la jeune femme de l'informer la première. Il songea un instant à lui téléphoner de la cabine près des vestiaires. Il aurait dû la prévenir, mais il n'en avait pas eu le temps. Bon sang ! il aurait pu encore empêcher leurs relations de se détériorer, mais la distance entre eux lui apparaissait désormais infranchissable. Pourtant, il n'était peut-être pas trop tard. Il pouvait aller la trouver, la voir. Lui dire. Mais lui dire quoi ?

— Vous êtes le premier, Buster.

Harrington planta ses coudes sur la table. Son large visage rond sembla s'élargir davantage. Il sourit de nouveau, mais cette fois d'un sourire sincère.

— Bravo ! mon garçon ! Maintenant, on fonce. Voyons, prochaine étape... D'abord joindre Fabares. Dès demain matin, avant la réunion. J'ai une annonce à faire.

Buster prit son verre et le vida d'un trait, puis il fit signe à la barmaid de les resservir.

— Ah ! putain de merde ! Bon, écoutez-moi bien, mon garçon. Pas un mot à qui que ce soit. Motus et bouche cousue jusqu'à ce qu'on ait établi notre plan d'action. (Buster regarda autour de lui. L'avocat au criminel les observait. Buster sourit.) Vous voyez ce sale con, là-bas ? Qu'est-ce qu'il ne donnerait pas pour savoir, hein ?

— Ça ne lui ferait sans doute ni chaud ni froid.

— Oh ! oh ! Vous n'auriez pas encore franchi le seuil qu'il essayerait déjà de vous mettre la main dans la culotte, dit Buster avec un grand geste qui faillit renverser les verres que la barmaid apportait. Pardon, Whitey. Tiens, si tu demandais à Scott de nous dégoter quelques chips ou un petit truc à grignoter, d'accord ?

Après le départ de la barmaid, il se pencha de nouveau pour écouter Sylvester.

— Je sais qu'il m'a fallu longtemps pour me décider. Vous croyez que Fabares et le comité national seront toujours intéressés ? Ils doivent avoir des milliers d'objectifs plus importants.

— Sylvester, il n'y a pas d'objectif plus important que celui-là.

C'est la deuxième chose que vous direz à Fabares demain matin. Il faut lui faire croire que vous êtes la réincarnation d'Abraham Lincoln. Ou du Mahatma Gandhi. On va abattre tous nos atouts.

Sylvester éclata de rire. Il se sentit soudain bien, presque optimiste.

Buster approcha son fauteuil de la table.

— Je vais vous dire quelque chose, Sly. Au fil des années, j'ai acquis une certaine expérience ou, mettons, un certain flair, en ce qui concerne l'arène politique. J'ai subi quelques défaites, et je suis le premier à reconnaître mes échecs mais, nom de Dieu ! la plupart des élections, on les a gagnées ! Les Démocrates occupent la demeure du gouverneur depuis vingt ans ou plus, et pareil pour le Congrès. La circonscription de l'Est nous a valu des succès mitigés, disons, mais de toute façon, on a affaire à une bande de ploucs. Et bon Dieu ! ça ne nous empêchera pas de continuer à essayer ! Si je pensais que ce putain de Christ avait une chance de l'emporter, je le présenterais ! Mais on perdrait encore. Mais vous, avec votre couleur de peau, c'est autre chose, aussi sûr que deux et deux font quatre.

Il s'interrompit un instant avant de reprendre :

— Ce que je veux vous dire, c'est que vous avez une chance de faire la différence — pas seulement au niveau de l'Etat, mais au niveau national. Réfléchissez-y. Combien y a-t-il d'Indiens au Congrès ? Un, deux ? Vous venez d'un Etat qui compte une population indienne sacrément importante. Vous savez à quoi ça me fait penser ? Vous êtes candidat à l'élection du siège de la circonscription Ouest, mais vous allez mener une campagne dans tout l'Etat. Vous visiterez les réserves de l'Est, vous tiendrez des discours devant vos sympathisants, et vous pourrez même tirer quelques paniers pour les photographes. Un jour ou l'autre, ça finira par payer. Quand vous serez au Congrès et que vous présenterez votre premier projet de loi, vous verrez. Vous ferez la différence, Sylvester. Et votre peuple en récoltera les bénéfices.

— Et les autres ? Qui pourrais-je encore parvenir à convaincre ?

Fabares n'a pas l'air d'entretenir beaucoup d'illusions sur mon électorat potentiel. J'ai l'impression qu'il m'a jugé un peu naïf.

— Mais vous l'êtes ! C'est justement votre force, mon vieux ! Bon sang ! ça commence à me plaire. Bon, il ne faut quand même pas démarrer tout de suite. D'abord, élaborer une stratégie, et surtout pas dans la précipitation. J'ai effectué quelques petits travaux préparatoires, du côté des finances, des trucs de ce genre. On ne s'est pas tout à fait endormis aux commandes, mon garçon. Il y a un magasin sur le Gulch avec une vaste arrière-boutique, un ancien local d'encadreur de tableaux. L'agent immobilier qui s'en occupe a une dette à mon égard. On va y installer quelques bureaux, des téléphones, deux ou trois ordinateurs, et avant même que vous ayez trouvé une place pour accrocher votre chapeau, on sera opérationnels. Alors, merde ! ces chips, elles arrivent !

— Qu'est-ce que je dois dire en premier à Fabares ?

— Hein ?

— Vous avez parlé d'une deuxième chose...

— Ah ! oui ! s'exclama Buster dont le visage rond s'éclaira. Vous allez lui dire que vous êtes vraiment le Mahatma Gandhi et qu'il ferait bien de s'activer.

Chose étrange, de théâtrale, l'attitude de Buster se fit soudain sérieuse. Ses lèvres se pincèrent, et les mots sortirent de sa bouche sans aucune trace d'emphase :

— Vous avez beaucoup d'éléments à prendre en considération, Sylvester, et le premier, c'est de savoir à quel point vous acceptez que votre vie soit à jamais bouleversée. Vous avez intérêt à ne pas vous tromper, parce que le voyage va être vachement rude. Pendant un an, vous ne vous appartiendrez plus. Vous ne pourrez plus aller pisser sans que des types comme Fabares vous accompagnent, et ils ne vous laisseront même pas pisser où vous voudrez. Votre vie privée se réduira aux cinq ou six heures de sommeil qu'on vous accordera avant que quelqu'un vienne cogner à votre porte. On commandera votre petit-déjeuner à votre place, on vous écrira vos discours et on vous conduira dans les endroits les plus épouvantables et les plus paumés. On vous dira comment vous habiller et comment vous comporter devant les plus grands connards de l'Etat et de Washington. Mais si vous faites tout ce qu'on vous dit de faire, si vous vous en remettez totalement à eux, je pense que vous gagnerez les doigts dans le nez. Et c'est seulement après que vous commencerez à récupérer un minimum d'indépendance.

— Et vous ?

— Une fois sur les rails, vous n'aurez plus besoin de moi. Ces gens-là sont des professionnels — une belle bande de salauds et de faux jetons, entre parenthèses. Je vous donne un coup de main pour le démarrage, fiston, et ensuite, je me retire. Et le plus tôt sera le mieux. Ils vous le diront.

— Je croyais que vous et moi devions parler stratégie et définir nos positions sur un certain nombre de points.

— Oh ! on le fera. Je pense qu'on doit avoir environ un mois devant nous. Je vous aiderai autant que je le peux. Je vous connais, Sylvester, et eux pas. Pas encore. Et peut-être même jamais. C'est pour ça que je vous demande de bien réfléchir avant de vous laisser prendre dans l'engrenage. Une fois la machine lancée, plus question de descendre au prochain carrefour.

Buster secoua la tête et se radossa. Son crâne luisait sous ses cheveux brillants coiffés en arrière.

Sylvester porta son regard vers la baie vitrée au-delà de la table que les deux couples avaient occupée. Ils étaient partis, et il n'arrivait plus à se rappeler à quoi ressemblait l'avocat d'assises. Il avait l'esprit confus, et il se sentait rempli d'appréhension à l'idée de l'ampleur de la tâche qui l'attendait. Mais dans le même temps, il éprouvait un frisson d'excitation à la perspective de changer de vie. Il n'avait jamais aimé les contes de fées, mais si Buster disait vrai, il s'apprêtait à entrer dans un autre univers.

Il se pencha en avant et choqua son verre contre celui de Buster.

— A notre réussite, dit-il.

Le vent avait forci. La neige avait gelé, et le lampadaire brillait, aussi clair qu'une lune de janvier sur les plaines. Mais Sylvester se trouvait à Helena, dans les montagnes, un peu ivre, et il se dirigeait vers sa voiture en regrettant de ne pas avoir pris un manteau plus chaud. Le soulagement et la joie qu'il avait éprouvés après avoir informé Buster de sa décision ainsi que le mélange d'excitation et de panique accentué par les quatre ou cinq toasts qu'ils avaient portés ensuite commençaient à se dissiper. Il traversa la rue, surpris de constater combien la chaussée était devenue glissante pendant les quatre heures passées au Montana Club. Le centre d'Helena était toujours déprimant le dimanche soir, et aujourd'hui, en plus, il n'y avait pas un chat dehors. Se sentant une petite faim, Sylvester envisagea un instant de s'arrêter manger un steak à l'Overland Express où il n'était pas retourné depuis la soirée fatidique avec Patti Ann. Il faillit en prendre la direction, mais il se ravisa. En fait, il essayait de se sortir de l'esprit tout ce qui lui rappelait la jeune femme. Il avait maintenant un nouvel objectif, et qui réclamait de sa part une conduite exemplaire. D'ici une semaine ou deux, sa vie privée serait étalée en public. Il avait voulu dire à Buster que Shelley et lui connaissaient quelques problèmes en ce moment mais, après réflexion, il avait décidé de tenter plutôt de les résoudre. Ainsi, il n'aurait nul besoin de s'étendre sur un épisode de sa vie privée qui risquerait d'obséder Buster au cours des mois à venir. Si tout se passait bien, il reviendrait où il en était un mois et demi auparavant. Il le souhaitait de tout son cœur.

Il ouvrit la portière de la Saab, puis se glissa sur le siège de velours. La voiture n'avait qu'un an, mais elle comptait déjà un important kilométrage, car il sillonnait sans cesse l'Etat pour recueillir des dépositions et consulter des dossiers dans les différents tribunaux. Il aimait cet aspect de son métier, et il tenait à s'en charger lui-même, bien que cela lui prenne beaucoup de temps, et parfois pour rien. Cela lui permettait en outre de quitter Helena quelques jours par mois et de visiter l'Etat, en particulier les régions les plus à l'est et celles du Nord-Ouest qu'il ne connaissait qu'à travers les informations locales à la télévision. Il s'y rendait toutefois rarement, car il ne semblait pas se passer grand-chose par là.

Un lampadaire jetait une lumière jaune par la lunette. Sylvester se retourna. Le siège arrière était jonché de vieux documents, photocopies de photocopies, enveloppes en papier bulle, chemises. Sur le plancher, on trouvait en vrac des boîtes de boissons gazeuses, des emballages de bonbons et trois balles de tennis jaunes appartenant aux filles de Shelley. Il songeait à les leur rendre depuis l'été, mais il oubliait tout le temps. Elles gisaient, immobiles comme des pierres jaunes.

Sylvester démarra. Il effleura le frein, et la voiture dérapa le long de la pente qui menait en bas de Last Chance Gulch. Il réussit à s'arrêter au feu. Devant lui, la chaussée luisait. La rue en face était à sens unique, et elle se finissait au début de la zone piétonnière. Le feu passa au vert. Après une seconde d'hésitation, il décida de tourner à droite et d'emprunter la voie en sens interdit. Il n'y avait pas de voitures à cette heure, et après quelques centaines de mètres, il prit à gauche devant le centre administratif et son minaret, décidément l'édifice le plus étrange qu'il eût jamais vu. Il s'attendait toujours plus ou moins à voir un homme en burnous juché au sommet appeler les citoyens d'Helena à la prière. Sauf ce soir. En effet, tandis qu'il se dirigeait vers le quartier résidentiel et la vieille maison en briques de Shelley, il ne remarqua même pas le minaret illuminé. Il se gara en face de chez elle. La lumière de la véranda était allumée, et une faible lueur filtrait par les rideaux du living. Le reste de la maison était plongé dans l'obscurité. La chambre de Shelley se trouvait au coin. L'après-midi, quand les filles étaient au cinéma ou à un anniversaire, la jeune femme invitait parfois Sylvester dans sa chambre, et ils faisaient l'amour, vite, presque avec frénésie, dans le silence ouaté du voisinage très comme il faut. Elle avoua une fois qu'elle aimait dormir avec l'odeur de Sylvester qui imprégnait encore les draps. C'était, disait-elle, le vilain secret qu'elle cachait à ses filles.

Le jeune avocat étouffa comme un petit gémissement, puis il enclencha la première et s'éloigna du trottoir. Bien que tenaillé par la faim, il reprit le chemin du centre par une rue qui longeait les riches demeures à l'ouest de Last Chance Gulch. Il se gara en face d'une vaste maison de grès ornée d'arcades, de tourelles et de balcons, à laquelle était accolée une simple remise en bois. C'était une demeure plutôt grotesque, mais historique, construite par la tenancière du plus grand saloon-bordel de Last Chance Gulch avant l'épuisement des mines d'or. Elle n'y avait vécu qu'un an avant de suivre l'exode vers une autre ville de chercheurs d'or. La maison avait connu toute une succession de propriétaires et subi de nombreuses dégradations jusqu'au jour où les Hatton l'avaient achetée et fait restaurer.

D'où il se trouvait, Sylvester apercevait la salle à manger brillamment éclairée par un lustre en cristal, celui-là même sous lequel Mrs. Hatton avait signé les papiers pour la vente des ranches. Tous trois, Sylvester, Shelley et elle, avaient levé leur verre de sherry pour célébrer le triste événement. Ce soir, il vit deux jeunes têtes penchées au-dessus de la table, celles d'Amy et de Marty, sans doute en train de faire leurs devoirs. Il venait de se souvenir que Shelley et ses filles dînaient tous les dimanches soir chez Mrs. Hatton. Dans les autres pièces de la maison, seules quelques lumières étaient allumées derrière les rideaux ouverts.

Sylvester ne savait jamais à quoi s'en tenir au sujet des gamines. Il y a quelque temps, Amy, l'aînée, avait préparé pour l'école un travail sur les Blackfeet et les Indiens des plaines du Nord. Un paragraphe de son cahier d'exercices traitait des différents morceaux du bison et de l'utilisation qu'on en faisait autrefois. Sylvester s'était révélé lamentable, incapable de l'aider. Par contre, ils avaient fait ensemble du bon boulot sur la partie historique. Depuis, la fillette le considérait avec un mélange de crainte et de circonspection. Il l'avait convaincue qu'il était un véritable Indien et qu'à défaut de s'y connaître en bisons, il s'y connaissait en Indiens.

Quant à Marty, c'était une autre histoire. Elle était toute menue, jolie, et encore plus blonde que sa mère et sa sœur. Elle avait presque dix ans, et déjà toute une armée de soupirants parmi les garçons de son école. Dans la rue, les gens la regardaient et la complimentaient. Elle affichait un air blasé et réservé, ce qui ne laissait pas d'inquiéter Shelley. Elle ne parlait jamais avec les amies de sa mère et répondait à peine à leurs questions. Pour sa part, Sylvester avait joué la carte de la camaraderie, la plaisantant sur ses petits copains, l'école ou la natation, mais elle était demeurée impassible. Il lui arrivait juste d'exprimer un semblant de satisfaction lorsqu'il apportait des cadeaux. Pendant quelques semaines, il en distribua pratiquement à chacune de ses visites, jusqu'à ce que Shelley lui conseille d'arrêter. Après quoi, il renonça à essayer d'entrer dans ses bonnes grâces. Un soir, les filles étant couchées, il déclara qu'il ne savait pas s'y prendre avec les enfants. Shelley lui répliqua qu'il se débrouillait au contraire très bien, qu'il lui suffisait de rester lui-même et que pour Marty, ce n'était qu'une question de temps. Mais il savait que la jeune femme se préoccupait surtout de l'avenir de leurs relations. Il se disait que ce n'était pas sans rapport avec le fait qu'il soit un Indien dans un monde de Blancs.

Il se baissa vivement en voyant une silhouette déboucher de la cuisine et venir se pencher au-dessus des filles. C'était un homme en pull ras du cou noir qui paraissait avoir entre trente et quarante ans, grand, presque décharné. Il avait les cheveux bruns, mais on ne distinguait pas ses traits. Il se pencha un peu plus près, puis bougea lentement le bras comme s'il désignait quelque chose sur la table. Amy leva les yeux sur lui, et Sylvester devina d'avance son expression. Quant à Marty, elle ne réagit pas, attitude qu'il aurait pu de même prévoir.

Puis Shelley arriva à son tour, et se plaça à côté de l'inconnu. Elle posa la main sur la tête de Marty et rit à une remarque que lui fit l'homme. Ensuite, ils se dirigèrent ensemble vers le salon.

Sylvester, bercé par le ronronnement du chauffage, sentait l'engourdissement le gagner. Il avait oublié sa faim qui ne se manifestait plus que par un léger tiraillement de son estomac vide. L'effet de l'alcool commençait à se dissiper, et le laissait avec un début de mal de crâne et une bouche mauvaise.

La vue de l'inconnu l'avait davantage déprimé qu'il ne l'aurait imaginé. Il semblait clair, à la manière dont il traitait les fillettes, qu'il ne s'agissait pas d'un étranger. Il occupait avec aisance auprès de leur mère la place libérée par Sylvester, et elles n'avaient pas l'air de s'en étonner outre mesure.

Jetant un dernier coup d'œil avant de démarrer, il constata que les deux têtes blondes avaient disparu. Comme d'un coup de baguette magique, songea-t-il. Il accéléra à fond, et manqua rentrer dans une voiture de patrouille. Il braqua à droite, s'attendant que l'arrière de la Saab chasse et vienne heurter la voiture de police. Heureusement, elle resta bien en ligne, et l'incident prit l'allure d'une simple provocation de la part d'un voyou un peu trop agressif. Sylvester ralentit, et regarda dans le rétroviseur. Les policiers poursuivirent leur chemin et tournèrent à droite au bout de la rue. Il faillit éclater de rire, mais, en vérité, il avait plutôt envie de pleurer. Il finit cependant par rire tout seul à la pensée qu'il venait juste de décider de se porter candidat au Congrès, qu'il appartenait à la Commission des libérations conditionnelles et qu'il était de surcroît un membre influent de la communauté et un honneur pour son peuple. Où donc se situait la frontière entre quelqu'un comme lui et un voyou ? Il savait bien que si les flics l'avaient arrêté au volant d'une épave et qu'il ait des cheveux longs, un Levi's et une chemise sale, il serait déjà en route pour le poste de police. Il s'imaginait en train de glisser une *dime* dans le téléphone à pièces pour appeler Buster afin qu'il le fasse libérer sous caution. « On a là un Indien qui prétend vous connaître... »

Sylvester fit un dernier arrêt ce soir-là, dans un quartier délabré à quelques rues derrière la cathédrale de Ste-Helena. Les maisons identiques à un étage qui dataient toutes des années 30 étaient hautes et étroites, munies de toits pointus, et, pour y accéder, on montait d'abord trois marches en ciment depuis le trottoir, puis trois autres jusqu'à la porte d'entrée. La plupart des occupants étaient soit jeunes, soit vieux. Certains hommes travaillaient à la fonderie d'Helena-Est, d'autres conduisaient des camions de livraison ou encore installaient les cloisons de plâtre dans les nouveaux lotissements. Les femmes restaient à la maison, surveillaient les enfants et fumaient des cigarettes à l'abri des rideaux tirés. Aucun des jardins n'était clôturé.

Un bâtiment, cependant, tranchait au milieu de ce panorama uniforme. Il s'agissait d'un immeuble de briques à un étage tout en longueur divisé en huit appartements, et dont le rez-de-chaussée se trouvait légèrement en sous-sol. Patti Ann habitait au premier à gauche. Ses lumières étaient allumées.

Sylvester coupa le moteur, puis resta assis sans bouger. La dernière fois, après avoir fait l'amour dans la petite chambre à coucher, ils avaient discuté dans le séjour en buvant un verre de vin. Tous deux semblaient désireux d'oublier le prétexte du testament contesté, de sorte qu'ils causèrent de l'automne, de la vieille et fidèle Honda de Patti Ann, du tailleur qu'elle confectionnait pour une amie. Sylvester, sur les insistances de la jeune femme, évoqua son travail d'avocat et de membre d'une Commission de libérations conditionnelles. Patti Ann eut l'air passionnée par ce dernier sujet, et elle l'interrogea sur la procédure, les cas qu'il avait eu à traiter (« Quel a été ton cas le plus délicat ? », « Il t'est déjà arrivé d'avoir en face de toi quelqu'un de... de différent, disons, qui ne semblait pas appartenir au même monde que les autres ? »). Elle lui demanda si un homme qui s'était vu refuser sa libération pouvait se représenter devant eux quelque temps après, ou bien s'ils se contentaient de jeter l'affaire aux oubliettes. En règle générale, Sylvester n'aimait pas parler de son travail au sein de la Commission, ni de la vie dans les prisons, mais ses questions étaient intelligentes, et paraissaient même dénoter une certaine connaissance du problème. Elle comprenait, mais elle demeurait lucide, et, malgré lui, Sylvester fut ravi qu'elle s'intéresse à cette tâche ingrate qu'il assumait. Quoi qu'il en soit, il profita de la première occasion pour changer de sujet. Ils burent encore un verre, puis il rentra chez lui.

Le jeune avocat se rendit soudain compte qu'il avait ôté les clés de contact et qu'il avait déjà la main sur la poignée de la portière. Combien de fois n'avait-il pas accompli ce geste sans même réfléchir ? Mais là, il se dit que s'il ouvrait la portière, il serait obligé, et trop heureux, d'aller trouver Patti Ann. Il faillit regarder sa montre, mais, sachant que cela lui laisserait entrevoir des possibilités qu'il valait mieux ignorer, il se ravisa. Il appuya ses avant-bras sur le volant et posa son front dessus. Fermant les yeux, il revit son corps nu debout dans la lumière de la salle de bains, tandis qu'elle retouchait son maquillage et qu'il finissait de s'essuyer. Il ouvrit les yeux, et l'image se fondit dans celle de la rue blanche de neige et dans le gémissement d'une rafale de vent. Il mit la voiture en marche et lança un dernier regard vers la chaude lueur de la fenêtre de sa chambre. Il jouait les voyeurs depuis une heure, à moitié soûl, et il avait été à deux doigts de heurter une voiture de police après avoir emprunté un sens interdit. Dans son esprit, il lui semblait avoir commis assez de délits pour s'interroger sur sa santé mentale. Jusqu'à présent, tout allait presque trop bien pour lui. Le pénitencier de l'Etat du Montana abritait plein de détenus qui avaient dérapé dans des circonstances analogues. Devant de pareilles tendances autodestructrices, combien de fois les membres de la Commission et lui-même n'avaient-ils pas hoché la tête avec une feinte incrédulité ? Il se demanda s'il ne faisait pas partie de cette institution depuis trop longtemps et s'il n'avait pas été confronté à trop de situations absurdes. Il regagna son domicile, conduisant avec une extrême prudence.

Le lendemain, un pâle soleil d'hiver se leva au-dessus des confins des Big Belt Mountains. La plupart des arbres étaient dénudés, et les quelques feuilles qui refusaient de tomber brillaient d'un éclat doré sous le ciel bleu. Dans les rues, la neige commençait à fondre et se transformait en gadoue, tandis que des carrés d'herbe encore verte apparaissaient çà et là.

Sylvester Yellow Calf était debout depuis l'aurore, et il se sentait bien en dépit de la nuit étrange qu'il venait de vivre. Il avait bu trois tasses de café en arpentant son vaste appartement pour réfléchir à la journée qui l'attendait et aux événements de la veille.

Il ne pouvait se défendre d'un sentiment d'appréhension auquel se mêlait le soulagement de ne pas avoir frappé à la porte de Shelley ou, surtout, à celle de Patti Ann. Dans ce cas, il serait sans doute resté jusqu'à l'aube. Il prit une douche, puis mangea deux œufs durs et un *muffin* tout en rédigeant des pense-bêtes. Il nota, entre autres, d'appeler Shelley dans l'après-midi.

A huit heures tapantes, il téléphona à Fabares. Assis sur le coin du bureau de Buster, sur lequel ne traînait pas le moindre papier, il jeta un coup d'œil autour de lui pendant qu'il attendait la communication. La pièce aurait pu figurer dans un musée comme le modèle du salon d'un magnat de l'industrie au tournant du siècle. Les meubles étaient en bois dur, et les fauteuils en cuir, alors qu'au fond de la pièce, deux canapés rembourrés flanquaient une fausse cheminée. C'était Maggie qui avait choisi le mobilier et les tableaux, changé le lambrissage abîmé par l'humidité pour du chêne blond et retapé la cheminée. Trois tapis persans, disposés en parfaite symétrie, couvraient le plancher de chêne.

La voix de Fabares était enjouée, et peut-être un peu trop chaleureuse et dynamique. Sa diction parut à Sylvester plus heurtée que dans son souvenir. En revanche, l'image de Fabares dans la bibliothèque de chez Buster restait bien présente à son esprit, et en particulier son expression telle qu'il l'avait surprise à un moment où l'homme de Washington ne se surveillait pas.

La conversation dura moins de cinq minutes. Fabares prendrait l'avion au milieu de la semaine prochaine, et il espérait que le président du Parti pourrait l'accompagner. Deux ou trois jours pour mettre le planning au point, et Sylvester serait prêt à se lancer dans la bataille. Demander à Buster de réunir une solide équipe. Ce coup-ci, on va gagner ! Surtout, ne rien dire à personne, ne rien annoncer. Félicitations, Sylvester, et bienvenue dans le monde merveilleux de la politique démocrate !

Comme de coutume, la réunion du lundi matin débuta à neuf heures précises dans la bibliothèque juridique. Doris avait apporté une cafetière pleine ainsi que des petits pains frais achetés à la boulangerie en bas de la rue. Sylvester, déjà installé dans son fauteuil, observait la meute qui se bousculait autour de la table pour se servir du lait et choisir un petit pain bien croustillant. La majorité des onze membres du cabinet étaient plus jeunes que lui, et deux d'entre eux n'étaient sortis de l'école de droit que depuis un an ou deux. Son regard effleura le dos de Sally Ellmann, la plus jeune et la seule femme du groupe. Elle s'occupait des affaires de divorces, de testaments et de désaccords familiaux. Normalement, Sylvester aurait dû lui confier le dossier Patti Ann. Elle pivota et surprit son regard. Contournant la table, elle vint s'asseoir à côté de lui.

— Il paraît qu'on attend une grande nouvelle, dit-elle.

Sylvester sursauta.

— Quoi ? Quelle nouvelle ?

Seuls Buster et Fabares étaient au courant de sa décision.

— Je n'en sais rien, moi ! fit-elle en riant. Ce n'est qu'une rumeur. Ne soyez donc pas si nerveux.

Buster entra dans la pièce d'un pas décidé, et ferma la porte derrière lui.

— Bien, maintenant, au travail. Vance, si vous mangez encore un petit pain, je vous le retire de votre paye.

Tous éclatèrent de rire, et Ed Vance reposa son petit pain avec un sourire penaud.

Sally Ellmann serra brièvement la main de Sylvester avant de regagner sa place habituelle.

— Okay, Rizzo, à vous. Ensuite, Vance, et après Yellow Calf. La partie commence.

Buster, se laissant tomber dans le fauteuil de cuir installé en bout de table, renversa un peu de café sur une pile de dossiers posés devant lui.

— Merde ! jura-t-il.

Sylvester prêta une oreille distraite au rapport que fit Lou Rizzo sur une affaire d'indemnités dont il s'occupait à Anaconda. Il s'agissait d'une cause importante qu'on avait proposée à Sylvester, mais il était alors trop occupé à engager une procédure d'appel pour l'un de ses clients. Il reconnut au passage quelques mots familiers pendant qu'il se creusait en vain la cervelle pour essayer de comprendre comment Sally Ellmann et les autres pouvaient être au courant de sa candidature. Buster adorait les mystères, et il attendrait un moment plus opportun pour dévoiler le secret. Il ferma les yeux et sentit soudain comme un fourmillement sous son crâne. Patti Ann ! Ed Vance a dû le leur dire. La grande nouvelle, la rumeur ! Il rouvrit les yeux et regarda Ed assis en face de lui. Tête baissée, celui-ci consultait ses notes. Sylvester étudia les autres visages. Tous écoutaient Rizzo avec attention.

Tandis qu'il faisait brièvement le point sur l'affaire qui devait passer en appel, Sylvester s'efforça de déchiffrer l'expression de ceux qui l'entouraient, dans l'espoir de surprendre ne serait-ce qu'une esquisse de sourire ou un échange de regards, mais personne ne trahissait la moindre émotion. Il se radossa et, durant le reste de la réunion, fixa une grande photo accrochée au-dessus d'Ed Vance, figurant deux bisons mâles en train de se battre.

Buster, enfin, se leva.

— Et, pour terminer, parlons un peu boutique, dit-il, levant son gobelet en plastique vide. Je voudrais proposer un modeste toast — je dis modeste, parce que, en général, je le suis — mais aujourd'hui, je suis fier comme un paon de vous présenter le nouvel associé de Harrington, Lohn and Associates... Sylvester Yellow Calf.

Sylvester contempla Buster d'un air ébahi, puis il se leva à son tour cependant que les autres lui portaient un toast, puis se penchaient au-dessus de la table pour lui serrer la main et le féliciter. Un sourire éclaira alors son visage. Il se sentait désarmé et idiot — et tellement soulagé qu'il craignait de se liquéfier sur place. On lui tapa sur l'épaule, et Malcolm Lohn, qui s'était glissé derrière lui, déclara :

— Vous l'avez bien mérité, mon garçon. Et comment, nom de Dieu !

— Merci, Mr. Lohn. Merci beaucoup.

Mais le frêle vieillard quittait déjà la pièce.

Sylvester se tourna vers Sally Ellmann en secouant la tête.

— Comment le saviez-vous ? demanda-t-il, d'une voix si faible que la jeune femme ne l'entendit pas.

Puis il regarda Ed Vance qui rassemblait ses papiers. L'espace d'un instant, il pensa lui offrir ses excuses, mais Ed ne comprendrait pas pourquoi. De plus, ce dernier lui jeta un simple coup d'œil, le visage fermé, avant de ranger ses dossiers dans une serviette en cuir.

10

Shelley Hatton Bowers, étendue sur le canapé, les jambes sur l'accoudoir, faisait face à la baie vitrée et promenait son regard sur la rue, les maisons, la bouche d'incendie au carrefour. Elle habitait à la limite d'un quartier bourgeois composé de maisons de plain-pied, de pelouses bien entretenues et d'érables de taille moyenne qui bordaient les boulevards. « Confortable », ainsi décrivait-elle sa vie en dehors du travail. Elle aimait s'installer ainsi, le bras passé sur le dossier du canapé, et admirer le petit parc qui commençait au coin de chez elle. Avec quelques voisins, ils avaient fondé une espèce d'association, acheté plusieurs parcelles, puis réuni les fonds nécessaires pour aménager le parc, l'aire de jeux ainsi que le terrain de basket équipé d'un unique panneau. Les filles de Shelley avaient joué dans le parc jusqu'au jour où elles avaient décrété qu'il se trouvait trop près de chez elle pour qu'on s'y amuse vraiment. Beaucoup de jeunes enfants continuaient cependant à jouer là en attendant mieux, pendant que leurs mères, assises sur un banc, parlaient d'écologie et critiquaient le système scolaire. Les habitants du quartier, pour la plupart jeunes ou autour de la quarantaine, étaient de ceux qui conduisaient des voitures étrangères et semblaient très à la page. Shelley se sentait toujours un peu coupable quand elle sortait du garage la vieille Ford Fairlane que son père lui avait donnée avant de mourir et qui s'était mise à consommer de l'huile. Les filles voulaient une voiture neuve, et elles découpaient dans les magazines des publicités pour les Cadillac, les Buick, et même une fois pour une Sterling anglaise, qu'elles posaient ensuite sur la commode de sa chambre.

Shelley soupira et se tâta de nouveau le front. Elle était restée chez elle, car elle pensait couver quelque chose. La première épidémie de grippe de la saison venait en effet de faire son apparition, et quatre personnes de son département étaient touchées. Et maintenant, elle. Merde ! jura-t-elle intérieurement. Tout allait de travers depuis son séjour à Chico Hot Springs avec Sylvester le mois dernier. Elle ne parvenait pas encore à croire qu'elle ait pu laisser les choses partir ainsi à la dérive. Ils étaient heureux comme des rois, se contentant de nager, de manger et de faire l'amour et, l'instant d'après, ils se montraient distants et polis l'un envers l'autre, au point de pratiquement s'excuser quand ils se frôlaient en préparant leurs valises en prévision du retour à Helena. Après le dîner, ils avaient pourtant couché ensemble dans le vieux lit affaissé, mais, tendue, nouée, elle s'était contentée d'attendre qu'il finisse. Le lendemain, il l'avait déposée au passage et elle s'était réjouie de voir ses filles qui jouaient sur la pelouse devant la maison.

Dans le mois qui suivit, elle réfléchit plusieurs fois à ce week-end. Analysant son comportement ainsi que celui de Sylvester, elle en tira toutes sortes de conclusions — son premier mari ne lui avait jamais parlé ni de son enfance, ni de son travail, ni des pensées qui l'occupaient quand ils se promenaient ensemble dans la nature ou qu'ils restaient allongés côte à côte après avoir fait l'amour. Elle s'était imaginé qu'elle amènerait petit à petit Sylvester à se confier, et elle avait été choquée et blessée de constater que, comme son ex-mari, il se refusait à la laisser entrer dans sa vie. Elle avait alors pensé qu'elle se montrait trop sensible, qu'elle voulait précipiter les choses et qu'elle exigeait trop de lui. Après tout, il faisait quand même des efforts, et puis, il ne pouvait pas lui dire ce qu'il ignorait.

La jeune femme, réprimant un frisson, ramena son peignoir sur ses épaules et resserra la ceinture autour de sa taille. C'était tellement bête ! Elle n'aurait pas dû le presser de prendre une décision d'une pareille importance, mais elle croyait qu'il avait justement organisé leur séjour à Chico pour l'informer de son choix. Et peut-être pour lui annoncer aussi autre chose. Après tout, son père lui avait souvent répété qu'un bon politicien avait une bonne épouse derrière lui, et un mauvais, plusieurs mauvaises femmes. Bien que ce fût le type de cliché dont usaient les hommes publics, elle aurait désiré être cette épouse. Même si Sylvester n'avait pas vraiment réussi à se gagner les bonnes grâces de ses filles, elle avait songé à vivre avec lui, à l'épouser. Elle se sentait donc amèrement déçue que le week-end se soit terminé ainsi.

Telle était l'analyse lucide qu'elle faisait de la situation, mais elle avait aussi une autre explication, plus sombre, liée à ses propres agissements quand, deux semaines plus tard, elle s'était rendue à une soirée en l'honneur d'un de ses collègues qui partait à la retraite. Lorsque Sylvester était pris ou qu'elle ne voulait pas lui infliger d'entendre parler boutique pendant des heures, elle se rendait seule, et à contrecœur, à ce genre de festivités. Cette fois, son malaise provenait de ce que, même s'il l'avait voulu, il n'aurait pas pu l'accompagner. Elle y avait veillé en se montrant distante au téléphone et en inventant des excuses pour ne pas le voir. Ce soir-là, tandis qu'elle regardait les invités en train de boire, de rire, d'échanger des propos futiles ou sérieux, elle prit conscience qu'il n'y avait pas un seul Indien parmi eux, et qu'en outre, elle était sans doute la seule femme de l'assemblée à en fréquenter un. Sa mère, bien qu'elle appréciât Sylvester et tirât quelque vanité de ses talents, lui en avait fait maintes fois la remarque. Elle ne tenait pas à ce que sa fille souffre un jour, voilà tout.

Pendant qu'elle étudiait ainsi l'assistance, Shelley fut frappée par l'idée que, peut-être, au fond d'elle-même, elle se sentait gênée qu'il soit indien et avait trouvé le prétexte, ou le moment propice, pour rompre.

Un vol de passereaux fila devant la fenêtre et alla se poser sur un sorbier où les oiseaux se mirent aussitôt à picorer les baies rouges, les uns perchés sur les fines branches, les autres battant frénétiquement des ailes pour se maintenir en l'air. Les bacchanales auxquelles ils se livraient en se soûlant de baies ravissaient toujours les filles — jusqu'au moment où ils venaient heurter les carreaux des fenêtres et se tuaient. Les gamines en avaient déjà enterré deux cet automne, plantant sur leurs tombes des bâtons de sucettes en guise de croix. Ça fait partie de l'apprentissage de la vie, se disait Shelley. Pourtant, elle se leva et se dirigea vers la cuisine, d'abord pour ne pas voir un oiseau se précipiter sur la fenêtre et ne pas entendre le choc contre le carreau, et ensuite parce qu'il lui fallait bien manger quelque chose.

Elle mit de l'eau à chauffer pour se faire un citron chaud, puis ouvrit le réfrigérateur. Du poulet frit, un reste de gâteau et deux saucisses froides de la veille dont la vue la déprima. Elle n'était même pas fichue de préparer un repas décent pour les filles — ou plutôt, les filles ne voulaient pas de repas décents, et elle, elle capitulait. Dieu merci, elles mangeaient une ou deux fois par semaine chez leur grand-mère, laquelle perpétuait la tradition des copieux repas qu'on servait au ranch : viande et pommes de terre, légumes et salade. Elle craignait en permanence que ses petites-filles se nourrissent mal, et surtout Marty qui était si mince et si pâle. Shelley referma la porte du réfrigérateur et décrocha le téléphone mural. Elle composa le numéro qu'elle connaissait par cœur.

— Harrington, Lohn and Associates.

— Doris ? Shelley à l'appareil. Est-ce que Sylvester est là ?

— Shelley !

Doris semblait toujours étonnée d'entendre une voix familière. Elle était là depuis vingt-cinq ans et paraissait à chaque fois aussi surprise.

— Oui, il est là. Ça fait plaisir de vous entendre. Je vous le passe.

La jeune femme s'approcha de la cuisinière, tirant le fil du téléphone derrière elle. Elle éteignit sous la bouilloire et alla regarder par la fenêtre les passereaux en train de se gaver de baies. D'autres les avaient rejoints, et ils devaient maintenant être plus d'une centaine qui dansaient un ballet incessant. Sinon, rien ne bougeait dans la rue.

— Shelley ! Comment vas-tu ?

— Pas trop bien, Sylvester. J'ai un début de grippe. J'appelle de chez moi. Je me suis fait porter malade.

— Je suis désolé. Je sais que le virus traîne dans le secteur. Tu as des problèmes d'estomac ?

— Oui. C'est toujours de ce côté-là que je trinque. Mon Dieu ! qu'est-ce que je me sens mal !

— Tu as quelqu'un auprès de toi ? Ta mère ? (Il se tut un instant, et Shelley en profita pour s'asseoir sur un tabouret devant le comptoir du petit-déjeuner.) Je pourrais passer te voir ; le temps de reculer un ou deux rendez-vous, et...

— Non, non, ça ira.

Si elle ne s'était pas sentie aussi malade, elle aurait peut-être reconsidéré sa proposition.

— Excuse-moi, reprit-elle. Je ne t'ai pas téléphoné pour me plaindre, mais pour m'excuser. Avec mon dernier souffle, je te demande de me pardonner d'avoir joué les emmerdeuses ces dernières semaines.

— Tu n'es pas du tout une emmerdeuse. Je pensais simplement que tu avais d'autres...

— Non, non, ce n'est pas vrai. Tu pensais, et à juste titre, que j'étais une emmerdeuse. Il n'y a pas d'autre mot pour décrire mon comportement. On ne traite pas les gens comme je t'ai traité. Est-ce que tu veux bien accepter mes excuses ?

— Si ça peut nous aider à surmonter cette crise, volontiers, mais seulement à condition que tu acceptes les miennes pour m'être montré si... si égocentrique à Chico. Je t'ai vraiment laissée tomber — je le sais. Ça ne se reproduira plus.

— Sylvester, tu es adorable, dit Shelley en riant. Tu ne veux pas que je me vautre dans l'humiliation et la dégradation, c'est ça ?

— Pas si je peux l'empêcher. Tu es quelqu'un de trop bien pour ça, ma chérie.

— Merci, Mr. Sly.

— Est-ce que ça signifie que nous sommes toujours... amis ?

— Un peu plus qu'amis, j'espère. J'ai réfléchi l'autre jour — je me suis énuméré toutes les bonnes raisons pour mettre un terme à notre liaison. Au début, la séparation m'a paru facile. Je me suis aperçue que j'aurais pu aisément rester seule... si ce n'était toi. Tu étais toujours présent dans un coin de mon esprit pour tout gâcher. J'ai même rencontré un homme...

— Oh ?

Shelley fut étonnée de la maîtrise qu'il semblait manifester. Son « Oh » ne trahissait pas la surprise, ni même une pointe de jalousie. Il s'agissait plutôt d'une simple constatation, comme s'il s'y était plus ou moins attendu.

— Un homme d'Église, tu te rends compte ? Il arrive de Portland pour assister le pasteur que connaît ma mère.

— C'est sans doute un homme bien.

— Oh ! oui, c'était un homme bien... *c'est* un homme bien, je veux dire. Maman l'a invité à dîner dimanche dernier.

Une violente nausée lui souleva l'estomac. Elle se dit qu'elle ferait mieux d'abréger.

— Sylvester, il ne m'intéressait absolument pas. Il aurait pu aussi bien n'être qu'une potiche. Il m'a juste permis de réaliser combien tu me manquais. Tu me manques terriblement, Sylvester.

— Toi aussi, tu me manques, ma chérie.

La jeune femme perçut soudain autre chose dans sa voix — une indéniable note d'appréhension. Son visage devint soudain brûlant, sans qu'elle sache si c'était de fièvre. Se sentant de plus en plus faible, elle comprit qu'elle avait eu tort d'appeler Sylvester dans cet état.

— Il s'est passé tant de choses au cours des deux dernières semaines. Il faut qu'on parle. J'ai tellement...

— Pas maintenant, Sylvester. Je ne me sens pas bien. Je n'aurais pas dû te téléphoner comme ça. Excuse-moi.

— Tu me rappelleras quand tu iras mieux ? Il est indispensable que nous parlions.

Parler. Parler. Pas s'étreindre, ni s'embrasser, rien. Son moral tomba au plus bas, et cette fois, elle sut que ça n'avait rien à voir avec la fièvre.

— Oui, je te rappellerai, Sylvester.

— Promis ?

Shelley se leva, puis raccrocha. Elle fit le tour du comptoir pour aller de nouveau à la fenêtre. Les passereaux étaient partis, et elle se sentait de plus en plus malade.

Malade à crever, se dit-elle, regagnant sa chambre en traînant les pieds. Elle se débarrassa de ses chaussons, puis se glissa sous la couette. Baignée de transpiration, elle dormit d'un sommeil agité, seule et au calme dans la maison confortable.

Reposant le téléphone, Patti Ann Harwood réfléchit à la conversation qu'elle venait d'avoir. Son interlocuteur, qui s'était présenté sous le nom de Woody Peters, avait affirmé être un ami de Jack. Bien qu'on fût en début d'après-midi, il avait paru à moitié soûl ou drogué, tenant des propos presque incohérents. La jeune femme avait cependant cru comprendre qu'aidé d'un autre ami de Jack, il comptait faire sortir celui-ci de prison. Puis il avait donné l'impression de la juger responsable des ennuis de son mari, sans toutefois qu'elle sache s'il voulait parler de ses ennuis dans la vie ou simplement en prison. A deux ou trois reprises, elle avait failli couper la communication, mais l'homme, qui semblait le pressentir, se montrait alors moins agressif, sinon plus sensé. Avant de raccrocher, ses dernières paroles avaient été : « On va tirer votre mari du trou, et vous nous y aiderez, que ça vous plaise ou non. »

La jeune femme s'était sentie à ce point bouleversée qu'elle ne savait plus si elle avait hurlé ou murmuré ses réponses. Par contre, elle savait que c'était lui qui avait pratiquement parlé tout le temps. Mais comment s'était-il procuré son numéro de téléphone au travail ? Elle ne se rappelait pas l'avoir donné à Jack. Il était convenu entre eux qu'elle devait taire le fait que son mari était en prison. Quoi qu'il en soit, il ne l'avait jamais appelée au bureau.

Le numéro figurait sans doute dans le fichier du pénitencier pour qu'on puisse la contacter en cas d'urgence, mais comment ce Woody Peters qui prétendait avoir connu Jack en Q.H.S. aurait-il pu l'obtenir ?

Elle promena son regard sur le box où elle travaillait. Les cloisons couleur rouille étaient nues. A l'inverse de ses collègues, Patti Ann n'avait autour d'elle ni photos, ni reproductions, ni souvenirs d'aucune sorte. Comme une collégienne, elle croisa les mains sur son bureau pour en arrêter le tremblement. Que se passait-il ? Il y a un mois et demi, elle menait l'existence paisible d'une femme de détenu, presque satisfaite de son isolement émotionnel, se contentant de coudre des robes pour Myrna, de faire ses courses au supermarché et de dormir seule dans son lit. Et voilà qu'aujourd'hui, elle couchait avec l'un des hommes qui avaient refusé à Jack sa libération conditionnelle, et qu'elle aimait et détestait à la fois ce qu'elle faisait. Et se détestait elle-même pour le double jeu qu'elle jouait, et qu'ils jouaient. Elle n'aurait jamais imaginé qu'elle pourrait être si... si quoi ? Criminelle ? Immorale ? Garce ? Et, pour couronner le tout, un inconnu, un ivrogne, la menaçait de l'entraîner encore plus bas.

Elle avait déjà couché avec Sylvester, et cela avant même sa dernière visite à son mari. En outre, elle avait recommencé plusieurs fois depuis, et son mari le savait. Et maintenant ce Woody Peters et son ami aussi le savaient. Et qui d'autre encore ?

Patti Ann faillit prendre le téléphone — avec le bruit qui régnait autour d'elle, il y avait peu de risques qu'on puisse entendre la conversation —, mais elle préféra ne pas tenter le diable. Elle ne pouvait pas non plus se servir du téléphone à pièces dans le couloir, car il y aurait sans doute des visiteurs qui attendaient d'être reçus. Elle l'appellerait donc de chez elle après le travail.

Mon pauvre garçon, songea-t-elle. Dans quelle histoire je t'ai fourré ? Puis elle frissonna au souvenir de l'horrible voix d'ivrogne. « ...que ça vous plaise ou non. »

Sylvester entra chez lui par la porte de derrière. Il appréciait toujours autant le moment où il glissait la lourde clé de cuivre dans la serrure. Le bruit du verrou ainsi que le poids de la porte en chêne massif contribuaient à lui donner le sentiment de pénétrer dans un sanctuaire et de connaître une certaine continuité dans son existence. Il habitait ici depuis son arrivée à Helena dix ans plus tôt. L'un de ses collègues avait parmi ses relations une femme qui devait déménager, et trois jours après Sylvester s'installait. Comme il travaillait pour un cabinet juridique réputé, le propriétaire, qui avait de surcroît suivi sa carrière sportive dans les journaux, ne lui avait même pas réclamé de dépôt de garantie. Il s'était borné à lui énumérer les conditions, puis à lui remettre les clés et à lui serrer la main.

Le logement n'était certes pas situé dans l'un des plus beaux quartiers, mais il se trouvait dans une vieille et belle maison à charpente en bois qui avait été agrandie au fil des années et divisée en appartements. Chaque adjonction avait été faite dans le style d'origine, mais malgré cela, l'ensemble paraissait massif, tout en angles et dénivellations qui ne cadraient pas véritablement avec l'idée d'une architecture élégante telle que le propriétaire la concevait. L'endroit, en tout cas, était confortable et clair.

Sylvester posa sa serviette sur un fauteuil, puis il alla dans sa chambre enfiler un Levi's et une chemise en jean. En dix ans, il avait fini par s'habituer aux costumes et aux cravates ainsi qu'aux chaussures bien cirées, mais son premier geste en rentrant du travail était de passer le genre de vêtements qu'il portait depuis son enfance. Il laissa sa veste et son pantalon étalés sur le lit, puis, en chaussettes, il se dirigea vers la cuisine adjacente. Il sortit une boîte de bière du réfrigérateur, puis retourna dans le living où il alluma la télé pour prendre les nouvelles locales. Il s'affala sur le canapé et, les pieds sur la table basse, but une grande gorgée de bière. Il avait eu une longue journée. Comme chaque matin depuis plus d'une semaine, il était au bureau dès sept heures pour se mettre à jour dans son travail.

Heureusement, ça ne durerait pas. Il n'avait même pas fêté

Thanksgiving. Il n'était pas rentré à Browning, n'avait pas dîné avec Shelley, sa mère et les filles, ni ne s'était rendu chez Buster à l'occasion du grand dîner que Maggie organisait tous les ans à l'intention des « types seuls », comme les appelait Buster, sans considération de sexe. Ses trois premières années à Helena, Sylvester y avait assisté. La deuxième année, on lui avait même trouvé une célibataire ayant du sang cheyenne dans les veines, une caissière dans la banque de Maggie. Sylvester sortit avec elle deux ou trois fois, jusqu'à ce qu'elle essaie de le convertir aux croyances des Adventistes du septième jour. Il se sentait déjà mal à l'aise à l'idée de célébrer Thanksgiving, qui ne constituait pas vraiment une fête pour les Indiens, mais quand, quelques semaines plus tard, elle lui demanda de prier avec elle, il s'enfuit en courant. Après le troisième dîner des « types seuls », il déclara à Maggie qu'il n'était pas seul à ce point-là. Elle mit quelque temps à lui pardonner, et ne l'invita plus jamais. Pendant les années qui suivirent, il ne fit rien de particulier ce jour-là, jusqu'au dernier Thanksgiving qu'il passa avec Shelley et sa famille chez la mère de celle-ci. Il y rencontra l'une de ses tantes et l'un de ses oncles ainsi que plusieurs cousins qui avaient encore une exploitation agricole dans le comté de Musselshell, tout près de Roundup. A leurs yeux, il faisait figure de curiosité. Shelley eut beau affirmer que c'étaient des gens bien, il perçut tout de suite les signaux de danger. Même une question aussi anodine que « Comment avez-vous su que vous vouliez devenir avocat ? » trahissait un profond scepticisme. Ils avaient eu un employé indien pendant un an et demi, jusqu'au jour où il avait décampé. Un Blanc, lui, serait parti ou les aurait quittés. Oh oui ! Sylvester n'identifiait que trop bien les indices.

Un monsieur météo se tenait devant une carte des Etats-Unis. On voyait des flocons de neige au-dessus du Minnesota et du nord du Michigan. Et aussi un flocon au-dessus du sud-ouest du Montana. Le reste de l'Etat était parsemé de nuages floconneux surmontés d'un quart de soleil. Chef Soleil. En Floride, il rayonnait.

Sylvester avait oublié de monter le son, et, alors qu'il hésitait à faire l'effort de se lever, le téléphone sonna. Il rampa sur le canapé pour aller décrocher l'appareil posé sur un guéridon. En dépit d'un vague espoir, il devinait que ce n'était pas Shelley.

— Oui, allô ?

— Sylvester, c'est moi. Il faut qu'on parle.

Est-ce qu'il ne venait pas d'entendre la même chose ? Ou bien était-ce lui qui avait dit ça à Shelley la semaine dernière ? Quoi qu'il en soit, ce n'était effectivement pas elle.

— Entre, dit-elle.

Toutes les lumières du petit appartement étaient allumées, ce qui paraissait bizarre. Sylvester enleva sa parka, et Patti Ann la suspendit dans le placard du vestibule.

— Viens t'asseoir. Je te sers un verre ?

— Il ne vaudrait mieux pas. J'ai du boulot à finir ce soir.

Il s'installa sur le canapé, et examina un instant la jeune femme. Elle portait un jean, un sweat-shirt gris et des chaussures de jogging bleu clair. Même dans cette tenue, elle était belle, et le lampadaire derrière elle illuminait d'un halo ses longs cheveux auburn. Cependant, ses lèvres crispées conféraient à son visage un air presque quelconque.

— Qu'est-ce qui se passe ? demanda Sylvester.

— C'est une longue histoire — je ne sais pas par où commencer — et je ne suis même pas sûre de vouloir vraiment t'en parler.

Assise en face de lui, une jambe ramenée sous elle, elle le considéra un instant, comme pour peser dans quelle mesure il avait besoin de savoir, puis elle se pencha pour prendre une cigarette dans un paquet posé sur la table basse, qu'elle alluma à l'aide d'un briquet en plastique. Elle agissait comme un automate, mais, tandis qu'elle soufflait la fumée vers le plafond, une lueur soucieuse éclairait ses yeux noirs.

— Oh ! mon Dieu ! Sylvester, je ne sais plus. Tu vas me détester.

— C'est à propos du testament ?

— Oui, mais il y a plus grave. Je pense que tu as deviné que cette histoire de testament était une pure invention, un simple prétexte pour faire ta connaissance. Il fallait que je le fasse.

— Et pourquoi ?

— Quelqu'un m'y a obligée. Quelqu'un qui désirait tout savoir à ton sujet...

— Qui ? interrogea Sylvester en lui posant la main sur le genou. Qui, Patti Ann ?

Elle tourna la tête. Des larmes brillaient dans ses yeux. Elle demeura ainsi l'espace de deux ou trois secondes, presque de profil, cependant que, dans le rond de lumière projeté par la lampe derrière elle, la fumée de sa cigarette s'élevait en volutes. Puis elle avala sa salive, et lui fit de nouveau face. Les larmes se perdirent dans l'ombre de ses longs cheveux.

— Mon mari, répondit-elle enfin.

Sylvester laissa sa main retomber et se radossa dans le canapé. Il n'était pas tellement surpris de cet aveu, mais il se doutait que cela cachait autre chose.

— C'est qui, ton mari ? demanda-t-il.

La jeune femme paraissait sur le point d'éclater en sanglots. Elle mit sa cigarette dans le cendrier, et, après s'être reprise, lui raconta toute l'affaire d'une voix égale. A un moment de son récit, elle se tut longuement et alluma une nouvelle cigarette qu'elle laissa se consumer dans le cendrier, puis elle porta les mains à son visage et s'exclama « Oh ! mon Dieu ! » en lui précisant le nombre d'années que son mari avait passées en prison, comme si elle se rendait soudain compte du temps que cela représentait.

Sylvester comprit tout de suite de quoi il s'agissait. Il y avait souvent songé — et en avait même fait des cauchemars, bien qu'au cours de ses deux premières années à la Commission des libérations conditionnelles, il ait eu beaucoup de rêves étranges et irrationnels. La distance créée entre les membres de la Commission et les détenus par la table placée entre eux rendait en général les auditions formelles, courtoises, presque impersonnelles. Il arrivait néanmoins qu'on plaisante avec un détenu, qu'on l'aide à obtenir un traitement ou qu'on le mette en rapport avec des gens susceptibles de lui être utiles. Parfois, au contraire, la séance se terminait en empoignade, et le détenu sortait en claquant la porte et en leur criant qu'ils pouvaient se fourrer leur conditionnelle où il pensait ! Mais dans tous les cas, l'affaire s'arrêtait là. A l'extérieur, il n'y avait plus aucun contact. Quand Sylvester rentrait chez lui après les deux jours passés à Deer Lodge, il pouvait oublier la prison et tous ses problèmes.

Restait le chantage. Leur angoisse à tous.

Il s'aperçut soudain qu'elle lui avait tout dit, sauf le nom de son mari.

— Comment s'appelle-t-il... et toi ?

Elle hésita.

— Comment s'appelle-t-il ? répéta-t-il.

Elle détourna les yeux et finit par répondre :

— Harwood, Jack Harwood. C'est également mon nom. Patti Ann est mon vrai prénom.

Sylvester appuya sa tête contre le dossier du canapé et ferma les yeux. La vraie Patti Ann allait-elle se lever ? se demanda-t-il, allusion à un jeu télévisé qu'il regardait avec son grand-père. Un seul parmi les concurrents était la personne qu'il prétendait être, et quand l'animateur lançait : « Que le vrai Untel se lève », ils agrippaient tous le bord de la table, mais un seul se levait. La vraie Patti Ann Harwood ! Il se rappelait le nom à présent.

Et, bien sûr, il se rappelait aussi Jack Harwood. Il oubliait rarement un homme de cette étoffe, alors que les petits voyous, les minus et les perdants qui défilaient devant eux, tous interchangeables, lui sortaient aussitôt de l'esprit, de la même façon qu'on se désintéresse des produits d'épicerie qui ne figurent pas sur la liste des courses. Mais Jack Harwood, lui, y figurait. Intelligent, cultivé, soigné, plutôt bel homme, bref, un mystère, et peut-être même un cas. Il commettait des crimes parce que le crime le fascinait. Sylvester faillit sourire en se souvenant de la réaction de Pete Higgins, puis ses pensées revinrent à l'affaire qui le préoccupait. Il ouvrit les yeux et se pencha en avant, vers Patti Ann.

— Il a été poignardé par un Indien, dit-il. A la bibliothèque. Ça fait un peu plus d'un an.

— Oui, et depuis, il n'est plus le même. Il a peur, Sylvester. Il espérait tellement obtenir sa conditionnelle. Il veut sortir, et par n'importe quel moyen, je le crains. Tu comprends ?

Ses yeux noirs, insondables, étaient rivés sur les siens. Elle posa la main sur sa cuisse, et reprit :

— Il faut qu'il soit libéré avant qu'il lui arrive un malheur !

Sylvester contempla la main de la jeune femme, les ongles roses, les doigts déliés, une veine bleue qui courait jusqu'au poignet. En toute autre occasion, elle lui aurait paru provocante.

— Et quel est ton rôle dans l'histoire ?

— C'est plutôt évident, non ? Maintenant, du moins. Au début, je ne savais pas trop. J'étais censée faire ta connaissance, glaner des informations sur toi, l'endroit où tu travaillais, si tu étais marié, des trucs comme ça. (Son ton n'était plus suppliant, mais amer, et son expression s'était durcie.) Sincèrement, j'ignorais pourquoi il désirait ces renseignements. Je supposais qu'il voulait t'écrire, ou peut-être même t'engager. Je ne sais pas. Je n'ai aucune idée de la manière dont les choses fonctionnent en prison.

Elle marqua une pause, puis poursuivit :

— Oh ! mon Dieu ! s'il avait obtenu sa conditionnelle, rien de tout ça ne serait arrivé. C'est Jack et moi qui serions assis l'un en face de l'autre en ce moment. Je ne t'aurais jamais rencontré, et tu ne serais pas mêlé à cette sale histoire. (Ses yeux, de nouveau, s'assombrirent.) Qu'est-ce qu'on peut faire, Sylvester ? Je t'en prie, essaye de trouver une solution pour nous tirer de ce pétrin. Je sais que c'est de ma faute et que je n'ai pas le droit...

— Je ne peux rien faire, Patti Ann. Je le voudrais bien, mais ça ne manquerait pas de paraître suspect si je décrétais tout d'un coup que le cas de Jack Harwood mérite d'être réexaminé, dit Sylvester en lui prenant la main. Peut-être que je pourrais quand même intervenir pour qu'on réétudie son dossier au cours de sa comparution annuelle devant la Commission des peines. C'est dans moins d'un an...

— Il sera mort d'ici là ! Tu ne comprends donc pas ? Il a peur que les Indiens finissent par l'avoir...

La jeune femme s'interrompit au milieu de sa phrase. La vérité venait de la frapper.

— Oui, et il a décidé de me faire chanter, dit Sylvester en secouant la tête avec un sourire. Le seul Indien de la Commission. Me faire chanter, et en même temps se venger. Très astucieux.

— Jack ne ferait jamais une chose pareille. Il est trop...

— Oh ! si ! C'est exactement ce qu'il ferait !

Sylvester se remémora soudain l'argent du hold-up, les neuf mille dollars envolés. L'homme était malin, et il se débrouillait pour détourner habilement l'attention quand on abordait les sujets brûlants.

— A titre d'information, reprit-il, que sont devenus les neuf mille dollars ? Ne t'inquiète pas, ça ne sortira pas d'ici.

Patti Ann baissa les yeux.

— Ils sont partis pour mon opération. On m'a fait une hystérectomie. Jack ne voulait pas que j'aie une aussi grosse dette sur le dos.

— Tu savais que c'était contraire à la loi de les utiliser ?

— Oui. J'ai refusé, mais il a insisté. Il était différent à l'époque. Je sais que tu ne me croiras pas mais, en dépit de toutes ses erreurs passées, c'était quelqu'un de gentil. Il tenait à veiller sur moi, même quand il était en prison.

— Il s'est évadé pour être près de toi, quand tu as eu ton opération.

Elle le dévisagea un instant, puis retira sa main.

— J'ai l'impression que tu détiens un tas d'informations sur nous dans tes dossiers.

— Apparemment, pas assez.

Sylvester hésita, mais il fallait qu'il lui pose la question :

— Quand avez-vous décidé de combiner ce chantage — que tu baises avec moi ?

Patti Ann réagit comme s'il venait de la gifler. Elle ouvrit des yeux ronds, et le rouge lui monta aux joues.

— Je n'ai jamais décidé de... de... pas comme ça ! Je ne savais même pas ce qu'il cherchait ! Pas à ce moment-là ! C'est seulement plus tard, mais... (elle croisa les bras et inclina la tête)... je... nous avions déjà... couché ensemble.

— Et tu espères me faire avaler ça ?

— Je ne sais plus ce que j'espère, murmura-t-elle. C'est vrai, il m'a demandé de faire ta connaissance, et après, j'ai eu envie de te revoir. Je devais me sentir seule. J'ai vécu seule et je lui suis restée fidèle pendant sept ans. C'est tout juste si je quitte cet appartement autrement que pour aller travailler. Et si je n'avais pas mon travail, je ne sais pas ce que je deviendrais. (Elle leva la tête et sourit d'un air las.) Peut-être une putain. Les putains gagnent bien leur vie. Tu payerais pour coucher avec moi, Sylvester ? Non, sans doute pas. Mais l'expérience aidant...

Elle fondit en larmes et enfouit son visage entre ses mains. Elle pleura ainsi longtemps, sans bruit.

Sylvester aurait voulu la prendre dans ses bras, la consoler, mais il avait les idées trop confuses. Il se demandait s'il était son amant, son ennemi ou bien une victime comme elle. Il la laissa sécher ses larmes, puis il lui tendit son mouchoir, mais elle ignora son geste et se précipita dans la salle de bains à côté de la chambre.

Il promena son regard autour de lui. Le mobilier était simple, bon marché : deux vieux fauteuils en osier contre le mur du fond, deux tables basses vernies un peu trop brillantes, une table et des chaises qui semblaient avoir été achetées d'occasion et une antique machine à coudre verte posée sur la table. A cette vue, il comprit tout. Une vague de tristesse s'abattit sur lui, et, à son étonnement, il sentit les larmes lui venir aux yeux. Il ne connaissait que trop bien la grisaille de la pauvreté, du désespoir et de la solitude. Il savait combien le moindre éclat contribuait à dissiper ne serait-ce qu'un instant la morosité du quotidien — une montre, un grille-pain, un canif, un amour inattendu. C'est ainsi qu'il avait grandi. Même au lycée, l'entraîneur devait lui fournir des chaussures de basket quand les siennes étaient trop usées ou trop petites.

Lorsqu'on lui donna son blouson dont le dos s'ornait d'un BROWNING écrit en larges lettres rouge et noir, il le porta plusieurs hivers de suite, non par fierté, mais parce que c'était le seul convenable qu'il ait. Aujourd'hui, il mettait des costumes et fréquentait des gens qui s'habillaient avec chic. Presque sans s'en apercevoir, il était devenu une huile dans le monde juridique, et sa promotion était loin d'être imméritée. On lui avait confié d'importantes affaires pour le compte de Harrington, et il les avait pratiquement toutes gagnées. Ça lui faisait une belle jambe, maintenant qu'il se retrouvait dans l'appartement de cette pauvre femme, mêlé à une histoire qui prenait une tournure si lamentable et si dangereuse !

Il croyait Patti Ann, croyait qu'elle aussi était victime des plans de son mari, croyait qu'elle était ce qu'elle disait être, une femme simple, une femme seule, demeurée fidèle à son mari — jusqu'à ce que lui, il fasse irruption dans sa vie, et jusqu'à ce que Jack Harwood décide de se servir d'elle pour le soumettre à un chantage. Il avait été stupide de nouer des relations amoureuses avec une autre femme. Il aurait pu se réconcilier avec Shelley, et il lui semblait que c'était encore possible. Quand elle irait mieux, il passerait la voir, il deviendrait ami avec ses filles, avec sa mère, il essayerait de toutes ses forces de s'intégrer à leur univers.

Sylvester se leva et alla prendre son manteau dans le placard du vestibule. Il aurait dû attendre que Patti Ann sorte de la salle de bains, mais il ne voulait pas la revoir. Pas plus qu'il ne voulait revoir cet appartement qui lui rappelait la solitude et la vulnérabilité de la jeune femme. Lui aussi, il s'était servi d'elle. Il avait couché avec elle pour satisfaire ses besoins égoïstes. Il se souvenait de la manière dont ses copains et lui désignaient la chose : tirer sa crampe. Eh bien, il avait tiré sa crampe sans penser à elle, et ça avait failli leur coûter cher, surtout à lui, le grand avocat, le candidat au Congrès. Pourtant, il ne comprenait pas à quoi rimait cette tentative de chantage. Seules trois personnes se trouvaient impliquées, et il était persuadé que Patti Ann ne se laisserait plus manipuler par son mari. Elle s'était sentie profondément blessée, et son honnêteté foncière lui interdirait de continuer. Restait donc

Jack Harwood. Mais de quelles armes disposait-il à présent ? Il était assez intelligent pour se rendre compte qu'il avait échoué, et il chercherait sans doute d'autres moyens — peut-être légaux — d'obtenir sa libération.

Lui, il désirait se présenter aux élections, oublier cette folie, la tristesse de la chambre de Patti Ann. L'annonce de sa candidature devait avoir lieu dans la semaine entre Noël et le jour de l'an, et il avait moins d'un mois pour se préparer. Entre-temps, il lui fallait ne plus penser à cette histoire, ni à Shelley. Si celle-ci décidait de l'épauler, tant mieux, mais il ne disposait ni du temps, ni de l'énergie nécessaires à la reconquérir. Il devait se consacrer uniquement à sa campagne. Comme Fabares et Harrington le lui avaient dit, il possédait tous les moyens de l'emporter. Au fond de lui, il se savait capable de se surpasser, et il avait hâte de se lancer dans la bagarre.

Sylvester enfilait son manteau quand la voix de la jeune femme le fit sursauter :

— Tu ne peux pas partir comme ça.

Il se retourna. Patti Ann s'encadrait sur le seuil de sa chambre, l'air pâle et amaigri. L'espace d'un instant, Sylvester s'imagina qu'elle voulait l'entraîner dans son lit, et l'absurdité de la situation amena un léger sourire sur ses lèvres. Mais la jeune femme, elle, ne souriait pas. Son visage était un masque livide. Elle avait enlevé tout son maquillage, mais ce n'était pas seulement ça. Son petit sourire s'effaça, et une sourde inquiétude lui étreignit la poitrine.

— Il y a autre chose dont nous devons parler, dit Patti Ann en s'avançant vers lui.

11

Sylvester Yellow Calf gara la Saab dans le parking privé du cabinet juridique, situé à l'arrière du Power Block. Après avoir éteint les phares et fermé les portières à clé, il pénétra dans l'immeuble par la porte de derrière. Ces derniers temps, il avait pris l'habitude de passer par là, et il fut étonné de la trouver déjà ouverte. Il consulta sa montre : 8 heures 02. C'était la première fois depuis trois semaines qu'il arrivait si tard, encore qu'il soit malgré tout en avance d'une heure.

Comme il le faisait chaque jour à titre d'exercice, il monta à pied les cinq étages, grimpant les marches deux par deux. Il prenait l'ascenseur seulement quand il était avec quelqu'un. Au troisième, il commença à s'essouffler, au quatrième, il transpirait, et au cinquième, il avait les jambes flageolantes. Jamais il n'était allé aussi vite, mais il avait une raison. Arrivé sur le palier, il s'arrêta un instant pour reprendre sa respiration ainsi que ses esprits. Doris et les dactylos devaient juste se mettre au travail, et il ne tenait pas à paraître pressé — ni inquiet. Il se vida les poumons, comme avant un lancer franc à l'époque où il jouait au basket, puis il s'efforça de penser à la tâche qui l'attendait et de bloquer les émotions qui lui avaient valu une nuit d'insomnie. Il finit par lâcher la rampe d'escalier et pénétrer dans le couloir qui conduisait aux bureaux de la firme Harrington & Lohn. La main sur la poignée, il hésita une fraction de seconde, puis il poussa la porte.

Doris n'était pas à son poste, mais elle avait ôté les housses de ses machines. Les deux dactylos, quant à elles, travaillaient déjà. Elles levèrent les yeux et lui adressèrent un sourire. Après leur avoir dit bonjour de la main, Sylvester se dirigea vers son bureau. En chemin, il passa la tête dans la bibliothèque. Doris installait la cafetière.

— Bonjour, Doris.

Elle sursauta et pivota d'un bloc, portant la main à son cœur.

— Mon Dieu ! vous m'avez fait peur, Sylvester. Je marchais sur la pointe des pieds, parce que je vous croyais dans votre bureau.

— Désolé, Doris. J'aurais dû frapper.

— Oh ! je deviens un peu nerveuse avec l'âge. Vous verrez, Sylvester, un jour vous serez vieux, vous aussi, dit-elle en riant avant de retourner s'occuper du café. Dès qu'il sera prêt, je vous en apporte une tasse.

— Ne vous donnez pas cette peine, Doris. Je voulais juste vous dire que j'avais quelques coups de téléphone à passer et que je ne voulais pas être dérangé avant neuf heures. Je me servirai moi-même.

— Jusqu'à neuf heures, très bien.

Sylvester ouvrit la porte de son bureau, puis alluma le plafonnier. Dans trois semaines, ce serait le jour le plus court de l'année. Il ne se rappelait plus si c'était l'équinoxe ou le solstice. En tout cas, les journées devenaient de plus en plus courtes et de plus en plus froides. La Prickly Pear Valley baignait dans une lumière glacée aux reflets gris-bleu, et les pots d'échappement des voitures formaient de petits nuages qui planaient au-dessus des feux arrière. C'était l'époque où revenaient les souvenirs d'enfance, le trajet depuis l'école, les glissades le long des pentes des collines enneigées jusqu'aux dernières lueurs de la lumière gris-bleu, puis le dîner à la maison. Aujourd'hui, Sylvester se remémora une fille du lycée et le soir où ils avaient parlé devant chez elle bien après la tombée de la nuit, dans la lumière blanche et froide des lampadaires. Ensuite, il avait couru jusque chez lui, le cœur débordant de joie. Dolores Bullshoe. Sa première véritable petite amie.

Il accrocha son pardessus au portemanteau, puis ôta sa veste de costume anthracite qu'il suspendit sur un cintre. Tout à l'heure, il devait se rendre au tribunal, et le juge était un vieil excentrique qui tenait à ce que les avocats ressemblent à des avocats. Il alluma la lampe de son bureau, puis sortit des dossiers, des classeurs et un petit dictaphone de sa serviette. Après quoi, il se cala dans son fauteuil et réfléchit à la manière dont il allait procéder. Dieu merci, Patti Ann avait eu la présence d'esprit de noter le nom de cet homme. Sylvester joignit les mains devant lui et faillit dire une prière. Où était donc cette Adventiste du septième jour quand il avait besoin d'elle ?

Prenant soudain sa décision, il se pencha pour décrocher le téléphone et composer le numéro de la Commission des libérations conditionnelles à Deer Lodge. Il n'utilisa pas sa carte de téléphone spéciale, car il ne voulait pas que son appel soit enregistré.

A la deuxième sonnerie, une voix familière répondit :

— Commission des libérations, bonjour.

— Bonjour, Sandy. Sylvester à l'appareil. Walt est là ?

— Ah, bonjour, Sylvester. Non, il est parti à la prison, rapporter quelques dossiers. Vous pourrez sans doute le joindre là-bas. Vous avez le numéro ?

Sylvester appela la prison et demanda à parler à Walt Flaherty, le secrétaire administratif de la Commission des libérations conditionnelles. Après quelques secondes d'attente, celui-ci vint au bout du fil.

— Comment ça va, vieux ?

— Pas trop mal, et vous ?

— Bof, le boulot, toujours le boulot. On a une importante commission ce mois-ci. Et aujourd'hui, c'est nous qui étions sur la sellette. Vous vous rendez compte ? C'est toujours les petits qui trinquent.

— Je croyais qu'on y était déjà passé l'année dernière.

— Oui ! mais je suppose que ces types d'Helena n'ont rien d'autre à foutre que de vérifier les comptes des lampistes. Enfin, vous n'avez sans doute pas appelé pour entendre le récit de mes malheurs.

— En effet, je crains que vous n'ayez raison. Moi aussi, j'ai eu de rudes journées ces temps-ci. (Sylvester s'interrompit un instant et contempla les moulures du plafond.) Est-ce que vous avez quelque chose sur un certain Woody Peters ? Je ne connais pas son vrai prénom, mais apparemment, il a été libéré depuis peu, peut-être après un séjour en Q.H.S. Je pensais qu'il figurerait dans les dossiers de la prison, à défaut des nôtres.

— Woody Peters, Woody Peters...

Walt se faisait un devoir d'étudier les fiches de levées d'écrou et de garder en mémoire les dates de comparution devant les différentes commissions. Il parlait à tout le monde, aux détenus comme aux gardiens, et s'enorgueillissait d'être au courant de tout ce qui se passait. Il savait qui se conduisait bien, qui risquait de créer des ennuis et quels problèmes les surveillants rencontraient, tant avec les prisonniers qu'avec l'administration. La population carcérale se situait en permanence autour d'un millier de détenus et, pareil à un élu de village, Walt les connaissait tous. Y compris Woody Peters.

— Ouais, un braqueur de banques. Trois condamnations, je crois. Il aurait pu bénéficier d'une libération conditionnelle il y a trois ou quatre ans, mais il a renoncé à comparaître. De toute façon, il ne l'aurait sans doute pas obtenue, car il a un casier judiciaire et un dossier longs comme le bras, pour refus d'obéissance et présence dans la cellule d'un autre condamné, mais surtout pour détention de drogue. On a trouvé au moins une tonne de cocaïne sur lui. Il travaillait dans les champs, et une petite amie à lui l'avait déposée là-bas à son intention. Le lendemain, il l'a récupérée, et il s'en serait tiré s'il n'y avait pas eu du grabuge dans son quartier. Je ne me souviens plus si c'était une bagarre à coups de poing ou avec une arme. En tout cas, ils ont fouillé toute l'équipe qui revenait des champs, et ils ont découvert la came sur Woody. Il l'avait planquée dans son slip.

— Et ils l'ont expédié en Q.H.S.

— D'où il est sorti il y a quatre ou cinq mois, il me semble. Je vous parie mille dollars contre un paquet de cacahuètes qu'il a encore une condamnation avec sursis sur le dos. Vous voulez que je vérifie ?

Le regard de Sylvester s'attarda sur la grande lithographie de la Paradise Valley accrochée au mur du fond. Un rayon de lumière qui tombait de la fenêtre illuminait le bras de la Yellowstone River. Shelley et lui l'avaient longée en se rendant à Chico Hot Springs. Ils vivaient alors des jours plus simples, et ils étaient heureux.

— En fait, j'espérais que quelqu'un descende ici aujourd'hui ou demain. J'aimerais consulter moi-même le dossier. (Il se tut un instant.) Je pense que ça pourrait m'aider à éclaircir un point au sujet d'une affaire dont j'ai à m'occuper.

Il avait les yeux rivés sur la lumière dorée du fleuve. Ne me posez pas de questions qui m'obligeraient à mentir, Walt, pria-t-il intérieurement.

— Vous avez de la chance, Sly. Kelly va justement transférer un détenu à la prison du comté, un certain Fritz Hennig. Il doit témoigner demain à propos d'une série de cambriolages.

— Vous pouvez lui demander de me le déposer au bureau ?

Kelly, Kelly... Le nom lui disait quelque chose, mais il n'arrivait pas à mettre un visage dessus. Puis il se rappela un incident précis.

— Ce n'est pas celui qui s'est soûlé avec le détenu qui...

— Au bar de l'aéroport ? fit Walt en riant. Non, celui-là, c'était Olson. Il devait aller chercher Carlucci qui venait d'être extradé, et il s'est pinté avec lui à l'aéroport de Minneapolis. Olson est parti depuis longtemps. Kelly a la tête solide. Il est d'Anaconda.

— Comment va Jack Harwood ?

Les mots lui avaient échappé. La question lui brûlait les lèvres depuis un moment déjà.

— Ça va. Il a fort bien pris le refus que vous avez opposé à sa libération. Il semble prêt à faire son temps sans histoires, mais je trouve que vous devriez lui redonner une chance lors de sa comparution devant la Commission des peines. Bon Dieu ! un beau gâchis ! Ce type n'est pas à sa place ici.

— Pas d'ennuis avec lui ?

— Aucun. Il a repris son boulot à la bibliothèque. Un détenu modèle.

— Merci, Walt. Je vous revaudrai ça.

— J'espère bien. Vous pourriez peut-être liquider un de ces audits. De toute façon, ce n'est qu'une bande d'escrocs et de petits culs.

— On verra ça à la fin du mois.

— Vous recevrez dans la semaine les informations concernant la prochaine réunion de la Commission. En attendant, je vous fais parvenir le dossier Peters par Kelly. Vous devriez l'avoir vers midi.

Sylvester raccrocha avec un grand soupir de soulagement. Empêcher l'incendie de se propager. Mettre une stratégie sur pied, puis passer à l'attaque. Il tira un papier de la poche de sa chemise, le déplia et, après l'avoir étudié un instant, composa le numéro de téléphone inscrit dessus.

— Service des libertés surveillées. Molly à l'appareil.

— Bonjour, Molly. Sylvester Yellow Calf. Est-ce que Bill Leffler est là ?

— Oui. Un instant, je vous le passe.

Sylvester perçut un bruit en fond sonore. Il tendit l'oreille. De la muzak. Ça, c'était nouveau !

— Sylvester, qu'est-ce que je peux faire pour vous ?

— Salut, Bill. J'ai besoin d'une petite information. Vous avez un client du nom de Woody Peters ?

— Oh ! oui ! Et un sérieux client ! Je dirais qu'il tire un peu trop sur la ficelle. J'envisageais même de vous l'envoyer pour révocation de conditionnelle.

— Il n'est pas en conditionnelle. Il a été libéré normalement.

— Oui, c'est juste. Le salaud m'a embrouillé l'esprit. Je crois qu'il lui reste une condamnation de dix ans avec sursis, et je vais le réexpédier en vitesse derrière les barreaux.

— Qu'est-ce qu'il a fait ?

— Perdu son boulot, pour commencer. Son propre beau-frère a

dû le flanquer à la porte. Et puis il boit. Et deale peut-être un peu. Bref, il traîne à droite, à gauche.

— Qui est-ce qu'il fréquente ?

— La bande du Shanty. Tous les délinquants de ce putain d'Etat s'y retrouvent pour picoler.

— Vous allez le coffrer ?

— Je crains qu'on n'ait besoin de quelque chose de plus solide contre lui. C'est pas un crime de se faire virer. Mais si on pouvait l'épingler en train de fourguer de la drogue... ou même pour ivresse sur la voie publique. Seulement, c'est un malin, ce fumier. Il sent les flics approcher à trois kilomètres. Vous savez, je pense qu'il est dangereux. Je voudrais le mettre hors d'état de nuire avant qu'il fasse des merdes. Et à propos de merde, il est copain avec un autre sac de merde, un type du nom de Robert Fitzgerald. Ils ont été élargis ensemble et sont arrivés ensemble à Helena. Fitzgerald était censé suivre un programme de désintoxication, mais il a arrêté après la première ou la deuxième séance.

— Vous connaissez le motif de sa condamnation ?

— Coup de couteau à un type de Missoula. Un videur dans une des boîtes de la ville, il me semble. Le juge a enfoncé Fitzgerald. Il avait un tas d'antécédents, des histoires avec violences pour la plupart. Peters et lui sont des individus dangereux, et je suis sûr qu'ils vont me foutre dans la mélasse d'ici peu.

— Je ne vous envie pas, Bill.

— Ça fait partie du boulot, mon vieux. Grandes journées, petite paye, et tous les emmerdements du monde. Enfin, on se plaint pas. Bon, j'ai une enquête à faire avant d'aller au tribunal. Randy Edwards. Le nom vous dit quelque chose ?

— Je ne crois pas.

— Eh bien, ça ne tardera pas. Un jeune. J'ai recommandé cinq ans, dont trois avec sursis. Pour lui donner un petit avant-goût de la prison. A bientôt, Sylvester.

Sylvester reposa l'appareil et s'adossa dans son fauteuil pivotant. Il ne lui restait plus qu'à attendre le dossier de Peters. Bon Dieu ! quelle histoire lamentable ! Il repensa à hier soir, à la façon dont, après que Patti lui eut parlé de Woody Peters et de la mise en place du piège, il l'avait tenue dans ses bras, non pas comme un amant ou un compagnon de misère, mais comme un homme qui possédait force et ruse. Il avait senti la colère monter en lui, comme aux jours où il jouait au basket, quand il se faisait déborder par son adversaire direct, une colère contrôlée à laquelle se mêlait le désir de se venger, ce qu'il faisait parfois dans les règles et parfois avec brutalité. Serrant Patti Ann contre lui et caressant ses cheveux auburn, il avait éprouvé un sentiment similaire et s'était efforcé de la rassurer. Il avait eu l'impression d'être le défenseur vertueux de la demoiselle dans la détresse, mais il savait que c'était lui seul qui risquait sa peau. Patti Ann ne représentait que le moyen de l'atteindre.

Peu importe. Plan A : mettre ce Peters hors d'état de nuire, veiller à ce qu'il se retrouve sous les verrous. Fitzgerald. Il consulta la feuille de papier posée devant lui. Robert Fitzgerald. Ce devait être l'ami de Peters que Patti Ann avait mentionné. Il aurait été bien plus facile ne n'avoir affaire qu'à un seul homme, mais en un sens, Fitzgerald paraissait aussi vulnérable que Peters. Sylvester était en effet persuadé qu'il parviendrait à leur faire réintégrer la prison de Deer Lodge sans avoir recours à des manœuvres illégales, peut-être grâce à de nouvelles condamnations ou, en tout cas, pour violation de mise à l'épreuve. Si Fitzgerald avait suivi un programme de désintoxication, c'est qu'il était encore sous le coup d'une condamnation avec sursis, sinon il ne se serait jamais inscrit. Et le fait d'avoir abandonné en cours de route constituait bien une violation. Merde ! jura intérieurement Sylvester. Il aurait dû interroger Leffler. Maintenant, ce serait difficile de l'appeler sans éveiller les soupçons. Il avait abattu toutes ses cartes. A lui de jouer, à présent.

Il contempla les dossiers empilés devant lui. Il avait des témoignages à déposer au tribunal. Après tout, il était toujours avocat. Il fallait qu'il traite une dernière affaire avant de se mettre en congé exceptionnel. Et il fallait qu'il remporte un succès, pour que ça lui porte chance. Il espérait simplement qu'il ne s'agirait pas d'un appel touchant un procès qu'il avait déjà gagné, mais même dans ce cas, il accepterait. Il avait besoin d'une course d'élan en vue du grand saut. Et il ne voulait plus de complications.

Sylvester fut de retour à son bureau vers 4 heures et demie. Les choses s'étaient mieux passées que prévu. Les avocats de la partie adverse réclamaient à grands cris un accord. Ils n'avaient pas avancé de chiffre, mais Sylvester se doutait qu'il serait plus que correct. Il allait recommander à ses clients d'accepter, même si, personnellement, il serait tenté de poursuivre le procès pour le gagner. Il espérait que ses clients se rangeraient à son avis, mais ils étaient pauvres et avaient déjà contracté de grosses dettes pour arriver jusque-là. Il ne serait pas raisonnable de les pressurer davantage.

Il entra dans la bibliothèque pour se servir un café. Ed Vance, assis à la grande table, consultait un volume du Code du Montana, un bloc couvert de notes posé devant lui. Il préparait ses dossiers aussi sérieusement que n'importe quel autre membre du cabinet, et les présentait devant le tribunal avec beaucoup de soin, et pourtant, il ne gagnait jamais les affaires qui comptaient. Il manquait tout simplement de ce « killer instinct », et les autres avocats le savaient. Au moment critique, ceux-ci préféraient parvenir à un accord avec lui plutôt que de perdre devant la justice avec quelqu'un comme, disons, Sylvester Yellow Calf, et c'est pourquoi Buster Harrington préférait ne pas lui confier les cas importants.

— Ed, alors, quand est-ce qu'on se fait une petite partie de balle ? Je suis tellement rouillé que je grince à chaque fois que je me lève. Je parie que tu me battrais à plates coutures.

— Tiens, salut, Sylvester. Ouais, faudrait qu'on remette ça un de ces jours, dit Ed avant de se replonger dans ses notes.

— Tu planches sur l'affaire Howser ?

— Ouais. Et je crains de ne pas avancer beaucoup. Il avait travaillé vingt-neuf ans, sept mois et deux jours pour la Compagnie d'électricité du Montana quand ils l'ont viré, mais il ne veut pas leur intenter de procès. Tu te rends compte ? Il continue à croire qu'il s'agit d'une erreur et qu'on lui donnera les semaines qui manquent pour arriver à trente ans et bénéficier de sa retraite.

— Les salauds ! Et sa femme ?

— Elle n'a pas de scrupules, elle. C'est une bagarreuse, et elle meurt d'envie de leur arracher les yeux. Le problème, c'est qu'on ne peut rien faire sans son accord à lui. L'affaire passe après-demain, et jusqu'à maintenant, je n'ai rien réussi à obtenir.

— D'ici là, je suis sûr que tu trouveras une solution. Rien ne résiste à un homme de talent comme toi.

— Ouais, ouais.

Sylvester emporta le café dans son bureau. Ed Vance semblait découragé, et cela n'avait rien à voir avec l'affaire en cours. Depuis l'annonce-surprise de la promotion de Sylvester, Ed l'évitait, de même qu'il se montrait de plus en plus réservé à l'égard des plus jeunes membres du cabinet — ainsi qu'il l'avait entendu dire par quelques-uns. Or, d'habitude, toujours à l'écoute de leurs problèmes, il ne demandait qu'à les aider et les conseiller. Sylvester ne pouvait pas imaginer être la cause de la froideur qu'Ed manifestait. Ils n'avaient jamais cessé de s'épauler. Ils étaient copains, non ?

Ça doit être la fameuse crise de la quarantaine, se dit-il. Ed paraissait mûr pour ça : marié depuis l'université, trois gosses, et pas de véritable avancement au sein de l'équipe. Il plaisantait tout le temps sur la vie amoureuse de Sylvester et de quelques autres, mais peut-être était-il plus que simplement envieux. Un vrai mâle en rut, songea-t-il avec un sourire involontaire. Il le prendrait presque en pitié, un homme entouré d'une gentille famille, et qui gagnait bien sa vie. Sylvester haussa les épaules comme à l'intention d'un interlocuteur invisible, puis il s'assit et ouvrit le dossier Woody Peters.

Il étudia avec soin la fiche anthropométrique : « Alvin Woodger Peters. Matricule : A 107-967. Date de naissance : 11/8/52. Taille : 1,83 m. Poids : 89 kilos. Yeux : bleus. Cheveux : châtain clair. Signes particuliers : cicatrice de 5 cm sur la joue gauche, cicatrice de 10 cm sur l'avant-bras droit. Tatouages : tête d'aigle sur l'avant-bras gauche, svastika sur la paume de la main gauche, entre le pouce et l'index. Gourmette au poignet droit. Condamnation pour vol à main armée. Peine purgée : 30 ans (dont 10 avec sursis). Observations : dangereux. Condamnations antérieures (8) : 1971, coups et blessures aggravés. 1978, voies de fait (2). 1979, évasion. 1981, vol à main armée (3). 1983, évasion. Libération conditionnelle : demande possible. Date de libération prévue : 12/8/88, pour bonne conduite. »

Sylvester demeura perplexe. Avec son dossier, Peters devrait toujours être en prison, où il aurait dû faire au minimum encore neuf ou dix ans. Et pourtant, l'homme se promenait en liberté dans les rues, ici, à Helena. Il regarda de nouveau la feuille, et remarqua un petit astérisque en bas de la page : « Condamnation ramenée à 20 ans (dont 10 avec sursis) en appel, sujet non dangereux. »

Le jeune avocat se frotta les yeux. Coups et blessures aggravés, série de vols à main armée, et non dangereux ! Depuis le temps, il aurait pourtant dû être habitué aux voies étranges du système judiciaire. Les autres membres de la Commission et lui ne pouvaient parfois s'empêcher de secouer la tête en riant à la lecture des sentences prononcées au nom de la justice. Mais la qualification de sujet « non dangereux » remportait la palme ! Il y avait dans la prison d'Etat des assassins déclarés « non dangereux » à la suite d'on ne savait quel accord avec la défense. Cela faisait partie du jeu, mais maintenant que Sylvester y participait, il ne le trouvait plus drôle du tout.

Avant de se pencher sur la fiche, il n'avait fait que jeter un coup d'œil aux photos anthropométriques. Il examina le visage. La première chose qu'il remarqua, ce fut les cheveux longs ramenés en queue-de-cheval. Nombre de détenus se laissaient pousser les cheveux en taule, mais Peters paraissait les avoir portés ainsi avant. Ses traits étaient inexpressifs, sans caractéristiques particulières, sauf de profil. Il avait en effet un nez long et mince légèrement crochu et une lèvre supérieure allongée, ce qui conférait un aspect fuyant à son menton. S'il avait eu à se prononcer au vu de ces photos, Sylvester aurait dit qu'il s'agissait d'un perpétuel geignard, d'un perdant qui mettait toujours ses échecs sur le compte des autres. Certes, il lui était déjà arrivé de se tromper, mais à force de se trouver confronté à des centaines et même à des milliers de détenus dans le cadre de ses fonctions, il avait fini par devenir assez bon juge. Le fait que Peters ait choisi de purger sa peine plutôt que de tenter sa chance auprès de la Commission des libérations conditionnelles tendait à le confirmer dans son jugement. Scrutant le visage impassible et les yeux profondément enfoncés dans leurs orbites, il devina un criminel dangereux dont la place était derrière les barreaux et non dans la rue. Il pensait d'ailleurs qu'il retournerait un jour ou l'autre en prison, et la seule question qui le préoccupait, c'était quand.

Après avoir étudié les différents rapports établis au cours de ses incarcérations précédentes, ainsi que ceux des psychologues, puis la transcription du procès à la suite de son dernier crime, Sylvester dressa de Peters un portrait qui conviendrait à la moitié des détenus du pénitencier de l'Etat du Montana : père brutal, mère alcoolique, deux frères délinquants. Il avait d'autre part deux enfants qu'on avait enlevés à leur mère pour cause de mauvais traitements pendant qu'il purgeait une peine au Nevada. Le dernier rapport psychologique concluait que « Peters avait tendance à reprocher à son ancienne compagne, la mère de ses enfants, de l'avoir poussé à bout... personnalité passive/agressive... qu'il refoule jusqu'à ce que la pression monte... comportement parfois violent ».

Sylvester se leva et s'étira, puis il se dirigea vers la fenêtre. Il faisait nuit et il neigeait un peu. Les flocons étincelaient à la lumière des lampadaires. Il regarda sa montre et retint un mouvement de surprise. 6 heures 30. Il croyait avoir passé à peine un quart d'heure sur le dossier. Il cherchait quelque chose qu'il n'avait pas trouvé. Il avait eu le pressentiment que Peters et Jack Harwood étaient mêlés à la même affaire. Tous deux étaient originaires d'Helena, à peu près du même âge, et tous deux étaient des braqueurs de banques. Mais s'il existait un lien entre eux, rien dans le dossier ne l'indiquait, à moins que ça ne lui ait échappé. Il ne se rappelait plus très bien, mais il lui semblait que dans le cas de Harwood, il y avait un complice qu'on n'avait jamais réussi à identifier et que l'accusé, comme cela figurait dans les minutes du procès, s'était refusé à le nommer. Peters avait été arrêté un ou deux ans plus tard pour un autre hold-up. Au Montana, et même au sein de communautés plus vastes, il était plutôt rare que deux braqueurs de banques œuvrent sur le même territoire. Mais Sylvester s'était déjà trompé à ce sujet. Il établissait souvent des rapprochements et en tirait trop vite des conclusions. Harwood et Peters avaient dû faire connaissance en prison, quand ils étaient ensemble en Q.H.S. Il n'y avait rien de bizarre à ce qu'un détenu libéré rende service à un ami qui restait sous les verrous. Surtout si l'ami en question lui avait promis quelque chose en échange.

Sylvester enfila un Levi's, une chemise écossaise en flanelle et de vieilles bottes, puis, debout devant l'évier de la cuisine, il avala un sandwich au beurre de cacahuètes accompagné d'un grand verre de lait qu'ensuite il rinça et mit dans l'égouttoir. Il comptait vaguement sur le hasard pour favoriser la rencontre qu'il espérait, un peu comme celui qui se lance sur la piste d'un cerf aperçu deux jours auparavant près de tel ou tel coude de la rivière. Avec de la chance, une seule rencontre suffirait, mais c'était sans doute prendre ses désirs pour des réalités. Il savait qu'il ne pourrait pas se permettre de trop nombreuses visites, car chacune augmenterait le risque d'être reconnu.

Après avoir téléphoné à Patti Ann, il se rendit chez elle. Il gara la Saab vert foncé derrière la voiture de la jeune femme. Comme convenu, elle avait laissé les clés sur le tableau de bord. La portière était ouverte, et il s'installa au volant. Il lui fallut un moment pour trouver le levier commandant le réglage du siège, qu'il repoussa à fond. L'extérieur de la voiture était sale et la neige commençait à accrocher. L'intérieur, en revanche, était bien propre et sentait la cigarette, une odeur qui lui rappela la voiture de son grand-père avant que celui-ci eût cessé de fumer. La petite Honda démarra du premier coup.

Il prit Montana Avenue, bordée de garages, de fast-foods, de petits centres commerciaux et de bars, puis atteignit une zone où les lampadaires s'espaçaient de plus en plus, tandis que la chaussée se rétrécissait. Un ou deux kilomètres plus loin, il aperçut ce qu'il cherchait. Sur la gauche, en effet, se dressait un bâtiment trapu en rondins, peint en vert clair. Une enseigne lumineuse composée du mot « Shanty » flanqué de deux trèfles surmontait la porte. Des néons aux noms de marques de bière, où manquaient parfois quelques lettres, scintillaient devant les fenêtres obscures.

Sylvester laissa passer une voiture, puis s'engagea dans le parking où se trouvaient déjà une dizaine de véhicules, rien que des pick-up déglingués et des camionnettes à la peinture défraîchie. Il consulta sa montre : 8 heures 15. Encore trop tôt. Il se gara près de la route et attendit. La neige tombait plus dru à présent, et une fine couche blanche ne tarda pas à recouvrir le pare-brise. D'où il était, il distinguait les lumières du bar et entendait le bruit de la circulation, mais personne ne s'arrêta.

Il s'apprêtait à ouvrir sa portière quand une voiture ralentit et tourna dans le parking. Sylvester baissa sa vitre au moment où le moteur, qui faisait un bruit épouvantable, se taisait dans un dernier crachotement. Il vit deux hommes descendre d'un pick-up, puis s'immobiliser un instant sur le seuil du bar pour regarder le ciel. L'un portait un bonnet de laine et l'autre, une casquette de base-ball. Aucun des deux n'atteignait la taille indiquée sur la fiche anthropométrique de Peters.

Sylvester soupira, puis remonta sa vitre. C'est maintenant ou jamais, se dit-il. Il fallait qu'il entre au Shanty. Peut-être que Peters y était déjà, ou qu'il viendrait plus tard. De toute façon, il devait y aller. Il aurait pourtant souhaité voir d'autres clients arriver afin de se rendre compte si des Indiens, des Mexicains ou autres minorités au teint basané fréquentaient l'établissement. Que se passerait-il si c'était le rendez-vous des fachos, de la section locale de la Fraternité aryenne, des motards ou des motards gays ? Du calme, du calme. Ce n'est sans doute qu'un bar comme les autres. Il s'était déjà sorti de situations où il était le seul Indien au milieu de Blancs hostiles. Dans sa jeunesse, il avait même dû faire le coup de poing, et il ne s'en était pas trop mal tiré. Il pensait se diriger droit vers le comptoir, de préférence vers un espace dégagé, puis commander une bière, n'importe quelle marque à la pression, et attendre une ou deux minutes avant d'examiner les lieux.

Il se coiffa d'une vieille casquette de base-ball barrée du mot CENEX et décida de ne pas fermer la voiture à clé, au cas où il se verrait contraint à une retraite précipitée. Il se félicita de ne pas avoir pris la Saab. La petite Honda se remarquait déjà assez au milieu des pick-up et des camionnettes.

Sylvester poussa la lourde porte de bois avec l'intention de s'avancer d'un pas lent mais déterminé en direction du comptoir, or, la salle était trop sombre pour qu'il le repère tout de suite. Seuls un juke-box placé tout au fond et trois machines à poker projetaient une faible lueur. Le jeune avocat hésita jusqu'à ce qu'il finisse par repérer dans un coin les lumières du bar qui se reflétaient dans une grande glace, puis un étroit passage entre deux rangées de tables. Après avoir effectué quelques pas, il aperçut un homme assis sur un tabouret devant les machines à poker, et un deuxième, penché sur le juke-box. Quant aux autres consommateurs, peut-être une douzaine en tout, ils étaient installés au bar, s'échelonnant sur toute la longueur. Quelques-uns lui jetèrent un coup d'œil empreint d'une vague curiosité. Sylvester se dirigea vers le premier tabouret libre, puis se glissa entre les deux hommes qui venaient d'arriver et un troisième, large d'épaules, vêtu d'un manteau de berger, qui lui tournait le dos et observait le joueur planté devant les machines à poker.

Le barman, qui avait surveillé l'approche de Sylvester, essuyait son comptoir à l'aide d'un torchon.

— Qu'est-ce que je vous sers ?

C'était un homme petit et bien charpenté au crâne luisant, qui portait d'épaisses lunettes et une chemise blanche repassée aux manches soigneusement roulées sur ses avant-bras.

— Une bière. Ce que vous avez à la pression.

Le barman donna un dernier coup de torchon en examinant Sylvester, puis il alla tirer un demi.

— Il neige encore ? demanda-t-il.

— Oui, ça tombe assez fort Je ne serais pas surpris qu'on ait quinze à vingt centimètres d'ici demain matin.

— Merde ! s'écria soudain le barman en frappant à deux reprises la poignée du plat de la main. Saloperie ! Rien que de la mousse ! Merde et merde !

Il vida la mousse accumulée dans le verre et actionna la poignée suivante.

— J'espère que vous aimez la Lite, dit-il.

Sylvester étudia un instant les clients par-dessus l'épaule de l'homme en manteau de berger. Tous regardaient le barman, et trois jeunes gens, qui étaient à l'évidence ensemble, se moquaient de lui. Un peu plus loin, un homme à l'épaisse barbe noire inclinait la tête vers la source de l'excitation, une cigarette aux lèvres.

Le barman posa la bière devant Sylvester et prit le billet de dix dollars que ce dernier lui tendait.

— Désolé, dit-il en faisant sonner la caisse. Cette saloperie a déconné toute la soirée. Pire que ma bonne femme.

Il mit la monnaie sur le comptoir.

— C'est pas grave, dit Sylvester en se penchant pour boire une gorgée.

Le barman se dirigea vers le bout du bar, ramassa une bouteille, puis versa un petit verre de whisky à l'homme à la barbe noire. Sylvester, se tournant de l'autre côté, vit deux hommes en train de discuter et deux autres, silencieux, le regard fixé droit devant eux sur un espace qui ne semblait accessible qu'à eux seuls. Le jeune avocat n'avait jamais été un habitué des bars, qu'il ne fréquentait que de temps en temps après le travail en compagnie de ses collègues. Ils buvaient un verre ou deux, et la plupart, y compris lui, réintégraient leur univers composé de femmes, d'enfants, de petites amies, de repas à préparer ou de travail à finir. Il ne lui était jamais venu à l'esprit qu'il pourrait rester soir après soir jusqu'à la fermeture et devenir comme les deux buveurs silencieux. Il y avait toujours trop de choses en cours, trop de choses à faire. Il avait entendu des histoires au sujet de son père, quand celui-ci circulait encore dans le coin, des histoires qui remontaient à avant sa naissance et qui lui soulevaient le cœur. Elles ne provenaient pas de sa grand-mère, mais de simples connaissances, de vieux compagnons de beuverie de son père, des ivrognes qui traînaient du côté de Browning et le tapaient d'un ou deux dollars. Ils commençaient toujours par : « Je me rappelle l'époque où ton père et moi... » Et Sylvester, lui, se rappelait son dégoût et sa honte lorsque, même adolescent, il entendait les récits des soûleries de son père, d'accidents de voiture, de voyages en wagons de marchandises jusqu'à Great Falls ou Spokane, de bagarres, de réveils dans des endroits inconnus, ses bottes ou sa montre envolées, gisant dans le dégueulis et la merde...

Il frissonna et ferma les yeux, puis but une longue gorgée de bière. Plus il avançait en âge, plus il haïssait son père. Chacune de ces histoires l'emplissait de haine et de peur — peur non seulement de son père et pour son père, mais peur aussi pour lui, peur de ce qu'il pourrait devenir si par malheur il dérapait. Dans ses cauchemars, il se voyait se réveiller dans la rue, nu comme un ver, au milieu d'une foule d'inconnus, sans savoir où il était, ni ce qui lui était arrivé, seul et en proie à un profond dégoût de lui-même, de son père, des étrangers — et de sa mère.

Combien de fois n'avait-il pas essayé de comprendre pourquoi elle était partie en l'abandonnant à ses grands-parents. Elle ne l'avait même pas allaité tellement elle semblait pressée de fiche le camp. A l'époque, pourtant, elle ne vivait plus avec le père de Sylvester. Elle aurait donc pu le prendre avec elle, ou bien revenir le chercher un peu plus tard. Il avait douze ans quand sa grand-mère qui, jusque-là, ne lui avait pratiquement jamais parlé de sa mère, lui apprit qu'elle s'était remariée et habitait au Nouveau-Mexique. Mais quand il réclama son adresse pour lui écrire, sa grand-mère répondit qu'elle l'ignorait. Et si maintenant elle le voulait auprès d'elle ? Au moindre signe, il aurait été la retrouver et serait redevenu son fils. Par contre, il ne serait jamais redevenu le fils de son père. Seulement, elle ne se manifesta jamais, et il se prit à la haïr elle aussi. Il se figura qu'elle était morte, et désira même qu'elle le soit.

Englobant du regard la salle du Shanty, il s'efforça de s'imaginer la vie de ses parents dans des endroits similaires. Peut-être qu'ils s'étaient même arrêtés ici un jour, sur le chemin qui ne les menait nulle part. Peut-être qu'ils avaient été naguère des gens bien, un couple qu'on se plaisait à fréquenter, amusant, beau, amoureux du monde, amoureux l'un de l'autre. Il connaissait autrefois des couples de ce genre dont il appréciait la compagnie. Et il avait vu leur mariage se défaire. Au début de sa carrière, il avait représenté l'un ou l'autre de ces époux qui paraissaient si heureux jusqu'au jour où tout partait à la dérive. En général, à la suite d'infidélités ou de violences, mais qu'est-ce qui pouvait bien les provoquer ? Et qu'est-ce qui les avait provoquées chez ses parents ? Pourquoi son père était-il devenu clochard et sa mère était-elle partie sans son fils ?

Sylvester se surprit à contempler son propre reflet dans la glace. Peut-être était-ce cette distance-là que trouvaient les vieux piliers de bar — leur image au sein d'une espèce de no man's land d'où l'on ne pouvait plus s'échapper. Il avait appris à vivre avec le fait que ses parents l'avaient abandonné. Auprès de ses grands-parents, il avait vécu une enfance heureuse, et il se sentait fier d'eux, qui lui avaient permis de devenir un être humain respectable. Il ne serait jamais un pilier de bar, et il lui était impossible de haïr ses parents pour leurs seules faiblesses.

Toujours dans la glace, il vit s'ouvrir la lourde porte de bois, tandis que deux silhouettes masculines s'encadraient sur le seuil, entourées de lumière et d'une neige blanche et fraîche qui lui donna envie d'être dehors. La porte se referma, et les silhouettes se brouillèrent. Les deux hommes tapèrent des pieds pour enlever la neige de leurs chaussures, et le plus grand des deux ôta son bonnet qu'il secoua contre sa cuisse. Bien qu'il ne distinguât pas son visage, Sylvester sut aussitôt que c'était Woody Peters. Son cœur s'accéléra cependant que les nouveaux arrivants passaient derrière lui, si près qu'il perçut l'odeur de laine mouillée. Ils continuèrent en direction de deux tabourets libres entre les trois jeunes et l'homme à la barbe noire.

Le barman, essuyant avec nonchalance le comptoir à l'aide de son torchon, attendit que Peters se débarrasse de sa vieille parka couleur vert militaire qui aurait très bien pu provenir de la prison, puis la suspende à un crochet derrière lui. Son compagnon, probablement Robert Fitzgerald, s'assit et souffla dans ses mains.

Sylvester constata avec étonnement que ce dernier était indien, ou du moins en partie indien. Plus petit que Peters, mesurant environ 1 mètre 75, mince, il avait de longs cheveux noirs bouclés et un visage jeune, lisse et gai. Il ressemblait au boute-en-train de la classe — Sylvester se rappelait un personnage de cette sorte quand il allait à l'école — mais il ne fallait pas oublier qu'il avait poignardé le videur d'une boîte de nuit à Missoula.

Peters se hissa sur son tabouret, puis passa la main dans ses cheveux qui commençaient à s'éclaircir. Ils n'étaient pas coiffés en queue-de-cheval, ni aussi longs que sur la photo figurant sur la fiche anthropométrique. Par contre, le nez en bec d'aigle et la lèvre supérieure allongée étaient bien là, de même que la cicatrice blanche sur la joue gauche. Sylvester se trouvait trop loin pour distinguer les tatouages, mais il ne doutait pas de leur présence.

— Un double Early Times, et une bière, commanda Peters d'une voix forte et profonde.

— Une double Cuervo, dit Fitzgerald. Et une bière, aussi.

— Lite, ça vous va ? La Rainier déconne. Pire que ma bonne femme.

— On l'a pas déjà entendue, celle-là ? se moqua l'un des jeunes.

— Ouais, on s'en fout. Putain ! y caille dehors, dit Peters qui, se passant toujours la main dans les cheveux, se tourna vers Fitzgerald. Et toi, t'as encore froid, Bobby ?

— Non, non, vieux. Je me suis dégoté un petit foyer bien confortable.

Il promena son regard autour de lui. Sylvester plongea le nez dans sa bière.

Le jeune avocat s'interrogeait sur les rapports entre les deux hommes. Ni Walt Flaherty ni Leffler n'avaient évoqué les mœurs sexuelles de Peters. Un tas de types baisaient entre eux en taule, mais revenaient à leurs anciennes habitudes dès qu'ils sortaient. En Q.H.S, c'était un peu plus difficile d'avoir des relations sexuelles, mais avec un peu d'argent ou grâce à de petites faveurs — tirer un coup avec une épouse ou une copine, ou encore un sachet de dope — on pouvait obtenir ce qu'on voulait, même qu'on laisse les portes des cellules ouvertes pendant la nuit.

Bon, et maintenant que tu les as trouvés, grand chef, qu'est-ce que tu vas faire de ces deux criminels endurcis qui pourraient te bouffer tout cru à leur petit-déjeuner ? Déclencher une bagarre ? Très bien. Tous les deux ont probablement un couteau. Et ça la ficherait mal si l'avocat indien se faisait arrêter pour avoir cherché querelle à deux innocents ex-détenus ! Un coup de téléphone anonyme à Leffler ? Sylvester savait qu'en réalité, celui-ci ne mettrait pas à exécution sa menace de les coffrer pour ivresse. La prison était déjà surpeuplée. Et même s'il le faisait, il y avait peu de chances qu'ils en reprennent pour dix ans. Ils seraient remis en liberté dès le lendemain. Alors, quoi ? Attendre qu'ils fourguent de la drogue ou agressent l'un des buveurs au regard lointain installés à l'autre bout du bar ? Les probabilités paraissaient bien faibles. Ils semblaient avoir l'intention de rester un moment au Shanty.

Sylvester se rendit soudain compte qu'il ignorait tout du fonctionnement de la justice pénale. Il ne savait pas comment on procédait aux enquêtes et à l'arrestation des criminels. Il ne connaissait que les mises en accusation, les procès, le système pénitentiaire et les libérations conditionnelles. Il avait lu dans les journaux que, dans des situations comme celle-là, on avait souvent recours à des policiers en civil, mais il ne se voyait pas aller leur demander s'ils avaient de la drogue à vendre. La drogue était une affaire sérieuse.

Il pouvait aussi leur annoncer tout simplement qu'il était Sylvester Yellow Calf, qu'il était au courant de leur tentative de chantage et qu'ils feraient mieux de cesser d'importuner Patti Ann s'ils ne voulaient pas qu'il les embarque sur-le-champ. Peut-être croiraient-ils qu'un membre de la Commission des libérations conditionnelles détenait les mêmes pouvoirs qu'un officier de probation. Et tant qu'on y était, pourquoi ils ne croiraient pas également aux petits hommes verts de la planète Mars ?

En vérité, une seule possibilité s'offrait à lui : les suivre quand ils partiraient et découvrir où ils habitaient. Il ne pouvait plus rien demander à Leffler sans risquer de créer des complications.

De fait, Sylvester commençait à se sentir mal à l'aise au Shanty. Il buvait toujours sa première bière, et le barman était venu à plusieurs reprises essuyer des taches imaginaires devant lui tout en décochant des regards significatifs sur son verre à moitié plein. Le jeune avocat, jetant un coup d'œil sur sa montre, s'aperçut qu'il se trouvait là depuis une heure et demie. Il avait tenté deux ou trois fois d'entendre ce que disaient Peters et Fitzgerald, mais les conversations autour d'eux étaient trop nombreuses, et la musique trop forte. Il finit sa bière, puis attira l'attention du barman.

— Si vous me serviez un petit verre ?

— Whisky ? Tequila ? Schnaps ?

— Whisky, ça ira. Et une autre bière.

Le grand costaud assis à côté de lui détourna le regard des machines à poker qui clignotaient et le toisa un instant avant de déclarer :

— Whisky, ça ira.

Sylvester le considéra une seconde.

— Vous en voulez un aussi ?

L'homme éclata de rire.

— Whisky, ça ira, répéta-t-il.

Puis il demanda :

— Vous êtes d'où, chef ?

— De Great Falls.

Ça, au moins, ça faisait partie de son plan.

— Great Falls est un vrai trou à rats. Vous vous appelez comment ?

— Bill.

— Moi, c'est Abner. Tope là, Bill. (Sa main était large et forte.) Ravi de te connaître, Bill.

Le barman apporta la commande de Sylvester.

— Je vois que vous avez fait la connaissance d'Abner. Abner est un catcheur, pas vrai, Abner ?

— Putain, ouais.

— Servez donc un whisky à Abner. Avec une bière ?

Pour la première fois de la soirée, le barman fit entendre son rire, un rire cassant et saccadé, un long ah-ah-ah-ah-ah-ah-ah, comme s'il avait pris des leçons de rire. Il s'arrêta net.

— Alors, Abner, tu veux une bière avec ton whisky ?

— Va te... te faire f-foutre, Karl. Ap-apporte-moi juste un autre Co-coca.

Sylvester, bouche bée, contemplait Abner. L'homme s'était mis d'un seul coup à bégayer, sans raison apparente.

Le barman s'éloigna en riant, tandis qu'Abner baissait les yeux sur les deux verres de Sylvester.

— Y-y sait que je p-peux pas b-boire.

Alors, le jeune avocat se souvint d'Abner. L'homme avait bénéficié d'une liberté conditionnelle deux ou trois ans plus tôt. Originaire de l'Est, du Connecticut ou du Massachusetts, il s'agissait en effet d'un ancien catcheur qui s'était produit à travers tout le pays jusqu'au jour où il avait eu un accident de voiture ou quelque chose de ce genre. Sylvester se rappelait que les membres de la Commission n'arrivaient pas à croire que ce gros type au cerveau endommagé avait combattu naguère sous le nom de la « Merveille Masquée » ou autre appellation de ce genre. Après l'accident, il avait continué à sillonner le pays, mais cette fois en tant que vagabond. Son casier judiciaire faisait état de multiples condamnations : chèques sans provision, grivèlerie, vagabondage, ivresse sur la voie publique, attentats à la pudeur et aussi un homicide par imprudence. Sylvester avait oublié les détails de l'affaire, mais elle avait pour origine la force colossale d'Abner et ses facultés mentales amoindries.

L'ex-catcheur le dévisageait, ne manifestant à son endroit qu'une simple curiosité animale. Pendant son audition, on avait constaté qu'il ne reconnaîtrait même pas sa propre mère. Sa place était à l'hôpital, et non en prison, mais celui de Warm Springs refusait de recevoir des détenus. Abner était donc resté derrière les barreaux jusqu'à sa libération conditionnelle. La Commission l'avait envoyé dans un centre de prélibération à Great Falls avant son élargissement. En définitive, peut-être qu'il ne s'était pas plu dans cette ville.

Sylvester rendit son regard à Abner, qui lui sourit.

— A quoi tu penses, Bill ?

L'avocat avait envie de lui répondre : je pense que tu es bien ici, Abner. Tu sais le prénom du barman, tu sais que tu n'es pas censé boire et tu arrives à parler sans bégayer tout le temps comme tu le faisais en prison. Lil. Lil Abner. Voilà comment il s'appelait.

— Oh, je me demandais...

C'était le moment ou jamais. Abner ne l'avait pas reconnu et il devait tenter sa chance.

— Je me demandais, reprit-il, si tu connaissais ces deux hommes, ces deux types là, un peu plus loin.

Abner se pencha et tendit le cou.

— Il me semble que je les ai déjà vus quelque part, poursuivit Sylvester.

La mémoire à court terme du colosse paraissait assez bien fonctionner, mais sa sortie de prison datait déjà de deux ou trois ans. Peut-être que les cellules de son cerveau commençaient par-ci par-là à se régénérer. Sylvester sentit l'inquiétude le gagner, tandis qu'Abner continuait à regarder dans la direction indiquée.

— Laisse tomber, Abner. J'ai dû me tromper.

— Ouais, fit celui-ci en se réinstallant sur son tabouret. Ouais, ces deux-là, y viennent presque tous les soirs. Et je les ai déjà vus avant, avant ici.

Il se gratta le crâne, s'efforçant de réfléchir.

Sylvester se pencha à son tour. Peters, le front soucieux, parlait avec l'homme à la barbe noire, lequel hochait la tête. Le jeune avocat se leva et se dirigea vers les toilettes. Arrivé derrière Peters et Fitzgerald, il s'arrêta pour regarder un tableau représentant le Shanty. Il avait déjà vu d'exécrables œuvres d'art dues à des prisonniers, et aussi de bonnes, mais celle-là rivalisait avec les pires. Enfin, il n'était pas là pour jouer les critiques d'art.

— C'est une vraie merde. Il a jamais rien de ce que tu veux. Moi, je pourrais t'avoir un carburateur à quatre corps d'occase pour pratiquement que dalle...

Sylvester reprit son chemin, les jambes tremblantes de s'être tenu à moins d'un mètre de Woody Peters, l'homme sorti de prison dans le but de lui tendre un piège. Il referma la porte des toilettes derrière lui et s'adossa au battant. Leffler avait raison. Cet endroit était un véritable repaire de voyous. Combien parmi les clients avaient déjà fait de la prison ? Et combien avaient comparu devant une Commission des libérations conditionnelles ? Il inspira profondément, puis relâcha lentement l'air contenu dans ses poumons. On finirait sans nul doute par le repérer, que ce soit ce soir ou demain. Il lui arrivait parfois de rencontrer en ville des détenus en liberté conditionnelle mais, conformément à une règle non écrite, on ne se connaissait pas. On se croisait comme si on ne s'était jamais vus. Mais là, il se risquait en terrain dangereux. Comme un idiot, il s'aventurait sur leur territoire, et il constituait la proie rêvée. Ce n'était sûrement pas de cette manière qu'on devait procéder avec des gens tels que Woody Peters et Robert Fitzgerald.

Il regagna la salle plongée dans la pénombre. Il garda la tête baissée mais, en passant derrière Peters, il leva les yeux et rencontra le regard de l'ancien détenu. L'homme souriait.

— Ça va, vieux ? dit-il, tandis que son sourire s'élargissait.

Sylvester, le cœur battant, continua jusqu'à son tabouret. Son verre de whisky était vide, et plus près d'Abner qu'avant sa courte absence. Les quelques dollars de monnaie posés sur le comptoir avaient disparu eux aussi. Abner lui tournait le dos, de nouveau occupé à observer deux types qui jouaient aux machines à poker. Sylvester hésita un instant, puis il se dirigea vers la sortie d'un pas décidé. Il n'osa pas jeter un coup d'œil par-dessus son épaule en direction de Peters et de Fitzgerald. Il poussa la porte et déboucha dehors. Les flocons tombaient plus dru, et une couche d'une quinzaine de centimètres de poudreuse recouvrait le sol. Les pieds s'enfonçant dans la neige, il songea aux traces qu'il allait laisser jusqu'à la Honda garée au bord de la route. Il ne se retourna qu'après être arrivé à la voiture et avoir ouvert la portière. Personne ne l'avait suivi. Il dégagea le pare-brise du plat de la main, puis se glissa au volant. Il y avait sept clés au trousseau, et il en essaya trois avant de trouver la bonne. La voiture démarra du premier coup, et il soupira de soulagement. Il engagea la première et quitta le parking. Conduisant avec prudence, il commença enfin à se détendre. Il ne parvenait pas tout à fait à croire qu'il avait pris le risque de se rendre dans un bar qu'il savait être dangereux pour n'importe quel citoyen ordinaire, mais plus encore pour un membre de la Commission ayant refusé et annulé nombre de libérations conditionnelles. Les détenus avaient tout le temps de ruminer leur vengeance. Sylvester avait maintenant la certitude que Peters savait qui il était. Restait à déterminer comment il l'avait su. Il n'était pas passé devant la Commission, et aucun contact n'avait eu lieu entre eux. Sans doute qu'après avoir entendu parler de lui par Harwood, Peters avait tenu à voir à quoi il ressemblait. Il avait dû le filer sans se faire repérer, se révélant beaucoup plus doué que Sylvester à ce jeu.

L'avocat s'arrêta à un feu rouge sur Custer Avenue. A cet endroit, la route s'élargissait, éclairée par des enseignes publicitaires. La plupart des magasins étaient fermés, mais il y avait assez de néons rouges, jaunes, verts et bleus pour qu'on se sente réconforté. La neige elle-même paraissait ici moins épaisse. Il tambourina sur le volant et regarda à gauche, puis à droite, mais il ne vit rien. Deux voitures attendaient en face. Il regarda dans le rétroviseur. Rien non plus. Du coin de l'œil, il surprit un éclat sur le siège du passager. Une bouteille de whisky vide. Il la ramassa et la retourna : Early Times. Il ne l'avait pas remarquée tout à l'heure. Il lui vint à l'esprit qu'elle ne s'y trouvait probablement pas. A la réflexion, il en était même sûr. Tandis que sa main caressait le verre froid, il se rappela ces mots : « Un double Early Times, et une bière. »

Le feu changea, mais Sylvester ne réagit pas. Il entendait encore la voix caverneuse de Peters et le revoyait en train de passer et de repasser la main dans ses cheveux longs qui commençaient à s'éclaircir. « Ça va, vieux ? » Et le grand sourire. Il finit par voir le feu vert. Il lâcha l'embrayage. Les roues patinèrent un instant, puis la Honda démarra. Sylvester se pencha pour baisser la vitre côté passager, puis il jeta la bouteille. On ne perçut pas le moindre bruit de verre brisé cependant que la carte de visite de Woody Peters s'enfonçait dans la neige fraîche.

12

Harwood reçut l'appel téléphonique de Nina LeDeau à 6 heures 15, au moment où il s'apprêtait à rejoindre sa cellule après avoir dîné au réfectoire. Nina figurait sur sa liste de correspondants autorisés. Il arrivait à la hauteur du poste de garde quand il entendit le téléphone sonner, puis l'un des surveillants crier son nom.

Il pensa d'abord qu'il s'agissait de Patti Ann à qui il n'avait pas téléphoné depuis sa dernière visite, laquelle remontait déjà à quelques semaines. Il désirait mettre la pression sur elle, mais il se sentait malgré tout furieux qu'elle ne l'ait pas appelé. Et il était aussi un peu inquiet, car il savait ce qui se passait avec Yellow Calf, et ça ne l'enchantait guère. Elle semblait être entrée dans la conspiration avec beaucoup d'enthousiasme — après s'être donné tous ces grands airs.

Le gardien lui tendit le téléphone.

— Pas trop longtemps, okay ?

— Ouais, merci.

Jack attendit que le surveillant ait réintégré son espèce de cage et se soit plongé dans un livre de poche.

— Ouais, Harwood à l'appareil.

— Jack... c'est moi, Nina.

— Tiens, salut, Nina.

— T'as l'air déçu.

— Excuse-moi, je croyais que c'était quelqu'un d'autre. (Jack regarda par la fenêtre grillagée. On apercevait les lumières de Deer Lodge, située à six ou sept kilomètres de là.) La situation est un peu tendue ces derniers temps.

— Ça, j'imagine. Bon, je te passe qui tu sais. Une seconde.

Le reflet de la lune sur la neige atténuait l'éclat des lumières. Encore un hiver, se dit-il. Ça va faire mon huitième dans ce maudit trou à rats.

— Jack... comment ça va, vieux ?

La voix caverneuse ne manquait jamais de le surprendre.

— Mal, qu'est-ce que tu crois ?

L'autre lâcha un profond rire de gorge.

— Allez, te laisse pas abattre. On va te tirer de là. Un peu de patience, mon vieux.

— Quoi de neuf ?

Jack jeta un regard vers le gardien. Les pieds sur le bureau, il tournait une page de son livre. Harwood calcula qu'il devrait disposer d'environ cinq minutes.

— Quitte pas... Nina, tu peux m'apporter une autre Coors ?

Harwood savait que c'était pour le faire saliver. Quelques instants plus tard, son interlocuteur reprenait :

— Ta femme baise avec le grand Indien. Tout marche comme sur des roulettes. On a les tuyaux que t'as demandés. Bobby l'a vu entrer chez elle l'autre soir. Il est ressorti deux heures plus tard, l'air plutôt chiffonné et péteux. C'était après mon coup de fil à ta femme. Mon vieux, je crois que je les ai secoués un peu. Ils ont drôlement les jetons.

Jack ferma les yeux et s'appuya contre le mur.

— Attends, c'est pas tout. Tiens-toi bien, le grand Indien a débarqué au Shanty hier soir, putain ! et pour être grand, il est grand. En fait, il était déjà là quand Bobby et moi on s'est pointés. Il buvait une bière, cool, le mec, mais je l'ai repéré tout de suite. Tu comprends, je savais qu'il était là. Bobby, à force de planquer devant chez elle, a reconnu la bagnole de ta femme. Mon vieux, j'en croyais pas mes yeux. Il avait pris la voiture de ta femme — je sais pas, peut-être qu'il se disait qu'on la remarquerait moins que la chiotte de luxe dans laquelle il se trimballe. En tout cas, il était là, et lui aussi, il nous a retapissés. Un malin, ce type-là. Ta femme a dû lui refiler mon nom et il a appelé Leffler ou un autre de ces connards d'officiers de probation qui l'a mis au parfum. Leffler connaît le Shanty depuis longtemps. Il y a six mois, les flics ont agrafé Garner ici, pour trafic de drogue. Mais maintenant, c'est tranquille — à part l'Indien. Bon, résumé de la situation : on sait pour ta femme et lui, il sait pour Bobby et moi, il sait pour toi, et toi, tu sais pour lui. Les cartes sont sur la table. Tout le monde sait tout sur tout le monde.

— T'es absolument sûr pour ma femme et lui ?

— J'étais pas dans le lit avec eux, mais ouais, pour être sûr, je suis sûr. Ces derniers temps, il ne vient plus aussi souvent — nom de Dieu ! au début, il était là pratiquement tous les soirs. Ça doit être quelque chose, ta bonne femme, Harwood. Ce putain d'Indien bave comme un chien devant elle. (Le profond rire de gorge retentit de nouveau.) Et elle, on dirait une chienne en chaleur. Faut qu'on te sorte de là avant que d'autres clebs viennent renifler dans le coin.

La mâchoire de Jack se crispa, et il dut faire un effort pour se contenir. Bien qu'habitué à supporter un tas de conneries de ce genre, il encaissait difficilement. A l'époque où elle venait régulièrement le voir, il devait subir toutes sortes de plaisanteries salaces, du style : « quel bon coup ça doit être », ou alors : « dehors, les mecs doivent pas s'en priver ». Ça évoquait des images qui le rendaient fou, mais il savait qu'elle lui restait fidèle — jusqu'à aujourd'hui. Et aujourd'hui, ça lui faisait encore plus mal. Grand avocat ou pas, c'était un Indien. Je me fais poignarder et presque tuer par des Indiens, et ma femme baise avec l'un d'entre eux, se disait-il. Il regarda par la fenêtre, et entendit la voix grave à l'autre bout du fil déclarer :

— Merci pour la Coors, Nina.

Les lumières de Deer Lodge paraissaient de plus en plus lointaines.

— Bon, dit Harwood. Maintenant, on attaque. Va trouver l'Indien et dis-lui que tu es au courant pour... pour ma femme et lui. Assure-toi qu'il comprenne bien, mais ne le bouscule pas trop. Pas tout de suite. Faut pas que la trouille le pousse à commettre je ne sais quel acte irrationnel. (Jack se retourna et vit le gardien lever les yeux de son livre, puis désigner sa montre.) Pour le reste, tu fais comme on a dit. Je compte bien être dehors d'ici un mois ou deux au plus tard.

— Ouais, moi aussi, j'y compte bien. Bobby et moi, on est presque fauchés. On a besoin d'un gros paquet comme l'autre fois.

— Sois patient. Je respecte toujours mes promesses, dit Jack en regardant le gardien se lever. Faut que je te laisse. Tiens-moi au courant. Je bouge pas d'ici.

— Ouais, ça je m'en doute. Je te repasse Nina.

— Jack ?

— Ouais. Ça m'a fait plaisir de t'entendre, Nina. Merci d'avoir appelé. Porte-toi bien.

Harwood raccrocha, et le gardien se rassit.

Tandis qu'il se dirigeait vers sa cellule, Jack repensa au jour où, neuf ou dix ans plus tôt, il était venu repeindre la maison de Patti Ann. Il se trouvait alors en liberté conditionnelle, mais ça n'avait aucune importance. Il avait commis un délit, purgé sa peine, et désormais, il allait marcher droit. Cet été, il ferait des travaux de peinture, et après, il tâcherait de retourner à l'université. Il espérait qu'on l'accepterait à Bozeman pour y suivre des études d'ingénieur. Il demanderait une bourse qui, ajoutée à ses économies, lui permettrait de vivre. Comme il possédait déjà des diplômes, il aurait sans doute la possibilité de finir en deux ans. Il se sentait bien, et il désirait refaire sa vie, peut-être en Alaska. On disait qu'un ingénieur pouvait aller pratiquement où il voulait. Et d'ici là, sa période probatoire serait terminée.

L'équipe de peintres était dans la maison depuis déjà deux jours quand il aperçut Patti Ann pour la première fois. Il travaillait près de la fenêtre de la cuisine lorsqu'il la vit occupée à tourner quelque chose dans un grand bol. Bien que le contremaître lui eût parlé d'elle, rien ne l'avait préparé à ce qui l'attendait. Elle était vêtue d'un short blanc, de tennis et d'un haut à rayures, et, en vérité, elle ne lui parut de prime abord ni particulièrement sexy ni, à l'inverse, moche comme un pou, mais elle possédait une souplesse et une grâce qui la distinguaient de toutes les femmes qu'il avait jusqu'à présent connues. Ses cheveux auburn, qu'à l'époque elle portait longs et raides, coiffés avec une raie au milieu, retombaient cependant dans son dos avec une trace d'ondulation. Les sourcils froncés, elle laissait dépasser un petit bout de langue rose, tandis qu'elle s'escrimait à l'aide d'une cuillère en bois. Maintenant, il voyait combien elle était belle ! Jack se sentait coupable de l'espionner ainsi, mais il ne parvenait pas à détacher son regard d'elle. Elle finit par s'interrompre pour s'essuyer le front d'un revers de sa main longue et fine. Il s'écarta de la fenêtre et se remit à gratter la peinture écaillée. Au fond de lui, il prit la décision de lui parler, ne serait-ce que pour vérifier si sa conversation était à la hauteur de son physique. Jack, quoique n'ayant jamais eu de difficultés pour se procurer des aventures de passage, n'avait jamais été un homme à femmes ; simplement, l'idée de chercher une compagne pour le restant de sa vie ne lui était jamais venue à l'esprit. Plus tard, au cours de ses tête-à-tête avec Larson, le psychologue de la prison, il prit conscience de ce qui constituait sans doute son problème majeur. Il était froid, manipulateur, il se servait des gens et fuyait les relations durables. Larson ne parvenait pourtant pas à comprendre pourquoi. Et Jack non plus. Larson suggéra même qu'il avait attaqué les banques afin de se faire arrêter et éviter ainsi de s'engager davantage avec Patti Ann. Jack se contenta de rire et de hausser les épaules, mais aujourd'hui, il n'affichait plus la même certitude. Larson s'était montré parfait de bout en bout. En définitive, comme prédit, il se trouvait éloigné de Patti Ann qu'il manipulait et, à travers elle, Yellow Calf. Il avait même réussi à s'assurer la complicité de Peters et de Fitzgerald en échange de la promesse d'un grand coup dès qu'il sortirait.

En revanche, Patti Ann ne le laissait pas indifférent, pas plus hier qu'aujourd'hui. Quand, le lendemain, il saisit le premier prétexte venu pour l'aborder, il tomba aussitôt amoureux d'elle, et elle sembla éprouver un sentiment analogue à son égard. Dans les jours qui suivirent, il se débrouilla pour lui demander si elle voulait qu'on répare les doubles fenêtres, qu'on repeigne la véranda — les trois autres types de l'équipe raillaient son empressement soudain, tandis que le contremaître se foutait en rogne devant le surcroît de travail que cela occasionnait. Mais lui, il s'en moquait. Un après-midi, après qu'elle lui eut expliqué qu'elle faisait réparer la maison pour la vendre, il lui proposa de revenir le soir afin de l'aider à préparer son déménagement. Il s'attendait plus ou moins à un refus mais, à sa grande surprise, elle accepta. Il ignorait alors qu'elle avait désespérément besoin d'argent et que l'agence immobilière venait de lui trouver un acheteur.

Il revint donc le soir même, puis le lendemain et, une fois le travail fini et la maison vendue, il l'aida à emménager dans un petit appartement et à entreposer une partie de ses affaires au garde-meuble. Cela fait, il ne leur resta plus qu'à installer le sommier et le matelas. La jeune femme sourit, dit quelque chose, souffla sur une mèche qui lui tombait dans les yeux, et il l'embrassa. Elle lui jeta les bras autour du cou, et ils demeurèrent longtemps enlacés. De nouveau, il éprouva un sentiment de surprise à l'idée qu'elle consente à l'embrasser, à se presser ainsi contre lui. Doucement, tendrement, il la fit basculer sur le lit. Elle portait le même haut que la première fois qu'il l'avait vue, et il ne savait pas très bien comment on le retirait. Remarquant son hésitation, elle prit l'initiative, et le passa par-dessus sa tête. Par contre, il n'eut pas de difficultés avec le short en jean. A la vue de son slip en coton blanc, de ses cuisses et de son ventre bronzés, il marqua une nouvelle hésitation. Une toute petite voix intérieure lui soufflait de s'arrêter là, de se contenter de caresser le tissu et la peau douce des cuisses et du ventre, mais la passion balaya bientôt les considérations esthétiques. Ils firent l'amour. Ce fut trop bref et, lorsqu'il voulut s'excuser, elle lui posa un doigt sur les lèvres. Ils restèrent allongés côte à côte dans la chaleur de l'après-midi.

Le lendemain, Jack partit pour aller repeindre une école de village près de Great Falls. Il fut absent toute la semaine. A son retour le vendredi soir, il sonna chez elle, mais personne ne répondit. Il se sentit abattu. Il s'était imaginé qu'il s'agissait peut-être du grand amour, du début de quelque chose de beau qui pourrait durer longtemps. Il attendit dans sa voiture jusqu'à un peu plus de neuf heures, puis il se rendit dans un bowling où il fit quelques parties en buvant du Coca. Il n'avait rien d'autre dans la vie, ni foyer, ni amis. Il se serait bien soûlé, mais son officier de probation se plaisait à faire pratiquer des analyses d'urine impromptues, et en cas de résultat positif, on le refoutrait en taule. Comme il n'y tenait pas particulièrement, il se contenta de bowling et de boissons non alcoolisées. Une ou deux heures plus tard, il retourna à l'appartement de Patti Ann, mais il n'y avait toujours pas de lumière. Il regagna son studio en sous-sol et lut quelques magazines pour s'endormir.

Dès le lendemain matin, il vint frapper à sa porte. Quand elle ouvrit, elle eut à peine le temps de s'écarter qu'il se précipitait à l'intérieur pour regarder dans la chambre et dans la salle de bains. Les yeux gonflés de sommeil, ses cheveux longs tout ébouriffés, elle lui demanda avec une pointe d'inquiétude dans la voix ce qui lui prenait. Elle était vêtue d'un peignoir en éponge sans rien en dessous. Contemplant ses longues jambes bronzées et ses pieds délicats, Jack devint malade de désir. Il se maîtrisa et la fit asseoir sur le bras du canapé, puis, après s'être reculé de deux ou trois pas, il lui raconta tout ce qui pourrait l'éloigner de lui, à savoir qu'il sortait de prison, qu'il était en liberté conditionnelle et follement amoureux d'elle. Il s'attendait qu'elle le chasse sur-le-champ de son appartement, de sa vie, et il se serait exécuté sans protester. Avant d'aller éventuellement plus loin, il tenait à mettre les choses au point, et ce, à ses risques et périls.

Les genoux serrés, jouant avec un anneau d'or qui ornait le petit doigt de sa main droite, elle garda un long moment de silence. Jack aurait voulu qu'elle lève la tête, qu'elle le regarde. Il en avait assez de n'être qu'un matricule, un nom, un ancien détenu, un condamné en liberté conditionnelle. Elle demeura ainsi, tête baissée, et il partit en refermant sans bruit la porte derrière lui. Il se sentait vide, effroyablement déçu. Plus jamais, plus jamais, se répétait-il tandis qu'il se dirigeait vers sa voiture. Il enjambait le terre-plein quand il entendit sa voix. Il se retourna. Elle se tenait sur le pas de sa porte, les bras écartés, les doigts appuyés contre le chambranle.

— Tu reviendras demain ? cria-t-elle.

Franchissant le seuil de sa cellule, Jack esquissa un sourire. Le lendemain, il était revenu, et quatre mois plus tard, ils se mariaient. Il se pencha pour regarder la photo scotchée au-dessus du petit bureau encastré. Elle avait été prise le lendemain de leur mariage au Canyon Ferry Reservoir. Patti Ann était installée à l'avant de la barque qu'ils avaient louée, avec les contreforts des montagnes en toile de fond. Elle avait été chez le coiffeur la veille de la cérémonie, et ses cheveux longs ondulaient, l'air indiscipliné. Ils lui plaisaient beaucoup comme ça, et depuis elle les portait ainsi. Jack s'assit au bord de sa couchette et se frotta les yeux avec ses poings. Ils avaient passé moins de deux ans ensemble quand il s'était fait coffrer pour l'histoire de la banque. Qu'est-ce qui avait bien pu le pousser ? Ils étaient heureux, ils s'aimaient et ne se lassaient pas de se caresser, de s'étreindre et de faire l'amour. Patti Ann avait dit une fois en plaisantant qu'elle ignorait que le mariage était un sport de contact. Il venait en effet de l'entraîner dans la chambre et de la jeter sur le lit, cependant qu'elle criait et se débattait, puis il avait lutté avec les boutons et les fermetures Éclair jusqu'à ce qu'aucun vêtement ne s'oppose plus à la réalisation de ses désirs.

Seulement, ils étaient pauvres. Patti Ann avait commencé tout en bas de l'échelle au département des Ressources humaines, et lui, il travaillait par intermittence et de manière saisonnière en tant que peintre. Les deux hivers vécus ensemble, ils étaient à peine arrivés à joindre les deux bouts avec le salaire de Patti Ann et ses allocations chômage. Fatigué de tirer le diable par la queue, il avait fini par se convaincre qu'il devait faire quelque chose — pour elle.

Jack s'allongea sur sa couchette et contempla la lumière du plafond. C'était sa dernière chance. Si son chantage échouait, il ferait son temps en espérant malgré tout que Patti Ann l'attendrait. Il sourit tristement. C'est lui qui l'avait mêlée à cette affaire, et résultat, il risquait de la perdre au profit de l'homme qu'il cherchait à atteindre. Quelle bonne blague !

— Hé ! vieux !

Peter Quinn se tenait sur le seuil de la cellule.

— Qu'est-ce qui se passe, vieux? J'te vois plus ces derniers temps.

Quinn portait le pantalon kaki des détenus en moyenne sécurité et un T-shirt. Il avait un bandana bleu autour du front et un nouveau tatouage à l'avant-bras droit, quelque chose d'obscène que Jack ne distinguait pas très bien. En tout cas, il était clair que Quinn avait rejoint le club. Il avait l'air d'un vrai détenu, maintenant.

— Qu'est-ce que tu veux, Quinn ?

— Pas grand-chose. Je venais juste te dire au revoir. J'ai eu une réduction de peine, et demain, on me transfère au bloc A.

— Félicitations.

Pourtant, Quinn ne paraissait pas spécialement heureux, et Jack savait pourquoi. Quinn, en effet, baisait avec son compagnon de cellule. Le bruit s'était répandu dans la cour, et les types le sifflaient et le huaient en se livrant à des commentaires suggestifs. Il ne semblait pas y prêter attention. Il rendait coup pour coup et réussissait même à protéger son copain contre ceux qui faisaient régner la terreur.

— Jack, je peux te demander...

— Sors d'ici, bordel !

Quinn s'était avancé de quelques pas à l'intérieur. Il s'empressa de reculer.

— Pardon, j'avais oublié.

Entrer dans la cellule d'un autre détenu constituait en effet une infraction.

— Qu'est-ce que tu veux ?

— Je suis inquiet pour Freddie. Qu'est-ce qui va lui arriver quand je serai parti ? Je me demandais...

— Il s'en tirera. Dans une semaine, il aura oublié jusqu'à ton nom. Il se passe un tas de trucs dans ce bloc.

Quinn fixa ses pieds comme s'il venait de les surprendre à essayer de se glisser de nouveau dans la cellule de Jack.

— T'accepterais pas de veiller un peu sur lui ?

— Quinn, c'est déjà assez dur comme ça de tirer son temps. Contrairement à ce qu'on croit, les choses ne deviennent pas plus facile au fil des jours. J'ai une bonne femme qui m'attend dehors et je ne tiens pas à avoir des ennuis supplémentaires. Alors, occupe-toi de toi, fiche le camp d'ici et tâche de ne pas y revenir. Laisse Freddie se débrouiller tout seul. Il a quelque chose à offrir, et les types comme lui s'en sortent toujours.

— Ouais, t'as raison, t'as raison. Je sais pas... je me disais juste... enfin, laisse tomber. (Quinn se retourna et regarda dans le couloir.) Bon, eh bien, au revoir et bonne chance. Et puis merci de m'avoir filé un coup de main au début. Ça m'a aidé. (Il allait partir quand il se ravisa.) C'est drôlement bizarre tout ce qui peut arriver ici, non ?

Jack écouta le bruit de ses pas décroître dans le couloir, puis il ferma les yeux pour se protéger de l'éclat de la lampe. Il vit les lumières de Deer Lodge danser derrière ses paupières. Qu'est-ce que tu peux espérer dans un trou à rats pareil ? se dit-il. Le bizarre devient le normal, et le normal se trouve loin, très loin, au-delà même des lumières de Deer Lodge, lesquelles faiblirent, et il somnola ainsi, un bras jeté en travers de ses yeux. La vallée de Deer Lodge était froide, blanche, sombre et silencieuse. Jack ne pensait pas, ni ne rêvait. Il se fondait dans la nuit, moment priviligié de l'homme emprisonné.

Woody Peters regardait sa sœur Nina faire de la tapisserie à l'aiguille. Le motif évoquait un drapeau dans le vent, et il se rappela soudain en avoir dessiné un pareil durant sa jeunesse. Il se débrouillait plutôt bien à l'époque, et il était capable de dessiner des chevaux et des avions qui ressemblaient à de vrais chevaux et à de vrais avions. Le plus difficile pour les chevaux, c'étaient les genoux, alors que pour les avions, c'étaient les ailes. Il passait des nuits entières, après l'école, à griffonner au verso de feuilles de polycopiés que l'instituteur lui donnait. Et puis, un soir, il était sorti et avait volé sa première voiture, ce qui devait marquer la fin de sa carrière artistique.

Levant les yeux sur le haut plafond avec les deux ventilateurs qui tournaient lentement et les trois lampes suspendues à la poutre, il secoua la tête d'un air incrédule. Il avait appris à vivre dans une cellule de 2 mètres sur 3 dans le nouveau quartier de haute sécurité. Et dans l'ancien, l'espace était encore plus réduit. Il avait cependant fini par s'habituer, et s'était trouvé un peu perdu quand, à sa sortie, il était venu habiter chez Nina et son mari. L'ensemble des meubles étaient regroupés au centre de l'immense pièce où il se sentait nu et vulnérable — d'autant que la façade de la maison était tout en verre. Petit à petit, il s'y était néanmoins fait et, tandis qu'il portait son regard vers les lumières de la Prickly Pear Valley, il se dit qu'en définitive, il se plaisait bien ici. Ce serait dur de retourner en prison, même s'il y avait coulé des jours plutôt tranquilles. La seule chose qui lui manquait là-bas, c'était de voir Bobby à loisir. Ils possédaient une petite maison à moitié en ruine sur York Road, située à un peu moins d'un kilomètre de toute civilisation, et il leur arrivait souvent de se promener vêtus de leurs seuls caleçons. Il adorait exciter Bobby, et la simple idée de l'image que celui-ci devait avoir de lui le troublait parfois. Il lui avait fallu longtemps pour admettre qu'il préférait la compagnie des hommes à celle des femmes, et le fait qu'il soit la plupart du temps avec des hommes rendait cet aveu plus difficile encore. Hors de la prison, il détestait les pédés et cassait la gueule à ceux qui cherchaient à le draguer. A l'intérieur, par contre, ça faisait partie de l'existence quotidienne, un truc que les hommes pratiquent quand il n'y a pas de femmes aux alentours. Il s'en était pourtant tenu à l'écart, jusqu'au jour où Bobby avait emménagé dans la cellule voisine de la sienne. Jeune et beau, il avait déjà fait de la taule, ce qui, pour une raison ou pour une autre, le rendait séduisant aux yeux de Woody. Il ne ressemblait en rien à la tapette classique, maniérée et efféminée, toujours prête à vous mettre la main aux fesses. La première fois, ça s'était passé de manière presque naturelle, quoique Woody n'ait pas très bien compris tout le rituel de la chose. Il avait laissé Bobby prendre l'initiative, rien de bien hard — ça ce serait pour plus tard —, juste un plaisir plus agréable que ceux qu'il avait jamais connus. Bobby réussissait à venir dans sa cellule environ une fois par semaine. Woody ignorait le jour exact de sa visite, mais il savait qu'elle se produisait toujours quand un certain gardien était de service. Il avait fini par guetter la présence de ce dernier avec une impatience grandissante.

— A quoi tu penses, Woody ? demanda Nina qui, dressant la tête, l'avait vu contempler la vallée par les baies vitrées.

— Oh, à rien... à rien.

Nina posa son ouvrage à côté d'elle sur le canapé.

— Qu'est-ce que vous êtes en train de manigancer, Jack et toi ? J'ai le net sentiment que vous mijotez quelque chose, et je n'aime pas ça. C'est quoi ce « gros coup » dont tu as besoin ?

Merde ! Il n'aurait pas dû se montrer si négligent, si imprudent. A chaque fois, ça lui valait des ennuis. Avec Nina, cependant, il ne risquait pas grand-chose, car ils ne se cachaient presque rien. Elle était de deux ans son aînée, et pendant leur enfance ils avaient pratiquement tout représenté l'un pour l'autre. Ils essayaient de se protéger des raclées que leur infligeait la plupart du temps leur père, mais aussi de temps en temps leur mère, lesquels finissaient en général par se taper dessus. Leur mère prenait des corrections pires que les leurs, et pourtant, elle était toujours avec son mari. Ils exploitaient un misérable ranch dans la région de White Sulphur Springs où ni Nina ni Woody n'étaient plus retournés après leur départ, intervenu à deux ans d'intervalle, alors que tous deux étaient encore adolescents. Leur mère rendait visite à Nina et son mari une ou deux fois par an, mais elle ne demandait jamais de nouvelles de son fils. Elle l'avait rayé de ses pensées depuis des années, et le vieux interdisait qu'on prononce son nom devant lui.

Woody songeait parfois à les tuer. Se morfondant dans une cellule ou une autre, il se disait qu'il aimerait s'évader, faucher une bagnole et aller à White Sulphur Springs pour les liquider. En délivrer le monde, et en particulier Nina. Elle continuait à croire qu'au fond d'eux-mêmes ils aimaient leurs enfants. La naïveté et la gentillesse de sa sœur ne cessaient de l'étonner. Il se demandait comment elle avait pu tourner si bien, et lui si mal. L'espace d'un instant, il lui arrivait de le ressentir comme une injustice, mais son amertume s'envolait aussitôt et il était heureux pour elle. Seulement, il y avait son salaud de mari qui le détestait depuis toujours. Après de violentes disputes avec Nina, il avait néanmoins fini par accepter de l'employer comme couvreur, et même consenti à ce qu'il habite chez eux en attendant de trouver un logement, allant jusqu'à proposer de lui avancer deux mois de loyer. Qu'est-ce qu'il ne ferait pas pour que son bon à rien de beau-frère débarrasse le plancher ! Woody sourit. Lui aussi, il avait envisagé de le descendre. Surtout après qu'il l'avait renvoyé alors que ça faisait à peine deux semaines qu'il travaillait, et pour des motifs futiles dont il n'était même pas responsable : tomber en panne d'essence, ce qui l'avait obligé à manquer une matinée, oublier ses outils sur un chantier et se les faire piquer. Ce n'était vraiment pas une raison pour se foutre en rogne et le virer ! Son propre beau-frère !

S'il le tuait, ainsi que ses parents, il se retrouverait seul avec Nina — et Bobby. Ils pourraient vivre tous les trois dans cette espèce de paquebot en bois. Le mec devait être assuré pour des couilles en or, sans parler de son compte en banque bien garni.

— Alors ?

— On ne mijote rien, Nina. Bon Dieu ! on essaye simplement d'aider Jack à sortir du trou. Il est au bout du rouleau, et Bobby et moi on lui file un coup de main. Rien de bien méchant.

— C'est quoi ce « gros coup » dont tu parlais ?

— Juste un boulot. Jack a un boulot qui l'attend à sa sortie, et il pense pouvoir nous faire embaucher, Bobby et moi, dit Woody en souriant. Je te répète que j'en ai terminé avec toutes ces conneries.

— J'aimerais pouvoir te croire, Woody. Sincèrement, dit Nina en lui mettant la main sur le genou. Vernon pense que t'es reparti pour un tour. Il n'aime pas beaucoup ton ami.

— Que Vernon aille se faire voir ! Qu'est-ce qu'il sait ? Il espère simplement que je vais replonger. Il m'a viré juste pour me foutre dans la merde. Il adore ça.

— Bon, en tout cas, il rentre demain. Il a fini le chantier de Columbia Falls. Je suppose que tu ne pourras plus venir à la maison pendant un certain temps. Il a un grand chantier de prévu à Missoula, un gymnase, mais il ne commence que dans deux ou trois semaines.

— C'est pas grave, dit Woody en se levant. Bon, faut que j'y aille. Il est quelle heure ?

Nina regarda sa montre.

— Sept heures un quart. Mais tu viens d'arriver !

Elle entreprit à son tour de se lever et, comme elle était plutôt enveloppée, l'opération exigeait un certain effort de sa part.

— Laisse-moi au moins te préparer quelque chose à manger, reprit-elle.

Woody lui posa la main sur l'épaule afin de la faire rasseoir. Elle lutta un instant, puis renonça. Il se pencha pour l'embrasser sur la joue.

— Je te téléphonerai.

— Tu as besoin d'argent ? J'en ai un peu, dit-elle en esquissant de nouveau le geste de se lever.

— Pour le moment, ça va. Mais je me souviendrai de ta proposition.

Il baissa les yeux sur le joli visage empâté de Nina. Bien qu'elle ne quittât presque jamais la maison, elle se maquillait et se coiffait toujours avec soin. Dans son paréo orange vif et ses chaussons argentés, elle ressemblait à la reine d'un film de Hollywood gagnée par l'embonpoint. Elle était loin de la fillette maigrichonne avec qui ses copains avaient connu leurs premières expériences quand ils étaient gamins. Aujourd'hui encore, Woody ne pouvait pas sentir l'odeur du foin et du fumier sans se rappeler le premier orgasme qu'elle lui avait donné dans l'écurie, tandis que sa main douce et chaude allait entre les deux garçons.

— Bon, faut que je parte, dit-il.

Il sortit par la porte de la cuisine, puis fit reculer la camionnette dans l'allée avant de prendre Le Grande Cannon Boulevard. La neige étincelait sous la pleine lune, et l'air était vif et calme. Les roues patinèrent un instant. Il descendit avec prudence Mount Helena en direction de la vallée et de l'appartement de Patti Ann où il avait promis à Bobby de le rejoindre. Le pauvre petit chéri devait geler sur place. Il paraissait inutile de continuer à surveiller la bonne femme de Harwood, mais on ne pouvait jamais savoir. Si elle faisait le rapprochement et que, prise de panique, elle décide de s'enfuir ? Et si le grand Indien et elle décidaient de s'enfuir ensemble ? En outre, ça occupait Bobby, et c'était le plus important. Il s'énervait facilement.

Pendant qu'il traversait la ville, il pensa à Jack Harwood qui lui avait paru si déprimé au téléphone. C'était le type le plus intelligent qu'il connaissait et, quand ils avaient commencé à se raconter leurs hold-up, il s'était rendu compte que Harwood était trop malin pour son bien. Pour lui, il s'agissait d'un jeu, d'un défi ou de quelque chose de ce genre. Et une fois son coup réussi, il se laissait agrafer, comme si ça faisait également partie du jeu. Mais bon Dieu ! à quoi ça rimait ? En prendre pour trente ans, ce n'était pourtant pas une plaisanterie, surtout quand on avait un beau petit lot qui vous attendait dehors. De plus, pas de doute, il aurait pu très bien s'en sortir dans le monde normal. Il avait un cerveau qui fonctionnait, et il parlait avec plein de bon sens de l'éducation et du travail. Alors pourquoi avoir choisi la voie de la violence ? Il était comptable, et il lui aurait été facile de falsifier les livres et de ramasser probablement beaucoup plus d'oseille qu'avec ses hold-up. Les criminels en col blanc étaient légion. Ces types gagnaient des paquets de fric, et la plupart d'entre eux ne se faisaient jamais choper. Et lorsqu'il arrivait qu'on les arrête, ils passaient très peu de temps en taule, et dans les quartiers de sécurité minimum, en plus, tout ça parce que, en définitive, ils appartenaient à cette saloperie de système. Décidément, Harwood restait une énigme, un artisan de sa propre perte.

Et maintenant, il touchait le fond. Peters l'avait compris à sa voix. Il savait quand un type était brisé, car il en avait vu un tas craquer. Le mec plaisante dans les douches ou au réfectoire, puis il fait l'objet d'un rapport ou alors il reçoit des mauvaises nouvelles de chez lui, sa bonne femme qui le trompe ou son père qui vient de claquer, et dans la seconde qui suit il s'effondre, devenu une véritable loque. En règle générale, il était impossible de s'en sortir. Même si on voulait renoncer à une existence de délinquant, on ne le pouvait pas, parce qu'on n'avait aucune connaissance dans le domaine social ou dans celui du travail, aucune relation et, souvent, aucune famille, aucune idée de la manière de se comporter dans le monde normal.

Harwood, lui, avait tout ça, et pourtant, il fichait sa vie en l'air. Il poussait le bouchon trop loin. Tôt ou tard, on finissait par perdre la partie. Peters avait beau péter le feu, il n'ignorait pas que ça risquait aussi de lui arriver. On tire un peu trop sur la ficelle, et crac ! on se casse la gueule, et, le cul par terre, on s'aperçoit alors que c'est foutu.

La situation actuelle ne lui plaisait guère. Même si son idée à la noix marchait, et même si Harwood sortait de taule, qui sait s'il serait encore capable de réussir un gros coup ? De sa conversation téléphonique, il gardait l'impression que c'était tangent avec Harwood. Peut-être — et ses yeux s'étrécirent à cette pensée — qu'il se servait simplement de Bobby et de lui pour retrouver la liberté. Ce serait très mal, contraire au code des détenus, et très dangereux. Harwood devrait savoir qu'ils ne se laisseraient pas faire. C'était une question d'honneur.

Non, Harwood semblait trop intelligent pour ne pas tenir parole.

Il était peut-être déprimé, mais il ne cherchait pas à se suicider. A quoi bon être libre si c'était pour mourir ?

Peters faillit ne pas saisir la pensée qui l'effleurait. Attendant que le feu sur Last Chance Gulch passe au vert, il regardait la vitrine d'une boutique western. Ce n'est qu'après s'être engagé sur la pente de l'autre côté du ravin que l'idée lui revint à l'esprit, comme si elle chevauchait un manège qui tournait dans sa tête. Et cette fois, gagné ! il l'attrapa. Il s'arrêta un instant de respirer. Oh ! merde ! se dit-il. Serait-ce possible ? Est-ce que Bobby et moi on pourrait enfin décrocher le gros lot ?

Le coup du siècle ! L'idée lui apparaissait maintenant si claire et si nette qu'il ne put se défendre d'un mouvement de frayeur. Après tout, qui avait besoin de Harwood ? C'était un perdant, et de plus, son plan à la con pourrait demander des mois et, avec sa façon de procéder, ils finiraient en tout état de cause par se faire épingler. Peters réfléchissait avec tant d'intensité qu'il ne remarqua même pas qu'il pouvait prendre à gauche ou à droite pour contourner la cathédrale en haut de la rue. Il prit machinalement à droite et se retrouva devant la prison du comté dont les hautes fenêtres brillaient d'une faible lueur. Peters y avait déjà effectué deux ou trois séjours en attendant son procès ou le verdict du tribunal. Le bâtiment se dressait, sinistre et menaçant. Une nouvelle idée germa dans son esprit : leur coup réussi, Bobby et lui pouvaient être au Mexique trente-six heures après en se relayant au volant. Génial ! Il n'avait jamais été plus au sud que le Colorado, et encore y avait-il passé presque tout son temps sous les verrous. Le Mexique ! Putain ! Et les señoritas ! Bobby et lui n'avaient rien contre baiser une femme par-ci, par-là. Il longea la prison et éclata de rire, frappant le volant du poing. Puis il se calma. Il fallait étudier tout ça de près. Une chose au moins était sûre : l'Indien devait avoir un tas de fric. Il conduisait une chiotte de luxe, il se fringuait comme un prince, il était célibataire et habitait un bel appartement, même si c'était pas le Ritz. Bobby et lui l'avaient bien examiné, et, à titre de plaisanterie, avaient été jusqu'à envisager de le cambrioler. Heureusement qu'ils s'étaient ravisés ! Inutile de le rendre parano, du moins pas tout de suite. Patience, patience, comme il l'avait dit à Harwood — mais maintenant, celui-ci était hors circuit, et Peters devenait le cerveau de l'affaire, ce qui le plongeait dans l'embarras. En effet, il n'avait jamais été le cerveau de quoi que ce soit. De fait, dans toutes les affaires auxquelles il avait été mêlé, personne n'avait jamais tenu lieu de cerveau. Ils se contentaient de monter un coup quand ils avaient besoin d'argent, et un jour ou l'autre, l'un d'eux se faisait prendre et donnait ses complices. La seule chose qui séparait Peters des autres voyous, c'est que lui, il braquait les banques tandis qu'eux, ils s'attaquaient aux supérettes et aux motels. Lui, il voyait grand, et ça lui conférait un certain prestige parmi les détenus. Il ne fréquentait pas les caïds, ne jouait pas aux petits jeux habituels, mais ils savaient qu'on n'avait pas intérêt à l'emmerder. Même les brutes et les méchants le respectaient. C'était peut-être pour cette raison que ça ne le dérangeait pas tellement de retourner au bloc. Seulement, il commençait à se faire trop vieux pour toutes ces conneries. Le prestige, il voulait l'avoir dehors, et pour y parvenir, existait-il meilleur moyen que de produire des liasses de billets ?

Le chantage ! Ça n'était pas très bien considéré parmi les taulards, mais qu'est-ce qu'on en avait à secouer ? Si Bobby et lui menaient l'affaire comme il fallait, ils seraient loin avant qu'on en entende parler — à condition même que ça s'ébruite. En effet, qui irait le raconter ? L'Indien ? Il tiendrait plus que quiconque à ce que le secret soit gardé. La femme de Harwood ? Elle voudrait sans doute ne plus y penser. Il lui avait flanqué une sacrée trouille l'autre jour au téléphone. Harwood ? Qui le croirait ? En outre, s'il allait les dénoncer, il serait lui-même impliqué. Peut-être que ce n'était pas un crime de combiner un chantage. Quant à Harwood, il poserait peut-être un problème, en définitive — il serait plus que fumasse. Etant donné ses dispositions d'esprit, il se foutrait probablement des conséquences. Qu'est-ce qu'il aurait à perdre ? Ses chances de sortir se seraient envolées, et puis, il avait paru un peu bizarre au téléphone.

Peters aperçut la Pinto bleue garée le long du trottoir, et il ne se rappela même pas avoir tourné dans la rue résidentielle à peine éclairée. Il arrêta la camionnette juste derrière, puis éteignit les phares. Laissant le moteur tourner au ralenti, il ouvrit la boîte à gants pour prendre la bouteille d'Early Times. Il dévissa la capsule et, les yeux fermés, but une longue gorgée. Il sentit la chaleur de l'alcool se répandre jusque dans son estomac. Lorsqu'il rouvrit les yeux, il vit Bobby qui se tenait devant le pare-brise, la mine renfrognée. Il éclata de rire, et reprit un coup de whisky.

Bobby ouvrit la portière, puis se glissa sur le siège de plastique en frappant dans ses mains pourtant protégées par des gants.

— Putain ! mec, t'étais où ? On se les gèle à rester assis dans une bagnole sans chauffage. J'ai fumé mon dernier joint y a deux heures. Faut qu'on se dégote un peu d'herbe, sinon je laisse tomber.

Peters rit de nouveau et voulut ébouriffer les cheveux de Bobby, mais celui-ci se recula. Il lui tendit alors la bouteille.

— Essaye donc ça, petit con.

Woody se tourna vers la fenêtre de l'appartement et reprit :

— Du nouveau ?

— Non. Elle est rentrée vers cinq heures et demie. Yellow Calf s'est pas pointé. Tirons-nous d'ici et allons au Shanty. J'ai besoin d'un petit joint.

Peters avait envie de lui répliquer que bientôt il pourrait lui acheter une tonne d'herbe, mais il fallait d'abord qu'il finisse de peaufiner son plan. Il savait que Bobby voudrait appeler l'Indien ce soir même pour lui demander d'envoyer la monnaie. Bobby était comme ça, et Peters l'aimait comme il était. Néanmoins, il avait appris à y réfléchir à deux fois avant de lui confier quoi que ce soit.

— Quelle heure est-il ? questionna Bobby en s'efforçant de lire l'heure sur sa montre à la lueur d'un lampadaire derrière eux.

— Du calme. Sept heures et demie, huit heures. T'as repéré des gens dans le coin ?

— Ouais, deux ou trois personnes qui sont entrées dans l'immeuble, mais elles doivent crécher ici. Elles coltinaient des tas de sacs. Et puis une bonne femme qui promenait un clebs de la taille d'un rat, tu sais, une de ces saloperies de saucisses à pattes, j'en ai jamais vu un aussi petit. T'imagines pas, mec, et en plus fringué ! C'te bestiole, elle avait un costard, tu te rends compte ?

— Putain ! je t'envoie surveiller la régulière à Harwood, et tu me parles d'une saucisse à pattes !

Peters sourit dans le noir et sentit la main de Bobby lui presser la cuisse. L'image de leur première nuit lui revint aussitôt en mémoire. Assis côté à côte sur sa couchette, ils parlaient, mélange de murmures et de grognements, quand soudain les doigts de Bobby lui avaient effleuré l'intérieur de la cuisse. Woody avait alors baissé les yeux sur la main posée là, et il aurait juré voir dans l'obscurité des éclairs bleus d'électricité jaillir du bout des doigts de Bobby. Il n'arrivait toujours pas à croire que cela se soit passé de manière si naturelle, tout comme maintenant. Maîtrisant l'excitation qui le gagnait, il écarta la main d'une petite tape.

— Plus tard, dit-il. Je vais d'abord jeter un coup d'œil aux alentours, et après on ira au Shanty te chercher un peu d'herbe.

Il descendit de la camionnette, un léger sourire aux lèvres. Il adorait faire attendre Bobby. En général, c'était ce dernier qui semblait diriger les opérations, mais en réalité, il savait très bien qui commandait.

— Plus tard, répéta Woody en riant.

Et la réponse lui parvint tandis qu'il refermait doucement la portière, émise dans un chuchotement rauque :

— Sale con.

Le vent s'était levé, et Peters boutonna le col de sa parka. La neige crissait sous ses pas cependant qu'il montait sur le trottoir. Il marcha rapidement jusqu'à l'entrée de l'immeuble. Là, il pensa un instant se retourner pour adresser un signe de la main à Bobby, ou peut-être un geste obscène, mais il se dit que ça ferait amateur. Voilà le genre de choses auxquelles Bobby se livrerait, et ces temps-ci, Peters se surprenait à vouloir parfois agir de façon stupide. Il lui arrivait de céder à ses impulsions, comme l'autre soir au Shanty, quand il avait lancé « Ça va, vieux ? » au grand Indien.

Depuis, il y avait souvent réfléchi, et il ne parvenait pas à décider s'il avait eu raison ou tort de faire ça. Il était sûr que Yellow Calf était passé au Shanty parce qu'il savait l'y trouver et qu'il tenait à examiner les lieux. Il lui paraissait normal que tous deux sachent à quoi s'en tenir l'un vis-à-vis de l'autre. Un frisson lui glaça le dos. Maintenant qu'il était le cerveau de l'affaire, il fallait qu'il se montre à la fois malin et prudent, mais prudent jusqu'à quel point ? Est-ce qu'il n'avait pas déjà tout foutu par terre en ayant bêtement interpellé l'avocat ? Au diable Harwood ! Et puis quoi encore ? Il lui apparut soudain qu'il surveillait l'appartement de la régulière de Harwood, mais qu'en définitive, elle n'était plus qu'une femme comme les autres, dont on pouvait user — et abuser. D'où cette pensée lui venait-elle ? Il se rappela alors le vieux taulard qu'il avait connu en prison au Colorado. C'était lui qui disait ça, que les femmes étaient faites pour ça, qu'on pouvait en user et en abuser. Il vous flanquait les jetons, ce vieux con. Il avait découpé deux femmes en morceaux et, condamné à perpète sans le moindre espoir de libération conditionnelle, il n'avait plus rien à perdre. Il s'amusait à raconter comment il avait charcuté ses victimes pendant qu'elles hurlaient et se débattaient — il ne négligeait aucun détail pendant qu'ils mangeaient au réfectoire, et plus d'un dur à cuire devait se lever et quitter la table. Quel sale type, celui-là !

Tiens, et s'il sautait la femme de Harwood et qu'il en abuse un petit peu ? Ça l'inciterait à fermer sa gueule, sinon sa gonzesse y aurait de nouveau droit, et peut-être en pire. Et puis, ça foutrait la trouille à l'avocat de savoir qu'ils le serraient de près et qu'ils pouvaient être méchants. Il avait l'habitude des avocats, et surtout de ceux qui s'occupaient d'affaires criminelles. Il savait qu'ils aimaient paraître à la coule, parler comme les voyous, faire ami-ami avec eux, mais au fond, ils avaient toujours un peu la frousse parce que leurs clients braquaient des flingues sur les gens et faisaient regretter d'être nés à ceux qui les doublaient. L'avocat indien siégeait peut-être à la Commission des libérations conditionnelles, il avait peut-être vu un tas de criminels passés sur le gril, mais sans doute qu'aucun ne s'était directement attaqué à lui. Etre assis en face d'un criminel, séparé par une table, c'était une chose, mais que l'un d'entre eux s'en prenne à vous dans la rue, c'en était une autre.

Décidément, son idée lui plaisait bien. Son plan était certes un peu risqué — qu'arriverait-il s'il blessait vraiment la femme, si elle allait trouver les flics, ou encore si l'Indien ou Harwood le dénonçaient ? Ouais, il y avait des risques, mais on ne faisait rien sans rien. De plus, il y avait un paquet de fric à ramasser dans l'histoire. Si Bobby et lui réussissaient à fuir au Mexique, ils seraient peinards pour un bon bout de temps.

Une rafale de vent souleva un tourbillon de neige devant la camionnette. Peters regarda le ciel. Il ne vit que la lueur du lampadaire qui se reflétait sur le bas manteau de nuages. Jetant un coup d'œil par-dessus son épaule, il aperçut de la lumière dans le séjour de Patti Ann Harwood, à moins de trois mètres de lui. Il ouvrit la porte de l'immeuble et grimpa sans bruit les quatre marches. A gauche dans le couloir, une carte toute jaunie et gondolée, scotchée sous la sonnette, indiquait « P. Harwood ». Le nom, tapé à la machine, demeurait parfaitement lisible. Bien net. Peters songea un instant à la prendre comme souvenir, et peut-être à aller la coller sur la porte de l'Indien. Putain ! ce serait génial ! Ça augmenterait un peu la pression.

Il finit pourtant par sortir aussi rapidement et discrètement qu'il était entré. Il remonta son col et se hâta le long du trottoir. Il sentait la neige tomber sur sa tête nue. Il faut être prudent. Il faut être patient. Tiens, on dirait une petite chanson. Mieux valait se garder d'annoncer la venue du père Noël. Eh ouais, Noël dans une semaine. Incroyable la façon dont tout s'embrouille, la taule, ou plutôt les taules, et maintenant la rue, la liberté. Il pensa à ses gosses et se demanda comment ils allaient. Ned devait avoir quatorze ou quinze ans ? Quant à Faith, elle avait quelque chose comme un an et demi de moins. Est-ce qu'ils étaient ensemble, peut-être dans une famille adoptive, recueillis par des gens bien ? Non, sans doute pas, ça ne marchait pas comme ça — les gosses, c'était comme les chiots, personne n'en prenait deux de la même portée, surtout avec les parents qu'ils avaient. Mauvais pedigree. Un criminel et une alcoolique. A ta santé, Edna. J'espère que ta putain de carcasse est en train de pourrir sous le tabouret d'un bar dans je ne sais quel patelin paumé. Pauvres mômes !

Peters traversa le boulevard pour rejoindre la camionnette. Il fallait qu'il se calme. Quinze ans après, cette ordure d'Edna continuait à le rendre cinglé. Les cadeaux de Noël. Pour les gosses, c'était trop tard, d'ailleurs, depuis le début, c'était trop tard, mais il pouvait en faire un, non, merde ! deux, à Bobby. Le gros coup — et Patti Ann Harwood. Putain ! elle allait en faire un sacré cadeau, à la fois cadeau de Noël et cadeau d'adieu. Bobby allait adorer. Et ensuite, en route pour le Mexique, adieu l'autre salopard, et bonjour les señoritas. Ouais !

13

Sylvester Yellow Calf annonça sa décision deux jours avant Noël sur les marches du bâtiment administratif de la Pinehurst School, un orphelinat. Il faisait étonnamment doux pour la saison, et la température avoisinait les 10 degrés, conséquence du chinook qui soufflait dans la vallée depuis la veille. La neige avait fondu sur les pentes brunes des collines ainsi que dans le creux des vallons, et elle n'apparaissait plus que dans les anfractuosités grises des falaises de craie de Mount Helena et, au sud, sur les pics des Elkhorns. Sylvester, face au vent, jeta un dernier regard sur les montagnes avant d'entamer son discours. Il était 10 heures 30.

Il portait son meilleur costume gris, une chemise blanche unie et une cravate bordeaux. Ses épais cheveux noirs ondulaient sous la brise chaude tandis qu'il évoquait lentement, sans sourire, ses objectifs et ses espoirs, les besoins et les droits de l'Etat du Montana et de ses citoyens, ceux des groupes d'intérêt (désignant d'un geste du bras la délégation indienne placée derrière lui sur sa droite, puis les orphelins sur sa gauche) de même que ceux des personnes privées, sans oublier la nécessité de protéger l'environnement et les droits non seulement de ses défenseurs, mais aussi des promoteurs responsables. Il parla ensuite du droit des femmes à disposer de leur corps afin que les enfants non désirés ne soient pas abandonnés et n'errent pas, seuls dans la nuit (là-dessus, il s'empressa de faire l'éloge des institutions telles que la

Pinehurst School). Pendant son discours, un lourd silence s'abattit parmi l'assistance, ponctué par quelques applaudissement polis. Derrière lui, le sénateur Will Beecham, un homme à peine plus âgé que Sylvester, mais qui accomplissait déjà son troisième mandat, hochait gravement la tête à l'intention de leurs sympathisants, des journalistes et des caméras de télévision. A côté de lui, Tillman Oakes, membre de la chambre des Représentants, affichait un pâle sourire. En mauvaise santé depuis près de deux ans, inefficace depuis douze, il avait annoncé sa retraite quelques mois plus tôt. Il avait donné au dernier moment son accord pour venir, après que Buster Harrington et Fabares l'eurent convaincu d'apporter ne serait-ce qu'un soutien symbolique à Sylvester, en échange de quoi on penserait à lui pour un poste de conseiller ou d'envoyé spécial auprès de quelques pays de la zone pacifique qui s'intéressaient à l'industrie du bois du Montana. Il n'avait rencontré le futur candidat que deux fois, et, sans bien savoir pourquoi, restait persuadé qu'il ne ferait pas l'affaire. Oakes grimaça de douleur sous l'effet de sa hernie hiatale qui, accompagnée d'une grave angine de poitrine, le maintenait dans un état d'anxiété permanente. Il se sentait utilisé, impuissant, manipulé, et ça ne l'enchantait guère de se retrouver sur les marches d'un orphelinat à écouter l'homme qui allait lui faucher sa place. Il parvint cependant à sourire à une jeune journaliste de télévision avec qui, à sa manière de vieil homme, il flirtait depuis deux ou trois ans. Elle ne le remarqua même pas.

Derrière les deux membres du Congrès, légèrement à gauche et une marche au-dessus, il y avait un groupe d'enfants, des pensionnaires de l'institution, surveillés par une bonne sœur en civil qui adressait des sourires radieux à l'assistance. L'un des enfants, un petit Indien âgé de sept ou huit ans, vêtu d'un pull à col roulé bien propre et bien repassé et d'un pantalon à carreaux tenait à la main un calumet de la paix en contreplaqué qu'il devait offrir à Sylvester à la fin de son discours. Son excitation, à peine née, était déjà retombée, et il semblait envahi à la fois par un sentiment d'appréhension et d'ennui.

A côté des deux élus, plusieurs membres des diverses tribus du Montana, dont le président tribal et l'historien culturel blackfeet, contemplaient avec calme l'activité qui se déroulait autour d'eux. Ils étaient soit en costumes-cravates, soit habillés à la mode western. Seul l'historien tribal portait quelque chose d'indien : un manteau à capuche fait d'une couverture, des gants de cuir à crispin brodés de perles, des nattes... et des lunettes noires.

Sylvester avait tapé son texte sur trois feuillets que le vent ne cessait de retourner. L'estrade était trop étroite, et il avait du mal à lire tout en se rappelant de lever le plus souvent possible la tête pour regarder l'assistance. Il avait l'impression de se retrouver de nouveau en classe d'élocution, et ça ne lui plaisait pas beaucoup. De fait, rien ne lui plaisait, et surtout pas la manière dont il utilisait les orphelins à son profit. Il avait longtemps contribué à recueillir des fonds pour l'institution et, ces trois dernières années, il y avait même joué les pères Noël. Maintenant, il se reprochait de s'être laissé convaincre par Buster et les autres d'annoncer ici sa candidature. Au moins, on ne l'avait pas obligé à endosser son déguisement de père Noël ! Encore que quelqu'un ait suggéré qu'il le fasse pour, ensuite, aller distribuer des cadeaux au réfectoire. Les photographes et la télévision seraient là, et il ne fallait pas rater une occasion pareille. Heureusement, Buster lui-même avait blêmi à l'écoute de cette proposition.

Ce qui le gênait le plus, c'était de procéder à cette annonce trois jours avant Noël, alors qu'il aurait préféré la semaine entre Noël et le jour de l'an, car il pensait que les gens du Montana seraient plus réceptifs à ce moment-là. Seulement, Buster avait organisé un brainstorming, un mégabrainstorming. (« Comment s'appelle, déjà, cet orphelinat où vous allez jouer les pères Noël ? Et puis, dites-moi, il y a bien des petits Indiens là-bas ? Bon Dieu ! vous êtes vous-même orphelin — enfin, presque. ») Donc, l'idée cadrerait à merveille avec l'atmosphère de Noël, et frapperait les esprits des familles réunies dans la ferveur et la chaleur des foyers. (« Avant que le brave tonton Harry n'aille se faire péter la cervelle sur le bord de la route avec les autres ivrognes du nouvel an. »)

Sylvester s'était rendu à leurs arguments, surtout parce qu'il croyait en Fabares et que celui-ci avait soutenu la suggestion de Buster. Se souvenant de regarder la petite foule rassemblée, il vit les pancartes qui s'agitaient au-dessus d'une mer de visages, rouges et bleues avec, en lettres blanches, YELLOW CALF AU CONGRÈS, puis les macarons aux boutonnières des manteaux et des vestes de laine. Il sentit alors l'excitation le gagner. Tous ces plans, ces stratégies et ces problèmes qui lui avaient paru si académiques s'effacèrent devant la réalité présente. Il allait solliciter les suffrages des électeurs, et il était qualifié pour cela, non pas à la manière des hommes politiques, mais en accord avec ses croyances et ses valeurs. Saisi d'une impatience grandissante, il se dit : Les dés sont jetés, et je vais l'emporter parce que je suis Sylvester Yellow Calf et que je le mérite. Il eut soudain le sentiment que sa vie l'avait inexorablement mené à cet instant qui en marquerait un tournant capital.

Il en était à sa dernière page et, entendant sa voix s'élever, haute et claire, il accepta avec une grande fierté et une grande humilité ce qui lui apparaissait comme son devoir. « Je suis candidat au siège du Congrès pour la circonscription Ouest du grand Etat du Montana ! » Il sourit et agita la main en direction des pancartes brandies au milieu des applaudissements, des sifflets et des crépitements des flashes, tandis que les centaines de visages, la plupart d'entre eux familiers, semblaient heureux. Shelley se tenait dans les premiers rangs, légèrement à l'écart. Il lui fit signe, et elle leva la main, comme si elle s'attendait à ce qu'il l'appelle auprès de lui. Elle lui adressa un sourire timide mais chaleureux, et, l'espace d'une seconde, il se demanda si elle serait à ses côtés l'année prochaine.

Après quoi, il fut emporté dans un tourbillon. Will Beecham lui serra la main, et, passant un bras autour de ses épaules, se tourna pour saluer les photographes. Oakes vint alors se placer de l'autre côté de Sylvester. L'homme, maigre et pâle, presque aussi grand que lui, leva alors les deux bras en faisant le signe de la victoire. Il se sentit soudain infiniment soulagé de ne pas avoir à affronter trop de meetings comme celui-là. Il donna une grande tape dans le dos de Sylvester puis, lui aussi, le prit par les épaules. Tillman Oakes pensait à la Chine, à Taïwan, au Japon, à la Corée. Bon sang ! tous ces pays-là avaient besoin de bois ! Il se souvenait d'avoir lu quelque part que les cabanes en rondins étaient très courues au Japon. Un large sourire aux lèvres, il s'écria à l'intention de la petite foule :

— Bonne chance à tous et que Dieu vous bénisse !

Au début, Sylvester ne se rendit même pas compte qu'on tirait sur sa jambe de pantalon. Au bout de la deuxième ou troisième fois, il finit cependant par baisser les yeux sur le petit garçon en col roulé et pantalon à carreaux qui s'efforçait ainsi de capter son attention. Il fallut un moment au jeune avocat pour comprendre ce qu'on lui voulait. Le petit Indien tenait le calumet de la paix sous son bras, comme s'il s'agissait d'une béquille. La bonne sœur le poussa dans le dos, et il présenta la pipe à Sylvester. Ce dernier éclata de rire et souleva l'enfant. Le garçon sur un bras, le calumet de la paix dans l'autre main, il les brandit en direction de l'assistance.

— Comment tu t'appelles ? demanda-t-il ensuite à l'enfant.

— John.

— Tu vois ces appareils photo, John ? Eh bien, on nous prend en photo. Fais coucou.

Mais John était trop timide, même pour agiter la main. Le regard fixé sur les appareils photo, il s'essuya le nez avec la manche de son pull.

— Il va neiger ? interrogea-t-il simplement.

— Tu le voudrais ?

— Oui.

— Et pourquoi ça ?

— Pour Noël.

La bonne sœur récupéra le petit garçon.

— Merci, ma sœur.

— C'est un jour de bonheur pour les enfants, Mr. Yellow Calf.

Prenant John par la main, elle le reconduisit auprès des autres.

Ensuite, Sylvester posa en compagnie des chefs indiens, puis de nouveau avec Beecham et Oakes, quelques enfants ainsi que les responsables de l'orphelinat. A un moment, il s'aperçut que le calumet de la paix avait disparu, et il espéra qu'un des membres de son équipe l'avait mis de côté. L'historien culturel descendit les marches avec d'autres chefs indiens. Il tenait la pipe sous son bras, et Sylvester s'efforça de comprendre ce que cela signifiait. En réalité, les chefs semblaient sincèrement ravis qu'un Indien se présente au Congrès et qu'il sollicite leur appui. Un saint homme avait fait brûler une tresse d'herbe douce, et il bénissait Sylvester avec la fumée. Fasciné, celui-ci regretta un instant de ne pas porter la médecine de guerre de son arrière-arrière-grand-père, puis il se dit que cela aurait sans doute paru un peu complaisant. Toutefois, il se sentait heureux de l'avoir en sa possession, et à l'idée de la savoir là il retrouvait son assurance et son envie de se battre. Peut-être que l'historien culturel désirait garder le calumet de la paix pour le ranger parmi les archives, ou quelque chose de ce genre.

Plus tard, à la cafétéria, Sylvester, circulant au milieu des enfants qui mangeaient des gâteaux et buvaient du jus d'orange, offrit des cadeaux, légèrement étonné de constater à quel point les petits orphelins semblaient réservés, surtout les plus âgés d'entre eux. Il se demanda s'ils pensaient à leur vie, à leur avenir, et il se souvint qu'à leur âge, il s'interrogeait pour savoir s'il aurait de vrais parents comme les autres enfants, espérant qu'un jour, peut-être...

Maintenant, tous les hommes politiques, les chefs indiens, les administrateurs de l'orphelinat étaient partis, de même que la majorité des membres de l'équipe. Un petit groupe d'adultes discutait au fond de la cafétéria, gobelets en carton à la main. Sylvester jeta un coup d'œil dans leur direction et réprima un sursaut. Shelley se tenait parmi eux, qui l'observait.

— Il va bientôt être l'heure, Sylvester.

Il pivota et reconnut aussitôt celle qui venait de le rappeler à ses devoirs.

— Ah ! c'est vous, Debbie.

— Nous devons être en ville dans un quart d'heure, déjeuner sur le pouce, puis départ pour Missoula à deux heures, et ensuite Kalispell pour le Noël des Chevaliers de Christophe Colomb. Cinq heures et demie.

Sylvester examina un instant la jeune fille. C'était une étudiante de l'université Carroll, vingt-quatre ou vingt-cinq ans tout au plus, qui suivait des études de sciences politiques. Elle avait passé trois ans au Zaïre dans les Corps de la Paix. C'était peut-être là, se dit-il, qu'elle avait acquis cette espèce de mélange de sérieux et d'entrain qu'elle semblait doser à volonté selon les circonstances.

Elle tapota sa montre, soudain tout sérieux.

— J'arrive dans une seconde, Debbie.

Les yeux fixés droit devant lui, Sylvester se fraya un chemin au milieu des tables. Shelley, le voyant approcher, s'écarta du groupe pour aller se placer dans un coin éclairé par une fenêtre du sous-sol. L'avocat se dirigea vers elle.

— Eh bien, fit la jeune femme. Excellente prestation. Un public captivé. Et dehors aussi, c'était parfait.

— Tu crois vraiment que ça s'est bien passé ? J'avais l'impression d'être un peu ridicule.

— Tu t'y feras. Le plus dur, c'est le début. D'ici peu de temps, tes conseillers te diront juste où tu es et à qui tu t'adresses. A partir de là, ça devient facile. Tu n'as plus qu'à embrayer et à déclarer à l'assistance ce qu'elle a envie d'entendre.

— Tu as beaucoup appris de ton père.

— C'était un véritable homme politique.

— Shelley, je dois coucher à Kalispell — je suis censé prendre la parole à un dîner. Tu crois qu'on pourrait dîner ensemble demain soir ?

— Demain soir, vous serez à Billings...

Sylvester se retourna d'un bloc et lança un regard irrité sur la main qui venait de se poser sur son bras. Depuis trois semaines, c'était comme ça, et même de pire en pire à mesure que son équipe s'étoffait. Il n'était pas habitué à être tiré et poussé dans tous les sens, ni à ce qu'on lui dise ce qu'il devait faire sur un ton uni et condescendant. Certes, Buster l'avait prévenu, mais sans mentionner que ces gens-là seraient tous jeunes et intelligents, pareils, presque, aux groupies d'un quelconque gourou.

— ... pour faire un discours devant l'Alliance indienne.

Debbie avait un petit carnet à la main et un large sourire aux lèvres.

— Oh... Debbie, je vous présente Shelley Bowers, une amie.

— La fille du sénateur Hatton, n'est-ce pas ? Je vous ai vue à des meetings. J'étais aux Jeunesses démocrates.

— Enchantée de faire votre connaissance, Debbie, dit Shelley en riant. (Elle tendit la main à Sylvester.) Eh bien, Mr. Yellow Calf, je serais très honorée de dîner avec vous dès que vous trouverez un moment. Je suis dans l'annuaire. Après Noël, peut-être.

Sylvester lui serra la main avec un petit sourire d'excuse et un air d'impuissance. Noël paraissait si loin.

— Il ne nous reste plus que dix minutes, Sylvester, dit Debbie en le prenant par le coude pour le piloter en direction de l'escalier en ciment qui montait vers la sortie. Elle est charmante, ajouta-t-elle après être passée devant Shelley.

Sylvester, après avoir prononcé son discours devant l'Alliance indienne, rentra le soir même à Helena. Tout s'était déroulé pour le mieux. Il avait pourtant craint que de nombreux Indiens ne le considèrent comme un opportuniste qui embrassait soudain le mode de vie indien après l'avoir abandonné pendant des années, mais, au cours du dîner, la majorité des invités semblèrent plutôt contents d'échanger des idées avec lui. On lui offrit une couverture décorée d'étoiles ainsi qu'un diplôme d'honneur et, à son tour, il remit, au nom de l'Alliance indienne, des certificats de bonne conduite à plusieurs jeunes qui avaient passé une année entière sans drogue ni alcool. Dans son discours, il avait promis de mener une guerre impitoyable contre toutes formes de substances toxiques, que ce soit sur les réserves ou à l'extérieur, parmi les communautés indiennes.

Son petit Cessna de location atterrit peu avant minuit et, environ un quart d'heure plus tard, Sylvester poussait la porte de son appartement. Il était fatigué mais heureux, encore étourdi par le succès de la soirée. Il jeta son manteau, sa veste et sa cravate sur une chaise de sa chambre, puis se dirigea vers la cuisine. Il ouvrit une bière et en vida la moitié en quatre gorgées. Il se sentait légèrement coupable, mais le voyage en avion lui avait desséché la gorge. Il emporta la boîte de bière dans le séjour et faillit allumer la télévision, mais il se rendit compte qu'il était trop tard pour les nouvelles régionales. Il n'avait pas vu un poste de télévision depuis deux jours, et il ignorait donc comment les chaînes couvraient sa campagne électorale. Il avait fait la une des journaux d'Helena et de Billings. Quant aux autres quotidiens du Montana, il les trouverait à son quartier général demain matin... (il consulta sa montre) ...ou plus exactement aujourd'hui. C'était la veille de Noël, et il n'avait pas pensé aux cadeaux ; de fait, il ne voyait pas à qui en offrir. A Shelley ? Aux Harrington ? A ses grands-parents ? Il se demandait s'il ne devait pas donner la couverture à Shelley quand il s'aperçut qu'il ne l'avait plus. Encore une disparition !

Il posa sa bière sur la table basse et sortit dans le couloir. Il était en chaussettes, et le sol lui parut glacé. Il prit la pile d'enveloppes et de prospectus qui l'attendaient dans sa boîte aux lettres. Pour une fois, il n'y avait pas de catalogues.

Après avoir refermé la porte derrière lui, il s'affala sur le canapé et entreprit d'examiner son courrier. Des cartes de vœux, des factures, une lettre en provenance de la réserve de Standing Rock dans le Dakota du Nord, un bon pour deux pizzas pour le prix d'une chez Domino, ou au Yellowstone Boys Ranch, et une enveloppe avec juste « Yellowcalf » tapé à la machine, sans timbre, ni adresse, ni mention de l'expéditeur. Une boule dans la gorge, Sylvester la contempla un long moment avant de la poser soigneusement à côté de lui sur le canapé. L'esprit ailleurs, il jeta un rapide coup d'œil sur le reste de son courrier.

Il se décida enfin à saisir l'enveloppe par les bords et à l'ouvrir, à l'aide de son petit couteau suisse. Il en tira une feuille blanche qu'il déplia. Les mots étaient tapés à la machine, en majuscules : ON T'A VU À LA TÉLÉ. T'AVAIS BONNE MINE. ON T'APPELLERA BIENTÔT. Sylvester inspecta l'intérieur, mais il n'y avait rien d'autre.

Sans lâcher la feuille de papier, le jeune avocat se leva pour aller regarder partout dans son appartement, y compris dans la douche, le four, le réfrigérateur et le panier à linge de sa chambre. Il laissa le mot sur la commode ancienne pour fouiller dans les tiroirs, glissant la main sous tous les vêtements. Le tiroir à chaussettes était une vraie pagaille, mais ça n'avait rien d'anormal. Les autres étaient moins en désordre. Après quoi, il ouvrit le placard et fit glisser les costumes et les manteaux sur leurs cintres. En bas, ses chaussures étaient bien alignées. Rien ne paraissait avoir été dérangé.

Il reprit la feuille de papier sur la commode. Les caractères étaient bien nets. Il eut un rire qui ressemblait à un ricanement. Si on était à la télé, l'une des lettres, le O par exemple, présenterait un léger défaut, une bavure imperceptible. Seulement, on n'était pas à la télé. Là, c'était la réalité, l'existence soudain brisée de Sylvester Yellow Calf. Une pensée lui traversa l'esprit : le mot provenait peut-être d'un ami, d'une connaissance qui n'avait pas trouvé d'autre moyen de le contacter, peut-être quelqu'un de Browning descendu ici pour les vacances. Lena ? L'espoir lui fit battre le cœur, pour l'abandonner aussitôt. Yellowcalf. Tout ces gens-là savaient que son nom s'écrivait en deux mots. Il se regarda un instant dans la glace. Le même visage, le même Yellow Calf. Un chantage. Peut-être qu'il ne réalisait pas encore. Il n'avait pas l'air d'un rat pris au piège — d'un rat épuisé, sans doute, mais pris au piège, sûrement pas. Il jeta un coup d'œil sur le sac-médecine suspendu à un crochet de la glace, puis il l'effleura du bout des doigts en se demandant ce qu'il contenait pour être si dur, pareil à une pierre enveloppée de cuir. Un objet aussi banal qu'une pierre ne pouvait certainement pas servir de médecine de guerre. Il lui vint à l'esprit qu'il ne saurait jamais ce qui se trouvait à l'intérieur du sac. La médecine de guerre était quelque chose de très personnel. Pourquoi ne l'avait-on pas enterrée avec son arrière-arrière-grand-père ? Il n'avait pas posé la question, et sa grand-mère n'avait jamais abordé le sujet. Qu'était-il donc arrivé au vieux guerrier blackfeet ? Peut-être qu'il avait été tué au combat et que ses compagnons avaient juste eu le temps d'arracher sa médecine de guerre à son cadavre avant qu'elle ne tombe entre des mains ennemies. « Il y a des ennemis partout. » N'étaient-ce pas des paroles du chant de la danse du scalp ?

Le téléphone sonna, et Sylvester s'empressa de retirer sa main. Lâchant la feuille de papier, il se précipita vers le téléphone mural de la cuisine, à côté du coin-repas.

— Allô !

— Sylvester ?

Il lui fallut un moment pour reconnaître la voix. Poussant un profond soupir, il se laissa tomber sur un tabouret.

— Vous allez bien ?

— Très bien, Debbie. Qu'est-ce qui se passe ?

Il coinça le téléphone contre son épaule et se frotta les yeux.

— Je suis désolée de vous appeler si tard, mais je tenais à vous joindre avant que vous vous couchiez, dit-elle d'un ton léger qui masquait une certaine inquiétude. Margie, une des filles qui travaillent à la permanence, a reçu un coup de fil très bizarre cet après-midi. Je pensais que vous aimeriez être au courant.

— Oui ?

— Vous connaissez Margie, la petite Indienne de Poplar. Un homme a appelé, apparemment soûl ou drogué, la voix empâtée — enfin bref, il a dit : « Dites à l'Indien qu'il nous faut cinquante grosses coupures. » Je suppose que « l'Indien », c'est vous. Il a veillé à ce que Margie note tout.

Sylvester se passa le dos de la main sur son front qu'il trouva gras et moite.

— Il n'a rien dit d'autre ?

— Il s'est montré assez grossier, surtout quand Margie lui a demandé qui il était. Elle pense qu'il s'agissait d'un ivrogne, mais il s'est à plusieurs reprises assuré qu'elle comprenait bien. Il était plutôt insistant, et c'est pourquoi elle a préféré m'appeler.

— Est-ce que quelqu'un d'autre est au courant ?

Sylvester se rendit aussitôt compte qu'il avait eu tort de poser cette question, et, s'imaginant voir Debbie se raidir, il se hâta d'ajouter :

— Je veux dire... je suis persuadé que c'était un type qui avait un coup dans le nez et qui voulait se livrer à une petite plaisanterie. Inutile de remuer ciel et terre pour une mauvaise blague, vous ne croyez pas ? — il eut un rire forcé. J'imagine qu'il faudra s'habituer à subir des cinglés et des racistes en tout genre. C'est comme ça dans la région, Debbie.

Après quelques secondes de silence, la jeune fille déclara :

— J'aimerais justement que ça ne soit pas comme ça, Sylvester. Quand je suis rentrée du Zaïre, je me disais que l'Amérique, au moins, était un pays civilisé. Là-bas, la situation politique était épouvantable, et ici, c'est la situation sociale qui est épouvantable. Qu'est-ce qui est mieux ? Et est-ce que l'un et l'autre s'amélioreront un jour ?

— Vous me paraissez bien fatiguée. Allez donc vous coucher et demain, on n'y pensera plus. Bonne nuit, Debbie.

— Oh ! encore une chose, reprit la jeune fille avec son esprit pratique. N'oubliez pas que nous avons une réunion demain matin pour mettre au point notre stratégie. Dix heures tapantes. Je passe vous prendre ?

— Je devrais pouvoir trouver mon chemin tout seul, Debbie.

— Ce n'est pas ce que je voulais dire !

Sylvester éclata de rire.

— Bonne nuit, Debbie. Et faites de beaux rêves.

Mon Dieu ! la situation lui échappait complètement.

Il coupa la communication, écouta un instant la tonalité, puis composa un numéro, étonné de le connaître par cœur. Se penchant en arrière, il jeta un regard vers le couloir. Toutes les lumières de l'appartement brillaient, alors qu'il ne se souvenait pas de les avoir allumées. A la quatrième sonnerie, il conclut qu'en définitive il avait dû se tromper. Il allait raccrocher quand une voix, une voix hésitante de petite fille, répondit :

— Allô ?

Certain d'avoir fait une erreur, il demanda cependant, d'une voix qui lui parut rauque :

— Patti Ann ?

— Oui.

— Je suis désolé de te déranger. Je suppose que tu dormais. Sylvester à l'appareil.

— Bonjour, enfin...

— Je t'ai réveillée ?

— Oui.

— Excuse-moi, dit-il, décidant d'aller droit au but. J'ai eu des nouvelles de nos amis. J'ai reçu un mot annonçant qu'ils reprendraient contact avec nous. Je crains qu'il s'agisse bien de Peters et de Fitzgerald — c'est le nom du copain de Peters — et je crains aussi que les choses s'aggravent. Peters a appelé ma permanence dans la journée pour dire à un membre de l'équipe qu'il exigeait cinquante mille dollars. La fille qui a reçu le coup de téléphone n'en sait pas plus, et du reste, personne n'en sait plus, mais ce type devient vraiment dangereux. Si on ne l'arrête pas d'une manière ou d'une autre, l'affaire ne tardera pas à éclater au grand jour.

Il entendit Patti Ann émettre un petit hoquet de surprise, puis ce fut le silence.

— Tu es toujours là ?

— Oui, oui, Sylvester. Je suis simplement abasourdie. Je ne sais pas quoi dire.

Après une courte pause, elle reprit :

— Je t'ai vu à la télévision hier — elle marqua un nouveau silence. Sylvester, je ne savais pas, je ne pouvais pas me douter, tu ne m'as jamais dit...

— Ouais, l'enjeu est un peu plus important à présent, dit-il, sentant la colère monter en lui tandis que son ton se faisait plus sec. Les petits copains de ton mari peuvent tout foutre par terre. Je ne parle pas seulement de mes ambitions politiques, mais aussi de ma carrière, et même de ma vie, tout ce pour quoi j'ai travaillé si dur.

— Je sais, je suis navrée, Sylvester.

— Patti Ann...

Il mourait d'envie de lui dire que c'était elle qui les avait fourrés dans ce guêpier, mais il se retint à temps et poursuivit :

— Je voudrais que tu fasses quelque chose. Peut-être que ça marchera, ou peut-être pas. Je ne connais pas bien ton mari, alors que toi, tu le connais, ou du moins le connaissais bien. Je voudrais que tu lui téléphones demain et que tu lui demandes de rappeler ses chiens. N'entre pas dans les détails — je ne le menace pas et je ne lui promets rien. Vois comment il réagit. Pour le moment, c'est tout. S'il accepte, on a peut-être une chance. Sinon, je ferai ce qu'il convient de faire.

— Il acceptera ! Je l'obligerai ! Je le quitterai ! s'écria-t-elle d'une voix où se mêlaient la passion, la colère et l'espoir.

Sylvester adressa un sourire machinal en direction des placards de la cuisine. Sa propre colère était retombée, et il éprouvait de nouveau un sentiment ardent pour la jeune femme. Même dans les circonstances actuelles, il lui reconnaissait cette fragilité et ce courage qui l'avaient tout de suite séduit, et il aurait voulu être en ce moment auprès d'elle. Cependant, il ne pouvait pas se permettre de s'abandonner à ses émotions.

— Surtout, ne fais pas ça, Patti Ann. Ne le menace pas de le quitter. Son espoir de libération est notre seule chance de nous tirer sans dommage de ce mauvais pas. Il faut qu'il croie que tu resteras avec lui et que la vie reprendra son cours normal s'il renonce à cette folie.

Sylvester regarda par la fenêtre au-dessus de l'évier. Il ne vit que les ténèbres.

— Que ce soit vrai ou non, reprit-il dans un murmure.

— Je ne sais plus ce qui est vrai. Mon Dieu ! je n'étais qu'une fille qui a grandi dans une petite ville du Minnesota. La vie n'était pas particulièrement folichonne, mais aujourd'hui, j'ai l'impression que c'était le paradis, dit Patti Ann avec un rire sans joie. Je pourrais être mariée avec le plombier du coin et avoir une ribambelle de gosses... Oh ! Sylvester, pourquoi n'ai-je pas suivi cette voie ? Pourquoi a-t-il fallu que je te rencontre ? Le reste, je peux l'assumer, mais je n'arrive pas à supporter l'idée que tu puisses souffrir, que ta vie soit gâchée, et même pas par amour. Car je sais que tu ne m'aimes pas, d'ailleurs, comment le pourrais-tu ? Et ça rend les choses pires...

— Ne dis pas ça, Patti Ann. J'éprouve pour toi des sentiments plus forts que tu ne l'imagines. En d'autres circonstances, on aurait pu passer du bon temps ensemble, tu sais.

La jeune femme eut un rire plein de regret.

— Oui, je sais. Si on se sort de là sans trop de mal, on sera toujours amis, n'est-ce pas, même si toi, tu t'envoles vers les sommets, et que moi, je... je descend encore plus bas ? J'aimerais au moins pouvoir le croire jusqu'à demain.

— Mais oui, bien sûr. Un homme a besoin d'amis contre vents et marées.

— Une femme aussi, dit Patti Ann, mais d'une voix mélancolique, comme si elle pensait à un avenir plus lointain.

— Tu fais toujours cette robe pour... comment s'appelle-t-elle, déjà ?

— Myrna ? Non, je l'ai finie la semaine dernière. Elle la trouve magnifique.

— Bon, eh bien, il est peut-être temps qu'on dorme. Je suis très content.

Sylvester était trop fatigué pour avoir les idées claires.

— Je ferai pour le mieux demain, je te le promets.

— Oui, je sais.

— Je te téléphonerai, en fin d'après-midi probablement.

— Bonne nuit, Patti Ann. Je t'aime, tu sais.

— Oui, oui.

Sylvester raccrocha, puis éteignit la lumière de la cuisine. Après quoi, il se dirigea lentement vers le séjour, éteignant au passage dans chaque pièce.

Il prit la boîte de bière sur la table basse pour la reposer aussitôt. Il alluma la télévision sur la chaîne des sports et alla s'affaler dans le canapé. Cinquante mille dollars. Il devait les avoir en titres et en actions, et peut-être même plus, en comptant ses économies. S'il s'agissait de verser la somme une fois pour toutes, il se débrouillerait, mais comment savoir ? Ils pourraient revenir à la charge. Ou alors, s'ils se faisaient prendre, ils cracheraient vraisemblablement le morceau et s'en serviraient comme monnaie d'échange.

Son intention première avait été de dire carrément à Patti Ann ce qu'il pensait, peut-être par rancune, mais après avoir entendu sa voix et songé à la tristesse de son existence, tristesse qu'il venait au demeurant de contribuer à accroître, il n'avait pas pu. Il n'éprouvait pas de ressentiment à son égard, rien qu'une sorte de tendresse qui frôlait la pitié, et c'était sans doute pourquoi il ne pouvait pas l'aimer. Il se la représenterait toujours comme quelqu'un d'à la fois courageux et pitoyable.

Il avait la conviction que Jack Harwood, qu'il soit ou non au courant, n'y était pour rien. Bien sûr, il avait mis la machine en route, il était à la source des événements, mais maintenant le torrent d'eau boueuse déferlait, échappant à tout contrôle. Woody Peters et Robert Fitzgerald, des imbéciles et des vicieux, travaillaient pour leur propre compte. L'affaire se situait désormais au-delà de l'argent, et au-delà même du désir de faire sortir Harwood de prison. C'était devenu une histoire de haine et de perversité, alimentée par la volonté de faire le mal. Sylvester connaissait ce genre de criminels ; il en avait vu assis en face de lui pendant leur comparution devant la Commission, polis, repentants, sérieux — et dévorés de haine. Ils ignoraient que la noirceur de leur âme transparaissait dans leur regard, et on frissonnait à la pensée qu'il puisse exister des esprits aussi malfaisants. C'étaient eux qui tranchaient la gorge de familles entières ou d'auto-stoppeurs pour le seul plaisir, pour voir ce qu'on ressentait à passer la lame d'un couteau sur la trachée-artère, la jugulaire, les chairs tendres du cou en dessous de l'oreille, ou encore ce qu'on éprouvait à réduire un crâne en bouillie, à tirer une balle en plein milieu d'un visage, à dégrader et à détruire un corps humain. Oui, il avait vu des hommes pareils, et il avait frémi.

Seul dans son appartement, bercé par le grondement des voitures de course qui défilaient sur l'écran du téléviseur, il pensait à la vulnérabilité de Patti Ann, à la sienne et à sa chute brutale. Au début, quand il n'avait eu à s'inquiéter que du plan bancal de Harwood, les choses avaient paru tellement simples. Il lui aurait alors suffi d'aller trouver la police pour tout arrêter. Certes, cela eût été quelque peu embarrassant, et il se serait peut-être vu obligé de prendre un congé tandis qu'il aurait eu à comparaître devant la commission d'éthique pour avoir couché avec une cliente dont le mari était en prison, mais il s'en serait tiré sans trop de casse. Les avocats commettaient souvent des erreurs stupides, encore qu'involontaires. Mais à présent, il était un candidat déclaré au Congrès, un personnage public qui sollicitait le suffrage des électeurs, et l'objet d'un chantage de la part de voyous. Il avait mis un pied dans leur monde, et ça, c'était impardonnable.

Mon Dieu ! se dit-il. Ce n'est qu'hier que j'ai annoncé ma candidature, alors que j'étais aussi pur que la neige fraîche qui recouvrait les marches de l'orphelinat. Comble de l'ironie, son seul véritable rival pour les primaires, un professeur de lycée de Butte, avait accepté de se désister en échange de promesses électorales qui, de toute façon, figuraient dans le programme de Sylvester. Par ailleurs, Buster et les autres ne doutaient pas un instant qu'il battrait n'importe quel candidat républicain qu'on lui opposerait. Certes, sans être tout à fait assuré de l'emporter, il était clair que s'il menait une campagne correcte, et à condition de ne pas trop déraper et de porter une attention suffisante aux industries du bois, aux problèmes de la mine et de l'élevage, il serait élu. La circonscription Ouest, malgré les années Reagan/Bush, restait largement démocrate.

Sylvester ouvrit distraitement les cartes de Noël — la plupart provenant de collègues ou de clients, et une de Lena Old Horn (juste signée) — puis la lettre de Standing Rock. Elle émanait de l'avocat tribal qui s'exprimait au nom du conseil tribal. Puisque Sylvester, disait-elle, avait déjà plaidé pour le bien public au sujet du droit des eaux pour le compte de la réserve des Blackfeet et de celle de Fort Belknap, pourrait-il envisager de faire de même pour les Sioux de Standing Rock ? L'affaire concernait l'inondation de certaines terres tribales, les sports de pêche et la baisse périodique du niveau des eaux dans le Oahe Reservoir sur le Missouri. On stipulait que sa tâche serait passionnante et novatrice, et que le jugement ferait jurisprudence en Territoire indien. Bien entendu, la tribu lui paierait tous ses frais, lui fournirait une équipe « enthousiaste » composée de deux étudiants en droit, et lui verserait une rémunération « ridiculement modeste ».

Sans la replier, il posa la lettre à côté de lui sur le tas de cartes de vœux, puis alla se planter devant la baie vitrée qui donnait sur la rue. Il releva le store et contempla un petit arbre dans le jardin d'en face. Des lumières multicolores clignotaient à la lueur du réverbère qui se dressait au carrefour, sinon tout était plongé dans le noir. Trois voitures stationnaient le long du trottoir, que Sylvester examina l'une après l'autre.

14

Le mercredi, trois jours après Noël, Patti Ann invita Myrna à dîner. Celle-ci venait d'apprendre que son mari devait comparaître en janvier, donc plus tôt que prévu, devant la Commission des libérations conditionnelles, et les deux jeunes femmes tenaient à fêter cela. Il ne faisait pas de doute qu'il obtiendrait son élargissement à sa première comparution, car depuis trois ans il se conduisait en détenu modèle. Il avait déjà prévu d'aller travailler à Billings dans une fabrique de tôles, et il était suivi par un conseiller chargé de régler avec lui son problème d'alcool. Seule incertitude, il risquait de devoir passer cinq ou six mois dans un centre de détention avant sa libération, mais il bénéficierait probablement de permissions, peut-être même de vingt-quatre heures, et il désirait que Myrna soit sur place.

— Mon Dieu ! ça a été si long ! La première chose que je vais faire, c'est lui acheter une nouvelle garde-robe, avec des chemises de couleur, des chemises hawaïennes ! Pendant plus de trois ans, je l'ai vu habillé seulement en bleu et en kaki. Oh ! mon Dieu ! s'écria Myrna en écartant les bras et en levant les yeux au plafond. J'arrive pas à y croire !

Patti Ann éclata de rire.

— On devrait peut-être se soûler ou quelque chose comme ça, dit-elle en lui tendant un verre de champagne.

— Pour une dernière fois, je veux bien me biturer comme il

faut ! Parce que après, terminé. Kaputt. Plus d'alcool, plus de pilules.

Myrna contempla les bulles dans son verre, puis elle redressa la tête. Patti Ann crut déceler une lueur de doute, et peut-être même de peur dans son regard.

— Tu te rends compte, reprit Myrna, que j'ai pas raté une seule séance à l'église depuis que Phil est sous les verrous ? Je sais pas pourquoi, mais c'est comme ça. Et je l'ai même pas fait cocu, sauf deux fois avec ce type de l'administration, Marty machin-truc, et tu sais pourquoi ?

— Tu n'as pas besoin de me le dire, Myrna.

— J'étais bourrée comme un coing, et il en a profité.

— Myrna, je ne pense pas qu'on doive...

— Je sais, mon chou. Je voulais juste que tu saches que les deux seules fois où j'ai trompé Phil, j'étais ronde comme une queue de pelle. Enfin...

Elle choqua son verre contre celui de Patti Ann, puis but une solide gorgée avant de reprendre :

— Mmmm, qu'est-ce que c'est bon ! Toi, tu n'en profiteras pas, hein, mon chou ?

Patti Ann éclata de nouveau de rire. Elle s'était prise d'amitié pour Myrna au cours des deux années où elles avaient travaillé ensemble. Grande, blonde, trop maquillée, couverte de bijoux bon marché, Myrna amusait tout le bureau par ses remarques acides et son langage coloré. La seule fois où Patti Ann s'était sentie mal à l'aise en sa présence, c'était quand la jeune femme lui avait raconté s'être efforcée de prendre des polaroïds d'elle-même pour Phil. Venue essayer une robe que Patti Ann lui confectionnait, elle se tenait ce jour-là devant la table de la salle à manger en slip et en soutien-gorge, chaussée de ses hauts talons rouges, et regardait son amie épingler l'ourlet.

— Tu t'imagines en train d'appuyer sur le petit déclic rouge avec ton orteil ? demanda-t-elle. Phil prétend que mes cuisses ressemblent à deux baleines qui sont restées trop longtemps au soleil, que mes nénés, on dirait deux des visages du mont Rushmore, et mes bouts de seins, des pifs.

Patti Ann partit d'un grand rire. Elle était cependant étonnée, non par ce que Myrna racontait, mais par ce que Jack lui avait dit quelques mois auparavant, à savoir que certains de ses codétenus demandaient à leurs femmes ou à leurs petites amies de leur envoyer de ces polaroïds. Quelques-uns les montraient à ceux que ça intéressait en échange de trois cigarettes... Et ils amassaient beaucoup de cigarettes.

A l'époque, elle ne la connaissait que depuis deux ou trois mois, et elle eut du mal à finir son travail, car ses mains tremblaient. Elle craignait que la jeune femme ne lui réclame une faveur, peut-être de prendre des photos d'elle, ou peut-être davantage. Myrna, heureusement, s'était contentée de rire. Cette nuit-là, Patti Ann avait rêvé d'elle-même et de Myrna, et elle appréhendait de la revoir au bureau.

— Six dollars et soixante-quinze cents de l'heure. Tu peux même pas nourrir un chat avec ça, reprit Myrna en contemplant son verre de champagne. C'est tout le problème avec ces grosses légumes, ils croient qu'un mec qui sort de taule va sauter de joie devant leur offre de merde !

Pour la énième fois, Patti Ann se demanda comment Myrna pouvait aller à l'église tous les dimanches et continuer à parler comme ça.

— Mais on se débrouillera. Je suis une championne du traitement de texte. Et si je dégote pas un boulot correct tout de suite, j'irai vendre des glaces au Dairy Queen. Tu sais, mon chou, ce serait pas la première fois.

— Tu as donné ton congé à Mr. Webster ?

— Demain. Pas la peine de gâcher Noël, hein ? Ce soir, on s'amuse. Je m'occuperai de Webster demain, et peut-être même que je lui offrirai une photo de mon cul. Il adorerait ça, non ?

Patti Ann ouvrit une bouteille de beaujolais pour accompagner le dîner. Le vin, importé de France, lui avait coûté l'équivalent de deux heures de travail, mais, tandis qu'elle hésitait encore devant le rayon, songeant à ce qu'elle aurait ressenti si Jack avait obtenu sa libération conditionnelle quatre mois plus tôt, elle avait mis la bouteille dans son chariot. Elle voulait que Myrna fête l'événement comme elle l'aurait elle-même fêté.

Versant le vin dans des verres propres, elle repensa au coup de téléphone qu'elle avait passé à Jack, et son moral retomba au plus bas. Elle lui avait donné tous les détails au sujet de cette affaire de chantage, et après, il était demeuré un long moment silencieux.

— Jack ? avait-elle dit.

— Merde, lâcha-t-il enfin.

Puis il ajouta :

— C'est fini pour moi, Patti. Je suis foutu.

— Tu ne peux rien faire ? Tu ne peux pas joindre ce Peters et lui dire de tout arrêter ? J'ai peur, Jack.

— Je suis désolé, Patti. Je n'aurais pas dû mêler ces deux-là à cette histoire. Je ne contrôle plus la situation, et rien de ce que je pourrais dire ou faire ne les arrêtera.

— Mais ils violent la loi ! Le chantage est illégal, non ?

— Oui, bien sûr, à condition d'être pris. Et n'oublie pas que toi et moi y avons prêté la main, du moins pour la première partie du plan.

Il lui laissa le temps de bien réaliser, puis il demanda :

— Est-ce que Yellow Calf a l'argent ?

Sylvester lui avait précisé la somme qu'ils exigeaient, et elle l'avait dit à Jack, mais sans bien se rendre compte de ce que ça représentait. C'était beaucoup d'argent.

— Il n'a pas paru se soucier tellement du montant. Il semblait surtout préoccupé par sa carrière et sa campagne électorale.

— Ouais, j'imagine.

— Jack, écoute-moi. Est-ce que tu pourrais au moins leur parler et tenter de les convaincre de renoncer ? Tu nous tirerais tous de ce mauvais pas.

Puis Patti Ann eut une idée, une excellente idée :

— Tu pourrais leur dire que Sylvester a accepté de te faire libérer... bientôt... à condition qu'ils cessent leur chantage. Au téléphone, Peters disait que tu étais son ami.

— C'était avant qu'ils pensent à réclamer de l'argent. Il faudrait que je leur propose quelque chose en échange.

Après un nouveau silence, il poursuivit :

— Peut-être que si Yellow Calf acceptait vraiment de me faire sortir...

— Je suis sûre qu'il sera d'accord. Parle-leur, Jack, et moi, je parlerai à Sylvester. Je lui montrerai qu'il n'y a pas d'autre solution.

— Patti... Yellow Calf et toi... vous... vous voyez toujours ?

La jeune femme comprit soudain que c'était elle qui allait devoir renoncer. Elle se tenait dans la cuisine, et regardait la rue par la fenêtre du living. Dans son excitation, elle avait presque oublié qu'elle était sa femme. Elle vit une camionnette noire passer lentement, dont le pot d'échappement crachait un nuage de fumée qui flottait à la hauteur de ses feux arrière.

— Non, Jack, répondit-elle doucement. Comme tu l'as sans doute deviné, et comme tu me l'as demandé, j'ai couché avec lui. Mais ça ne comptait pas, en tout cas, pas pour lui.

— Et toi... on dirait...

— Je ne sais pas, peut-être, mais aujourd'hui, ça me paraît si loin. La seule chose que je sais, c'est qu'il s'agit d'un type bien et qu'il ne mérite pas ce que toi, moi, et les autres lui avons fait. Nous sommes en train de briser la vie d'un homme digne de respect.

— Et nous, Patti Ann — nos vies à nous ? Toi et moi ?

Une note d'inquiétude perçait dans sa voix, ce qui, pour autant que Patti Ann s'en souvienne, était plutôt inhabituel chez lui. Puis il reprit :

— J'ai reçu un message, l'autre jour — de la part des Indiens. De Walker et cette bande dont je t'ai parlé. Ils n'ont pas oublié l'argent, Patti, ils croient toujours que je l'ai, et je ne pense pas qu'ils vont abandonner. Il faut que je trouve quelque chose, que je leur donne quelque chose. Tu le diras à Yellow Calf ? Ça devient très sérieux, Patti. J'ai besoin de ton aide.

La jeune femme remplit les verres à moitié, puis posa la bouteille de beaujolais au centre de la table sur laquelle brûlaient deux bougies. Après quoi, elle s'assit, et contempla les reflets du vin à la lueur des flammes pendant que Myrna s'attardait dans la salle de bains. Elle avait dit à Jack qu'elle ferait tout pour l'aider et que s'il voulait toujours d'elle, elle l'attendrait aussi longtemps qu'il faudrait. Oui, il le voulait, c'était son unique raison de vivre, avait-il répondu d'un ton empreint d'une sincère reconnaissance. Et voilà, ils se retrouvaient à leur point de départ.

Patti Ann ne parvenait pas à croire que durant ces deux derniers mois, elle avait nourri l'espoir de connaître enfin la liberté. Et plus encore, elle se demandait comment elle avait pu, l'espace d'une semaine ou deux, se figurer être amoureuse de Sylvester Yellow Calf. Même si au fond d'elle-même elle savait que cela n'arriverait jamais, qu'elle serait toujours laissée sur la touche, elle s'était un instant imaginé vivre à ses côtés. Ensuite, quand elle l'avait vu à la télévision annoncer sa candidature, elle avait été sur le point de pleurer de honte devant sa propre bêtise.

— Hé ! mon petit, pourquoi tu fais cette tête-là ? demanda soudain Myrna qui se tenait dans la pénombre, sur le seuil du living.

— Oh... viens t'asseoir, ce n'est rien.

— Bon Dieu ! j'espère bien ! On est là pour faire la fête !

Patti Ann leva son verre :

— A ton bonheur, à Phil et à toi, et à votre nouvelle vie.

— Et à toi et à Jack... bientôt.

Myrna saisit sa serviette qu'elle déplia d'un geste théâtral avant de l'étaler sur ses genoux.

— Qu'est-ce que tu nous as préparé, ma chérie ? Ça sent rudement bon.

Patti Ann souleva le couvercle de la cocotte en fonte à l'aide d'un gant pour éviter de se brûler, puis elle le posa derrière elle sur le comptoir de la cuisine. Un nuage de vapeur s'échappa.

— Du ragoût ! Bon Dieu ! j'adore le ragoût !

— Du bœuf bourguignon, précisa Patti Ann. J'espère que c'est réussi. C'est la première fois que j'essaye.

Elle éprouva un brusque sentiment de vide devant la futilité de son petit mensonge. En réalité, elle en avait déjà préparé pour Sylvester à l'époque où elle croyait qu'ils allaient être heureux, mais ils ne l'avaient même pas mangé. Etait-ce le soir après le premier coup de téléphone de Peters ? Non, ce devait être avant. Sylvester n'était tout simplement pas venu. Ce n'était pas l'histoire de Peters qui les avait désunis, mais autre chose, et maintenant elle savait de quoi il s'agissait. Il n'y avait rien à désunir. Le lendemain matin, elle avait tout jeté à la poubelle, inconsolable, se sentant abandonnée de tous.

— Passe-moi ton assiette, Myrna. Il ne faut pas qu'il en reste.

— Tu peux compter sur moi. Je dois prendre des forces. Mon homme va être une véritable bête en sortant. Il dit qu'il pense tout le temps à faire l'amour avec moi, que c'est sa seule obsession. Mais il appelle pas ça faire l'amour, tu vois ce que je veux dire ? Merci, mon chou. Mmmm, qu'est-ce que ça sent bon ! Et quelles jolies petites carottes ! Après la première nuit, il faudra peut-être que je porte une ceinture de chasteté comme dans l'ancien temps.

— Je ne crois quand même pas qu'il se montrera brutal à ce point.

Patti Ann avait rencontré quelquefois Phil au parloir, et il lui avait paru plutôt réservé, presque timide.

— C'est lui qui devrait s'inquiéter à ton sujet, conclut-elle.

Myrna, la bouche pleine, s'étouffa de rire. Elle vida son verre, puis s'écria :

— Bon Dieu ! que c'est chaud ! J'ai l'estomac en feu !

Elle repartit d'un grand rire, imitée par Patti Ann, et les deux jeunes femmes, en dépit de tout, passèrent une excellente soirée.

Le lendemain en fin d'après-midi, après avoir fait ses courses, Patti Ann rentra du travail avec un petit sac de provisions. Elle le posa sur le comptoir de la cuisine, puis se débarrassa de son manteau de laine qu'elle jeta sur le dossier d'un fauteuil du living. Elle alluma la lampe à côté du fauteuil, puis alla fermer les rideaux de la baie vitrée. La main sur le cordon, elle aperçut dans la lueur du crépuscule une fourgonnette qui se garait le long du trottoir, près du petit escalier de son immeuble, un véhicule de couleur foncée, noir ou bleu marine, et tout cabossé. Elle tira sur le cordon d'un air pensif, fit glisser lentement les rideaux pour laisser un jour de quelques centimètres et se hâta d'aller éteindre la lumière pour revenir regarder par la fente. La nuit était tombée, mais un lampadaire s'éclaira soudain, dont la lumière se refléta sur le toit de la camionnette rangée juste en dessous. Aucune fumée ne sortait du pot d'échappement. La rue était calme, déserte, et on ne voyait ni enfants, ni chiens. La voiture de Patti Ann était garée derrière, sous l'auvent réservé aux occupants de l'immeuble.

La jeune femme observa la fourgonnette pendant plusieurs minutes et, à un moment, elle crut discerner une petite lueur orange, comme si quelqu'un allumait une cigarette, mais trop faible pour lui permettre de distinguer quoi que ce soit.

Elle referma entièrement les rideaux et ralluma d'abord la lampe près du fauteuil, puis toutes les lumières, à l'exception de celles de la chambre. Après quoi, elle rangea ses achats et fit chauffer de l'eau. Adossée au comptoir, elle attendit qu'elle commence à bouillir, puis elle la versa dans la théière où elle avait mis un sachet de thé.

Ensuite, elle retourna à la fenêtre et souleva un coin du rideau. La camionnette était toujours là. Pour la première fois depuis le début de cette histoire de chantage, elle eut peur, vraiment peur. Deux jours auparavant, Jack lui avait dit au téléphone qu'il n'arrivait pas à joindre Peters. Il avait appelé sa sœur — leur contact — mais, son mari étant de retour, celle-ci s'était montrée plutôt brusque. Elle n'avait pas vu son frère depuis plusieurs jours, ignorait où il était et s'en contrefichait. Jack était convaincu que Peters s'apprêtait à faire quelque chose qui se terminerait mal. Et, étrangement, il avait paru plus inquiet pour elle que pour lui. « Je me sentirais plus tranquille si tu allais habiter chez Myrna quelque temps, peut-être même deux ou trois semaines. Je ne veux pas que tu restes seule dans cet appartement. »

Patti Ann s'était pourtant efforcée de dédramatiser. Elle n'avait jamais vu Peters et son copain, son numéro de téléphone ne figurait pas dans l'annuaire et, par habitude, elle fermait toujours soigneusement ses portes et ses fenêtres. Jack lui avait répété avec insistance qu'ils n'auraient aucun mal à se procurer son adresse — et que ce ne seraient pas des serrures qui les arrêteraient. Elle avait fini par accepter de parler à Myrna, ce qu'elle avait eu l'intention de faire hier soir, mais l'occasion ne s'était pas présentée, d'autant qu'elle ne tenait pas à gâcher la joie de son amie. Elle-même s'était sentie si bien qu'elle ne voulait pas jouer les trouble-fêtes. Il y avait si longtemps que ça ne lui était pas arrivé !

Maintenant, la frayeur la gagnait. Persuadée que Peters et son acolyte se trouvaient à l'intérieur de la camionnette noire, elle avait l'impression d'être une proie facile. Depuis combien de temps la surveillaient-ils ? Est-ce qu'ils l'avaient suivie à la sortie de son travail, jusqu'à l'épicerie, puis jusque chez elle ? Combien de nuits avaient-ils passées ainsi devant son immeuble ? Ils ne l'avaient appelée qu'au bureau, ce qui signifiait qu'ils ignoraient probablement son numéro personnel. Pourtant, ils la filaient, et ils auraient donc pu la contacter à n'importe quel moment. Jack avait raison, ils savaient où elle habitait, mais qu'est-ce qu'ils lui voulaient ? Ce n'était pas elle la cible, elle n'avait pas d'argent. Puis la pensée lui traversa l'esprit, accompagnée du mot clé, qu'elle prononça à voix haute : « Kidnapping. » Un mot plutôt drôle, au contraire de l'acte lui-même. Le motif lui apparaissait néanmoins clair comme de l'eau de roche. Peters augmentait petit à petit la pression sur Sylvester, procédant par étapes avec beaucoup de subtilité. Ils avaient une idée en tête, et Patti Ann ne doutait pas un instant qu'ils lui aient réservé un rôle. Elle n'avait qu'elle-même à offrir. L'argent du chantage et celui de la rançon, cela ne faisait pas de différence pour eux, et les enchères ne pourraient que monter.

Patti Ann laissa retomber le rideau et se dirigea vers la cuisine. Elle se versa une tasse de thé et tenta de réfléchir. Après tout, peut-être qu'elle se trompait. D'abord, rien ne prouvait que c'étaient bien eux qui se trouvaient à l'intérieur de la fourgonnette. Il pouvait s'agir de jeunes amoureux, de buveurs de bière ou de fumeurs d'herbe. Et même si c'étaient eux, est-ce qu'ils seraient assez malins pour songer au kidnapping ? Selon Jack, ils étaient stupides et vicieux, Peters trop idiot pour faire correctement le moindre travail, et l'autre, ce Fitzgerald, rien qu'un amateur de sensations fortes. D'un autre côté, ils n'avaient pas besoin d'être très intelligents pour penser atteindre Sylvester à travers elle. La jeune femme secoua la tête. Si seulement elle pouvait leur dire que Sylvester et elle n'entretenaient plus de liens étroits, qu'ils ne s'étaient connus qu'à cause d'eux...

Après avoir reçu le coup de fil de Jack, elle avait parlé à Sylvester. Elle lui avait rapporté sa conversation avec son mari, et lui aussi, il lui avait conseillé de quitter son appartement. Etrange coïncidence, il avait également suggéré qu'elle s'installe chez Myrna pour quelque temps, jusqu'à ce que tout soit fini.

Elle décrocha le téléphone de la cuisine pour appeler Myrna, puis elle se ravisa. Pas Myrna, pas tout de suite. Elle fit un autre numéro, qu'elle savait par cœur depuis le premier jour.

— Sylvester, Patti Ann à l'appareil. Ils sont devant chez moi, dans une camionnette noire. Je sais que c'est eux. Elle stationne le long du trottoir depuis vingt minutes, et personne n'est descendu. Ça ne peut être qu'eux.

— Ne bouge pas, Patti Ann. Ferme toutes les portes à clé et n'ouvre à personne avant que j'arrive. Je passe un coup de téléphone, et je suis là dans un quart d'heure au plus tard.

Patti Ann raccrocha et alla éteindre toutes les lumières, sauf celle au-dessus de l'évier. Après quoi, elle souleva de nouveau le rideau de la fenêtre du séjour. La fourgonnette était toujours là, pareille à un énorme insecte luisant. Il neigeait un peu.

Sylvester se rangea devant la camionnette, puis il descendit de voiture et s'avança vers le véhicule suspect. Il saisit la poignée de la portière côté conducteur, mais comme le pare-chocs et la carrosserie avaient été enfoncés, elle résista et grinça avant de s'ouvrir brusquement. Sylvester s'apprêta à bondir pour éjecter Peters ou Fitzgerald sans leur laisser le temps de réagir. La camionnette était vide. Il se pencha pour regarder à l'arrière. La lumière du lampadaire qui filtrait par les vitres éclairait une boîte à outils, une pile d'outils munis de longs manches ainsi qu'une couverture étendue sur une forme oblongue. Sylvester, la gorge nouée, se glissa entre les deux sièges avant pour soulever un coin de la couverture, craignant de voir ces cheveux auburn et cette peau blanche et lisse qu'il avait caressés au cours de leurs nuits d'amour, mais il s'agissait simplement de plaques de matériau isolant creusées par endroits, comme si quelqu'un avait dormi dessus.

Le jeune avocat poussa un soupir de soulagement qui ressemblait presque à un gémissement. Il descendit de la fourgonnette, frissonnant au contact du plastique froid des sièges, puis poussa la portière qui se coinça de nouveau avant de se refermer avec un bruit sec. Après avoir examiné la rue, il se dirigea vers le petit escalier de l'immeuble. Dans la fine couche de neige fraîche, il distingua au moins trois traces de pas distinctes. Il revint en arrière pour les suivre. Elles partaient de la camionnette.

Il grimpa les marches deux à deux, puis se contraignit à ralentir. L'élément de surprise ne jouerait plus en sa faveur. Il ouvrit la porte d'entrée de l'immeuble et monta encore trois marches. Arrivé devant chez Patti Ann, il hésita un instant, puis colla son oreille contre le battant. N'entendant rien, il se décida à frapper.

Patti Ann ouvrit aussitôt, comme si elle l'attendait, la main sur le bouton de la porte. Elle ne s'était pas changée pour mettre comme de coutume un jean et un sweat-shirt, mais avait gardé une robe bleue en tricot avec des hauts talons assortis. Il tenta de déchiffrer son expression, mais son visage était impassible.

— Entre, dit-elle d'une voix tout aussi inexpressive que ses traits.

Peters et Fitzgerald étaient assis sur le canapé, chacun à un bout. En dépit de leurs sourires, ils paraissaient mal à l'aise, comme s'ils n'avaient pas l'habitude de fréquenter leurs victimes d'aussi près.

— Je suppose que tu connais ces messieurs, dit Patti Ann.

— Bonsoir, monsieur le Sénateur, dit Fitzgerald.

— Monsieur le Député, le corrigea Peters. Ce monsieur va être notre nouvel élu à la chambre des Représentants, Bobby.

Sylvester lança un coup d'œil à Patti Ann par-dessus son épaule.

— Je les ai invités à entrer, expliqua-t-elle en refermant la porte. Je tenais à ce que nous écoutions tous deux ce qu'ils ont à nous dire.

— C'est exact. Nous sommes entre gens civilisés, et nous ne voulons pas nous ingérer dans votre vie privée, monsieur le Député. Nous sommes des hommes d'affaires, pas des maris jaloux. (De fait, Peters portait une veste et une cravate sous sa parka verte.) Asseyez-vous donc. Peut-être la maîtresse de maison accepterait-elle de nous servir quelques rafraîchissements ?

Sylvester prit une chaise et s'installa dessus à califourchon, les bras encerclant le dossier. Sous son anorak, il avait une chemise Pendleton, un Levi's et des bottes en cuir épais.

— Qu'est-ce que vous voulez ? demanda-t-il.

— Une bière, peut-être, dit Fitzgerald.

— Non, fit Peters en riant. Il veut savoir ce que nous voulons sur une plus grande échelle, n'est-ce pas, Mr. Yellow Calf ?

L'avocat, alors, se jeta à l'eau :

— Bill Leffler sait tout. Il guettait votre premier faux pas pour vous faire coffrer. Il sait que vous êtes mêlés à un trafic de drogue au Shanty.

— Eh bien, dans ce cas, c'est à vous de nous protéger, mon vieux.

— Nous avons eu une longue discussion lui et moi, l'autre jour. Je n'ai pas donné de noms, mais je lui ai laissé entendre que vous tentiez de faire chanter une importante personnalité. Je lui ai raconté que vous aviez appris en taule quelque chose qui serait susceptible de nuire à cette personne, et ça ne lui a pas plu du tout. Il n'aime pas les ennuis, et il a dit que c'était à la police et à lui de protéger les citoyens contre les gens de votre espèce, et par n'importe quels moyens.

Sylvester s'interrompit, préférant demeurer dans le vague. Il espérait les avoir au bluff. Il avait bien essayé de joindre Leffler dans la soirée, mais l'officier de probation ne se trouvait pas à son bureau et n'était pas encore rentré chez lui.

Peters se pencha en avant et tapota sa parka, l'air d'un gangster s'apprêtant à sortir son arme.

— Vous savez ce que je pense, monsieur l'enfoiré d'avocat indien ? Je pense que vous n'êtes qu'un tas de merde et que vous nous faites perdre notre temps.

Fitzgerald s'esclaffa :

— T'entends ça, vieux ? Tu te foutrais pas un peu de notre gueule, par hasard ?

— Je n'ai pas encore fini, dit Sylvester, ignorant l'interruption de Fitzgerald. (De toute façon, il s'était trop avancé pour reculer.) Je peux vous tirer de là. Comme vous l'avez dit, je suis avocat, et je suis à peu près sûr d'arriver à persuader Leffler de laisser courir. En ce moment, il est sans doute au poste de police. Vous savez très bien qu'un officier de probation n'a besoin d'aucun papier pour vous retirer de la circulation. Il lui suffit de dire que vous n'avez pas respecté les clauses de votre libération conditionnelle, et vous vous retrouvez à Deer Lodge. Et alors, finis les verres d'Early Times, finies les parties de jambes en l'air avec votre petit copain.

Cette dernière phrase fit réagir Fitzgerald. La bouche ouverte, son beau visage de petite frappe rouge de colère, il s'écria, prêt à bondir :

— Dis donc, vieux...

— Ferme-la, Bobby, et reste assis, lui ordonna Peters avec un sourire. Bon, camarade, si vous en avez terminé avec vos conneries, on pourrait peut-être causer affaires. Cinquante billets de mille, et adios, on part pour le Mexique, on disparaît de votre vie. Vous avez ma parole, celle d'un homme d'affaires et d'un gentleman.

— Vous ne semblez pas comprendre, Peters. Je vous offre une dernière chance de vous en sortir. Et pour disparaître, vous pouvez disparaître tout de suite, cette nuit même... je convaincrai Leffler de vous délivrer un permis de séjour pour une autre circonscription, et peut-être un autre Etat d'ici quelque temps. Tout ça dans le respect de la loi et sans poser de questions.

— Arrêtez de vous payer notre tête ! On vous tient et vous êtes dans la merde jusqu'au cou. Pas vrai, Bobby ? Ce connard est dans le pétrin, et il ne s'en rend même pas compte.

— On devrait peut-être lui montrer quel genre d'hommes on est, dit Fitzgerald en se tournant vers Patti Ann avec un large sourire. Vous aimeriez voir quel genre d'homme je suis, Mrs. Harwood ?

— Du calme, Bobby, fit Peters en riant. Bobby souffre de graves troubles de la personnalité. Il est très impulsif, c'est ce qu'on lui a dit en taule, très impulsif et sujet à des défoulements violents. En deux mots, un enculé tout ce qu'y a de plus dangereux.

— Sinon, reprit Sylvester, c'est un nouveau séjour à la prison du Montana qui vous attend. Il vous reste dix ans avec sursis à faire, et votre petit copain n'est pas mal loti, lui non plus.

Il jeta un regard vers Patti Ann, debout derrière le fauteuil, le visage crispé. La lumière de la cuisine entourait ses cheveux auburn d'un halo. Il aurait tant voulu la savoir ailleurs, mais c'était trop tard pour les regrets. Il fallait qu'il continue :

— Voyez-vous, j'y ai bien réfléchi l'autre jour. Je ne tiens pas à me présenter aux élections au point d'accepter de traiter avec des voyous comme vous. En fait, je viens à l'instant même de décider de laisser tomber. Je ne suis plus candidat, et je n'ai donc plus rien à perdre. Ma carrière d'avocat en souffrira peut-être un peu, et il faudra peut-être que je m'installe dans une autre ville, mais ça m'est égal. Le changement me fera du bien.

Peters se radossa et, contemplant Sylvester, se passa la main dans les cheveux, geste qui dévoila le svastika tatoué à la base de son pouce. Sylvester se rappela avoir lu ce détail dans son dossier. Il y avait encore autre chose : il devrait démissionner de la Commission des libérations conditionnelles. Bah, il n'en mourrait pas.

— Cinq mille, finit par dire Peters. Assez pour nous permettre de partir. Vous n'aurez pas besoin de renoncer à votre foutue pêche aux voix, pas besoin de quitter la ville, et vous pourrez vivre à la colle avec la bonne femme de Harwood...

Sylvester demeura quelques instants silencieux. Son regard allait de Fitzgerald à Peters. Celui-ci souriait. On n'entendait pas le moindre bruit à l'exception du réfrigérateur qui venait de se mettre en route.

Fitzgerald brisa soudain le silence :

— Tu ferais mieux d'accepter, mec. Je te garantis qu'on s'en va. C'est la dernière fois que je mets les pieds dans cet Etat, et t'as intérêt à me croire. Je me barre aussi sec.

Son débit devenait de plus en plus précipité :

— Et pour ce que j'en ai à foutre, la gonzesse à Harwood et toi, vous pouvez baiser à vous en faire péter la cervelle.

Sylvester se taisait toujours. Il savait qu'il prenait un risque, mais il sentait que le moment crucial était arrivé. Il vit le sourire de Fitzgerald qui n'avait plus rien de menaçant se figer sur ses lèvres.

— Et vous, vous feriez mieux de partir.

Patti Ann s'exprimait pour la première fois depuis qu'elle avait fait entrer Sylvester. Elle parlait d'une voix douce, presque couverte par le ronronnement du réfrigérateur derrière elle.

— C'est terminé, conclut-elle.

Et d'un seul coup, ce fut en effet terminé. Bobby, assis tout au bord du canapé, leva les yeux sur la jeune femme. Il paraissait perdu, comme si le son de sa voix lui parvenait d'ailleurs, d'une autre conversation. Les sourcils froncés, il se mit d'un bond sur ses pieds.

— Allez, viens, dit-il à Peters. Ils sont cinglés. J'ai aucune envie de me retrouver au trou, et surtout pas pour des conneries pareilles. Je suis sincère, Woody.

Sylvester se leva à son tour et alla enlacer Patti Ann, puis tous deux tournèrent la tête vers Peters, toujours affalé dans le canapé sur le bras duquel il pianotait ostensiblement. Un instant plus tard, il se redressa, rajusta sa cravate et se dirigea à pas lents vers la porte. Arrivé devant Sylvester, il s'arrêta. Bien que plus petit que lui, il le fixa d'un regard qui ne tremblait pas.

— Vous avez une sacrée veine, vous savez ? J'ai failli tuer des gens pour moins que ça, juste parce que c'étaient des emmerdeurs.

Sur ce, il ouvrit la porte et sortit, Fitzgerald sur ses talons.

Patti Ann voulut dire quelque chose, mais Sylvester lui posa un doigt sur les lèvres. Après avoir fermé la porte à clé, il alla regarder par la baie vitrée. Dans la rue enneigée, il vit Fitzgerald dégager le pare-brise, tandis que Peters était déjà installé à l'intérieur de la camionnette et que le moteur tournait. Fitzgerald finit par le rejoindre, claquant la portière en luttant contre le vent qui couchait les rafales de neige presque à l'horizontale. La fourgonnette noire décolla du trottoir, et Sylvester la suivit des yeux jusqu'à ce que les feux arrière aient disparu dans la nuit.

Il laissa retomber le rideau et se tourna vers Patti Ann. La jeune femme avait une bouteille de Canadian Club à la main.

— Oh ! oui, avec plaisir, dit-il.

Et il la regarda verser une bonne dose de whisky dans deux verres à eau.

Pendant qu'elle traversait la pièce, il détailla sa robe bleue, ses jambes longues et fines, ses hauts talons bleu vif, et il se demanda ce que la vie réserverait désormais à Sylvester Yellow Calf. Patti Ann lui tendit son verre et ils trinquèrent, les yeux dans les yeux.

La jeune femme but une gorgée, puis rejeta la tête en arrière, les paupières closes.

— On a réussi, murmura-t-elle. Tu les as eus au bluff.

Sylvester avait envie de caresser son beau cou blanc, de lui ôter des mains son verre qui portait une légère trace de rouge à lèvres, puis de la serrer dans ses bras, mais il se sentait tout à coup faible et frissonnant de froid, comme si une tempête venait de ravager son existence et qu'il n'eût pas encore évalué les dégâts.

Il lui prit la main, pourtant, et sa main était chaude. Il fut à la fois content et soulagé de ne pas prendre davantage.

15

Sylvester appela Buster Harrington à sept heures et demie le lendemain matin. Durant la nuit, la neige avait cessé de tomber et le vent s'était calmé. Il ne faisait pas encore assez clair pour savoir comment la journée s'annonçait, mais une mince brume s'effilochait dans la lueur des lampadaires, signe que le soleil percerait sans doute en fin de matinée. La rue qui passait devant chez lui conduisait maintenant à un nouveau lotissement construit six mois plus tôt, et, pour une fois, le jeune avocat ne pesta pas trop contre le défilé des phares dans la lumière grise.

— Buster, Sylvester à l'appareil. J'espère que je ne vous réveille pas. Je sais qu'en général vous ne venez pas au bureau le vendredi.

— Ah, Sly. Oui, oui... Non, non, je suis réveillé. Qu'est-ce qui se passe ?

— Il faut que je vous voie aujourd'hui.

— A quel sujet ?

— Tout.

— Dix heures. Dans mon bureau.

— Parfait.

— C'est grave, hein ?

— Assez.

Sylvester se doucha longuement à l'eau très chaude, et se surprit à siffloter un air qu'il avait appris à l'école primaire il y avait très, très longtemps. Il se mit à chanter : « Tu t'es lavé le cou et les oreilles, Billy, petit Billy, tu t'es lavé les mains et la figure, gentil petit Billy... » Il s'interrompit et s'efforça de retrouver la suite, mais il ne parvint qu'à se souvenir de ces paroles : « Je suis sage parce que je me lave bien. » Guère passionnante comme chanson, mais éducative, élément du plan santé mis en place sur la réserve.

Après s'être habillé, il se prépara deux œufs sur le plat et des toasts. Impossible de se rappeler quand il avait acheté les œufs, mais le pain, cadeau d'une des filles de sa permanence, n'était que légèrement rassis. Il emporta son petit-déjeuner dans le séjour et commença à manger, installé sur le canapé devant la table basse en écoutant la radio. On parlait de la sécheresse en pays navajo. Les moutons mouraient de faim et les récoltes dépérissaient. Comme toujours, il y avait beaucoup d'effets sonores, bruissements de tiges, bruits de pas sur ce qui semblait être des cailloux, gémissement du vent dans les broussailles. La voix, de celles qui irritaient souvent le jeune avocat, adoptait un ton à la fois dramatique et impersonnel. Pourtant, il prêta l'oreille. Le cœur serré, il repoussa son assiette. Ecoutant un officiel navajo mettre l'accent sur la gravité de la situation, il se radossa et songea qu'il avait échoué. Après avoir tant reçu pendant toutes ces années, se dit-il, j'avais enfin une occasion de donner, et je l'ai laissée passer. J'ai manqué à mes engagements envers ces Navajos qui ne sauront même pas que j'aurais pu être en position de les aider. Par contre, les Indiens du Montana, eux, le sauront. Ils le liront dans les journaux, le verront à la télévision, et ils diront : C'était un joueur de basket, aujourd'hui c'est un grand avocat qui gagne un tas d'argent et il ne tient pas à renoncer à une situation lucrative pour venir en aide à son peuple, il ne cherchait qu'une excuse pour abandonner la course, et nous abandonner.

Bien que menant campagne depuis peu de temps, il avait déjà rendu visite à quatre différents groupes d'Indiens qui, tous, avaient manifesté du respect pour lui. Ils le considéraient comme une réponse possible à leurs divers problèmes, à leur absence de communication avec le monde extérieur. Ils lui avaient prouvé qu'il pouvait accomplir des choses pour eux ainsi que pour d'autres, et il s'était senti réconforté. Et maintenant, il abdiquait.

Sylvester jeta un coup d'œil par la baie vitrée. Il faisait désormais assez jour pour prévoir que la journée serait claire, froide et sans vent. Il se leva et rapporta son assiette dans la cuisine. Un peu plus tôt dans la matinée, il s'était complu dans son isolement, son éternelle solitude, mais à présent, il se sentait réellement seul, comme un homme déchu.

Il mit la vaisselle dans l'évier et fit couler de l'eau dessus. La minuterie de la cuisinière indiquait 8 heures 50. Il décida d'aller au bureau afin de régler quelques détails. Il lui semblait bizarre de n'avoir aucune affaire en cours, rien qui puisse détourner son attention des événements inhabituels de ces derniers temps — et du train-train habituel de ses journées à la maison.

Le téléphone sonna.

— Bonjour, Sylvester, Debbie à l'appareil. Je voulais juste examiner avec vous le programme de la semaine prochaine.

— Il faudra que ça attende, Debbie. J'ai un rendez-vous.

— Ça demandera à peine une minute. Des amis doivent passer me prendre dans une demi-heure pour aller faire du ski de fond, et j'aimerais avoir votre accord avant de partir.

— Impossible, Debbie. Rappelez-moi à votre retour. Bon ski, allez-y à fond !

La jeune fille marqua une hésitation, puis elle eut un rire incertain, comme si elle n'était pas sûre qu'il plaisantait.

— Je vais dans le ranch de mes parents pour le nouvel an, mais je vous téléphonerai de là-bas.

— Bonne année, Debbie, dit-il en raccrochant.

Aussitôt, le téléphone sonna de nouveau.

— Allô ?

— J'ai votre chiot, déclara une voix chantante et enjouée.

— Mon chiot ?

— La petite chienne golden retriever. Elle vient d'avoir ses vaccins et vous pouvez passer la prendre quand vous voulez.

— Avec plaisir, mais je ne crois pas qu'elle soit à moi. Vous avez dû vous tromper de numéro.

— Vous n'êtes pas le 246 38 32 ?

— Non.

— Excusez-moi.

— De rien, et bonne année.

Sylvester quitta son fauteuil quelques minutes avant dix heures. Le cabinet était pratiquement désert. Il n'avait vu que Doris, qui lui avait apporté un café, et Sally Ellmann, qui effectuait des recherches dans la bibliothèque. Il essaya de se glisser discrètement dans le couloir, mais Sally avait l'oreille fine.

— Alors, monsieur le candidat, comment ça va ?

— Bien, et vous ?

Penchée au-dessus de son bloc-notes, elle fronça les sourcils.

— Déprimée. Comment arriviez-vous à préserver votre santé mentale quand vous vous occupiez de divorces ?

Sylvester éclata de rire.

— Il faut toujours voir le bon côté des choses et se dire que les gens concernés seront beaucoup plus heureux l'un sans l'autre. Pensez au long terme, Sally.

— Je ne sais pas, j'ai l'impression que certains vont regretter les vacheries qu'ils pouvaient se faire. Le problème, c'est que c'est moi qui récolte les coups.

— Pauvre Sally.

— J'ai lu dans le journal que vous alliez prononcer un discours devant le congrès de cosmétologie, la semaine prochaine, à Billings. Ça devrait être amusant, dit la jeune femme avec un petit sourire.

— Ce sont des électeurs, eux aussi. Et puis, si vous êtes gentille avec moi, je vous obtiendrai peut-être une permanente gratuite.

— Ouais, d'accord, dit-elle en se passant la main dans ses cheveux châtains qu'elle portait courts et raides.

— Bonne année, Sally.

— Vous allez à la fête des Harrington ?

— Je ne sais pas encore.

A dix heures pile, Sylvester frappait à la porte de Harrington. Il n'éprouvait aucune appréhension. La demi-heure qu'il avait passée seul dans son bureau lui avait permis de retrouver le même sentiment de sérénité et d'espoir qu'à son réveil. Il n'avait pas l'impression d'être un homme qui allait assister à son propre enterrement, mais plutôt un miraculé qui longeait en sifflotant le cimetière auquel il avait échappé de justesse.

Tout changea lorsqu'il pénétra dans le bureau de Buster et qu'il vit Shelley debout devant la cheminée, le regard fixé sur le foyer. Le bruit de ses pas sur la surface de parquet qui séparait la moquette du couloir du tapis persan résonna dans la pièce caverneuse. La jeune femme leva les yeux, l'expression à la fois alerte et calme, comme si on venait d'interrompre ses profondes pensées.

— Qu'est-ce que tu fais là ?

— Bonjour, d'abord. Je pourrais te retourner la question, mais j'imagine qu'on ne va pas tarder à l'apprendre. Buster m'a demandé de venir.

Les mains dans les poches, son manteau en laine noir ramené frileusement autour d'elle, elle lui faisait à présent face. Sous son léger maquillage, elle avait les joues rouges, ce qu'accentuaient encore son épais col roulé blanc et ses cheveux blond clair.

— Tu as l'air frigorifiée, dit Sylvester. Tu veux que j'aille te chercher un café ?

— Non merci, répondit-elle en se tournant vers la cheminée. N'empêche que j'aimerais bien que ce truc marche.

Sylvester traversa la pièce et jeta un coup d'œil sur les bottes marron à hauts talons de la jeune femme. Comme tout ce qu'elle portait, elles étaient simples et chères. A leur deuxième rendez-vous, quand il l'avait complimentée sur sa beauté, elle avait tournoyé devant lui, faisant voler sa jupe plissée, et dit : « Pas mal pour une gamine de Roundup, hein ? » Souvenir d'un moment d'immodestie, quand elle exhibait ses cuisses élancées, moulées dans un panty havane. Elle avait été comme ça jusqu'au séjour à

Chico. Et là, frissonnant, elle semblait contempler sans le voir le ventilateur installé devant le tuyau de la cheminée.

Le jeune avocat s'immobilisa à cinq pas d'elle, cherchant ses mots.

— Ah ! vous êtes là ! J'étais aux toilettes. Celles-là...

Buster s'avança et eut un geste dégoûté en direction d'une porte à côté des hautes fenêtres.

— ... sont encore en panne, poursuivit-il. J'avais pourtant dit à Maggie que j'avais pas besoin de chiottes ici, enfin... Bonjour, ma chérie, dit-il en serrant Shelley dans ses bras.

Puis, tout aussitôt, il pivota pour assener une grande claque sur l'épaule de Sylvester.

— Un verre ? proposa-t-il en se dirigeant vers un buffet que Maggie avait reconverti en bar. Shelley ?

— Non, merci, Buster.

— Asseyez-vous donc. Sly ?

— Vous avez du Coca, là-dedans ?

Sylvester avait la gorge sèche. Il se rendait compte que les manières désinvoltes de Buster dissimulaient une agressivité latente. Il pensait souvent à tout ce qu'il avait appris sur le comportement humain depuis qu'il siégeait à la Commission des libérations conditionnelles, à la façon dont les détenus pouvaient prendre une apparence « normale », se montrer timides, bavards, en veine de confidences, sérieux, amicaux, puis changer du tout au tout lorsqu'ils n'obtenaient pas ce qu'ils désiraient ; d'un autre côté, il avait vu comment les gens de l'extérieur, les gens « honnêtes », étaient capables d'utiliser les mêmes armes pour masquer leur agressivité, ou même leur hostilité. La différence, c'était que ces derniers agissaient dans le cadre de la respectabilité, ou du moins dans celui de la loi. Sylvester ne savait pas ce qui était préférable, et il confessait rarement son admiration non avouée pour la probité que manifestaient certains des hors-la-loi de Deer Lodge.

Buster prit un Coca dans un petit réfrigérateur encastré dans l'une des armoires de rangement, puis il se versa un demi-verre de Jim Beam.

— Je soigne le mal par le mal. J'ai joué aux cartes avec quelques-uns de nos gars hier soir. Deux ou trois d'entre eux s'envolent pour l'Arizona la semaine prochaine. Vous vous souvenez de Willie Steingass qui faisait partie de l'équipe Metcalf à Washington ? Eh bien, je parie que vous ne saviez pas que lui et moi, on conduisait des ambulances pendant la guerre. En France et en Allemagne.

Buster se laissa tomber sur le canapé à côté de Shelley et lui tapota la cuisse.

— Comment va ta mère ? demanda-t-il.

— Bien, elle va bien.

Sylvester avait vu la jeune femme tressaillir au contact de la main de Buster, et l'histoire d'une soirée ou d'une conférence quelconque lui revint soudain en mémoire. Il aurait souhaité que Shelley sorte de cette pièce le plus vite possible.

— Alors, Sylvester, vous vouliez nous parler ? dit Buster en se rasseyant et en posant le verre de bourbon sur son ventre.

La porte du bureau était fermée. Sylvester ne se rappelait pourtant pas avoir vu Buster la fermer. Ce devait être Doris qui l'avait fait discrètement, comme si elle avait senti qu'il se passait quelque chose d'inhabituel. Il s'installa dans un fauteuil à oreillettes.

— Je ne pense pas que Shelley doive entendre ce que j'ai à dire, déclara-t-il en guise de préambule.

— Absurde. Je lui ai demandé de venir parce que je me suis dit qu'à nous deux, on parviendrait à vous ôter de la tête ce qui semble vous tracasser, dit Buster en tapotant la main de Shelley sans la regarder.

Cette fois, la jeune femme ne tressaillit pas. Elle dévisageait Sylvester sans trahir la moindre émotion.

Mon Dieu, elle sait quelque chose, se dit celui-ci. Aussitôt, il s'aperçut que c'était impossible, mais son attitude lui fit passer un frisson dans le dos. Alors, c'est qu'elle devine quelque chose, corrigea-t-il. Elle devine ce qui m'est arrivé au cours de ces derniers mois.

— Shelley, tu es sûre de vouloir rester ? Ce que j'ai à dire n'est pas très agréable à entendre.

Elle se leva, et Sylvester crut qu'elle allait partir. Il tendit sa volonté comme s'il pouvait la pousser vers la porte par la seule force de sa pensée, mais Shelley se contenta de se planter devant la rangée de fenêtres et, tournant le dos aux deux hommes, de dire :

— Je t'écoute, Sylvester.

Buster se tortilla sur le canapé pour aller poser son verre sur la table basse, et, pour la première fois, sa silhouette ronde parut se raidir sous le coup de l'inquiétude.

Sylvester leur raconta tout, depuis le jour où Patti Ann était arrivée dans son bureau avec son histoire de testament. Il ne négligea pratiquement aucun détail, pas même leurs nuits d'amour qu'il évoqua cependant par un simple « rentrer ensemble », mais l'image qui lui venait à l'esprit était celle du corps nu de Patti Ann, les épaules encore perlées de gouttes d'eau, qui se coiffait devant la glace de la salle de bains tandis que, derrière elle, il finissait de s'essuyer dans une serviette. Il leur parla de son mari, Jack Harwood, dont la Commission avait refusé la libération conditionnelle, de sa tentative désespérée de chantage, de l'entrée en scène de Peters et de Fitzgerald, et enfin du dénouement intervenu dans l'appartement de Patti Ann. Il fit comprendre clairement qu'elle n'avait été qu'un pion et que, en réalité, elle s'était comportée avec courage pendant toute l'affaire, si bien que sa bonne foi ne pouvait être mise en doute.

Durant ce récit, Shelley s'était tenue immobile devant la fenêtre, les mains enfoncées dans les poches de son manteau. Au moment où il laissait entendre que Patti Ann et lui avaient couché plusieurs fois ensemble, Sylvester s'était tourné dans sa direction, mais elle n'avait même pas sursauté. Il aurait voulu voir son visage, mais il fallait d'abord qu'il aille jusqu'au bout, sans être interrompu, sans que les sentiments viennent interférer. Lorsqu'il eut fini, Buster se leva et se dirigea vers le bar. Sylvester entendit le bruit du bourbon qu'on versait, puis celui de la bouteille qu'on reposait sur le dessus en verre du buffet. Au-delà de la silhouette de Shelley, il vit le soleil illuminer les fenêtres en haut du Montana Club, situé presque en face. La journée, en effet, s'annonçait belle.

— Qui d'autre est au courant ? demanda Buster en s'approchant de Sylvester qui n'avait pas quitté son fauteuil.

Harrington avait déboutonné sa veste, et le jeune avocat vit passer devant ses yeux, comme au ralenti, sa chemise blanche tendue sur sa bedaine et le bout de sa cravate en tissu imprimé.

— Les différents acteurs, c'est-à-dire Patti Ann, son mari, Peters et Fitzgerald. J'ai obtenu des renseignements sur Peters d'un officier de probation que je connais, et d'autres du secrétaire de la Commission des libérations conditionnelles, mais ils ne savent rien. Je suppose que si l'histoire s'ébruitait, ils pourraient faire le rapprochement.

— Combien de temps tout ça a duré ?

— Patti Ann est venue me voir pour la première fois le 15 septembre. Je l'ai noté sur mon agenda. Ça fait donc trois mois et demi.

— Bon Dieu ! je voudrais... non, je préfère me taire. Mais bon sang ! on aurait pu étouffer l'affaire dans l'œuf, ou même un peu après...

— C'est trop tard, Buster. J'aimerais croire que ce n'était qu'une petite histoire de rien du tout, mais elle refera surface un jour ou l'autre. Je sais que Patti Ann et son mari ne parleront pas, et probablement Fitzgerald non plus, mais Peters... je crains qu'il ne s'en serve pour obtenir ne serait-ce qu'une réduction de peine, la prochaine fois qu'il se fera arrêter. Je ne pense pas qu'il arriverait à grand-chose avec des informations si peu croustillantes, mais ça ne l'empêchera pas d'essayer.

— Et si on envoyait quelqu'un lui parler, voir ce qu'il mijote ? Il me semble que vous lui avez plutôt fichu la trouille avec la menace de le réexpédier derrière les barreaux.

— Les types comme lui ont la mémoire courte. Après quelque temps, la prison ne lui paraîtra plus aussi terrible. Ces gens-là ne se décident à marcher droit que quand ils en ont vraiment assez de gâcher leur vie en taule, et Peters est encore loin d'en être là.

— Vous pensez donc qu'il finira un jour ou l'autre par lâcher le morceau ?

— Oui, répondit Sylvester.

Il jeta un coup d'œil vers Shelley. La jeune femme, appuyée contre le rebord de la fenêtre, lui faisait maintenant face mais, à cause du soleil, il ne parvenait pas à bien distinguer ses traits.

— Merde, merde, merde, jura Buster en s'affalant dans le canapé et en fermant les yeux. Vous vous êtes fourré dans de sales draps, fiston.

— Je sais. Je suis désolé. Et ceux qui avaient confiance en moi, Shelley, vous et tous les autres, se retrouvent dans le pétrin à cause de moi.

Sylvester baissa les yeux et parut surpris de voir la boîte de Coca qu'il tenait toujours à la main.

— Si seulement j'avais confié l'affaire à Sally ou à quelqu'un d'autre, reprit-il. Il s'agissait d'une simple contestation de testament... du moins en apparence...

— Est-ce que ça signifie que tu vas renoncer ?

Shelley s'écarta de la fenêtre, s'avança à pas lents vers le canapé occupé par Buster et vint se placer derrière. Son visage avait perdu ses couleurs, et ses traits, devenus presque flous, semblaient s'être adoucis tandis que ses yeux s'animaient.

— Il n'a pas d'autre choix, dit Buster sans la regarder. La presse et les Républicains ne le louperaient pas s'ils avaient vent de l'affaire. Ton père ne t'a donc rien appris, ma chérie ?

— Et toi, qu'est-ce que tu en dis ? demanda-t-elle à Sylvester, de manière si directe qu'il dut détourner les yeux.

— Je suppose qu'il y a toujours la possibilité que Peters se fasse écraser par une voiture ou tuer au cours d'une fusillade, répondit-il en secouant la tête. Ce serait la solution, mais elle ne me semble guère réaliste. Je suis navré qu'on en soit arrivé là. (Cette fois, il regarda Shelley dans les yeux.) Je regrette infiniment d'avoir laissé passer l'occasion de faire quelque chose pour ceux qui en ont besoin. Il y a des gens dans cet Etat, dans ce pays, à qui un homme comme moi pourrait être utile. Je sais que ça peut paraître présomptueux, mais c'est comme ça que je le ressens. Tu sais, quand on a été à Chico et que je n'ai pas réussi à te parler, à t'expliquer ce que je ressentais, c'est parce que j'avais honte de moi. Je ne voulais pas que tu le saches. J'avais l'impression d'être un imposteur, un poseur, un opportuniste qui ne faisait que régler les problèmes en paroles dans le seul but d'obtenir quelque chose qu'il ne méritait pas. Je présume que dans un coin sombre mais étonnamment respectable de mon esprit, je ne voulais pas que tu noues des relations plus étroites avec l'homme que j'étais.

Il marqua une pause, puis reprit :

— C'est seulement quand je me suis retrouvé sur les marches de l'orphelinat à faire mon discours, avec la présence des enfants et des dirigeants indiens derrière moi, que j'ai eu le sentiment d'avoir quelque chose à offrir et que ce travail n'exigeait pas qu'on soit un saint, mais simplement un homme qui désirait améliorer l'existence de certains, leur rendre la vie un peu plus facile. Que je n'étais pas un opportuniste. Mes succès passés me procuraient uniquement un tremplin. (Il secoua de nouveau la tête et poussa un soupir lourd d'amertume.) Et c'est ça qui est dommage. J'ai eu ma chance, et je l'ai gâchée.

— Tu auras d'autres occasions, Sylvester. Tu verras.

Shelley souriait et ses yeux brillaient.

— Tu as sacrément raison, ma fille ! s'écria Buster en se frappant les cuisses, le regard levé sur la jeune femme. Imagine ce garçon venu travailler pour moi il y a déjà si longtemps. J'ai tout de suite vu qu'il irait loin, et je le maintiens. (Il se tourna vers Sylvester, et ses yeux à lui aussi brillaient.) On va régler cette histoire — ce sera délicat, ne vous y trompez pas, mais vous vous en tirerez. Je suggère que vous prolongiez votre congé sabbatique, au moins jusqu'en juin. D'ici là, les élections seront passées et cette ville aura retrouvé un aspect à peu près normal. Pourquoi vous ne feriez pas un petit voyage, allez en Europe, ou à Hawaii, juste pour vous changer un peu les idées. Est-ce que ça ne lui ferait pas du bien, Shelley ?

— Si, sûrement.

La jeune femme ne souriait plus. Elle remonta le col de son manteau et se dirigea vers la porte. Les deux hommes bondirent sur leurs pieds.

— Shelley...

— Pas maintenant, Sylvester. Plus tard.

Elle poussa le lourd battant de chêne et se retourna. Elle avait les larmes aux yeux.

— Appelle-moi dans... dans une semaine... d'accord ? dit-elle en sortant.

Buster passa son bras autour des épaules de Sylvester.

— Ah ! les femmes, dit-il doucement. Il faut qu'on les aime.

Le lendemain matin, un samedi, les appels téléphoniques commencèrent à affluer dès 7 heures et demie, et Sylvester dut régler son répondeur sur une sonnerie au lieu de quatre, puis entendre sa voix enregistrée répéter comme une litanie : « Vous êtes bien chez Sylvester Yellow Calf. Merci de laisser votre nom, votre numéro de téléphone ou votre message. » Tous les journaux, importants ou non (le *Glacier Reporter* de Browning entre autres), ainsi que les chaînes de radio et de télévision désiraient avoir confirmation de la nouvelle diffusée par l'agence Associated Press et reproduite par les quotidiens du matin.

Sylvester s'étonnait encore de la rapidité avec laquelle Buster avait agi. Il relut l'article qu'il avait sous les yeux : « Une dépêche d'Associated Press nous apprend que l'avocat d'Helena, Sylvester Yellow Calf, renonce à se présenter aux élections pour la chambre des Représentants. Les responsables du Parti démocrate doivent donner une conférence de presse à ce sujet lundi matin à Helena. Selon une source bien informée, Yellow Calf a entrepris "de définir de nouvelles priorités et de centrer ses efforts sur les réserves et les Indiens privés de terre. Le moment est venu pour les Indiens du Montana, aurait-il déclaré, de présenter un front uni devant les instances de Washington". »

Le jeune avocat ne put s'empêcher de sourire. Il avait en effet dit à Buster que des Indiens avaient parlé de s'unir derrière lui.

L'article donnait ensuite des détails sur sa carrière, y compris de basketteur, et citait les noms des autres candidats démocrates possibles ainsi que ceux des deux Républicains engagés dans la course. Un peu plus loin, on rapportait une déclaration émanant de la même « source bien informée » selon laquelle « Sylvester n'avait pas du tout exclu de se présenter dans l'avenir à de nouvelles élections pour le congrès. »

La conférence de presse de lundi matin, il l'assumerait. En revanche, pour le week-end, ça s'annonçait plus difficile. Ce soir, c'était la Saint-Sylvestre et la grande fête donnée par Buster et Maggie à laquelle on l'avait de nouveau convié le matin de la réunion au cabinet Harrington. Un petit côté pervers le poussait à s'y rendre, à se mêler à tous ces politiciens influents pour les obliger à accepter sa présence. Il aimerait tant voir leurs mines embarrassées. Il savait pourtant que Buster ne l'avait invité que par politesse. Il avait bien spécifié que, restant vice-président de la firme, sa place était parmi eux ce soir-là, mais Sylvester gardait à l'esprit l'image d'un oiseau noir, omniprésent, qui planerait au-dessus des festivités, et il pensait que Buster entretenait une vision comparable. C'était peut-être pour cette raison qu'il avait appelé dès hier soir le journaliste de l'Associated Press afin de tout déballer et de débarrasser rapidement et proprement la scène démocrate de sa personne. Juste au cas où cette histoire viendrait foutre la merde. C'est ça la politique, fiston. On n'entraîne pas les gens, et surtout pas le Parti, dans sa chute.

Shelley s'y trouverait sans doute. De même que sa mère. Le problème, c'est que Sylvester n'était pas sûr de pouvoir passer la soirée seul. Le jour de l'an, ça irait — il pourrait préparer sa déclaration et regarder les matches de football à la télévision, ou bien prendre sa voiture et aller marcher dans la nature, ou encore aller au Shanty boire de la bière avec les autres gangsters, avec Abner. Peut-être que Peters et Fitzgerald y seraient. Il leur dirait qu'il ne s'était agi que d'une vaste plaisanterie et qu'après tout, ils étaient copains, non ?

Patti Ann. L'idée la plus folle et la plus merveilleuse qu'il ait eue depuis des jours. Tout en composant son numéro, il jeta un coup d'œil sur le compteur du répondeur. Il avait déjà reçu onze appels, bien trop pour un samedi matin ensoleillé.

— Patti Ann, Sylvester à l'appareil. Qu'est-ce que tu fais ce soir ?

— Ce soir ?

— Pour le réveillon. Tu as des projets ?

— Non, aucun.

— Tu veux qu'on fête le nouvel an ensemble ? demanda Sylvester en croisant les doigts.

— Tu le souhaites vraiment ? fit-elle d'un ton surpris. J'ai lu ce matin dans le journal...

— C'est avec toi que j'ai envie d'être.

— Mais pour fêter quoi ?

— La fin de quelque chose et le début de quelque chose d'autre. C'est le réveillon. Je t'en supplie, accepte.

— Oh ! Sylvester, décidément tu cours après les ennuis ! dit-elle en riant. Bien sûr que j'accepte.

— Merci, merci beaucoup, Patti Ann. (Sylvester contempla le plafond comme s'il pouvait voir le ciel bleu au travers.) On va organiser ça ici. Je me charge du champagne, des chapeaux et tout le tralala. Mets ta plus belle robe.

— Sérieusement ?

— Oui, un truc coloré et gai. Je passe te prendre à huit heures.

— Je serai prête, Mr. Yellow Calf. Je vais aller sur-le-champ fouiller parmi ma vaste garde-robe de luxe.

— Patti Ann ?

Sylvester désirait ajouter quelque chose, quelque chose d'à la fois sérieux et fou, quelque chose à propos de ce qui leur était arrivé, de ce qui avait changé en eux depuis. La fin et le début pour l'un comme pour l'autre.

— Oui ?

— Grâce à toi, je me sens formidablement heureux. Tu ne trouves pas ça étonnant ?

16

Earl Yellow Calf eut sa dernière attaque au mois d'avril de l'année suivante. Sylvester vivait alors dans une petite chambre avec cuisine à Bismarck, d'où il se rendait chaque jour sur la réserve de Standing Rock. Les deux étudiants en droit de l'université du Dakota du Nord habitaient un motel encore plus modeste à la périphérie de la ville. Il passait les prendre tous les matins à huit heures, et ils descendaient vers le Missouri en traversant une réserve de chasse. Quel que soit le temps, le jeune avocat éprouvait toujours le même sentiment de paix. On voyait des canards et des oies, parfois des cygnes et des pélicans, des grues et des orfraies. Des cerfs et des antilopes regardaient passer leur voiture avec une vague curiosité. Sylvester était toujours surpris de constater à quel point cette région pouvait être belle, et la végétation luxuriante, même en hiver. Ayant déjà sillonné le Dakota du Nord d'est en ouest, il s'était imaginé n'y trouver que champs de blé et prairies. Il adorait ce type de paysage, et devenait très attentif, comme si derrière chaque colline, au pied de chaque repli de terrain et de chaque ruisseau l'attendait une nouvelle découverte. Mais tout l'environnement, le large fleuve paresseux, les arbres dénudés et les broussailles, les roseaux et les herbes des marais, les bouquets de saules, semblait rehausser les couleurs et les reliefs, aussi bien sous le soleil que sous la neige ou la pluie. Sylvester considérait le long trajet comme son heure et demie de rêve. Il l'effectuait tous les matins, et même pendant les deux ou trois blizzards qu'il dut affronter, se traînant à moins de 50 à l'heure, il se concentrait à la fois sur sa conduite et sur ses rêves peuplés de détails infimes et banals : son enfance, la pêche et le basket, les radiateurs de l'école primaire qui cognaient, un rat musqué qui se lissait le poil au milieu des roseaux de l'un des étangs autour de Browning. Il lui arrivait aussi de penser à l'université de Missoula, à ses promenades nocturnes en compagnie d'une fille, à son footing qui, à l'automne, le menait en haut de Mount Sentinel, destiné à lui permettre de retrouver la forme en vue des matches de basket, à l'odeur de pizza qui flottait dans le dortoir. Il rêvait de Palo Alto et de Stanford, des collines roussies, des nuits passées à la bibliothèque de droit, des chaudes soirées de printemps où il rentrait chez lui en vélo. Même Helena commençait à prendre l'apparence d'un rêve, mais qui, celui-là, ne lui venait pas facilement. Quand il rêvait de la petite boulangerie qui faisait du si bon pain, il voyait des visages qu'il ne tenait pas à voir, de sorte qu'il s'empressait de porter son attention sur le revêtement lisse de la route ou sur un brusque envol d'oies sauvages au-dessus des marécages.

Depuis trois mois qu'il était là, il se consacrait à la cause qu'il défendait et avait réussi à obtenir une date pour les auditions, ce qui constituait déjà un petit triomphe en soi. L'avocat tribal, les deux étudiants en droit et lui passaient le plus clair de leur temps à rechercher des éléments de jurisprudence, à enregistrer des dépositions, à réunir des informations et à trouver des témoins. Les Indiens chargés des problèmes d'irrigation et les responsables de l'environnement protestaient contre la baisse de niveau périodique de l'immense réservoir provoquée par le détournement effectué en aval par les fermiers, les éleveurs et les usines hydroélectriques. Les autorités de l'Etat soutenaient qu'en l'occurrence la modification de la loi d'appropriation ne s'appliquait pas, car la majeure partie de l'eau disponible sur la réserve restait inutilisée. Sylvester ne notait a priori aucun changement dans les positions respectives. Il faudrait convaincre le tribunal que le jugement de

Winters ainsi que des jugements ultérieurs avaient établi que les Indiens pouvaient revendiquer la quantité d'eau nécessaire pour l'avenir en même temps que celle couvrant les besoins actuels. Il étudia néanmoins toutes les affaires de ce type touchant les Indiens. En effet, il n'ignorait pas que chaque cas présentait ses particularités propres, et qu'il serait sans doute nécessaire d'aller de recours en recours, et jusqu'à la Cour suprême s'il le fallait.

Au début, il se demandait s'il désirait réellement s'impliquer à ce point. Régler l'affaire exigerait peut-être des années, mais plus il se sentit à l'aise avec les gens de la réserve et apprit à connaître les personnes concernées, plus il comprit qu'il irait jusqu'au bout quel que soit le temps que cela prendrait — et même s'il devait pour cela abandonner sa nouvelle position au sein de la firme Harrington, Lohn & Associés. Aujourd'hui, l'idée de ce sacrifice éventuel ne le gênait plus autant.

L'appel téléphonique du prêtre lui parvint alors qu'il se trouvait dans le bâtiment administratif tribal à Fort Yates, en train de déjeuner à la cantine en compagnie des deux étudiants et du spécialiste de l'environnement. Il prit la communication à l'accueil, puis il appela une agence de voyages à Bismarck.

Le lendemain matin, il s'embarquait à bord d'un petit avion pour Billings, d'où il prenait un vol Northwest à destination de Great Falls. A une heure, il louait une voiture et roulait en direction de la U.S. 89 et de Browning. On était le 16 avril, un jour après la date limite de paiement des impôts. Son grand-père était mort le 15. Sylvester sourit de la coïncidence entre cette date et le fait que son grand-père avait travaillé toute sa vie comme comptable.

En approchant de Rocky Mountain Front, il remarqua que le paysage, y compris les contreforts des Rocheuses, commençait déjà à reverdir. Les incendies de l'été précédent qui avaient ravagé le Scapegoat et la région de Bob Marshall Wilderness n'avaient pas laissé ici de traces visibles. Sous les nuages noirs, on distinguait à peine le flanc des montagnes. Sylvester poursuivit sa route sous les bourrasques de pluie, de grêle et de neige. La région du Front, un couloir naturel où s'engouffraient les tempêtes venues du nord du Canada, formait le dernier bastion de l'hiver dans le Montana. Bientôt, ce ne furent plus que des ondées de printemps, et Sylvester se sentit heureux de rentrer chez lui au milieu de tant de beauté.

Les funérailles se déroulèrent dans la petite église catholique de Little Flower, à Browning. Bien que Earl Yellow Calf n'allât pas à l'église, Mary Bird avait tenu à ce qu'il y eût un service religieux. Elle avait refusé la cérémonie traditionnelle, car Earl lui-même avait rejeté depuis longtemps ce mode de vie. C'était un homme rationnel, et il ne croyait pas à toutes ces sornettes, lui avait-il dit un jour.

Sylvester, installé au premier rang aux côtés de sa grand-mère et de plusieurs anciens, écouta l'orgue au milieu du parfum d'encens, le regard fixé sur le cercueil. Lorsque les bruits de pas étouffés cessèrent enfin, il jeta un coup d'œil derrière lui et constata que l'église était pleine. Ceux qui n'avaient pas trouvé de places assises se tenaient debout au fond ou sur les côtés. Il fut à la fois étonné et ravi que son grand-père, de même que sa grand-mère, aient été des gens importants au sein de cette communauté qu'ils n'avaient jamais quittée. Le Dakota du Nord, Bismarck et Standing Rock lui parurent soudain loin, et Helena, plus loin encore. Il avait fait un long chemin pour retrouver la simplicité et la paix de l'endroit où il était né.

Il se demanda si le prêtre avait appelé sa mère au Nouveau-Mexique. Ni Sylvester ni sa grand-mère n'avaient parlé d'elle la veille, et ça valait sans doute mieux. Pourtant, c'était son père qui gisait dans le cercueil, et si elle avait appris sa mort, elle serait sûrement venue. On n'avait pas signalé la présence d'une inconnue, d'une femme qui ressemblait peut-être à Sylvester et qui l'aurait serré dans ses bras comme un fils. Il essaya en vain d'imaginer ce qu'elle pourrait être en train de faire au Nouveau-Mexique par cette journée de printemps, et il comprit alors qu'il désirait ne jamais la revoir parce qu'elle pourrait exiger quelque chose de lui et qu'il n'avait rien à lui donner.

Assoupi par les vapeur d'encens, il songea à Patti Ann Harwood. Il se rendit compte que, dans son subconscient, il l'avait associée aux incendies de l'été et de l'automne de l'année dernière. Maintenant encore, il croyait sentir l'odeur de fumée et voir la lueur orangée dans le ciel nocturne. Le jour où elle était entrée pour la première fois dans son bureau, un voile de fumée recouvrait l'atmosphère et, au début de l'automne, quand il était descendu de voiture devant chez elle, une odeur de fumée l'avait frappé.

Il avait reçu une lettre d'elle vers la mi-février. Elle le remerciait pour tout ce qu'il avait fait pour elle et son mari. Celui-ci, à sa demande, se trouvait à présent en isolement où, désormais certain qu'elle l'attendrait à sa sortie, il pourrait purger sa peine jusqu'à son élargissement ou à sa libération conditionnelle. Ce n'était pas trop mal dans la mesure où, se sachant en sécurité, il avait au moins l'esprit en paix. Myrna et Phil étaient enfin ensemble à Billings. Quant à elle, elle continuait à travailler sans trop se poser de questions. Elle le remerciait aussi pour leur chaste réveillon qui signifiait beaucoup plus pour elle que tout ce qu'il pouvait imaginer, et elle lui souhaitait, avec un peu de retard, de grands succès à l'occasion de la nouvelle année. Elle terminait par : « Ton amie qui t'aime. »

Le prêtre prononça un bref discours, parlant de la Carlisle Indian School, des années passées en tant que trésorier de la tribu, puis comptable, au sein du Bureau des affaires indiennes, de la pêche que Earl aimait tant, de ceux qu'il laissait, du respect et de l'estime dont il jouissait parmi la communauté. Il conclut en recommandant à Dieu l'âme de Earl Yellow Calf, puis il récita une dernière prière, reprise par l'assemblée.

Sylvester glissa un regard vers sa grand-mère. Elle souriait.

Lena Old Horn avait été invitée au dîner dominical réunissant les membres de la famille Fine Shields qui habitait Chinatown, ainsi surnommée à cause de la forme étrange des toits des logements gouvernementaux. Au moment de partir en voiture, alors qu'elle sortait de la cour, l'un des enfants lui cria : « Y a un chien attaché derrière ! » La jeune femme éclata de rire, mais, par précaution, elle jeta néanmoins un coup d'œil dans son rétroviseur. C'était une vieille blague qu'on faisait dans la région de Browning, car il y avait de nombreux chiens errants. Lena n'avait pas mis bien longtemps à s'habituer à l'humour parfois fruste des Blackfeet. Celui de son peuple, les Crows, ne valait d'ailleurs guère mieux. Elle tourna la tête, et agita la main en riant à l'intention des Fine Shields rassemblés sur leur bout de pelouse pelée.

Elle dépassa deux adolescentes chevauchant une grande jument alezane, qui se penchèrent pour la voir. Lena leur fit bonjour de la main et, un instant, elles parurent surprises, puis elles se mirent à pouffer en essayant de se cacher. C'étaient les jumelles Aims Back, bêtes comme peuvent l'être les filles à cet âge, mais aussi de bonnes élèves qui désiraient suivre des études d'infirmières à Bozeman. Lena les avait aidées à choisir leur voie, tout comme, vingt ans auparavant, elle avait aidé leur mère à préparer des cours de secrétariat.

Aujourd'hui, la jeune femme se sentait bien. Deux soirs plus tôt, elle avait pris une grande décision, et elle demeurait persuadée que c'était la bonne. Il lui semblait incroyable de ne pas y avoir pensé avant. Cela se passa sans drame, sans déchirement et sans complexe de culpabilité. Le vendredi, elle revint assez tard de l'école et, après avoir enfilé un sweat-shirt et des baskets, elle fit sa promenade habituelle le long de Starr School Road, puis effectua quelques achats à l'épicerie, donna à manger à Fraidy, se prépara un plat de morue surgelée accompagnée de pommes de terre nouvelles en boîte et, enfin, s'installa dans son fauteuil avec un verre de vin pour regarder les enfants jouer de l'autre côté de la rue dans la nuit tombante, jusqu'à ce qu'il soit l'heure de rentrer. Bientôt, elle ne distingua plus que le reflet de la lampe de table à côté d'elle.

C'était probablement l'arrivée du printemps, qui la rendait toujours un peu excitée, un peu nerveuse et plus ou moins heureuse, comme si la fin d'une autre année scolaire pourrait préluder à une grande aventure, ce qui s'était produit une fois, quand elle avait emmené un groupe d'élèves en Russie. En général, l'été se résumait à un mois chez elle en compagnie de sa mère sur la réserve des Crows, agrémenté parfois de cours de vacances à Eastern et peut-être d'un voyage à Seattle ou à Portland s'il lui restait assez de temps avant la rentrée.

Ou alors, l'enterrement, au début de la semaine, qui lui avait rappelé combien la vie était courte et combien la fin survenait vite, encore que pour Earl Yellow Calf, elle eût plutôt tiré en longueur. Mary Bird lui avait confié à quel point elle était contente que Earl soit enfin délivré de ses souffrances. Voyant Sylvester assis à l'église au premier rang, auprès de sa grand-mère d'apparence si fragile et pourtant indestructible, elle s'était mise à trembler sans bien savoir pourquoi.

Vendredi soir, donc, contemplant son reflet dans le carreau de la fenêtre, elle avait pris la décision de quitter définitivement Browning. Elle se sentait pareille à une alcoolique qui a touché le fond et pour qui la seule solution consiste à remonter, ou plutôt, dans son cas, à s'éloigner de cette école, de cette ville, de cette région. Elle savait qu'elle devait le faire, car elle se trouvait comme en état de dépendance, dans la mesure où Browning constituait son foyer, la région, sa source d'inspiration et les enfants, sa vie.

Le soir même, elle avait téléphoné à Harley Matt, le directeur de l'école, et, malgré ses supplications, était demeurée ferme sur ses positions. Il avait fini par accepter sa démission, déclarant que, personnellement, il la regretterait et que, sans elle, l'école ne serait plus la même. Après avoir raccroché, elle pleura, à la fois de joie et de tristesse. Elle ne reviendrait pas sur sa décision, et quoi qu'il arrive au cours des deux mois qui restaient, elle le supporterait et, qui sait, l'apprécierait peut-être.

Elle rétrograda en seconde pour aborder la montée devant la vieille école primaire. Bien qu'on fût déjà à la mi-avril, une fine couche de neige était tombée pendant le dîner chez les Fine Shields, qui s'était transformée en gadoue et avait déjà disparu sur la terre nue et les carrés d'herbe des jardins. La jeune femme, un peu tendue, conduisait avec prudence. La neige fondue chuintait sous les pneus.

Lena se trouvait à une rue de la cour de l'école quand elle nota la présence d'un homme grand et mince qui s'amusait à tirer des paniers de basket. Instinctivement, elle freina et se rangea sur le bas-côté. Elle regarda l'homme dribbler devant le panneau, à peu près à l'endroit où se situerait la ligne des lancers francs, se redresser, puis marquer. Le ballon fit osciller le filet. La jeune femme coupa le moteur et serra le frein à main, puis elle se cala contre l'appuie-tête. Le terrain de basket était en haut de la colline, presque devant elle, et la silhouette du joueur solitaire se détachait contre les montagnes lointaines dont le sommet disparaissait sous les nuages. Elle vit l'homme recommencer à dribbler, lentement, pensivement presque, et, soudain, pivoter et tirer un nouveau panier en extension. Il se précipita sous le panneau pour récupérer le ballon au rebond, et marquer avec un bras roulé. Pour la première fois depuis le lycée, elle admira la beauté et la grâce du joueur, retenant son souffle au spectacle des gestes qu'elle reconnaissait : les smashes, les tirs sous le panier, de loin ou en coin. Elle songea à toutes les parties auxquelles elle avait assisté à Browning, où les adolescents faisaient tous preuve du même acharnement et de la même élégance. Mais il n'y avait eu qu'un seul Sylvester Yellow Calf.

Bientôt, les nuages s'amoncelèrent, et les premiers flocons de neige fondue frappèrent le pare-brise, venant lui cacher la vue des montagnes. La jeune femme démarra et grimpa vers l'école. Elle jeta un coup d'œil sur le terrain de basket. Sylvester ne remarqua pas la voiture, pas plus qu'il ne remarqua le grésil ou le vent du nord qui fraîchissait. Il se mesurait au seul homme qui l'eût jamais vaincu.

« TERRE INDIENNE »
Collection dirigée par Francis Geffard

GEORGES CATLIN
Les Indiens d'Amérique du Nord

MARY CROW DOG
Lakota Woman
Ma vie de femme Sioux
Femme sioux envers et contre tout

ANGIE DEBO
Histoire des Indiens des États-Unis

RICHARD ERDOES – ALFONSO ORTIZ
L'Oiseau-Tonnerre et autres histoires
Mythes et l'égendes des Indiens d'Amérique du Nord

CHANTAL GÉRARD-LANDRY
Hopi, peuple de paix et d'harmonie

FLORENCE CURTIS GRAYBILL ET VICTOR BŒSEN
L'Amérique indienne de Edward S. Curtis

ROYAL B. HASSRICK
Les Sioux
Vie et coutumes d'une société guerrière

SANDY JOHNSON - DAN BUDNIK
Le Livre des anciens

ARCHIE F. LAME DEER
Le Cercle sacré
Mémoires d'un homme-médecine sioux

CRAIG LESLEY
Saison de chasse, roman

LOUIS OWENS
Même la vue la plus perçante, roman

FRANÇOIS PERRIOT
La Dernière Frontière
Indiens et pionniers dans l'Ouest américain, 1880-1910

SUSAN POWER
Danseur d'herbe, roman

JEAN-LOUIS RIEUPEYROUT
Histoire des Navajos

LESLIE MARMON SILKO
Cérémonie, roman

R.M. UTLEY/W.E. WASHBURN
Guerres indiennes

JACK WEATHERFORD
Ce que nous devons aux Indiens d'Amérique

JAMES WELCH
L'Hiver dans le sang, roman
La Mort de Jim Loney, roman
Comme des ombres sur la terre, roman

*La composition de cet ouvrage a été effectuée
par Nord Compo, à Villeneuve-d'Ascq,
l'impression et le brochage ont été effectués
sur presse* CAMERON *par Bussière Camedan Imprimeries
à Saint-Amand-Montrond (Cher),
pour le compte des Éditions Albin Michel.*

*Achevé d'imprimer en janvier 1996.
N° d'édition : 15127. N° d'impression : 4/56
Dépôt légal : février 1996.*